Zum Buch:

Als Kind träumte April Sinclair davon, ihrem ruhigen Inselleben zu entfliehen und eine weltberühmte Schauspielerin zu werden. Jetzt, da sie erwachsen ist und ihre einst blühende Karriere auf einem Tiefpunkt angelangt ist, gibt es keine bessere Möglichkeit, herauszufinden, was schiefgelaufen ist, als noch einmal ganz von vorne anzufangen. Deshalb hat sie nun eine neue Herausforderung im Visier: Sie will die Whiskybrennerei ihrer Familie auf der idyllischen schottischen Insel Skye retten.
Destillateurmeister Mal hat drei Lieben in seinem Leben: Whisky, seinen Hund und die Stille. Er hat keine Zeit für eine verwöhnte Prinzessin, die in seiner Brennerei herumschnüffelt und alte Wunden aufreißt. Einst war da etwas zwischen ihnen gewesen, etwas Echtes. Doch April hatte sich stattdessen für den falschen Schein des Rampenlichts entschieden. Als die Funken zu sprühen beginnen, redet Mal sich ein, dass es egal ist … denn April Sinclair könnte niemals einen Mann wie ihn wollen, oder?

Zur Autorin:

Elliot Fletcher wohnt mit ihrem Mann, ihrer Katze und ihrem Hund in ihrer viel zu kleinen Wohnung in Edinburgh, Schottland. Wenn sie nicht gerade über liebenswerte Männer und die fesselnden Heldinnen, in die sie sich verlieben, schreibt, stöbert sie in Antiquariaten, sammelt Kieselsteine am Strand oder sieht sich zum wiederholten Mal *Stolz & Vorurteil* an.

Elliot Fletcher

Skye in our Hearts

April on my Mind

Aus dem schottischen Englisch von
Carina Obster

HarperCollins

Die Originalausgabe erschien 2023 unter dem Titel
Whisky Business bei Avon Books, New York.

1. Auflage 2024

Deutsche Erstausgabe

Umschlaggestaltung von bürosüd, München
Umschlagabbildung von Delbars, stocktech78 / Shutterstock
Gesetzt aus der Stempel Garamond
von GGP Media GmbH, Pößneck
Druck und Bindung von CPI books GmbH, Leck
Printed in Germany
ISBN 978-3-365-00840-9
www.harpercollins.de

1

April

Caledonia – Dougie MacLean

Schau nach vorn, kleines Vögelchen. Nur Versager schauen immer zurück. Gewinner schauen nach vorn, Richtung Ziel. Meine Finger krampften sich um das Lenkrad meines Mini Cooper, als ich mich an das Lieblingsmotto meines Großvaters erinnerte.

Als ich sieben gewesen war und meine einzige Freude im Leben darin bestanden hatte, die nächste Gelegenheit zu finden, bei der *ich* im Mittelpunkt stehen konnte, war ich mit ihm vollkommen einer Meinung gewesen.

Nur Versager blicken zurück.

»Schon ironisch.« Ich lachte in mich hinein, während ich unablässig auf das Armaturenbrett trommelte und die Minuten langsam verstrichen. Der ältere, gebückte Mann, auf den ich den Blick gerichtet hielt, hob eine gebrechliche Hand und winkte mein Auto näher heran. Schnell gab ich Gas und fuhr auf die wippende Rampe am Heck der Fähre zu, die täglich zweimal zwischen der Isle of Skye und dem schottischen Festland pendelte. *Ein paar Meter näher an der Freiheit.*

Das gemietete Wohnmobil vor mir – ich wusste, dass es gemietet war, weil ich die letzten vierzig Minuten damit verbracht hatte, permanent den Aufkleber auf der Stoßstange mit der Aufschrift »Highland motorhomes: Hier beginnt das Abenteuer!« angestarrt hatte – rollte weiter und hielt neben ihm. Der übergroße Anorak des alten Mannes flatterte wie die Flügel eines kleinen Vogels im Sturm. Dennoch grinste er breit, als er die Fahrkarten abstempelte und über seine Schulter hinweg auf die verbaute bergige Insel deutete. Mit dem Regen kam auch der Nebel, der das Grün mit seinen geisterhaften Händen verdeckte und so tief hing, dass man scheinbar nur den Arm ausstrecken musste, um ihn zu berühren.

Ich konnte die Worte praktisch von seinen wettergegerbten Lippen ablesen: *Skye bedeutet auf Gälisch Nebel, sehr passend, stimmt's!* Er kramte mit seinen großen knöchernen Händen in seiner Jackentasche und zog schließlich eine zerknitterte Karte aus seiner Tasche. Natürlich laminiert – ein Mann, der draußen arbeitete, kannte die Herausforderungen des schottischen Wetters wie seine eigene Westentasche.

Ob ihr's glaubt oder nicht, vor ner Viertelstunde hat noch die Sonne geschienen.

Dudley, mein Drahthaardackel, winselte genervt auf der Rückbank, wo ich seine Box festgeschnallt hatte. »Fast geschafft, Kumpel. Diesmal wirklich.« Sein Schnaufen klang, als würde er sagen: *Du Lügnerin!* Und er hatte ja recht. Ich hätte weinen können, als der Motor des Wohnmobils aufheulte und es losfuhr. »*Siehst du*«, sagte ich und blickte in den Rückspiegel, um sein kleines Gesichtchen zu sehen.

»Hallo, Mädchen.« Genau in dem Moment, als ich mein Fenster herunterließ, begrüßte mich der Alte mit heiterer Stimme. Er legte eine Hand auf das Autodach. »So, ich hoff, Sie haben ein Ticket, sonst müssense zurück zum Festland schwimmen.«

Ich lachte halbherzig. Ich hätte alles Geld auf meinem Bankkonto darauf verwettet (und das ist weniger, als ihr denkt), dass er diesen Witz jeder einzelnen Person erzählte, die hier anhielt. Ich lächelte, so nett ich konnte, und reichte ihm mein Ticket für eine einfache Fahrt, wobei ich den Regen ignorierte, der in meinen Ärmel hineinlief. Doch der Mann nahm es nicht. Stattdessen warf er einen Blick in den Kofferraum meines Kleinwagens und musterte die Kartons und Müllsäcke, in die ich eilig meine Klamotten gestopft hatte. »Was führt Sie nach Skye?«

»Besuche nur jemanden.«

»Familie?«

»So was in der Art«, antwortete ich bewusst vage.

Das schien ihn zu freuen. »Irgendjemand, den ich kenn?«

»Wahrscheinlich nicht.«

Er tippte sich mit einem Finger an die Lippen und musterte mich erneut, völlig unbeeindruckt von den Regentropfen, die seine lange Nase hinunterliefen. »Ich könnt schwören, ich kenn dich irgendwoher, Mädchen.«

Das war im Moment wirklich das Letzte, was ich gebrauchen konnte. »Das bezweifle ich.« Ich streckte meine Hand mit dem Ticket noch weiter zum Fenster hinaus, während der Regen mir bis zum Ellbogen hinunterlief, bis er es endlich kapierte. Mit unzufriedener Miene stempelte er das Ticket und gab mir ein Zeichen, weiterzufahren.

»Willkommen auf Skye.« Jetzt klang er schon deutlich weniger freundlich.

Als ich meine Hand zurückzog, fühlte ich mich schrecklich. Er war eine Plaudertasche, und da ich selbst eine war, verstand ich, wie sehr es schmerzte, wenn man so abgekanzelt wurde. Und der Alte war mein *Landsmann*. Aber anscheinend konnte eine zwölfstündige Autofahrt von London selbst den unbeschwertesten Persönlichkeiten aufs Gemüt drücken. Und wenn man dann auch noch das Lenkrad so fest umklammert hielt, dass die Knöchel ganz weiß wurden, weil man vergessen hatte, wie kurvenreich die Straßen in schottischen Highlands waren … Ich kam nicht mehr nur auf dem Zahnfleisch dahergekrochen, sondern schon auf dem Kieferknochen. Ich wollte nur noch was essen und ins Bett.

***

Die Ankunft auf Skye verlief unspektakulär. Ein schmaler Pier überspannte die felsige Armadale Bay am südlichen Ende der Insel und glänzte hübsch unter der grauen Wolkendecke. Die Insel selbst konnte man sich wie eine Hand mit fünf ausgestreckten Fingern vorstellen, wobei jeder Finger eine Halbinsel darstellte. Ich befand mich gerade auf dem Daumen.

Trotz der langen Fahrt schnurrte mein Mini behaglich, als ich in die vertraute, sich ans Ufer schmiegende Straße einbog. Die Straße Richtung Norden, die mich in fünfzehn Minuten zu meinem Elternhaus bringen würde, war auf der einen Seite von krummen Bäumen gesäumt. Alles, was zwischen meinem Auto und der spiegelnden blauen Wasserfläche auf der anderen Seite lag, war eine niedrige Steinmauer, und dahinter die schroffen Berggipfel des Festlands, die sich über den Nebelwolken erhoben.

Als ich am Schild »Willkommen in Kinleith« vorbeifuhr, setzte ich den Blinker und wurde langsamer. Meine Augen suchten automatisch nach der scharfen Kurve, die so von den Gebüschen auf dem Grundstück meines Großvaters Kier überwachsen war, dass sie sogar ihn gelegentlich überrascht hatte, sehr zur Belustigung meiner Großmutter. Ich konnte mir beinahe vorstellen, wie sie auf dem Beifahrersitz jedes Mal gekichert hatte, wenn er gezwungen gewesen war, das Auto auf der engen Landstraße zu wenden. Ihr könnt euch also vorstellen, wie sehr mich der Anblick an diesem Tag überraschte: Nicht nur, dass das Gebüsch zurückgeschnitten und ordentlich eingezäunt war, es befand sich auch ein großes schmiedeeisernes Tor vor dem Eingang.

»Was zum Teufel?«, murmelte ich und hielt an. Kier war vor fast drei Monaten gestorben. Er war mein letzter lebender Verwandter gewesen, außer man zählte meine Mutter mit, und das tat ich nicht. Sie lebte derzeit ihren Traum von Freiheit und Ungebundenheit in Thailand – oder war es mittlerweile Bali? Wie dem auch sei, sie war für mich eher wie eine Schulfreundin, eine von denen, die dich einmal im Jahr anrufen und dich anhauen, in ihr neues Kerzenbusiness oder Ähnliches zu investieren. Und Kier … na ja, mein Großvater hätte für so was jedenfalls kein Geld ausgegeben.

In der Einfahrt zog ich die Handbremse und löste den Sicherheitsgurt. Dudley heulte jämmerlich, was so viel bedeutete wie: *Wenn ich nicht in den nächsten dreißig Sekunden was zu fressen kriege, sterb ich.*

»Ich hab dich erst vor zwei Stunden gefüttert, du kleines Monster.« Na gut, es war eine hastig verschlungene Mahlzeit am Straßenrand gewesen, während ich versucht hatte, hinter einem Busch zu pinkeln und gleichzeitig nach Leuten mit Kameras Ausschau zu halten. Ich hatte mir die Schlagzeile schon vorstellen können: »Tief gefallenes Filmsternchen schädigt gefährdetes Ökosystem durch Urinieren«. Mittlerweile gehörte Paranoia für mich schon zum Alltag dazu.

Julia Roberts musste sich bestimmt nie mit so einem Mist rumschlagen.

Ich war so erschöpft, dass mir der Regen vollkommen egal war. Ich sprang aus dem Auto und hoffte inständig, obwohl es unwahrscheinlich war, dass derjenige, der das Anwesen zuletzt besucht hatte, das Tor offen gelassen hatte. Ich gab ihm einen kräftigen Stoß und heulte fast los, als es sich weit öffnete, so froh und erschöpft war ich.

Es war Mai, und der Abend war ungewöhnlich lau, aber trotzdem klapperten meine Zähne, als ich die holprige Einfahrt zum Herrenhaus entlangfuhr. Ich spannte mich an. Jede Rille und jedes Schlagloch belastete die Federung meines Stadtautos stark.

»Du schaffst es, Baby, du schaffst es«, säuselte ich und strich liebevoll über das Armaturenbrett. Schon bald öffnete sich der Weg zu einer breiten Schotterauffahrt, in deren Mitte die uralte Eiche stand, von der ich mal gefallen und mir dabei den Arm gebrochen hatte. Es sah aus, als hätte die Natur einen Kreisverkehr angelegt. Und dann tauchte das Herrenhaus vor mir auf. Das Haus, in dem vier Generationen von Murphys gelebt hatten und auf dessen einzigem Türmchen auf dem Schieferdach immer noch dieselbe vom Wind arg mitgenommene schottische Flagge wehte. Das zweistöckige Gebäude im viktorianischen Stil ragte stolz vor mir auf; sein Stein war im Laufe der Jahre zu einem hellen Sandfarben verblasst. Die großen Fenster im unteren Stockwerk waren fast vollständig von dichtem grünen Efeu verdeckt, der sich um das Gebäude schlängelte, als würde er seine Gliedmaßen zusammenpressen.

Ich merkte, wie mir der Mund offen stand. In den Jahren meiner Abwesenheit hatte ich vergessen, wie unglaublich groß das Herrenhaus war. Die Ausmaße des Anwesens waren von den Erinnerungen an gemütliche Weihnachtsfeste im Familienzimmer verdrängt worden. An die Pfannkuchen und den Zitronenstreuselkuchen, die meine Großmutter Elsie jeden Sonntag gemacht hatte. Damals hatte es sich ganz normal angefühlt, dass mein privater Spielplatz acht Hektar groß war.

Vielleicht lag es an den verdunkelten Fenstern oder daran, dass drinnen keine Menschenseele auf meine Rückkehr wartete, dass es sich zu groß für eine Person anfühlte. Ich stellte mir vor, wie Kier in den letzten Tagen seines Lebens in diesen verlassenen Räumen herumgegeistert war, und hasste mich selbst noch ein bisschen mehr. Ich hätte hier sein sollen. Ich hätte wissen müssen, dass etwas nicht stimmt.

Ich parkte direkt vor dem Haus und holte als Erstes Dudley heraus, bevor er eine seiner drei verbliebenen Pfoten abnagen konnte. Ich verfrachtete ihn aus seiner Transportbox in sein Tragetuch und legte es mir um. Sobald ich ihn reingebracht hatte, konnte ich meine Taschen holen.

»Was hältst du von deinem neuen Zuhause, Kumpel? Es ist ganz anders als unsere Wohnung in London. Du wirst so viel Platz zum Toben haben und wir können jeden Morgen zum Strand runterlaufen.« Er leckte mir aufgeregt übers Kinn, wahrscheinlich eher, um die Krümel des mickrigen Sandwichs zu ergattern, das ich auf der Fähre gegessen hatte, als um seine Begeisterung zu zeigen.

Ich stieg die Stufen zum Vordereingang hoch und drehte den Messinggriff, der in die Tür mit abblätternder Farbe eingelassen war.

Abgeschlossen. Tja, damit war dieser Plan also hinfällig.

Es war dumm von mir gewesen, zu glauben, dass die Haustür offen sein würde – auch wenn Kier nie groß Wert auf

Sicherheit gelegt hatte –, aber ich hatte London ein wenig überstürzt verlassen. Ich legte den Kopf in den Nacken, maß die Entfernung zwischen dem Spalier und dem Fenster im zweiten Stock mit dem zerbrochenen Riegel ab und berechnete, mit welcher Geschwindigkeit ein Mensch höchstens fünfzehn Meter tief fallen durfte, um es unbeschadet zu überstehen.

Dudley wedelte ungeduldig mit dem Schwanz. »Schon gut, schon gut, ich denke nach! Wenn ich tot bin, kann dich niemand mehr füttern. Dann musst du in der Wildnis leben und Ratten und Kaninchen fressen, die zu schwach sind, um dir zu entkommen.«

Ich entschied mich dagegen, zum zweiten Stockwerk hochzuklettern, und schlenderte ein wenig herum, wobei ich den Kiesweg ignorierte, der zu der alten Whisky-Brennerei führte, die mein Urgroßvater vor fast siebzig Jahren gebaut hatte. Ich ging um das Haus herum und kam vor dem Küchenfenster im hinteren Teil zum Stehen. Ich musste lächeln, als ich die alten Holzrahmen bemerkte – ausnahmsweise war ich erleichtert, dass Kier Renovierungen nicht für nötig gehalten hatte. Wenn ich etwas Kraft anwandte, müsste sich das Fenster nach oben schieben lassen.

Ich kletterte in das Blumenbeet, in dem einst die Lieblingshortensien meiner Großmutter gewachsen waren, ignorierte das Schmatzen des nassen Schlamms und das Verbrechen, das er an meinen weißen Turnschuhen beging, und begann zu drücken. »Na los, komm schon …« Ich biss die Zähne zusammen, drückte fester, beugte meine Knie und drückte meine Schulter gegen den Rahmen, bis ich ihn ächzen hörte. »Geh schon auf, du Miststück.«

Plötzlich glitt er mit solcher Wucht nach oben, dass ich zurückstolperte und Schlamm auf meine nackten Oberschenkel spritzte. »Siehst du«, sagte ich zu Dudley, »kinderleicht.« Ich wischte mir die feuchten Hände an meiner Jeanshose ab und starrte in die schummrige Küche, die genauso aussah, wie ich sie in Erinnerung hatte, mit ihren frei liegenden Ziegeln und Balken – »Rustikaler Schick«, wie die Zeitschrift *House & Garden* es bezeichnen würde. Aber eigentlich war sie nur rustikal und alt. Ich schwang mein Bein über die Kante und sagte zu Dudley: »Da staunst du, was ich für verborgene Talente hab, Kumpel.«

Und so kam es, dass ich mir beim Einbruch in das Haus meines verstorbenen Großvaters hinten die Hose aufriss.

Ich wiederhole: Julia Roberts musste sich bestimmt nie mit so einem Mist rumschlagen.

***

Nachdem ich den letzten Müllbeutel aus meinem Auto am Fuß der Treppe deponiert hatte, wechselte ich meine durchnässten Klamotten und zog das erstbeste lange T-Shirt an, das ich finden konnte. Dann hängte ich meine feuchten Dessous zum Trocknen an den Heizkörper in der Küche, darauf achtend, den zarten Spitzenstoff sorgsam auszubreiten. Ich knüllte meine Lieblingsjeansshorts zusammen, die nicht mehr zu retten waren, und warf sie in den Mülleimer unter der Spüle. Ich wagte nicht, einen Blick auf die leeren Sofas im hinteren Teil des Raums zu werfen, der als Küche und Familienzimmer diente und in dem die Geister meiner Familie schon auf mich warteten.

Meine Großmutter Elsie strickte in ihrem Sessel vor dem Feuer; ich konnte den Ruß fast riechen. Ich konnte hören, wie sie aufsprang und von Kier verlangte, dass er seine Arbeitsmontur auszog, sobald er zum Abendessen durch die Tür trat. Ich konnte sehen, wie Kier mich angrinste, ein Grinsen, das mit zunehmendem Alter immer jungenhafter geworden war, und ich konnte sehen, wie er meine verworrenen Locken zerzauste und fragte: »Na, schönen Tag in der Schule gehabt, kleines Vögelchen?« Sogar meine Mutter war da. Ab und zu war sie uns für ein kurzes Weilchen besuchen gekommen. Eine junge alleinerziehende Mutter zu sein, das war nichts für sie gewesen. So hatte sie den größten Teil meiner Kindheit damit verbracht, als Animateurin auf einem Kreuzfahrtschiff zu arbeiten. Damals hielt ich das für den glamourösesten Job überhaupt, und ich habe sie immer so lange darum angebettelt, mir Geschichten zu erzählen, bis sie sich demonstrativ in eine aufgeschlagene Zeitschrift vertiefte. In diesen Mauern hatte es so viel Liebe und Schmerz gegeben. Und dann war alles weg gewesen, binnen eines Wimpernschlags. Auf einmal summte mein Telefon auf dem Tresen und riss mich aus meinen vagen Erinnerungen.

Ich brauchte nicht mal auf das Display zu schauen, um zu wissen, wer es war. »Du hast meine Nachricht also bekommen«, sagte ich, ohne sie zu begrüßen.

»April, bitte sag mir, dass das ein Scherz ist. Einer dieser dummen Streiche, die du gerne spielst.« Sydney war meine Mitbewohnerin und eine der wenigen Freundinnen, die ich in London hatte. Ihre Stimme klang nasaler als sonst, was bedeutete, dass sie immer noch ihre Anti-Schnarch-Nasenklammer trug. Sie war auch Schauspielerin und *derzeit* erfolgreicher als ich; im Moment drehte sie ihren ersten Spielfilm in Toronto.

»Danach habe ich es nie wieder gemacht, und das Pipi war schnell wieder aufgewischt!«, erwiderte ich zum hundertsten

Mal. Nur ein Mal in unserer elfjährigen Freundschaft hatte ich ihr einen Streich gespielt, und sie trug es mir immer noch nach.

»Ich *hasse* Streiche.«

»*Ich weiß.*« Mann, das hatte ich auf die harte Tour gelernt. In der ersten Woche, in der wir im zarten Alter von zwanzig Jahren zusammengezogen waren, hatte ich mir eingeredet, meiner Mitbewohnerin, einer gleichgesinnten angehenden Schauspielerin, als eine Art Initiationsritus einen »Willkommensstreich« spielen zu müssen. Frischhaltefolie auf dem Toilettensitz war ein Klassiker, echt urkomisch. Zumindest hatte ich das gedacht.

»Und?«, fragte sie.

»*Und*?«

»*Also* … bitte sag mir, dass du nicht den Verstand verloren hast und nach Schottland gefahren bist!«

»Warum sollte ich dir das sagen, wenn du es bereits weißt? Ich hab wortwörtlich geschrieben: *Bin für ne Weile in Schottland, weiß nicht, wann ich zurückkomme.*«

»Ich hatte gehofft, dein Handy wäre gestohlen worden … oder du wärst entführt worden.« Ich lachte und fuhr mit dem Finger über die Staubschicht auf der Fensterbank. Es regnete immer noch, und der Regen versperrte mir die Sicht auf das grasbewachsene Ufer und den steilen Pfad, der hinunter zur Strandbucht führte. »Und, bist du entführt worden? So was passiert da oben anscheinend öfter.«

»In Schottland?«

»*Genau.*«

Ich verzichtete darauf, sie daran zu erinnern, dass ich gebürtige Schottin war, auch wenn mein geglätteter englischer Akzent mittlerweile etwas anderes vermuten ließ, und sagte einfach: »Ich denke, ich komm schon klar.«

»Warum tust du das jetzt, April? Was ist mit dem Job, den du in Aussicht hattest?«

»Job? Das war mehr so ein Wet-T-Shirt-Wettbewerb. Die wollten, dass die männlichen Gäste mich mit Champagner bespritzen, bevor ich die Getränke serviere.« Seitdem meine Karriere sozusagen einen Umweg über eine holprige Seitenstraße genommen hatte, nahm ich jeden Job an, der mir angeboten wurde. Ich hatte bei gefühlt jeder Reality-Show mitgemacht: *Dancing With Celebrities*, *Celebrity Cook-Off* (zweimal), *Celebrities Go Dating*. Ich bin in lächerlichen Aufzügen und mit Schuhen, die meine Füße aufscheuerten, zu PR-Veranstaltungen gegangen und habe mit einem Lächeln im Gesicht neben Männern gestanden, bei denen mir innerlich ganz übel wurde. Ich hatte mich mit der Rolle eines geldgierigen C-Promis abgefunden. Aber als ich dann dieses kleine weiße T-Shirt sah, war irgendwas in mir übergekocht. Die Worte des Eventplaners hatten mir dann quasi den Rest gegeben. *Schätzchen, du zeigst nichts, was sie nicht schon Tausende Male gesehen haben.*

Wenn ich an die Tage zurückdachte, als mir die Jobs nur so in den Schoß gefallen waren, bekam ich ein schlechtes Gewissen. Mit sechsundzwanzig Jahren hatte ich einen BAFTA für die beste Nebenrolle gewonnen, ein Jahr später kamen zu meiner Sammlung noch zwei Golden Globes dazu. Jetzt fehlte nur noch der Oscar. Ich hatte sogar ein Bild davon an meinen Kühlschrank geklebt und mein Ziel somit immer vor Augen.

Immer Richtung Ziel schauen, kleines Vögelchen.

Wie es bei allem so ist, was im Leben einen Wert hat, hatte ich Jahre gebraucht, um meine Karriere aufzubauen. Zerstört war sie allerdings innerhalb weniger Sekunden gewesen. Jetzt, sechs Monate später, war es lächerlich, auch nur an den Oscar zu denken. Ich war mir ja nicht einmal sicher, ob ich wieder schauspielern würde.

»Ach, Mädchen. Bist du sicher, dass Skye im Moment besser für dich ist? Du bist auf einer Insel, um Himmels willen. Gibt's dort überhaupt einen Supermarkt?«

Gab es nicht. Aber es gab mehrere Tante-Emma-Läden, und man konnte sich heutzutage ja auch Lebensmittel liefern lassen. Mir würde es hier gut gehen. *Zumindest meistens.*

»Hat Angela dir den Vertrag nicht zugeschickt? Sie hat gemeint, sie würde ihn schicken.«

Angela, die Agentin von LDN Artists, hatte mich tatsächlich kontaktiert, und obwohl sie eine aufrichtige, freundliche Person zu sein schien, hatte ich noch nicht geantwortet. »Ich weiß nicht, ob ich schon so weit bin, ich bin erst vor ein paar Monaten aus meinem alten Vertrag rausgekommen. Ich brauch ein bisschen Zeit zum Nachdenken.« Ich schaltete das Handy auf Lautsprecher, damit ich parallel die Küchenschränke durchstöbern konnte. Dudley war zwar satt und glücklich und döste auf dem Boden, alle Beine von sich gestreckt, doch dafür knurrte mein Magen jetzt.

Sydneys Stimme hallte von der hohen Decke wider. »Aber du hast recht bekommen. Es ist an der Zeit, dass du wieder da rausgehst und dein Ding machst.«

Es fühlte sich ganz und gar nicht an, als hätte ich recht bekommen. Die dunkelsten Stunden meines Lebens waren unters Mikroskop gezerrt und gnadenlos seziert worden. Und währenddessen entschied eine Gruppe von Männern mittleren Alters, die alle meine Titten gesehen hatten, über mein Schicksal. »Recht bekommen?« Ich lachte tonlos in die Stille hinein. »Aaron hat vielleicht seinen Job verloren, aber wir wissen beide, dass er eine große Abfindung gekriegt hat, weil er ohne großes Trara gegangen ist. Er wird keine Probleme haben, aber ich …« Ich hatte Jahre verloren, in einem Beruf, in dem viele Frauen ohnehin ziemlich schnell weg vom Fenster sein konnten.

»Deshalb musst du wieder schauspielern.«

»Ich weiß nicht, ob ich wieder schauspielern will.« Es erschreckte mich, als ich merkte, dass ich es ernst meinte. Ich kannte nichts anderes. Ich war in nichts anderem gut. Hinzu kam, dass ich das Anwesen verlieren würde, wenn ich nicht wieder arbeiten ging … mein Leben war ein einziges Chaos. Ich war die lebende Verkörperung des Memes von dem Typen, der mit einer Pizza in seine Wohnung kommt und merkt, dass alles in Flammen steht.

Aber Sydney konnte ich das nicht sagen. Wir waren zwar Freundinnen, aber nicht solche, die sich über so persönliche Sachen unterhielten. Also zwang ich mich zu lächeln und sagte: »Ich werde drüber nachdenken und mir den Vertrag durchlesen.«

»Gut. Bist du sicher, dass du da oben klarkommst?«

»Ja.« Ich sah mich in der Küche um, betrachtete die abgegriffenen Schränke aus dunklem Kiefernholz und den großen Esstisch mit sechs Stühlen, den Kier als Hochzeitsgeschenk für Elsie gezimmert hatte. Auf allem lag eine dicke Staubschicht, wie auf meiner Kindheit. Dennoch fühlte sich mein nächster Atemzug wie der leichteste an, den ich seit Jahren getan hatte.

»Was hast du jetzt vor?«, fragte sie.

»Ich weiß es nicht.« Ich kaute auf einem Nagel. »Worauf ich grade Lust habe. Plätzchen backen und all die Liebesromane lesen, die ich auf meinem E-Reader gespeichert hab.

Spazieren gehen. Ich könnte mal Yoga statt Zirkeltraining probieren … du weißt, wie sehr ich Burpees hasse.«

Sie lachte. »Du wirst dich so langweilen, dass du schon morgen früh nach London zurückkommen wirst.«

Auf einmal war die Leitung tot, und um mich herum herrschte Stille. »Ich schätze, das werden wir bald rausfinden.«

2

April

Bad Blood – Taylor Swift

»Was ist das Problem? Das Bett?« Ich hätte schwören können, dass mein Hund pikiert dreinsah. »Die Matratze ist ein bisschen alt, ja, aber ich habe unser Bettzeug von zu Hause mitgebracht, sogar die kleine Decke, die du so magst, siehst du?« Ich hielt ihm den kratzigen grün-lila Schottenkarostoff hin – ein Relikt aus meiner Kindheit – und machte mich dann wieder daran, das Bett zu beziehen. Ich hatte mich nicht dazu durchringen können, mich ins alte Schlafzimmer meiner Großeltern einzuquartieren, obwohl es dreimal so groß war und über ein eigenes Bad verfügte. Nein, das Zimmer hier musste fürs Erste reichen.

Ich zog den Matratzenschutz ab und drehte die Matratze um, die erstaunlich gut in Schuss war. Tatsächlich hatte das ganze Zimmer die Jahre gut überstanden. Die blassrosa-weiß gestreifte Tapete, die ich als Teenie ausgesucht hatte, weil sie fast identisch mit der in Chers Schlafzimmer in *Clueless* war, wellte sich leicht an den Rändern, und die Dielen knarrten mehr als früher. Ansonsten kam es mir vor, als würde ich in eine andere Zeit zurückversetzt.

Nachdem ich den seidigen Bezug geglättet hatte, warf ich meine jadegrünen Lieblingskissen darauf, die auf meinen Instagram-Bildern so extravagant aussahen, obwohl ich sie in Wirklichkeit in einem Schnäppchenladen gekauft hatte. Ich warf einen Blick darauf – gab es eine bessere Metapher für mein Leben?

Ich war gerade dabei, das Bett zu beziehen, hatte meinen in beigefarbener Unterhose steckenden Hintern in die Luft gestreckt, während ich versuchte, die Zipfel der Steppdecke genau in die Ecken des Bezugs zu stopfen, als ich ein Geräusch hörte.

Krach. Knirsch. Stöhn.

Krach.

Knirsch.

Stöhn.

Ich kannte dieses Stöhnen ganz genau. Ich hatte genauso gestöhnt, als ich mich nur Stunden zuvor durch das verdammte Küchenfenster gezwängt hatte. Es war das Stöhnen, das man von sich gab, wenn man eine Aktion bereute.

Ein weiteres leises Rumpeln drang die Treppe herauf. Der Urheber war eindeutig männlich. Es war laut genug, dass Dudley sich zur Tür drehte und sein Schwanz aufgeregt und rhythmisch zu peitschen begann.

Bums. Jemand war auf dem Boden gelandet.

Das brachte mich in Bewegung. Ich stürzte mich auf Dudley, schloss mein Teufelchen auf drei Beinen in meine Arme und hielt ihm den Mund zu, bevor er uns verraten konnte. Ich war nicht zwölf Stunden gefahren, um jetzt in einem lahmen, zweitklassigen Horrorfilm mitzuspielen, der es nicht einmal in die Kinos schaffen würde. Nein, dieser Mistfilm würde direkt auf einer Streaming-Plattform landen. Oder noch schlimmer … auf DVD gebrannt werden. *Oh, heute Abend war ich echt kreativ mit den Metaphern.*

Ich stolperte ein paar Schritte zurück und drückte Dudleys winzigen Körper an meine Brust, während mir meine Möglichkeiten durch den Kopf gingen … *Ganz ruhig, niemand außer Sydney weiß, dass du hier bist.* Mist. Niemand außer Sydney wusste, dass ich hier war. Ich war so gut wie tot.

Ich suchte nach meinem Handy, während weitere Geräusche heraufdrangen – Schränke wurden geöffnet, Töpfe und Pfannen herumgeschoben. Plötzlich fiel mir ein, dass ich es auf dem verdammten Esstisch liegen gelassen hatte. Mir blieben nur wenige Minuten, bevor der Typ es bemerken und sich nach oben wagen würde. Ich brauchte einen Plan, musste in die Offensive gehen. Ein Überraschungsangriff war immer der effektivste … oder so ähnlich. Ich war zwar nur ein Meter achtundfünfzig groß, aber ich trainierte jeden zweiten Mittwoch. Und ich war rauflustig wie ein Chihuahua.

»Du schaffst das, du schaffst das«, versuchte ich mir gut zuzureden. Ich setzte Dudley aufs Bett und bedachte ihn mit dem gleichen »Rühr-dich-ja-nicht–vom-Fleck«-Blick, mit dem ich ihn immer ansah, wenn er im Park eine langsame Taube erspähte. Dann durchwühlte ich meine Taschen nach irgendetwas, das ich als Waffe verwenden könnte. Aber ich fand nur eine Dose Deospray und ein Paar Stiefel mit Pfennigabsätzen. Mit den Stiefeln konnte ich ihm Schmerzen zufügen, aber mit dem Deo … das würde ihn vielleicht lange genug außer Gefecht setzen, damit ich mir mein Handy schnappen und Hilfe rufen konnte.

Die Entscheidung war getroffen. Ich nahm die Kappe vom Deo ab und schlich zur Tür hinaus. Auf dem alten Teppichboden machten meine nackten Füße kaum ein Geräusch. Die Treppe war schon kniffliger. Ich überließ dem Muskelgedächtnis die Führung und hüpfte wie ein Teenager, der sich nach Einbruch der Dunkelheit an den Strand schleicht, um mit Freunden zu trinken, über lose Dielen.

Licht drang aus der Küche durch die rissige Tür. Die imposante Silhouette des Eindringlings huschte über das Fischgrätenparkett der Eingangshalle. *So richtig dreist.* Ich schüttelte angewidert den Kopf und umklammerte das Deo noch fester. Hatte der denn keine Ahnung, wie man so eine Nacht-und-Nebel-Aktion richtig anging?

Ich hielt mich dicht an der Wand und versuchte, meinen Herzschlag zu beruhigen. Das Geräusch seiner Schritte, während er auf der Suche nach irgendwas hin und her lief, überlagerte meine eigenen Fußtritte. Erst als ich die Türschwelle erreichte und seinen unordentlichen braunen Haarschopf erblickte, wie er sich auf der Kücheninsel abstützte und aus Elsies Lieblingstasse trank, sah ich richtig rot. Sämtliche Angst verließ meinen Körper. Ich duckte mich nicht, dachte nicht, atmete nicht. Ein heißer Strom der Gerechtigkeit floss durch meine Adern, und ich stürzte mich auf ihn.

Drei Schritte, und ich hing auf seinem riesigen Rücken. Er schrie überrascht auf und versuchte sofort, mich abzuschütteln, aber ich war zu schnell, schlang schreiend meine Beine um seine Taille. Meine Arme schlossen sich um seinen Hals, der den Durchmesser eines kleinen Baumstamms hatte.

Der Eindringling taumelte vor und zurück und stieß mit der Hüfte so hart gegen die Kante der Arbeitsfläche, dass ein Schneidebrett runterfiel. Möhren flogen wie winzige Raketen durch die Gegend, ein mörderisch scharfes Messer krachte auf die grauen Fliesen. Kurz kam mir der Gedanke, dass es schon seltsam war, dass ein Einbrecher Gemüse schnippelte. Aber ich steckte zu tief in der Sache drin, war zu sehr im Blutrausch. Nichts war mehr wichtig außer dem hier.

Von fern nahm ich wahr, wie ein Hund bellte. Zwei Hunde, Dudley und noch ein anderer. Der andere bellte lauter und in tieferem Bariton. »Was zum Teufel soll das?« Der Riese klang benommen und versuchte, sich mit seinen tellergroßen Händen von mir zu befreien. Mein Griff wurde schwächer, in ein paar Sekunden würde er mich überwältigt haben. »Wer zum Teufel sind Sie?«

Er klang verängstigt. Gut so. »Ich bin die Rache, Scheißkerl«, zischte ich zwischen zusammengebissenen Zähnen hervor – dieser Satz war übrigens völlig improvisiert –, bevor ich die Dose hob und den Sprühkopf drückte. Ein nach Kokosnussblüten duftender Sprühstoß vernebelte die Luft und traf nicht nur sein Gesicht, sondern auch meines. Er war nass und kratzte, brannte in meinen Augen und kroch meinen Hals hinunter. Wir schrien gleichzeitig auf. Jetzt hatte ich absolut keine Chance mehr. Ich klammerte mich fester an ihn, während mir die Tränen aus den Augen liefen, aber es war wie ein Ritt auf einem bockenden Wildpferd.

Er hieb sich die Nägel ins Gesicht, Schimpfwörter flogen durch die Luft, und dann setzten wir uns in Bewegung. Eine meiner Hände rutschte ab, als ich mit dem Rücken an die Wand über dem Heizkörper prallte. Ich tastete blind herum, bis ich weichen Stoff zwischen die Finger bekam. Ich hievte mich auf die Oberfläche und fummelte mit dem Stoff in der Hand vor seinem Gesicht herum, um ihm das Tuch in den Mund zu stopfen. Er versuchte erneut, mich abzuschütteln, und taumelte vorwärts. Zwei der Esszimmerstühle wurden bei unserem Handgemenge in Mitleidenschaft gezogen und krachten auf den Boden. Währenddessen wurde das Bellen immer lauter.

Ich sah mich nach Dudley um, um sicherzugehen, dass er in Sicherheit war, wenn sich die Situation zuspitzte, doch der

Eindringling langte mit einer seiner Bärentatzen nach hinten, packte mich am Kragen und schleuderte mich durch die Luft.

»Uuuf«, machte ich, als würde ich eine Staubwolke ausspucken. Nicht vor Schmerz, sondern vor Überraschung. Ich prallte zweimal gegen irgendetwas und lag dann plötzlich flach auf dem Rücken auf dem Sofa. Ein Schatten tauchte über mir auf, aber alles, was ich mit meinem verschwommenen Blick ausmachen konnte, war ein Durcheinander aus Haaren, Bart und Schottenkaros, bevor sich Hände auf meine Schultern legten. Ich strampelte wild, das Deo fiel mir aus der Hand.

»Herrgott, du verdammtes Teufelsweib«, rief er und spuckte das zusammengeknüllte Material aus seinem Mund. »Was machst du hier? Erklär dich!«

»Was *ich* hier mache?« Ich versuchte, ihn mit meinen Fingernägeln zu erwischen, aber er kam mir zuvor, legte seine Hände auf meinen Bizeps und drückte mich auf die Kissen. Wie konnte er überhaupt irgendwas sehen? Meine Augen waren nur noch flammende Feuerbälle. Verschwommen konnte ich sehen, wie er sich mit seinem Hemdsärmel über beide Augen fuhr. Beinahe siegte meine Genugtuung über den Schmerz. »Ich hab schon die Polizei gerufen, sie ist auf dem Weg. Wenn du schlau bist, verschwindest du, bevor sie kommen.«

»Soso, du hast die Polizei gerufen? Mit wem hast du gesprochen?« Er gab mir keine Gelegenheit zu antworten. »Ich weiß genau, dass Tom sein Telefon nach neun abstellt.«

Verdammt sei diese kleine Insel und ihre niedrige Kriminalitätsrate!

Ich legte so viel Autorität in meine Stimme, wie ich konnte, und sagte ruhig: »Du bist ein Einbrecher. Wenn du jetzt gehst, kann ich noch mal ein Auge zudrücken.«

Er schnaubte ungläubig. »Du …« Er brach ab und verzog

das Gesicht, als ob ein Schleier gelüftet worden wäre und wir nun plötzlich Gegenteiltag hätten, an dem sich alles, was er für richtig gehalten hatte, als schlimmer Irrtum herausstellte. Er ließ mich los und rieb sich erneut die Augen. »April?« Er sprach meinen Namen aus, als widerstrebte es ihm, dass er ihm vertraut war. Er *kannte* mich also. Und zwar nicht als April Sinclair, sondern als April Murphy. »Was tust du hier?«

Als er endlich die Hände von meinen Oberarmen nahm, zog ich den Saum meines T-Shirts hoch und wischte mir damit über die Augen, bis ich auch ihn deutlich sehen konnte.

Meine Hände erstarrten vor Schreck. Vor mir stand, den Mund missmutig verzogen unter dem wirren Haar und dem Bart, den ich fälschlicherweise für braun gehalten hatte, obwohl er eigentlich dunkelblond war, Malcolm – Mal – Macabe.

Malcolm. Eine süße Erleichterung durchströmte mich.

Es überraschte mich nicht, dass ich seine Stimme nicht erkannt hatte. Ich konnte an einer Hand abzählen, wie oft ich ihn in den Sommern, in denen er mit Kier in der Brennerei gearbeitet hatte, hatte reden hören. Sein Gesicht dagegen, das erkannte ich gleich. Das Gesicht über mir verschwamm und verwandelte sich in das des schlaksigen Teenagers, der so unbeholfen gewesen war und dabei doch so gut aussah. Zu große Füße und unruhige Hände, die Löcher in die Ärmel seiner Pullover bohrten. Doch irgendetwas an ihm hatte mich so in seinen Bann gezogen, dass ich oft zugesehen hatte, wie der Griff seiner Hände immer sicher und fest wurde, wenn er Gerste von der Ladefläche eines Lastwagens hievte und ins Lagerhaus lud. Drei Jahre lang, von fünfzehn bis achtzehn, war das meine Lieblingsbeschäftigung gewesen.

Über mir bewegte sich sein auf dem Kopf stehender Mund. Ich merkte, dass er etwas sagte. »Was tust du hier?«

Warum fragt er mich das ständig?

»Ähm … das ist mein Haus.« Dudley nutzte diesen Moment, um aufs Sofa zu hüpfen und sich in meine Armbeuge zu kuscheln. *Und der Preis für den schlechtesten Wachhund der Welt geht an …*

Malcolms Augen huschten zu Dudley und dann zu mir, wie ich ausgestreckt dalag. Vielleicht war es die Art, wie seine blaugrauen Augen über mich hinwegglitten, auf jeden Fall erkannten wir beide gleichzeitig, was ich trug … oder besser gesagt, nicht trug. Mein T-Shirt war bis zur Taille hochgerutscht, sodass mein beiger Slip voll zur Geltung kam. Er schluckte und trat einen Schritt zurück. Seine Wangen glühten tiefrot. Da – das war der Malcolm, an den ich mich erinnerte. Anstatt mich aufzusetzen, streckte ich ein Bein aus und beobachtete, wie seine Augen der Bewegung folgten.

Ich stellte fest, dass ich es mochte, wenn er mich ansah. Das war schon immer so gewesen.

Mal zuckte zurück, als hätte er mich beim Umziehen erwischt, und stellte die umgestürzten Stühle wieder auf. Da bemerkte ich den Stoff, der schlaff von seinen Fingern baumelte. Mein BH. Der knappe weiße Spitzen-BH, den ich auf dem Heizkörper hatte trocknen lassen. Die letzten sechzig Sekunden liefen noch einmal vor meinem geistigen Auge ab, und mir entfuhr ein Lachen. Ich hatte gerade mit Malcolm Macabe gerungen. Ich hatte mich auf ihn gestürzt wie ein verdammter Klammeraffe und ihm meinen BH in den Mund gestopft. Diese Nacht war auf dem besten Weg, die seltsamste meines Lebens zu werden.

Ich zwang mich dazu, mich hinzusetzen, wischte mir die Tränen von den Wangen und fand schnell die Quelle des zweiten Gebells: einen wunderschönen Golden Retriever, der jetzt zu Malcolms Füßen saß. Der lebhafte Hund und sein mürrischer Besitzer waren so gegensätzlich wie Tag und Nacht. Der ganze Körper des Hundes bebte, und sein Schwanz peitschte vergnügt auf den Fliesen. Malcolm blickte weiterhin finster drein, seine Lippen, von denen ich noch wusste, wie lächerlich voll sie waren, halb verdeckt von einem beeindruckenden, aber ordentlich gestutzten Bart. Er hatte den Mund zu einer schmalen Linie zusammengepresst, sodass die OP-Narbe, die sich von seinem linken Nasenloch bis zur Mitte seiner Oberlippe zog und damals fleischrosa gewesen war, noch deutlicher hervortrat. Mittlerweile war sie zu Weiß verblasst.

Mal bemerkte meinen Blick und sah auf seine Füße hinunter. Na gut, dann starrte ich eben den Hund an. »Hey, Süßer«, sagte ich und streckte eine Hand aus.

Malcolm stieß ein schroffes »Hiergeblieben!« aus, aber der Hund war schon in Bewegung und lief auf meine Hand zu. Dudley, der sich nicht ignorieren lassen wollte, ließ sich auf den Rücken plumpsen und berührte mit einer Pfote meinen Arm, bis ich ihn mit meiner freien Hand streichelte.

Malcolm beobachtete das Ganze mit geschwollenen, wenn auch wachsamen Augen, so als wäre meine Hand eine Schlange, die sein geliebtes Haustier erwürgen wollte. Na gut, war in Anbetracht der Situation vielleicht sogar eine faire Einschätzung. Ich beschloss, das Thema direkt anzusprechen. »Hör mal, es tut mir so leid, dass ich dich angegriffen und dir ins Gesicht gesprüht hab … und auch das mit dem *Scheißkerl*. Wenn ich gewusst hätte, dass du es bist, hätte ich nie …«

»Hättest du mich nicht fast geblendet?«

Ich streichelte weiter die Hunde. »Das Deo hat nur natürliche Inhaltsstoffe, es hätte dich gar nicht blenden können.«

»Und wenn da Feenstaub drin ist, ist mir scheißegal.«

Ich musste mir auf die Lippe beißen, um ein Lachen zu unterdrücken. »Das Schicksal unseres Planeten liegt in jedermanns Verantwortung, Malcolm.«

»*April.*« In seinem Tonfall lag etwas Warnendes. Wäre da nicht der BH gewesen, den er immer noch umklammert hielt, ohne es zu merken, wäre ich mir vorgekommen, als stünde ich im Büro des Schuldirektors.

»Okay, gut, tut mir leid. Lass mich die Sache kurz erklären … es ist wirklich irgendwie lustig. Ich war grade oben in meinem Schlafzimmer, da hab ich gehört, wie du durch das Fenster eingestiegen bist. Und als Frau natürlich, wenn ein Mann einen bedroht …«

»Bedroht?« Er sah aus, als würde ihm gleich eine Ader platzen.

»… bin ich gleich vom Schlimmsten ausgegangen.« Ich stand auf, und die Hunde sprangen aufgeregt um meine Füße herum. Wie er es schon als Jugendlicher getan hatte, begegnete Malcolm meinem Blick nicht und starrte stattdessen weiter auf seine Stiefel.

»Ich bin nicht eingebrochen, ich bin nur durch das Fenster rein, weil der Sicherheitsriegel vorgeschoben war.«

»Du meinst den Sicherheitsriegel, den eine einsame Frau vielleicht zur, ich weiß nicht … Sicherheit vorschieben könnte?« Ich grinste breit. Er reagierte nicht darauf, *nada, null.* Nicht einmal ein winziger Riss in seiner kühlen Fassade. Seltsam, dieses Lächeln wirkte normalerweise bei jedem. »Malcolm, ich mache dir keine Vorwürfe. Ich habe die Situation eindeutig falsch eingeschätzt, und es tut mir echt leid – ich versuche nur, mich zu erklären.«

»Wie bist du eigentlich reingekommen?«, fiel er mir ins Wort. Er lehnte sich mit dem Rücken an den Esstisch und verschränkte seine in dunkelblaues Karo gehüllten Arme vor der Brust, bis die Nähte spannten. Das Stückchen Spitze hing immer noch an seinen Fingern, er hatte es nicht bemerkt. Und bei der Göttin Meryl Streep, ich schwöre, ich bemühte mich wirklich, es nicht anzustarren. »Heute Abend. Wie bist du reingekommen?«, wiederholte er.

»Ähm ... das Küchenfenster.« Ich gestikulierte über meine Schulter. »Es ist eigentlich ziemlich seltsam, wenn ich so drüber nachdenke ... Wir sind beide auf genau dieselbe Weise eingebrochen – warte, hast du dir auch die Hose aufgerissen?«

Als Reaktion hob er nur eine Augenbraue. »Bist dann nicht du die Einbrecherin?«

»Ich?« Ich machte einen Schritt zurück. Warum fühlte ich mich jetzt plötzlich ertappt? »Ich bin hier aufgewachsen, ich bin Kiers Enkelin, somit gehört das Anwesen mir.«

»Enkelin?«, spottete er grimmig. Sein Tonfall passte überhaupt nicht zu dem Malcolm, den ich kannte. Offenbar brauchte er mich nicht mal anzusehen, um mir den Todesstoß zu verpassen. Er starrte weiter auf seine Stiefel, während er die Worte aussprach, die mir direkt ins Herz stachen. »Würde eine Enkelin nicht ein paar Tage mal das Ganze Promigetue sein lassen und zur Beerdigung ihres Großvaters kommen?«

Ich wusste, dass mir der Mund offen stand, aber ich schaffte es nicht, ihn zu schließen. Als Teenager war Malcolm furchtbar schüchtern gewesen, aber niemals gefühllos. Ich hatte ja nicht mit einer Umarmung oder einer Einladung zum Abendessen gerechnet – auch wenn ich sie auf jeden Fall angenommen hätte –, aber vielleicht wenigstens mit einem Lächeln und ein paar netten Worten, etwa: »Hallo April, schön, dich zu sehen« oder »Lass uns einen Kaffee trinken gehen«.

Was um alles in der Welt war mit ihm los? Vielleicht war heute wirklich Gegenteiltag. Oder ich hatte mir während des Handgemenges irgendwo den Kopf gestoßen und halluzinierte das alles nur. »Malcolm …«

Er schritt auf mich zu, beugte sich ein wenig näher zu mir herunter, als es angemessen war, und gab seinem Hund zwei sanfte Klapse auf den Hintern. »Ab nach Hause, Junge.« Der Hund warf Dudley einen fast menschenähnlichen Blick zu, folgte seinem Herrchen aber gehorsam. Ich beobachtete das Ganze mit fassungslosem Schweigen.

Bevor er verschwand, versenkte Malcolm noch einen letzten Treffer. Eigentlich eine Granate, und der Befehl zum Feuern wurde in sanftem schottischen Dialekt gegeben. »Geh zurück nach London, Prinzessin. Hier wird sich niemand freuen, dich zu sehen.«

Ich starrte vor mich hin, bis ich hörte, wie sich die Haustür schloss. Dann tat ich das Einzige, worin ich gut war … ich schauspielerte. Meine zitternden Lippen dehnten sich zu einem Lächeln, und ich sagte mit der falschen Fröhlichkeit, die ich mittlerweile so mühelos hinbekam, zu Dudley: »Tja … das war seltsam, aber egal, er hatte wahrscheinlich einfach einen ziemlich miesen Tag. Morgen wird's bestimmt super, du wirst schon sehen.« Ich machte mich daran, die Küche auf Vordermann zu bringen, und kroch auf Händen und Knien herum, bis ich auch den letzten Karottenwürfel gefunden hatte. Als es schließlich keinen Grund mehr gab, weiter in der Küche zu bleiben, schleppte ich mich wieder hoch in mein Zimmer, das zu sehr nach Zuhause roch, und schlüpfte in mein frisch gemachtes Bett, Dudley an meine Brust gekuschelt.

3

Mal

This Is Me Trying – Taylor Swift

»Hmm, ein bisschen nach rechts – nein, nach links, zurück nach links … links!« Ich stöhnte unter dem Gewicht und schob den massiven Eichenschrank um einen Bruchteil eines Zentimeters nach links. »Wieder nach rechts … Perfekt! Genau, jetzt ist es perfekt.« Jessica Brown, die Inhaberin von Brown's Coffee & Cakes, klatschte in die Hände und gab ein anerkennendes »Hm-hm« von sich.

Ich hatte die schwere Eichenvitrine einen ganzen Meter von der Glasvitrine weggeschoben, in der die Torten ausgestellt waren, weil Jessica behauptete, dass man ihre selbst gemachte Marmelade in diesem Winkel von der Straße aus besser sehen konnte. Für mich machte das keinen Unterschied, aber Brown's war in dieser Gegend eine Institution, und wenn Jessica um Hilfe bat, musste man ihr verdammt noch mal helfen, wenn man ein geschätzter Kunde bleiben wollte. Außerdem sollte sie keine schweren Gegenstände allein herumhieven.

Ich wischte mir den Schweiß des schwülen Morgens von der Stirn, sah mich in dem kleinen Café um, das das Dorf Kinleith seit über drei Jahrzehnten schmückte, und betrachtete dann das Chaos, das ich zum Vorschein gebracht hatte.

Dort, wo zuvor der Schrank gestanden hatte, glänzte das angegraute Linoleum in strahlendem Weiß. Es war mit einer feinen Schicht aus Staubkügelchen, alten Kassenbons und Schokoladenstückchen bedeckt – zumindest betete ich inständig, dass es sich um Schokolade handelte. Besser, ich räumte das weg, bevor die Lebensmittelbehörde dem Café einen Überraschungsbesuch abstattete.

»Hast du einen Besen?«, fragte ich sie, als sie hinter den Tresen huschte. Jessica war sechsundsiebzig Jahre alt, wirkte aber ein Jahrzehnt jünger und ließ sich auch von der doppelten Hüftprothese, die sie sich hatte einsetzen lassen, nicht aufhalten. Sie schaltete den Strom wieder ein, und ihre blau getönten Haare leuchteten unter der Deckenbeleuchtung, die ich erst letzten Monat auf LEDs umgestellt hatte. Das würde ihr während des langen Winters eine Menge Stromkosten ersparen.

»Du bist ein guter Kerl, Mal«, sagte sie und reichte mir den kleinen Besen. Ich spürte das vertraute Brennen an meinen Ohrenspitzen und ging in die Hocke, um das Chaos aufzufegen, während sie weiterplapperte.

»Wo wir gerade von Teufelskerlen sprechen …« Hatten wir das? »Wie geht's deinem Bruder?«

»Du siehst Callum wahrscheinlich öfter als ich«, knurrte ich. Er war noch verfressener als ich, was Süßigkeiten anging.

»Er kommt immer nur ganz kurz vorbei, hat nie Zeit zum Plaudern.«

Ich knurrte noch einmal, kippte den Staub und die Quittungen aus dem Jahr Zweitausendzwei in den Mülleimer und schob die Tische und Stühle wieder an ihren Platz.

Genau aus dem Grund gehörte Jessica zu den wenigen Menschen, deren Nähe ich ertragen konnte: Sie redete und redete, ohne jemals eine Antwort zu erwarten. Solche Erwartungen brachten mich immer ins Schwitzen, und mir wurde schwindelig. Ich bekam dann das Gefühl, so schnell wie möglich flüchten zu müssen. Bei ihr brauchte ich nur ein wenig zu nicken und zu knurren, und schon erzählte sie dem Rest meiner Familie von dem wunderbaren Gespräch, das wir geführt hatten. Mehr brauchte ich nicht an sozialen Kontakten.

»Hab ich dir erzählt, dass meine Enkelin schon immer für ihn geschwärmt hat? Du kennst doch meine Enkelin Maggie, oder? Schade, dass sie nicht näher wohnt. Sie musste ja unbedingt nach Glasgow ziehen, sich die Haare rasieren und sie rosa färben«, schimpfte sie. »Wird Zeit, dass Callum mit nem netten Mädchen aus der Gegend ne Familie gründet. Er hat nen guten Job, da wär's direkt egoistisch, wenn er's nicht täte.«

Ich schluckte die Bemerkung hinunter, dass »ein nettes Mädchen aus der Gegend« meinen Bruder zu Tode langweilen würde, und antwortete diplomatisch: »Er ist schon mit seinem Job verheiratet.«

Sie drohte mir mit einem leicht gekrümmten Finger. »Der Junge wird eines Tages plötzlich feststellen, dass er alt und hässlich ist und ne Glatze bekommt, und dann wird er sich wünschen, dass er sich eine Frau gesucht hätte.«

Ich widersprach ihr nicht, vor allem, weil mir die Vorstellung gefiel, dass mein charmanter großer Bruder, der noch nie in seinem Leben irgendwelche Probleme gehabt hatte, sein kostbares Haar verlieren könnte. Außerdem fiel mir auf, dass sie sich gar nicht nach *meinem* Liebesleben erkundigte. Wahrscheinlich war ich in ihren Augen mit meinen zweiunddreißig Jahren bereits dazu verdammt, ein Leben lang nur für eine Person zu kochen. Die Hitze hinter meinen Ohren breitete sich aus, bis ich spürte, wie sie über mein ganzes Gesicht kroch. Ich strich mit meinen Daumen nacheinander über die Spitzen meiner anderen Finger, auf die übliche ruhelose Art. Zum Glück kündigte das Klingeln der Glocke über der Tür den ersten Kunden des Tages an, sodass ich unauffällig verschwinden konnte.

»Ich pack's dann, Jessica.« Ich schulterte meine Tasche und stellte die Flasche Whisky ab, die ich alle zwei Wochen für ihren Mann Angus vorbeibrachte. Wie es die gesellschaftlichen Gepflogenheiten verlangten, nickte ich dem Eintretenden zu, ohne ihn direkt anzusehen, und trat auf die sonnenbeschienene Hauptstraße, die Freiheit zum Greifen nah.

»Warte. Du hast dein Geld vergessen.«

Ich hob die Schultern. »Ich habe dir schon beim letzten Mal gesagt, dass du mir nichts geben musst.«

»Du spinnst doch, Junge, jetzt nimm es.« Sie drehte mich mit überraschender Kraft herum und klatschte mir ein Stück Victoria-Biskuit-Kuchen auf die leere Handfläche. Marmelade und Buttercremeglasur tropften zwischen meinen Fingern nach unten, während eine verirrte Erdbeere neben meinem Stiefel landete. »Und jetzt ab mit dir.«

Direkt auf die Hand, jedes Mal.

Ich führte das Kuchenstück an meine Lippen und bog direkt in die Hauptstraße in Richtung des kleinen Dorfparkplatzes ab. Der gepflasterte Weg fiel zum Hafen hin ab, wo in der Ferne Möwen kreischten und hinabsausten, um sich auf einen weiteren arbeitsreichen Tag vorzubereiten, an dem sie ahnungslosen Urlaubern Eiswaffeln klauen konnten. Die vor Kurzem aufgehängten Wimpel für die bevorstehende Sommersaison wehten in der Morgenbrise wie Dutzende von

Miniaturdrachen. Es war noch nicht einmal neun Uhr, doch auf der Straße herrschte bereits reger Betrieb. Die Einheimischen grüßten einander, putzten die Fenster und öffneten die Türen der zahlreichen kleinen Geschäfte, die sich entlang der Straße aufreihten. Touristen suchten mit verschlafenen Augen nach Frühstück und posierten für Fotos neben den malerischen Gebäuden, die in den vielen Farben gestrichen waren, für die Kinleith berühmt geworden war. Der *Rainbow Walk*, wie er auch genannt wurde. Selbst die Anwohner fingen an, ihn zu nutzen.

Ich senkte den Kopf und wich einer Gruppe kichernder Mädchen aus, die mit passenden Peace-Zeichen auf den Nägeln vor dem knallrosa Nagelstudio posierten. Ich schluckte den letzten Bissen Kuchen hinunter und leckte den Zuckerguss von den klebrigen Fingern, während sich mein Nacken langsam verspannte. Ich hasste diese Jahreszeit, hasste die Menschenmassen, den Lärm und die Tatsache, dass sie die Landschaft zerstörten. Ich verstand, dass der Tourismus den Einwohnern Vorteile brachte, aber das hieß nicht, dass ich ihn gut finden musste.

Als mein alter Land Rover in Sicht kam, zog ich die Schlüssel sofort aus der Tasche, und der Druck ließ ein wenig nach. Boy, mein Golden Retriever, schlief tief und fest und nahm die gesamte Länge des Rücksitzes ein, genau dort, wo ich ihn fünfzehn Minuten zuvor zurückgelassen hatte. »Verdammt«, fluchte ich und hielt mir Nase und Mund zu, als ich mich hinter das Lenkrad setzte. Trotz der vier leicht geöffneten Fenster hatte er es geschafft, die kleine Fahrerkabine in einen Gasofen zu verwandeln. »Wir müssen deine Ernährung umstellen, Kleiner.« Mein Hund rollte sich auf den Rücken und furzte als Antwort erneut.

Ich verließ den Parkplatz und machte mich auf den kurzen Weg zum Sheep's Heid Pub, wobei ich mir das, was ich dem Besitzer Ian sagen wollte, bereits jetzt wie ein Drehbuch zurechtlegte. *Die letzte Lieferung des Tages*, sagte ich zu mir selbst. Nur noch ein Zwischenstopp, dann konnte ich zurück zur Brennerei fahren – zurück zu meinem Cottage.

Ich hatte eine Routine, an die ich mich strikt hielt. Whisky-Lieferungen einmal pro Woche. Einkäufe zweimal pro Woche. Jeden zweiten Nachmittag Takeaway von Brown's. Kleine soziale Interaktionen, zu denen ich mich zwang, weil ich mich sonst in meinem Cottage verbarrikadieren und nie wieder herauskommen würde.

Kier hatte diesen Teil der Arbeit genossen, Kier hatte sich um den Verkauf der Produkte gekümmert und mit den Kunden geschwatzt, während ich die Routinearbeit erledigt hatte. Je kränker er geworden war, desto mehr war die Verantwortung auf mich übergegangen, und obwohl uns unser kleiner Kundenkreis treu blieb, wurde ich das Gefühl nicht los, dass ich ihn in gewisser Weise im Stich ließ. Jedes Mal wenn ich bei einer Lieferung an einen Kunden ins Stottern geriet oder eine verspätete Zahlung – die ich mir eigentlich nicht leisten konnte – einfach ignorierte, nur weil ich Konfrontationen hasste, versagte ich.

Ich wusste, was die Leute hier von mir dachten. *Der Griesgram. Der Einsiedler.* Dieses Dorf war sowohl ein Segen als auch ein Fluch. Es war meine Heimat, und doch hatte ich mich hier nie richtig wohlfühlen können.

Klar, ich fühlte mich in meinem Cottage mit Boy wohl oder wenn ich mit Kier und manchmal mit meinen Geschwistern zusammen war. Aber dennoch war ich jedes Mal unglaublich erleichtert, wenn sie wieder gingen und das Alleinsein, nach dem mich so sehr verlangte, mich wie eine warme, nicht verurteilende Decke umgab, wenn ich in Ruhe gelassen wurde. Kleine Gemeinden hielten zusammen, aber sie tratschten und verurteilten auch sofort, wenn sich jemand nicht so verhielt, wie sie es für richtig hielten.

Das hatte mich nie gestört – bis jetzt.

Ich dachte an meine drei Geschwister, vor allem an meinen ältesten Bruder Callum, und an die unbeirrbare Leichtigkeit, mit der er durchs Leben ging. Er wollte zum Militär? Dann tat er das. Er wollte auf die Uni in Edinburgh gehen? Dann ging er eben hin. Er wollte zurück nach Skye ziehen und seine eigene Tierarztpraxis eröffnen? Dann tat er schlussendlich auch das. Er wollte mit einer netten Frau aus der Gegend eine Familie gründen? Dann war die einzige Frage, die sich noch stellte: Mit welcher?

Ein nettes Mädchen aus der Gegend.

Ich hatte keine Ahnung, warum mir sofort April in den Sinn kam.

April Sinclair war also zurück in Kinleith. Ich hätte es fast nicht geglaubt, wäre ich heute Morgen nicht an dem schlammverschmierten Mini Cooper vorbeigefahren, der vor dem Herrenhaus geparkt war. Ich erinnerte mich, wie sie in der Nacht zuvor ausgesehen hatte, zwar verschwommen, aber die roten Locken hatte ich sofort erkannt. Wie sie alle nackten Gliedmaßen von sich gestreckt wie ein Seestern auf dem alten Sofa lag, nachdem ich sie wie einen Sack Gerste darauf geworfen hatte. Das Teil aus Spitze, das ich ganz unten in meiner Sockenschublade versteckt hatte. Ich schüttelte den Kopf und wand mich.

April Sinclair, das bedeutete nichts Gutes.

Murphy, musste ich mich erinnern, während sich meine Hände um das Lenkrad krampften. *April Murphy.*

Ich hätte nie gedacht, dass ich den Tag erleben würde, an dem sie sich herabließ, um auf die Insel zurückzukehren. Und wenn es nach mir ginge, würde ich sie sofort dorthin zurückschicken, wo sie hergekommen war.

***

Der Knoten in meiner Brust löste sich in dem Moment, als ich die Tür zu dem kleinen Arbeitercottage schloss, das an die Kinleith Distillery angrenzte.

Boy trottete direkt zu seinem Napf, schnupperte, als er ihn leer vorfand, und ließ sich dann in sein übergroßes Körbchen fallen. Von seinem üblichen Platz neben dem Kamin aus beobachtete er mitleidig, wie ich Haferflocken in eine Schüssel schüttete, Milch dazugab und die Schüssel in der Mikrowelle erwärmte.

»Du kennst die Regeln, Kleiner. Erst esse ich, dann du«, erinnerte ich ihn und stellte den Timer ein. Ich hatte nur ein paar Minuten Zeit zum Essen, wenn ich noch vor Sonnenuntergang den Bottich mit Gerste füllen und die leeren Whiskyfässer verladen wollte. Ich musste auch noch die Scharniere der Tür zum Lagerraum auswechseln – meine Werkzeugtasche stand seit mindestens einer Woche bereit. Seit ich mich allein um alles kümmerte, hatte der Tag einfach nicht genug Stunden, um alle Aufgaben zu bewältigen. Callum kam vorbei, wenn er Zeit hatte, aber selbst das reichte nicht aus. Ich brauchte eigentlich einen weiteren Mitarbeiter in Vollzeit, hatte aber kein Geld, um ihn zu bezahlen. Also musste ich mich im Moment mit Teilzeitkräften und Gefälligkeiten durchschlagen.

Ich holte die dampfende Schüssel aus der Mikrowelle und setzte mich an den Esstisch, der gerade noch so in den Raum passte, solange ich ihn direkt ans Fenster schob. Boy winselte noch einmal, und ich tat so, als würde ich es nicht hören.

Ich konnte mich noch genau an die Nacht erinnern, in der Callum vor meiner Tür aufgetaucht war, mit einem zotteligen Golden Retriever im Arm, und verkündet hatte, der Welpe brauche ein Zuhause. Mein »Auf keinen Fall« hatte er einfach überhört, mir den Hund prompt in die Arme gedrückt und war zurück zu seinem Auto geschlendert, ohne sich noch mal umzudrehen. Ich hatte weder den Platz oder die Zeit für einen Hund noch den Willen, mich ihm zu widmen. Doch jetzt, zwei Jahre später, war er immer noch hier, und es klappte ganz gut.

Ich konnte das gesamte Cottage in zehn Schritten durchqueren. Die Küchenzeile bestand nur aus einem kompakten Kühlschrank, einer Spüle, einer Mikrowelle und einer Kochplatte, was der Grund dafür war, dass ich es normalerweise vorzog, im Herrenhaus zu essen. In der Mitte des Raums befand sich der Wohnbereich mit Fernseher, Zweisitzersofa – obwohl ich nie Gäste hatte – und meinem Lieblingssessel. Die einzigen Dinge, bei denen ich im Hinblick auf die Größe keine Kompromisse machte, waren das Kingsize-Bett in der hintersten Ecke und die Regalreihen aus Altholz, in denen meine Film- und Büchersammlung untergebracht war.

Klein, aber fein und ganz meins.

Aber eigentlich ist es nicht deins, oder?

Meine Hand wanderte reflexartig zu dem Stapel Papiere auf dem Tisch, zu dem Brief, den ich im letzten Monat unzählige Male gelesen hatte, und ich überflog die Zeilen, die ich mittlerweile auswendig kannte.

Bezugnahme auf den letzten Willen von Kier Angus Murphy.

Antrag vom Begünstigten abgelehnt.

Keine Klagebefugnis.

Dann das zweite Schreiben, eine Antwort der Bank auf meinen Antrag auf einen Geschäftskredit. Ebenfalls *abgelehnt*.

Abgelehnt.

Abgelehnt.

Abgelehnt.

Ich schlug mit der Faust auf den Tisch und empfand keinerlei Genugtuung, als das Papier unter der Wucht knitterte. Dieser Ort gehörte mir, das Cottage, die Brennerei. Alles hätte mir gehören sollen. Jahrelang hatte ich monatliche Raten in den Kauf von Kiers Kinleith Distillery investiert, mit der Aussicht, dass sie irgendwann rechtmäßig in mein Eigentum übergehen würde. Dann war er krank geworden, und niemand hatte mehr einen Gedanken an juristische Dokumente und Landtitel verloren.

Ich war kein eiskalter Mistkerl; ich vermisste meinen Freund, den Mann, der für mich mehr Vater als mein eigener Vater gewesen war. Aber er war weg, und alles, worauf ich hingearbeitet hatte, war mit ihm verschwunden. Und jetzt besaß April Murphy die Frechheit, hier aufzutauchen, dieses Prinzessinnenlächeln zu lächeln und sich über die Umstände unseres Wiedersehens zu amüsieren, während sie ganz allein von meinem Ruin profitiert hatte.

Nein, sie war kein *nettes Mädchen aus der Gegend*. Vielleicht war sie das einmal gewesen, aber ich hatte die Verachtung in ihren Augen gesehen, als sie sich gestern Abend im Anwesen umgesehen hatte, als hätte sie gehofft, ein größeres

Erbe vorzufinden. Für sie war dieses Leben zu klein, Kier war nicht wichtig genug gewesen. Sie war zu sehr mit ihrem schicken Londoner Leben und ihren prominenten Freunden beschäftigt gewesen, um mitzukriegen, dass Kier sich den Arsch aufgerissen hatte, um das Anwesen in Schuss zu halten. Um die Destillerie am Laufen zu halten, während seine Gesundheit ihn langsam im Stich gelassen hatte. Sie hatte keine Lust gehabt, zu seiner Beerdigung zu kommen, aber sobald es etwas abzustauben gab, was sie nicht verdient hatte, war sie ganz schnell da.

Am Anfang hatte ich noch verstanden, wieso sie die ganze Zeit weg war, als ihre Karriere abgehoben hatte. Sogar die Leute auf der Insel hatten sie auf ein Podest gestellt; man hatte keine Straße entlanggehen können, ohne dass jemand ehrfürchtig den Namen April Sinclair flüsterte. Doch die Filmrollen waren weniger geworden, und während die Gerüchte in der Presse kursierten, begann sie, in diesen lächerlichen Reality-Shows aufzutauchen. Wir alle konnten zusehen, wie sie jede Gelegenheit nutzte, um im Rampenlicht zu stehen.

Ich hatte einmal mit Kier gesprochen und ihn ermutigt, einen Schritt auf sie zuzugehen und sie eine Weile bei sich aufzunehmen, obwohl ich wusste, dass das nicht meine Aufgabe war. Ich hatte gedacht, dass es vielleicht nur eine ausgestreckte Hand brauchte, damit sie zurückkommen und Kier und sie sich umeinander kümmern würden. Doch sie hatte sich geweigert. Selbst als er krank geworden war, hatte sie sich geweigert.

Ich hatte es nicht verstanden. Wie konnte sie das Leben hier einer Branche vorziehen, der sie ihr Leben gewidmet und die sie dann weggeworfen hatte wie einen alten Putzlappen? War sie so süchtig nach dem Geld und dem Ruhm?

Mein Zuhause – der Ort, in den ich meinen Schweiß und mein Blut gesteckt hatte – würde sicher nicht ihren Lebensunterhalt finanzieren. April Murphy/Sinclair, wie auch immer sie sich in diesen Tagen nennen mochte, würde mir das alles aus meinen kalten, toten Händen reißen müssen.

4

April

Home – Edward Sharpe & The Magnetic Zeros

Ein Vorteil des nächtlichen Hin-und-Her-Wälzens war, dass ich am Mittwochmorgen früh genug aufstand, um meinen Morgenkaffee am Ufer genießen zu können, während die Sonne über dem Wasser aufging und mir der Duft des Heidekrauts in die Nase stieg. Das Einzige, was diesen Moment noch vollkommener gemacht hätte, wäre die handgeschnitzte Bank gewesen, die Kier Elsie vor langer Zeit selbst bauen wollte, wenn er mal einen freien Tag hätte. Doch der freie Tag hatte sich nie ergeben.

Trotz des Regens in der vergangenen Nacht war es an diesem Morgen sonnig und trocken, sodass ich Dudley zu seinem ersten Strandspaziergang mitnahm. Ich kam ins Schwitzen, als ich seinen stämmigen kleinen Körper den steilen, zerklüfteten Pfad hinuntertrug, der im Zickzack vom Ufer zur privaten Bucht führte. Er kam erschöpft und mit Sand in den Schnurrhaaren zurück, und ich musste den Kiesweg, der an der alten Brennerei vorbei zurück zum Herrenhaus führte, ganz langsam mit ihm gehen.

Je länger ich alles in mich aufnahm, desto mehr schüchterte mich die schiere Größe des Anwesens ein. Das alles gehörte mir. Ich war für all das hier verantwortlich. Das Gras war kurz geschnitten, und die Büsche, die als Barriere zwischen dem Anwesen und der Brennerei dienten, waren ordentlich zurückgeschnitten. Im Laufe der Sommerwochen würden sie jedoch wieder getrimmt werden müssen.

Der Außenbereich war immer Kiers Domäne gewesen, während das Herrenhaus Elsies Domäne war. Ich hatte Elsie nie ohne Staubtuch in der Hand gesehen, sie war eine Frau gewesen, bei der das Abendessen um fünf Uhr auf dem Tisch stand und die schmutzige Wäsche einfach vor die Tür geworfen werden konnte. Kier war der gewesen, der alles in Schuss hielt, der, der alle versorgte. Ich nahm an, dass das bei vielen älteren Paaren so war. Sie kamen noch aus einer Zeit, in der die traditionellen Geschlechterrollen streng definiert waren. Hatte das dazu geführt, dass Kier am Ende nicht wirklich gewusst hatte, wie er für sich selbst sorgen sollte? Und konnte man dasselbe nicht auch von mir behaupten?

Wenn ich als Kind nicht gerade Monologe vor dem Spiegel rezitiert hatte, war ich oft in der Nähe meiner Großmutter gewesen. Dadurch hatte ich gelernt, leckeren Zitronenkuchen zu backen und mit geschlossenen Augen eine Nadel einzufädeln, was toll war. Aber wenn es um andere Dinge ging, war ich komplett hilflos. Wenn etwas kaputtging, rief ich einen Mann an, der es reparierte. Jetzt wünschte ich mir, ich hätte als Kind ein bisschen mehr Zeit draußen verbracht und von Kier gelernt, wie man richtig anpackte. Es gefiel mir nicht, dass ich auf jemanden angewiesen war, der meine Probleme löste. Wenn man auf jemanden angewiesen war, konnte man leicht manipuliert werden, und das durfte nie wieder passieren.

Nach ein paar weiteren Minuten Fußmarsch kam die steinerne Brennerei in Sicht, die fast so groß wie das zweistöckige Herrenhaus war. Der von der Sonne bestrahlte weiß getünchte Stein blendete mich fast. Davor, dem kleinen Schotterparkplatz zugewandt, stand ein Schild mit der Aufschrift *Kinleith Distillery*. An einigen Stellen begann die Farbe an den großen schwarzen Buchstaben schon abzublättern. Auf der linken Seite stand ein kleines Arbeitercottage. Ich erinnerte mich daran, wie dunkel und leer es damals auf mich gewirkt hatte, als ich jünger gewesen war. Damals hatte darin niemand gewohnt. Auf der Rückseite befand sich ein separater Schuppen, dessen niedrige Decke und dicke Steinwände perfekt dafür geeignet waren, den Whisky zu lagern und reifen zu lassen, was oft mehr als drei Jahre dauerte.

Siehst du, Kier, ich hab dir zugehört, dachte ich und schirmte meine Augen gegen die Sonne ab, damit ich mir das Cottage genau ansehen konnte. Ich drückte probehalber die Klinke herunter, wollte mich umsehen, um meine Erinnerungen aufzufrischen, aber die Tür war verschlossen. Ich versuchte es erneut und presste mein Ohr an die Tür. Ich hätte schwören können, dass ich einen Hund hatte bellen hören. Dudley legte den Kopf schief, als würde er ebenfalls lauschen. Doch alles war still.

»Die Schlüssel sind wahrscheinlich im Herrenhaus«, sagte ich zu ihm. »Wir kommen einfach ein andermal wieder.«

Zurück im Herrenhaus duschte ich, zog mir meinen babyblauen Lieblingsblazer mit den passenden Shorts an und föhnte mir die Haare. Dann setzte ich mich an die Frühstückstheke und starrte auf mein Handy. Ich hatte die Antwort auf Angelas E-Mail lange genug aufgeschoben.

Ich hatte sie bei einigen Events über Sydney kennengelernt, und sie hatte auf mich immer freundlich, hilfsbereit und professionell gewirkt. Ich hatte keine Angst, dass sie mich zu etwas drängen würde, aus dem ich nicht mehr herauskäme. Dennoch wusste ich, dass ich mir noch etwas Zeit lassen musste, bevor ich eine so große Entscheidung traf. Am besten war ich einfach ehrlich. Ich kaute auf meiner Lippe und fing an zu tippen.

Angela,
vielen Dank, dass Sie angeboten haben, mich als Agentin zu vertreten. Bitte glauben Sie mir, dass ich mir das Ganze ernsthaft überlegen werde. Ich muss aber ehrlich sein – ich brauche noch etwas Zeit. Mein Großvater ist kürzlich verstorben, und ich bin für eine Weile nach Hause zurückgekehrt. Ich bin mir nicht sicher, für wie lange, und ich denke, ich brauche diesen Freiraum, um mir über einiges klar zu werden. Wenn Sie in dem Fall Ihr Angebot zurückziehen müssen, verstehe ich das natürlich vollkommen.
April Sinclair

So.

Eine Last fiel von meinen Schultern ab. Jetzt konnte ich tun, was immer ich wollte – sobald ich herausgefunden hatte, was das eigentlich war. *Vielleicht hilft ein kleiner Ausflug ins Dorf.* Ich hatte mich kaum vom Tisch erhoben, als Angelas Antwort eintraf.

Guten Tag April,
alles klar! Wir werden unser Angebot nicht zurückziehen, denn wir wollen Sie an Bord haben. Nehmen Sie sich so viel Zeit, wie Sie brauchen. Aber wären Sie denn damit einverstanden, wenn ich, falls was Passendes für Sie reinkommt, das einfach an Sie weiterleite?
Angela

Oh, sie war gut.

Kein Schauspieler würde sich das perfekte Projekt entgehen lassen. Und jemand wie ich, die schon seit Jahren verzweifelt nach einer interessanten Rolle Ausschau hielt, könnte wohl keinem Angebot widerstehen.

Meine Hände flogen über die Tastatur.

Deal.
A

***

Ich legte eine Packung Shortbread in meinen Korb und zögerte kurz, bevor ich nach einer weiteren griff. *Scheiß drauf.* Ich konnte doch jetzt essen, was ich wollte. Schnell legte ich hinter dem Shortbread und ein paar Reinigungsmitteln noch eine große Tüte Käsebällchen und ein Sechserpack Irn-Bru, meinen Lieblingssoftdrink, den es leider nur in Schottland gab, hinein. Ich schlenderte ein letztes Mal durch den kleinen Laden, der direkt an der Hauptstraße von Kinleith lag, und ging dann zur Kasse, nachdem ich meine grellpinke herzförmige Sonnenbrille wieder aufgesetzt hatte. Ich kam bestimmt wie eine Diva rüber, und unter normalen Umständen hätte ich mich wegen meiner Arroganz geschämt. Aber ich wollte auf keinen Fall erkannt werden. Vielleicht, weil es mein erster Tag hier war, oder vielleicht auch, weil mir Malcolms Worte gestern Abend zugesetzt hatten.

Während ich in der Schlange wartete, holte ich mein Handy heraus und öffnete meine Lieblings-Social-Media-App, um zu sehen, wie viele Likes mein letzter Beitrag schon bekommen hatte. Es war eine Nahaufnahme meines Gesichts, das mit dem minimalistischen Make-up der Marke geschminkt war, mit der ich seit einem Jahr zusammenarbeitete. Kollaborationen mit Marken waren im Moment meine Haupteinnahmequelle. Ich tat es nicht unbedingt gerne, aber es brachte mir Geld ein und half mir, im Gespräch zu bleiben – was immer das auch bedeutete. Was die von mir beworbenen Marken anging, hatte ich einige Regeln aufgestellt: Ich bewarb keine Produkte, die mir nicht gefielen und die ich nicht selbst regelmäßig benutzte. Ich weigerte mich, für etwas Schädliches zu werben – zum Beispiel für Diät-Milchshakes oder Tees, nach deren Genuss man erst mal stundenlang auf dem Klo hockte. Keine Modemarken von Firmen, bei denen die Mitarbeiter schlecht behandelt wurden. Keine Produkte, die an Tieren getestet wurden.

Ich hatte den Kommentarbereich offen gelassen, damit die Fans sich einbringen konnten, und wie immer schwebte mein Daumen über dem Icon. Genau in dem Moment war ich an der Kasse dran, was mich davor bewahrte, die Kommentare zu lesen, was mich vermutlich in eine wochenlang anhaltende Abwärtsspirale gestoßen hätte, nur weil Johngreer901 aus Vancouver etwas geschrieben hatte wie: Das Einzige, was schlimmer ist als deine winzigen Titten, sind deine Filme.

Ich steckte mein Handy zurück in die Tasche, schenkte der hübschen Mittzwanzigerin hinter dem Tresen ein leichtes Lächeln und stellte meinen Korb ab.

»April?«, vernahm ich eine Stimme hinter mir. »April Sinclair, das bist doch du! Kann ich ein Autogramm haben?«

Ich versteifte mich, hatte aber nicht einmal Zeit, mich umzudrehen, bevor mich Arme umschlangen. Die Arme einer Frau. Und dieser Duft – der kam mir doch bekannt vor.

»Juniper«, hauchte ich und erwiderte die Umarmung so heftig, dass wir ins Wanken gerieten.

Sie packte mich an den Schultern und zog mich zurück, damit sie mich genau ansehen konnte. »Was zum Teufel machst du hier? Warum hast du mir nicht gesagt, dass du kommst?« Eine Frage jagte die andere, während ich nur dastand und in das Gesicht der Frau starrte, mit der ich schon so lange befreundet war.

»Es war eine sehr kurzfristige Entscheidung. Ich bin erst gestern angekommen. Bin grade noch dabei, mich hier einzuleben.« Ich nickte in Richtung Korb. »Ich glaub, ich war mir nicht sicher, ob ich … Ich dachte nicht …«

»Du wohnst grade im Anwesen? Für wie lange? Bitte sag, dass du zumindest ein paar Wochen bleibst. Oh, wir müssen mal zusammen zu Abend essen.« Ihr gerader Bob wippte, als die Worte aus ihr heraussprudelten. Ich hatte Angst, dass ihre Lungen gleich explodieren würden.

Ich umklammerte ihr Handgelenk. »June, atme mal durch.«

»Tut mir leid … Ich freu mich einfach nur so, dich zu sehen.«

Ich lachte, aber ihr Enthusiasmus bewirkte, dass ich mich etwas schuldig fühlte. Ich hätte ihr wirklich Bescheid sagen sollen. »Ich bleibe mindestens ein paar Wochen, wir haben viel Zeit.«

Sie klatschte in die Hände. »Gut, das ist gut. Oh – mir fällt grade ein, dass ich mich gleich mit Heather auf einen Kaffee treffe.« Sie warf einen Blick auf die zierliche Uhr an ihrem Handgelenk. »Ich werd noch zu spät kommen.«

Heather. Ich lächelte, als sie die Dritte im Bunde unserer kleinen Kindheitsclique erwähnte. In der Schule hatten wir sie immer spaßeshalber May genannt, damit wir April, May und June sein konnten. Irgendwie lahm, aber auch ziemlich süß. Ich hatte seit Jahren mit keiner der beiden mehr gesprochen.

»Komm doch mit«, bot sie schnell an. Dann sah sie meinen Korb mit den zuckerhaltigen Snacks und runzelte die Stirn. »Es sei denn, du veranstaltest eine Art Party?«

»Nein«, lachte ich. Plötzlich war es mir peinlich. »Das ist alles für mich.«

»Super, dann kannst du ja mitkommen.« Sie zerrte mich zur Tür.

»Meine Einkäufe …«

June sah das Mädchen hinter dem Tresen an, das mich mit einem leicht verwirrten Gesichtsausdruck anstarrte. »Michaela, tüte das bitte alles ein, okay? Sie kommt in ein oder zwei Stunden noch mal vorbei.« Michaela nickte, wandte aber den Blick nicht von mir ab. *So ein Mist.* So viel zum Thema Inkognito. Noch vor Abend würden alle im Dorf Bescheid wissen.

In dem Moment, als ich mit meinen braunen Halbschuhen auf das sonnenbeschienene Kopfsteinpflaster trat, hakte sich Juniper bei mir unter, sodass unsere Schultern zusammenstießen. Na gut, mit ihren ein Meter zweiundachtzig waren es eher ihr Ellbogen und meine Schulter. »Bist du geschrumpft?«

»Nein, ich glaube, das liegt an dir.« Sie lotste mich um die Ecke und auf die Hauptstraße. Zu meinem Erstaunen erstreckte sich vor uns nicht die öde, heruntergekommene Straße, die ich aus meiner Jugend kannte. Damals hatten sich hier nur ein altmodischer Friseur, ein kleiner Baumarkt und eine Apotheke befunden. Jetzt war alles völlig verändert. Es war schwer zu glauben, dass ich im selben Kinleith herumspazierte und nicht zwischen den Seiten eines Kinderbuchs. »Was in aller Welt ist hier passiert?« Ich wandte den Kopf in alle Richtungen. Wo ich auch hinsah, überall leuchteten Farben und lockten wunderschöne Schaufensterauslagen. Es gab einen Buchladen, eine Kunstgalerie und eine Parfümerie, sogar eine Tierhandlung.

»Ähm ... Touristen sind passiert. Sind eingefallen wie die Heuschrecken.« Ich wusste, dass der Tourismus in Schottland in den letzten Jahren zugenommen hatte, aber mit eigenen Augen zu sehen, wie er eine Gemeinde verändern konnte, war beeindruckend. »Vor etwa zwei Jahren waren im Sommer auf einmal so viele Besucher hier gewesen, dass wir Mühe hatten, die Menge an Leuten zu bewältigen ... das war fast ein wenig beängstigend. Aber die Gemeinde hat sich angepasst, neue Läden haben aufgemacht, neue Bed&Breakfasts und Campingplätze. Die Hauptstraße« – sie wies auf die Straße vor uns – »wurde letzten Sommer offiziell zur Fußgängerzone erklärt, damit man hier besser shoppen kann. Die Masse an Touristen kann einem immer noch etwas Angst machen«, gab sie zu, und ihre Lippen verzogen sich. »Aber immer wenn ich hier entlanggehe und selber sehe, wie die Insel aufblüht, scheint es das doch wert zu sein.«

»Es ist unglaublich.«

Sie drehte sich um, ging rückwärts vor mir her und grinste dabei, sodass ihre kantigen Gesichtszüge etwas weicher wurden. »Mal sehen, ob du immer noch so enthusiastisch bist, wenn wir bei Brown's ankommen. Das hat sich nämlich kein bisschen verändert.«

Brown's.

Nostalgie gemischt mit ein wenig Angst durchströmte mich. Im Brown's hatten wir uns während der High School-Zeit immer getroffen. Es war der einzige Ort mit Dach und Unmengen von Kuchen gewesen, die nicht mit Argusaugen von Junipers und Heathers Eltern oder meinen Großeltern bewacht wurden.

June lotste mich unter die vertraute blau-weiße Markise, wobei sie die Touristen musterte, die die Sitzplätze im Freien in Beschlag nahmen. Sie duckte sich unter den Türrahmen, und nach kurzem Zögern folgte ich ihr. *Irgendwann werden dich die Leute eh bemerken, da kannst du auch gleich mit offenen Karten spielen.*

Ich hatte die Tür noch nicht einmal geschlossen, als zwei begeisterte Rufe ertönten. »Ich kann nicht glauben, dass du es bist.« Heather Macabe zog mich an sich, aber jemand anderes riss mich sofort von ihr weg.

»Ich bin dran. Aus dem Weg.« Jessica Brown bahnte sich mit dem Ellbogen einen Weg zu mir und nahm meine Sonnenbrille ab, damit sie meine Wange streicheln konnte. »Wo warst du denn die ganze Zeit, Mädchen?« Da sie nie um den heißen Brei herumredete, wusste ich, dass Jessicas Frage rhetorisch gemeint war.

»Ich hatte keine Ahnung«, flüsterte ich, und meine Kehle schnürte sich zusammen. Ich versuchte, die Tränen zurückzuhalten. »Er hat mir nicht gesagt, was los ist.«

»Dieser Mann«, schimpfte sie, »hat immer geglaubt, er weiß alles besser.«

»Ich hätte hier sein sollen.«

Sie wischte eine Träne mit dem Daumen weg. »Ja. Aber du bist jetzt hier, und das zählt.« Und als könnte sie sehen, was mich tief drinnen beschäftigte, flüsterte sie: »Du wirst das Richtige mit dem Anwesen tun, das weiß ich.«

»Setz dich zu uns«, forderte Heather Jessica auf, als die ältere Frau eine große Teekanne und drei Teetassen auf den Tisch stellte.

Jess winkte ab, zog sich hinter den Tresen zurück und rief über ihre Schulter: »Ihr drei wollt doch nicht, dass euch eine alte Frau die Stimmung verdirbt.«

Ich beobachtete sie besorgt, als sie ein schweres Tablett mit Tassen aus der Spülmaschine holte. »Sollte ihr nicht jemand helfen?«

June gluckste. »Versuch's doch, dann bekommst du gleich eine auf den Hintern.«

Heather rührte ein Stück Würfelzucker in ihren Tee. »Sie arbeitet nur noch drei Tage in der Woche, ihre Töchter kümmern sich um den Rest.«

Ich nickte und schenkte mir auch Tee ein. Es war verrückt, wie sehr sich das anfühlte wie damals, als hätte ich nur kurz geblinzelt und die letzten elf Jahre eben mal schnell übersprungen. Dann begegnete ich den erwartungsvollen Blicken der Freundinnen, die mir gegenübersaßen. Na ja, wahrscheinlich war es nicht *ganz* wie in alten Zeiten. »*Was*?«

Heather winkte ab. »Ach, keine Ahnung. Vielleicht ist es die Tatsache, dass *April Sinclair* mir gegenübersitzt und sich das verdammt seltsam anfühlt.«

»Bitte nenn mich nicht so.« Ich schauderte.

Als ob sie es heraufbeschworen hätten, sah ich aus dem Augenwinkel eine Kamera aufblitzen. Ein paar Tische weiter hatte eine Frau ihr Handy gezückt und hielt es in meine Richtung. Ich konzentrierte mich auf meine Freundinnen, lächelte und versuchte, es einfach zu ignorieren. Wenn sie schon ein Foto machen wollte, dann sollte es auch ein gutes werden.

»Aber du bist doch *April Sinclair*.«

Ich schüttelte den Kopf. »Sinclair ist nur ein Künstlername, das weißt du doch.« Sinclair war Elsies Mädchenname gewesen, und als Neunzehnjährige war ich der Ansicht gewesen, dass er viel eleganter klang als Murphy. »Rechtlich gesehen bin ich immer noch April Murphy, und für euch bin ich einfach nur April.«

»Trotzdem verdammt seltsam«, murmelte sie.

Es war ein seltsames Gefühl, in den Augen der Menschen, mit denen man aufgewachsen war, jetzt jemand anderes zu sein, während man sich selbst immer noch wie das Mädchen fühlte, das jeden Mittwoch nach der Schule in genau diesem Café gekellnert hatte. Ich stellte mir vor, dass Alice sich ähnlich gefühlt haben musste, als sie ins Wunderland gegangen war und den Kuchen gegessen hatte, der sie fünfmal so groß hatte werden lassen. Im Grunde blieb sie dieselbe, aber letztendlich war sie jemand anders, ein Sonderling unter den Leuten, die früher ihre Freunde gewesen waren. Das war der Grund, warum ich sie nicht mehr besucht hatte. Ich hatte es gehasst, wie sie auf mich gezeigt und getuschelt hatten, die Art und Weise, wie ein Spaziergang mit Elsie durchs Dorf jedes Mal in eine Zirkusvorstellung ausgeartet war. Wie jeder immer alle Entscheidungen, die ich jemals getroffen hatte, hatte bewerten wollen, als hätten sie ein Recht auf eine Meinung.

Hörte sich das an wie Jammern auf sehr hohem Niveau? Wahrscheinlich. Es war das Leben, das ich mir ausgesucht hatte. Das Leben, das ich haben wollte. Aber so fühlte ich mich eben, und meine Gefühle galten genauso wie die aller anderen auch.

Ich spürte noch immer ihre Blicke auf mir, setzte ein Grinsen auf und versuchte, das Thema zu wechseln. »Heather, deine Haare sehen unglaublich aus, wann hast du sie gefärbt?«

Sie strich sich über die schulterlangen weißblonden Strähnen und lächelte verhalten. »Vor etwa sechs Monaten.« Sie war von Natur aus mit kastanienbraunen Locken gesegnet, die sie immer bis zur Taille hatte wachsen lassen. *Das* war eine ganz schön radikale Veränderung. June legte ihr eine Hand auf die Schulter, als sie seufzte. »Mike und ich haben uns vor fast einem Jahr getrennt.«

»Was? Wieso?« Ich schaute zu June, dann wieder zu Heather und wartete darauf, dass eine von ihnen zu lachen begann. Doch beide verzogen keine Miene.

Heather zuckte unglücklich mit den Schultern. »Ich schätze, er hat unser Leben nicht mehr geliebt – hat mich nicht mehr geliebt. Er ist nach Australien gezogen, Softwareentwickler sind dort anscheinend sehr gefragt.«

Ich schüttelte den Kopf und brauchte einen Moment, um diese Geschichte mit dem mentalen Bild abzugleichen, das ich von dem Jungen aus meiner Jugend hatte. Mike und Heather waren seit der Highschool zusammen gewesen, er hatte sie verehrt. Ich erinnerte mich an den Tag, an dem er sein Studium begonnen hatte, wie er vor all seinen Freunden geweint und versprochen hatte, sie jeden Tag anzurufen. Und das hatte er auch getan. Und nun hatte er sie verlassen.

Mir kam noch etwas anderes in den Sinn. »Was ist mit Ava und Emily?« Heather hatte Zwillingstöchter, sie mussten jetzt ungefähr sechs Jahre alt sein.

»Er redet einmal in der Woche über FaceTime mit ihnen. Er bittet mich immer wieder, dass ich ihnen erlaube, Weihnachten bei ihm zu verbringen … Aber ich weiß noch nicht.«

»Und du musst auch nicht Ja sagen«, schaltete sich June ein. »Er ist derjenige, der euch verlassen hat, er hat nicht das Recht, Forderungen zu stellen. Wenn er sie sehen will, kann er selbst in ein verdammtes Flugzeug steigen.«

Heather nickte. »Ich weiß, das sagt Mal auch immer.«

Bei der Erwähnung von Malcolm, Heathers älterem Bruder, begann es in meinem Nacken zu kribbeln. Heather hatte drei ältere Brüder, wobei Mal der jüngste Junge in der Familie Macabe war. Callum war der Älteste, gefolgt von Alastair. Hier wurde es ein wenig kompliziert und heikel, denn Alastair war einmal mit Juniper verlobt gewesen – typisch kleine Insel –, als sie beide in Glasgow gelebt hatten. Das war vor sechs Jahren, als Juniper nach dem plötzlichen Herzinfarkt ihres Vaters gezwungen gewesen war, nach Skye zurückzukehren und ihrer Mutter mit ihrem kleinen B&B zu helfen. Alastair hatte sich – rücksichtsloserweise – entschieden, in Glasgow zu bleiben. Das hatte nicht nur June das Herz gebrochen, sondern auch unweigerlich zu einem Zerwürfnis zwischen meinen beiden Freundinnen geführt, da sich Heather nicht völlig von ihrem Bruder distanzieren wollte.

Es hatte mir damals gar nicht gefallen, dass ich so weit weg war und irgendwie trotzdem zwischen den Fronten stand. Ich hatte mich für June aufgeregt, hatte gedroht, nach Glasgow zu fliegen und Alastair selber seine Eier abzuschneiden. Aber tief in meinem Inneren hatte ein schuldbewusster kleiner Teil von mir ihn verstanden. Das Leben auf einer abgelegenen Insel war nicht jedermanns Sache. Alastair hatte rücksichtslos gehandelt, ja, aber war es am Ende nicht schonender, eine Beziehung schnell zu beenden, als über Jahre ein Leben mit jemandem aufzubauen, während man eigentlich bereits mit einem Fuß zur Tür hinaus ist?

Als ich sah, wie June Heather tröstete, hatte ich keinen Zweifel daran, dass die alten Wunden verheilt waren. »Heather, es tut mir so leid, dass ich es erwähnt hab, ich hatte ja keine Ahnung.«

»Ich hätt's dir sagen sollen. Es ist mir einfach peinlich, glaub ich.« Sie stützte ihr Gesicht auf ihre Hände und kicherte. »Ich bin dreißig und alleinerziehende Mutter mit zwei Jobs. Nicht gerade das Leben, das ich mir erträumt hatte.«

June prostete mit ihrer Teetasse in Heathers Richtung. »Du machst das alles ganz toll, Mama.«

Ich stieß mit June an. »Hört, hört. Du bist zweifellos die heißeste alleinerziehende Mutter, die ich je gesehen habe.« Sie kicherte und warf ihr blondes Haar auf dramatische Art nach hinten. Gewünschte Wirkung erzielt.

»Okay, okay, genug von dem Thema.« June schlug mit der manikürten Hand auf den Tisch. »Jetzt zu dir, April. Was machst du hier, und wie lange bleibst du?«

Ich tat so, als würde ich nachdenken, und legte einen Finger an meine Lippen. »Ähm … keine Ahnung? Jap, keine Ahnung.«

Auf ihre fragenden Blicke hin erklärte ich, warum ich hergekommen war. Wie ich von Kiers Tod über seinen Anwalt erfahren hatte, der offenbar die strikte Anweisung erhalten hatte, mich erst zu informieren, nachdem es geschehen war. Wie ich einfach in mein Auto gesprungen und aus einer Laune heraus hierhergefahren war, ohne wirklich zu wissen, warum. Aber ich wusste, dass ich *hier* sein musste. Und vor allem, dass ich entscheiden musste, was ich mit dem Anwesen machen wollte.

Lange hatte ich die Bedenken in meinem Kopf hin und her gewälzt und hatte erkannt, dass es mir zwar das Herz brechen würde, es zu verkaufen, ich mir aber auch nicht sicher war, ob ich es mir leisten könnte, das Anwesen zu behalten.

»Und noch dazu«, fuhr ich fort und riss mich von meinen düsteren Gedanken los, »ist auch mein Vertrag mit meiner

Managementfirma ausgelaufen. Ich hab noch keinen Vertrag mit einer anderen Agentur unterschrieben, also hab ich noch etwas Zeit. Warum sie also nicht hier verbringen?« Das mit dem Karrieredrama riss ich nur ganz kurz an, in der Hoffnung, dass sie dann nicht nachhaken und mehr wissen wollten.

»Hast du mit Mal gesprochen?«, trällerte Heather.

Ich runzelte die Stirn. »Warum sollte ich mit Malcolm reden?« Hatte er ihr von letzter Nacht erzählt?

»Weil er die Brennerei leitet, er wohnt im Arbeitercottage ...« Mein verblüffter Gesichtsausdruck ließ sie verstummen. »Wusstest du das nicht?«

»Ich hatte keine Ahnung.« Das erklärte zumindest, warum er letzte Nacht durch das Küchenfenster eingebrochen war. *Mehr oder weniger.* »Wie lange schon?« Als Teenager hatte er in der Brennerei gearbeitet, aber die meisten Jungs aus der Gegend halfen in den Sommermonaten aus, um sich etwas dazuzuverdienen.

Heather blinzelte. »Ich weiß es nicht ... seit Jahren schon.«

»Seit Jahren schon?«

»Hat Kier es nie erwähnt?«, fragte June. Ich schüttelte den Kopf. *Er hat eine Menge Dinge nicht erwähnt.*

Heather nippte an ihrem Tee. »Keiner kennt die Brennerei besser als Mal. Wenn es eine Möglichkeit gibt, sie zu retten, wird er sie finden. Sie bedeutet ihm so viel.«

»Ich bin heute Morgen vorbeigekommen, da war es ganz verschlossen.«

Heather gluckste. »Ja, Mal macht das gern, er mag es nicht, wenn Leute einfach *vorbeikommen*. Ich bin sicher, er freut sich, dich zu sehen.«

»Das bezweifle ich.« Ich schnaubte. »Ich hab ihn gestern Abend getroffen, und da hat er sich ganz und gar nicht gefreut. Er hat mir quasi gesagt, dass ich nach London zurückgehen soll.« *Und hat meinen Lieblings-BH gestohlen.*

Heather zog die Augenbrauen nach oben. »Das hat er gesagt? Das sieht Mal gar nicht ähnlich, dass er so auf Konfrontationskurs geht.«

»Vielleicht liegt es an meinem Charme.« Ich grinste und ließ meine Sonnenbrille am Bügel hin und her baumeln. Beide kicherten.

»Mal ist einfach gern allein. Man muss sich in dem Leben dieses Mannes quasi einnisten, bis er nicht mehr weiß, wie er ohne einen leben soll. Geh einfach hin und rede mit ihm, klopf so lange an die Tür, bis er merkt, dass er dich nicht loswird. Mein Bruder tut so, als wäre er ein Griesgram, aber in Wirklichkeit ist er unter all dem Bart und den Karos ein Teddybär.« Sie musste den Zweifel in meinen Augen gesehen haben, denn sie lachte wieder. »Ich schau heute Nachmittag bei ihm vorbei, dann klopf ich ihn mal für dich weich.«

»Das ist vielleicht keine schlechte Idee.« Ich holte mein Handy heraus und sagte: »Gib mir mal seine Nummer, nur für den Fall. Vielleicht kann man ja über SMS besser mit ihm kommunizieren.«

Heather ratterte seine Nummer herunter, und ich speicherte sie unter *Grüffelo*. »Wenn du ihn siehst, erwähn bitte nicht, dass ich finanzielle Probleme habe. Ich will nicht, dass er sich unnötig Sorgen macht, dass ich das Anwesen verkaufe, das wäre … der letzte Ausweg. Vielleicht hilft er mir eher, wenn er nicht denkt, ich würde einen Komplott gegen ihn schmieden.«

Ich merkte, dass Heather der Gedanke, Mal zu belügen, nicht gefiel, aber nach kurzem Zögern stimmte sie zu. »Du hast wahrscheinlich recht.«

5

Mal

Beach Baby – Bon Iver

Ich legte den Hebel um und beobachtete mit Genugtuung, wie das frische Wasser schnell aus den Kupferrohren floss und den tiefen Metallbottich füllte. Dieses Ding nahm einen großen Teil der äußersten Wand des Mälzereiraums ein und erforderte den größten Wartungsaufwand. Mit einem Metallspaten rührte ich das goldene Korn in die Flüssigkeit ein – ein Vorgang, den man Maischen nennt und der den Feuchtigkeitsgehalt der Gerste deutlich erhöht und sie für die Keimung vorbereitet.

Der Anfang war mir schon immer das Liebste am ganzen Prozess gewesen. Die Vorfreude auf eine neue Mischung. Auf eine weitere Entdeckung. Jedes einzelne Whisky-Fass hatte seinen eigenen Charakter, seinen Fingerabdruck. Kein Fass schmeckte genau wie das andere, egal wie ähnlich die Prozesse abliefen. Und ein solcher Prozess war langwierig – allein das Mälzen dauerte Tage. Vierzig Minuten, bis der Bottich mit Wasser voll war. Zwölf Stunden lang ziehen lassen. Abgießen. Vierzehn Stunden lang atmen lassen. Noch zweimal wiederholen, bevor das Malz von Hand umgefüllt und zum Keimen auf dem Mälzboden ausgelegt werden konnte.

Als ich Vollzeit bei der Kinleith Distillery angefangen hatte, hatte Kier die Idee gehabt, auf vorverarbeitete Gerste umzusteigen. Das hätte Kosten eingespart, und wir hätten das langwierige Keimverfahren überspringen können. Aber hätten wir das getan, hätte die Qualität gelitten … *meiner Meinung nach.* Man bekam das heraus, was man an Arbeit hineinsteckte. Manchmal bewährte es sich, zusätzlichen Aufwand zu betreiben und an den traditionellen Methoden festzuhalten.

Der Bottich war noch nicht einmal halb voll, als Boy die Ohren spitzte und sein Schwanz wie ein Hubschrauberpropeller rotierte. Er jaulte, und ich brachte ihn schnell zum Schweigen und schlich zum Kastenfenster auf Kopfhöhe hinüber. Zumindest auf *meiner* Kopfhöhe, nicht auf April Murphys, denn durch genau dieses Fenster hatte ich sie heute Morgen heimlich beobachtet, als sie an der Türklinke gerüttelt hatte, als gehöre ihr das Haus. Was technisch gesehen auch stimmte.

Ein Teil von mir erwartete, dass gleich ihre roten Locken hinter der Scheibe auftauchten. Der andere Teil von mir, der annahm, dass sie bereits auf halbem Weg zurück nach London war, war nicht überrascht, plötzlich Callum zu sehen, der wie ein Schuljunge grinste und mir den Mittelfinger zeigte. Ich erwiderte die Geste, schob aber den Riegel zurück und zog die Tür auf. Als er einen seiner Lieblingsmenschen erblickte, drängte Boy durch den Spalt, stützte sich mit den Pfoten auf den Oberschenkeln meines Bruders ab und leckte ihm aufgeregt über beide Hände. Callum, der es gewohnt war, von Tieren vollgesabbert zu werden, zuckte nicht einmal mit der Wimper. »Hi, du pelziges Ungeheuer.« Seine Hände strichen über Boys Gesicht, umfassten seine Augenpartie und prüften seine Zähne auf diese professionelle Art, die er ganz unbewusst an den Tag legte. »Na, wie geht's meiner Lieblingspelznase? Kümmerst du dich auch gut um den alten Miesmuffel?« Er grinste mich an. Ich hob wieder den Mittelfinger und kehrte ihm dann den Rücken, um den Wasserstand zu überprüfen.

Callum trat neben mich, wusch sich kurz die Hände im Waschbecken und tauchte dann eine Hand in den Sud, um eine Handvoll Korn zu schöpfen und es durch seine Finger fließen zu lassen. »Das dürfte guter Malz sein«, bemerkte er anerkennend. »Ich hätte dir gern geholfen, aber mein Vormittag war voll mit Terminen. Eigentlich der ganze Tag.«

Ich rührte den Sud noch einmal um und fragte: »Wenn du so viel zu tun hast, was machst du dann hier?«

»*Aua*, du brichst mir noch das Herz, Bruder.«

Ich zuckte zusammen. »Tut mir leid … es ist einfach viel los im Moment.«

Er wandte sich mir zu und lehnte sich mit der Hüfte an den Metallbottich. »Ich komm am Wochenende vorbei und helf dir.«

»Das musst du nicht.« Er hatte bereits sein eigenes erfolgreiches Business, da wollte ich nicht, dass er sich das auch noch aufbürdete. »Morgen ist Ewan da, das hilft mir ein bisschen.« Der junge Mann half ein paar Mal in der Woche aus. Er war ein bisschen langsam und redete für meinen Geschmack viel zu viel, aber er war ein guter Kerl.

Callum klopfte mir auf die Schulter. »Ich muss irgendwie in Form bleiben, wenn ich mit dir mithalten will.« Ich wusste, dass mein Bruder nur Spaß machte. Er war der Einzige, der es wagte, mich wegen meiner Größe aufzuziehen. Er war fast einen ganzen Kopf kleiner als ich, und er hatte zwar viel Körpermasse, war aber nicht so breit. Er hatte diesen athletischen Körperbau, auf den die Frauen so standen. Ich dagegen war so groß, dass ich die Leute einschüchterte. Ich spürte, wie die Frauen mich ansahen, manchmal mit Bewunderung, meistens aber mit Misstrauen im Blick. Dann wollte ich mich jedes Mal in mir selbst verkriechen.

Mein Bruder holte ein Sandwich aus seiner Tasche, setzte sich auf den Rand des Bottichs und nahm einen großen Bissen, während er mich nicht aus den Augen ließ. »Bevor ich's vergesse, Mum möchte, dass du diese Woche zum Samstagsessen kommst.«

Und da war der Grund des Besuchs.

Mein Mundwinkel kräuselte sich und entblößte die Narbe in der Mitte meiner Lippe – die Narbe, die von den zahlreichen Operationen der Gaumenspalte zurückgeblieben war, mit der ich geboren worden war. Was viele nicht wussten, war, dass eine Gaumenspalte oft mehr Beschwerlichkeiten als nur ein ungewöhnliches Äußeres mit sich brachte. Es gibt verschiedene Grade einer Spaltung. Bei mir war sie sehr schwer, das heißt, das weiche Gewebe in Mund und Rachen war im Mutterleib nicht miteinander verwachsen, was zu Problemen beim Füttern, Schlucken und später beim Sprechen führte. Nach mehreren Operationen und jahrelanger Sprachtherapie blieb nur eine kleine Narbe zurück. Aber wenn man einen Großteil seiner Kindheit im Krankenhaus verbrachte, konnte das auch andere Narben hinterlassen, die nicht so leicht zu sehen und zu verstehen waren.

Instinktiv drehte ich mich von ihm weg. »Ich weiß nicht, ob ich es schaffe. Ich hab zu viel …«

»Dann ist es ja gut, dass ich hier bin, um dir zu helfen«, unterbrach er mich. »Dann sag ich ihr also, dass du kommst?

Super.« Er klopfte mir auf den Rücken, bevor ich noch weiter protestieren konnte.

Verdammt noch mal. Deshalb schickte meine Mutter immer Callum, man konnte ihn einfach nicht abwimmeln. Er war als Kind immer der Rabauke gewesen, hatte sich gern mit anderen getroffen, während ich mich damit begnügt hatte, in meinem Zimmer zu bleiben und Filme zu schauen oder Videospiele zu spielen. Heather war etwas zurückhaltender, wie ich, hatte aber trotzdem gute Freunde, die dafür sorgten, dass sie aus dem Haus kam. Alastair – der Einzige von uns, der auf dem Festland lebte – war Callums Spiegelbild gewesen. Die beiden waren sich so ähnlich und nur ein Jahr auseinander, dass sie oft für Zwillinge gehalten wurden.

Ich liebte meine Familie, auch wenn mein Vater und ich selten einer Meinung waren. Ich hasste es, gemeinsam an einem Tisch zu essen. Es machte mich nervös, und meine Haut begann dann immer zu jucken. Ich *musste* immer in Bewegung sein, meine Hände brauchten etwas zu tun, damit ich innerlich ruhig blieb. Außerdem verabscheute ich Small Talk, vor allem, wenn sich die Fragen an mich richteten.

»Datest du jemanden?«, fragte Mum jedes Mal mit hoffnungsvoll leuchtenden graublauen Augen.

»Wie läuft's bei der Arbeit?«, wollte Dad in der Regel wissen. Er suchte ständig nach einem Grund, stolz auf mich zu sein. Jim Macabe, pensionierter Allgemeinmediziner und Armee-Sergeant, erwartete große Dinge von seinen Kindern. Callum war Tierarzt; kein *richtiger* Arzt, aber immerhin nahe dran. Alastair war in die Fußstapfen von Dad getreten und arbeitete als Hausarzt in Glasgow. Heather bekam als Mutter von Zwillingen ebenfalls sein altmodisches Gütesiegel. Ich hingegen … Ich ließ meinen Blick durch die Mälzerei schweifen. Ich arbeitete in einer heruntergekommenen Whisky-Destillerie, die mir nie gehören würde und die jedes Jahr weniger Gewinn abwarf.

Ich war so verdammt anders.

Auf der Suche nach einer Gelegenheit, das Thema zu wechseln, fragte ich Callum nach seinem Date vom letzten Wochenende. Er war den ganzen Weg nach Inverness gefahren, um sie zu treffen – ein bisschen extrem vielleicht, aber der Dating-Pool war auf einer Insel mit mehr Nutztieren als Einwohnern eben überschaubar. Er grinste jungenhaft zwischen zwei Bissen von seinem Sandwich. »Ich bin erst Montag früh nach Hause gekommen, ich glaube, mehr muss ich nicht sagen.«

Die Eifersucht versetzte mir einen unangenehmen Stich. Aus irgendeinem bizarren Grund kam mir April Murphy in den Sinn, wie sie atemlos und keuchend auf dem Sofa lag. Ich schob das Bild sofort beiseite. Wenn man fünf Jahre lang keinen Sex gehabt hatte, kam man eben auf seltsame Gedanken. Oder waren es sechs? War eigentlich auch schon egal.

»Du triffst dich also wieder mit ihr?«, fragte ich, etwas harscher als beabsichtigt.

Er schlang den Rest seines Sandwichs hinunter. »Nope. Wir hatten Spaß, aber nicht genug, dass ich mich noch mal für sechs Stunden ins Auto setze.«

»Gott bewahre.« Ich gluckste. »Dann ist es ja gut, dass Jess schon eine Bessere für dich ausgesucht hat. Wobei ich mir nicht sicher bin, ob sie damit ihre Enkelin oder sich selbst meint.«

»Jessica Brown ist vielleicht die einzige Frau auf dieser Insel, die ich eventuell heiraten würde.«

Wieder erschien April vor meinem geistigen Auge, wie sie lachte und Boy seine Schnauze in ihrer Hand vergraben ließ. Das musste aufhören. *Noch ein Grund mehr, sie zu meiden.*

***

Wie es sich für eine gute, lästige Familie gehörte, tauchte meine Schwester auf, kaum dass mein Bruder weg war. Blondes Haar schmiegte sich an ihr Kinn, als sie aus ihrem Land Rover sprang. *Konnte man denn nicht einmal in Ruhe schmollen?* Ich spürte einen Anflug von Kopfschmerzen.

Boy wedelte wild mit dem Schwanz und stellte sich auf die Hinterbeine, noch bevor sie hereingekommen war, als hätte er nicht gerade fünfzehn Minuten lang die volle Aufmerksamkeit meines Bruders genossen. »Na, wie geht's meinem Lieblingsneffen?«, gurrte sie und drückte seine Wangen zusammen. »Und meinem Lieblingsbruder?«

Ja, sie wollte definitiv irgendwas von mir. »Zweimal Geschwisterbesuch an einem Tag, da fühl ich mich ja geehrt. Was ist los?«, knurrte ich.

Sie zog ihre kleine Nase kraus. »Was denn, kann ich nicht einfach vorbeikommen, um meinen Bruder zu besuchen?«

Sofort fühlte ich mich schuldig. »Na klar, tut mir leid. Ich hab viel zu tun, und Callum ist vorher vorbeigekommen, nur um mir ein schlechtes Gewissen wegen des Familienessens zu machen.«

»Ahh ja, klassisch, sich Schuldgefühle von der Familie einreden lassen. Falls es hilft, Emily macht gerade eine Phase durch, in der sie sich Erbsen in die Nase steckt, vielleicht lenkt das dann von dir ab. Oder ich könnte mir die Haare blau färben, dann fällt Dad wieder ein, dass ich die Versagerin in der Familie bin.«

Ich blickte sie finster an. »Du bist keine Versagerin. Und du weißt, wie froh sie sind, Großeltern zu sein.« Was ich nicht sagte, war, dass Heather unseren Dad niemals enttäuschen könnte, weil er von einer Tochter nicht so viel erwartete wie von einem Sohn. Das war verdammt sexistisch, aber so war er nun mal. Meine Schwester schaffte es, zwei hübsche Mädchen großzuziehen und gleichzeitig zwei Jobs nachzugehen – sie war eine verdammte Superheldin. »Und du musst mich nicht vor Dad retten. Aber das mit der Nase ist interessant: Steckt sie sich eine Erbse pro Nasenloch rein, oder so viele, wie gehen?«

Sie atmete erschöpft aus. »Keine Ahnung, ich bin nur dankbar, dass sie kein größeres Gemüse ausprobiert. Ich hab echt keine Zeit, sie in die Notaufnahme zu fahren.«

Meine Schwester schien gestresst zu sein. »Magst du vielleicht Tee?« Ich selbst trank weder Tee noch Kaffee, aber ich war mir sicher, dass irgendwo im hinteren Teil eines Schranks ein paar Teebeutel verstaubten.

»Nein.« Sie klimperte mit den Autoschlüsseln. »Ich muss die Mädchen bald von der Schule abholen, ich wollt nur fragen, ob du sie den Freitag abholen kannst? Ich hab eine Schicht im Pub.«

»Ja, klar. Ich hol sie doch jeden Freitag ab.« Seit ihr Scheißkerl von Ex-Mann seine Familie verlassen hatte.

»Ja, stimmt.« Sie zögerte. »Du … Rate mal, mit wem ich heute zu Mittag gegessen hab.«

Ich runzelte die Stirn und fühlte mich, als hätte ich einen Teil der Unterhaltung verpasst. »Ähm … June? Juniper?«

»April Sinclair.« Ich verzog keine Miene, worauf sie schnell hinzufügte: »Stell dich nicht dumm, ich weiß, dass du sie gesehen hast.«

Oh ja, das hatte ich. *Das zerrissene Oberteil. Die splitternackten Beine. Den Spitzen-BH in meiner Nachttischschublade.* »Murphy«, würgte ich hervor. »Ihr Nachname ist Murphy.« Ich wusste auch nicht, warum mich dieses kleine Detail so sehr störte.

»Wie auch immer. Wir haben zu Mittag gegessen. Na ja, eigentlich Tee und Kuchen.«

»Warum?«

»Weil wir Freundinnen sind.«

»Wann hat sie das letzte Mal mit dir gesprochen?«

Sie verschränkte abwehrend die Arme. »Ich weiß nicht, zur gleichen Zeit, als *ich* mit *ihr* gesprochen habe – vielleicht vor drei Jahren.«

»So gut befreundet seid ihr also nicht«, sagte ich.

Sie ignorierte meine abfällige Bemerkung. »Und außerdem ... hat sie auch sehr hübsch ausgesehen.« Sie war schon immer sehr hübsch gewesen, das wusste jeder Mann auf diesem Planeten. Nichts Neues. »Das weißt du natürlich«, fuhr sie fort.

Ich rührte noch schneller im Metallbottich, wobei ich das Getreide mit mehr Kraft als nötig ins Wasser hineindrückte. »Du willst doch irgendwas sagen, Heather, oder? Spuck es einfach aus. Du weißt, dass ich es hasse, wenn man um den heißen Brei herumredet.«

Ihr Atem ging pfeifend. »Sie hat gesagt, du hast dich genauso verhalten.«

Mein Herz begann schmerzhaft zu klopfen. »Sie hat mich erwähnt?« Meine Finger krümmten sich um das Holz.

»Ja. Sie meinte, du warst gemein zu ihr.« *Gemein*. In meinem Kopf drehte sich alles. »Und weißt du, was ich zu ihr gesagt hab? Ich hab gesagt: *Das ist seltsam, mein großer Bruder ist eigentlich ganz lieb. Er kann zwar manchmal ein wenig ruppig sein, aber niemals gemein.*«

»Komm zur Sache«, knurrte ich und hasste es, dass ich damit nur wieder ihre Meinung über mich bestätigte.

»Ich wollte nur sichergehen, dass bei dir alles okay ist.«

»Mir geht's gut. Hab viel zu tun.« *Viel zu viel, um mich mit so was rumzuschlagen*, hätte ich fast hinzugefügt, schluckte die Worte aber im letzten Moment herunter.

Sie hielt beide Hände hoch. »Okay. Ich werd dich in Ruhe lassen.«

»So hab ich das nicht gemeint …« Ich machte einen Schritt auf sie zu.

An der Tür hielt sie noch mal inne. »Ich wollte nur sagen, dass ich weiß, dass du hier viel zu tun hast. Aber versuch trotzdem, nicht zu hart zu April zu sein. Sie schien heute wirklich traurig zu sein, auch wenn sie versucht hat, es zu verbergen.«

Traurig. Ich speicherte das Wort in meinem Gehirn, direkt neben dem Wort *gemein.*

»Sie sollte traurig sein, ihr Großvater ist ja gerade gestorben.« Ich wusste, wenn ich eine Chance bekommen wollte, April davon zu überzeugen, mir die Brennerei zu verkaufen, musste ich den Netten spielen. Normalerweise war ich gut darin, den Netten zu spielen. Niemand würde mich als freundlich bezeichnen, aber ich konnte verdammt noch mal umgänglich sein. Ich war so umgänglich, dass man es schon fast als Kunst bezeichnen konnte. April war noch nicht einmal vierundzwanzig Stunden hier, und ich war jetzt schon so aufgewühlt wie seit Jahren nicht mehr.

»Genau.« Und mit dieser spitzen Bemerkung ließ sie mich stehen.

Ich stakste durch den Mälzereiraum, legte den Hebel um und stellte die Zeitschaltuhr an der Wand auf zwölf Stunden. Dann ging ich mit Boy an meiner Seite direkt zum Lagerraum. Mein Körper sehnte sich nach den Strapazen, die das Herumschieben und Schleppen von Fässern mit sich brachte.

Traurig. Wieder kam mir das Wort ins Bewusstsein. Ich schlug die Tür hinter mir zu, wobei die alten Scharniere protestierten. Es war fast ganz dunkel im Raum, die kühle Luft prickelte auf meiner Haut. Selbst der Geruch von Whisky, Holz und feuchter Erde reichte nicht aus, um mich zu beruhigen.

Die Whiskyfässer stapelten sich auf Holzpfählen bis zu drei Meter hoch. Vorne wurden die Fässer immer wieder gegen aktuelle ausgetauscht, während ganz hinten im Lagerhaus vierzig Jahre alte Fässer reiften. Ich lief auf eine Reihe Fässer zu und fuhr mit der Handfläche über das aufgeraute Holz. »Traurig«, knurrte ich leise, griff nach einem einzelnen Fass und verpasste ihm eine Vierteldrehung. Aprils glockenhelles Lachen vom Vorabend wollte mir nicht mehr aus dem Kopf gehen. Ich konnte mich nicht erinnern, sie jemals traurig erlebt zu haben.

Ich war vierzehn Jahre alt gewesen, als ich das erste Mal wirklich Notiz von April genommen hatte. Ich war von meiner Mutter auf den jährlichen Weihnachtsmarkt geschleppt worden, wo ich den ganzen Abend über kurz davor gewesen war, durchzudrehen. Zu viele Leute, zu viel Geschwätz. Die Weihnachtsmusik dröhnte aus den Lautsprechern, und ich kam in dem hässlichen Strickpullover, den meine Mutter mir aufgezwungen hatte, vor Hitze fast um. Als das Konzert begann, brachte wenigstens die Dunkelheit in der Halle ein wenig Erleichterung. Meine Mutter trat mit ihrem Kirchenchor auf; eine Mischung aus traditionellen Liedern, die mit einer energiegeladenen Darbietung von »Rudolf, the Red-Nosed Reindeer« endete, ergänzt von einer Tanzeinlage, die alle in der Stadthalle zum Lachen brachte. Gerade als ich dachte, *Endlich ist es zu Ende*, betrat eine zwölfjährige April die Bühne, in einem langen, altmodischen Nachthemd, mit roten Locken, die der dicke Zopf auf ihrem Rücken kaum bändigen konnte. Ich erkannte sie natürlich gleich – Kinleith war ein Dorf mit nur ein paar Hundert Einwohnern. Aber abgesehen davon, dass sie die Freundin meiner kleinen Schwester war, hatte ich ihre Anwesenheit nie wirklich wahrgenommen, bis zu diesem Zeitpunkt, wo sie selbstbewusst die Bühne betrat, als wäre sie in Trance. *Sie schlafwandelt*, verstand ich plötzlich. *Sie tut so, als würde sie schlafwandeln.*

Verwirrtes Raunen ging durch das Publikum. April schenkte ihm keine Beachtung und fiel auf die Knie, rieb die rotbefleckten Hände aneinander und rief: »Fort, verdammter Fleck! Fort, sag ich!« Das ganze Dorf – mich eingeschlossen – hatte gebannt zugesehen, wie sie sich in Lady Macbeth mit Blut an den Händen verwandelte. Bis heute habe ich keine Ahnung, ob sie wirklich gut gespielt hatte. Ich hatte es nur verdammt seltsam und ein wenig deplatziert gefunden, als sie neben der Wiege des Jesuskindes auf die Knie gefallen war und geweint hatte, während uns das Rudolf-Lied noch in den Ohren klang. Aber ich hatte auch Ehrfurcht empfunden. Allein der Gedanke, vor diesen *Menschen* zu stehen und vor ihnen zu sprechen, trieb mir den kalten Schweiß auf die Stirn. April dagegen … In diesen wenigen Minuten hatte sie heller gestrahlt als die Sonne, und ich hatte schon damals gewusst, dass das Dorf für eine Person wie sie zu klein war.

Dann musste ich an Kier denken, wie er gegen Ende plötzlich gebrechlich geworden war, wie er kaum noch genug Energie gehabt hatte, sich morgens aus dem Bett zu schleppen, geschweige denn sich zu waschen und anzuziehen. Ich erinnerte mich daran, wie seine Unterlippe gezittert hatte, wenn er von ihr sprach, und wie er meinem Blick ausgewichen war, als er zugegeben hatte, dass er sie nicht bitten würde, wieder nach Hause zu kommen, weil sie Besseres zu tun hatte, als sich um einen alten Mann wie ihn zu kümmern.

Nein. April Murphy hatte kein Recht, traurig zu sein.

6

April

Invisible String – Taylor Swift

Meinen ersten Auftritt als Schauspielerin hatte ich mit neunzehn Jahren. Ein Werbespot für eine Tiefkühlkostfirma, der es nicht einmal ins Fernsehen schaffte. Als ich das kleine Filmstudio verließ – das sich als nichts weiter als ein an die Wand geklebter Greenscreen in einem heruntergekommenen Londoner Bürogebäude entpuppt hatte –, war ich Aaron Williams in die Arme gelaufen. Er war ein Talentmanager, der mich, nachdem er mein Vorsprechen gesehen hatte, zu einem Treffen in seiner Agentur einlud. Wenn ich jetzt daran zurückdachte, wie ich die Visitenkarte von Aaron Williams während der gesamten Heimfahrt in der U-Bahn an meine Brust gedrückt hatte, als hätte ich im Lotto gewonnen, fühlte ich gar nichts. Weder Wut noch Reue. Der Mann, der meine Karriere gezündet hatte, war letztendlich auch derjenige gewesen, der sie beendet hatte. Ich war offenbar gestört genug, dass ich diese Ironie sogar irgendwie als poetisch empfand.

Während ich mich der Brennerei den zweiten Morgen in Folge näherte, erinnerte ich mich daran, wie zuversichtlich ich vor all den Jahren gewesen war. Es war so früh, dass sich der Morgennebel auf den Klippen noch nicht gelichtet hatte.

Weiße Wolkenwirbel am Himmel verliehen der Szenerie etwas Ätherisches. Es kam mir vor, als würde mir jeden Moment eine Fee begegnen, die sich auf einem Seerosenblatt sonnte.

Als ich mich der Tür näherte, bereitete ich mich mental vor, indem ich mir vorstellte, ich stünde auf einem roten Teppich und trüge Vera Wang anstelle meiner schlammverschmierten Turnschuhe. Ich klopfte laut und wartete. Als keine Antwort kam, klopfte ich erneut. Meine Fingerknöchel pochten gegen das dicke Holz. Auf meinem morgendlichen Spaziergang hatte ich ein Auto gesehen, bei dem es sich nur um Mals Land Rover handeln konnte – ich wusste, dass er da drin war. Diesmal würde ich mehr als nur zwei Worte mit Malcolm Macabe wechseln, ihn bezirzen, wie ich es mit allen anderen tat.

Während ich Dudley in seinem Tragetuch an meine Brust drückte, trug ich in einer Hand eine Thermoskanne mit Kaffee und balancierte auf dem Arm Zitronenmuffins, die ich gestern Abend gebacken hatte, während ich mir eine Folge *Grey's Anatomy* nach der anderen reingezogen hatte.

Manche würden es Manipulation nennen, ich nannte es: die großen Geschütze auffahren. Wenn er meine Muffins nicht mochte, hatte ich noch ein Dutzend anderer Rezepte von Elsie in petto: Kirschscones, Blaubeerkäsekuchen, Kaffee- und Walnusskuchen. Ich konnte mir unendlich Zuckernachschub besorgen, und ich hatte viiieeel Zeit.

Ein Hund bellte auf der anderen Seite der Tür, dann zischte jemand »Sei still«. Dann hörte ich nichts mehr.

Du wirst doch wohl nicht … Wieder schlug ich auf das Holz und klopfte schneller als ein nerviger kleiner Specht. »Malcolm, ich kann dich hören«, rief ich, während ich weiterklopfte. »Von mir aus steh ich hier den ganzen Tag lang.« Ich hämmerte noch schneller, bis das Holz nachgab. Ich konnte gerade schnell genug zurückweichen, bevor ich ihm auf die Brust klopfte.

Malcolm wirkte gehetzt, sein Haar war auf der einen Seite plattgedrückt und auf der anderen zerzaust, als wäre er gerade erst aufgestanden. Widerwillig musste ich feststellen, dass er im Morgenlicht irgendwie schön aussah. Oder zumindest theoretisch, wäre da nicht der finstere Gesichtsausdruck gewesen, der tiefe Falten auf seine Stirn zeichnete. Ich war mir sicher, dass auch sein Mund vor Unmut verzerrt war, aber der war unter dem dichten Bart verborgen, über den ich mit meinen Fingern streichen wollte. Heute trug er ein verblichenes rotes Karohemd mit ausgefranstem Saum, die Ärmel bis über die Ellbogen hochgeschoben, und darunter ein weißes T-Shirt, das bereits mit schwarzen Flecken übersät war. Ich fragte mich, ob er immer solche Klamotten trug, abgenutzt und schmutzig von der harten Arbeit. Normalerweise stand ich nicht auf unordentliche Karohemden und grobe Jeans, aber Malcolm stand das Outfit wie eine zweite Haut. Plötzlich wurde ich mir bewusst, wie anders ich in den glatten Hosen und der hochgeschlossenen Bluse aussehen musste.

Ich ignorierte seine offensichtliche Verärgerung, drückte ihm den Teller mit den Muffins an die Brust und setzte das Lächeln auf, das mir schon einige Preise eingebracht hatte. »Guten Morgen, Malcolm. Muffin gefällig?«

Er schaute sie nicht einmal an. »Ich bin allergisch gegen Milchprodukte.« Sein Golden Retriever versuchte, sich durch den winzigen Spalt zwischen ihm und der Tür zu drängen. Mal schob ihn sanft zurück.

»Dann glaube ich, dass Heather versucht, dich umzubringen, weil sie gemeint hat, dass Zitronenmuffins deine liebsten sind.«

»Das erlebe ich in letzter Zeit öfter, dass mich jemand um die Ecke bringen will«, sagte er. Sein Blick fiel auf Dudley, den ich mir vor die Brust geschnallt hatte. »Was zum Teufel ist das für ein Ding?«

Ich nahm an, dass er nicht den Hund meinte, also antwortete ich: »Eine Hundeschlinge«.

Ich hätte schwören können, dass er leise *Lächerlich* murmelte. Dann fragte er laut: »Hat der Kleine keine Beine?« Sarkasmus. Eindeutig Sarkasmus.

»Er hat einen strengen Schlafrhythmus und wacht nicht vor elf Uhr auf«, scherzte ich. Er verdrehte die Augen, als wäre das das Dümmste, was er je gehört hatte. Schon okay. Wenn ich die doofe Schauspielerin mit dem Hund in der Tasche spielen sollte, würde ich eben genau das tun. Ich schwenkte den Teller und lächelte wieder, wobei ich meine gesamte obere Zahnreihe entblößte. »Na, nimmst du dir einen?«

»Ich hab schon gegessen.«

»Ach so … na ja, kann ich reinkommen?« Ich versuchte, einen Blick hinter die Tür zu werfen, doch er streckte die Hand nach oben und griff nach dem Rahmen.

»Nein.«

»Warum?«

Er seufzte. »Ich hab zu tun.«

»Vielleicht kann ich dir helfen, ich hab meine bequemsten Schuhe an.«

Sein Blick glitt an meinem Körper herunter und musterte meine Kleidung. Sein Blick war weder bewundernd noch abschätzig, eher so, als würde er sich selbst etwas bestätigen.

»Nein.« Er wollte die Tür schließen, aber ich hielt sie mit meinem Fuß auf.

»Und wenn ich verspreche, dir nicht im Weg zu sein?« Ich hob die Thermoskanne an. »Ich hab Kaffee mitgebracht.«

Er hielt inne, überlegte und … stieß die Tür weit auf. *Ding, ding, ding. Meine Damen und Herren, wir haben eine Gewinnerin.*

Malcolm trat zurück, damit ich neben ihm hineinschlüpfen konnte. Nachdem er die Tür geschlossen hatte, trat er noch weiter zurück, wobei er mit den Daumen über die Spitzen seiner langen Finger strich. Er schien nervös zu sein.

Ich lächelte amüsiert vor mich hin, während ich die Muffins und den Kaffee auf der Fensterbank ablud und Dudley aus seinem Tragetuch befreite. Sobald seine Pfoten den Boden berührten, liefen er und der Golden Retriever aufeinander zu. Laut kläffend sprangen und purzelten sie umher. Während ich zusah, schmolz ich innerlich dahin wie Marshmallows über dem Feuer.

»Dieser Hund hat nur drei Beine«, sagte Mal hinter mir.

Ich drehte mich zu ihm um, die Hände am Kinn, und gab meine Version von Scarlett O'Hara zum Besten. »Oh mein Gott, wie konnte ich das nur übersehen?« Die Worte, gesprochen in langgezogenem sanften Südstaaten-Dialekt, hallten in dem kahlen Raum wider. Mal schüttelte den Kopf und beugte sich vor, um eine Hand in den riesigen Wassertank zu tauchen, neben dem wir standen. Es war das einzige Gerät im Raum.

»Ach, komm schon! Das war doch jetzt saukomisch.«

»Ich glaube, wir haben unterschiedliche Definitionen von *saukomisch*.«

Ich streckte seinem Rücken die Zunge raus. Als er mich weiterhin ignorierte und an verschiedenen Reglern an der

Wand herumfummelte, nahm ich das als Zeichen dafür, dass er mich nicht so bald rausschmeißen würde. Ich schenkte den Kaffee ein und bot ihm einen Zinnbecher an, den er mit Schwung auf den Boden neben seine Füße stellte. »Wie heißt dein Hund?«, fragte ich und richtete meinen Blick wieder auf die Hunde, die auf dem Boden miteinander zu einem Fellknäuel verwachsen waren.

»Boy«, sagte er knapp.

Das ergab Sinn. »Als ich gehört hab, dass du ihn so rufst, dachte ich, es sei ein Spitzname … warum hast du ihn Boy genannt?«

An der Art, wie er sich wand, sah ich, dass ihn meine Fragen aufregten. »Ich hatte eigentlich nicht vor, ihn zu behalten, also hab ich ihn Boy genannt, und dabei blieb es.«

»Du wolltest ihn nicht behalten?« Ich blickte wieder auf den wunderschönen Hund. »Wie könnte man so einen Hund nicht wollen?«

»Wie gesagt, ich hab viel zu tun. Ich hab für so was keine Zeit.«

Das war definitiv gegen mich gerichtet. Alles klar, Botschaft angekommen. Ich entfernte mich ein paar Schritte und warf einen Blick auf den Boden – Malzboden hieß der, so viel wusste ich noch. Er sah genauso aus, wie ich ihn in Erinnerung hatte. Dunkel gepflastert, mit mehreren Stützbalken in der Mitte. Kleine Sprossenfenster säumten beide Seiten des Gebäudes und boten einen ungehinderten Blick auf die zerklüftete Küste, die in blaue Wellen überging. Neben der Tür hingen Haken mit Werkzeugen unterschiedlicher Größe – bei der Hälfte von ihnen wusste ich nicht, wozu sie gut waren. Ich fuhr mit einem Finger über die Zinken einer Harke.

»Wenn du mich überreden willst, dass ich dich den Laden verscherbeln lasse, dann reichen eine Tasse Kaffee und ein Muffin nicht aus. Das ist doch der Plan, oder?« Überrascht drehte ich mich um. Er stand immer noch mit dem Rücken zu mir und rührte die Gerste im Bottich um, während langsam das Wasser hineinströmte.

Woher wusste er das? Als hätte er meine unausgesprochene Frage gehört, stieß er Luft aus. Eine traurige Imitation eines Lachens. »Seit du hier bist, hast du Pfundzeichen in deinen Augen, Prinzessin.«

Prinzessin. Er spuckte das Wort aus wie eine Beleidigung.

»Ich wollte dir eigentlich mindestens einen Wochenvorrat an Muffins backen«, gab ich zurück. »Wie wär's mit einem Karottenkuchen? Vielleicht klappt's ja mit dem?«

»Wann hat ein Karottenkuchen schon jemals jemanden dazu überredet, etwas zu tun?«

»Du hast meinen noch nicht probiert«, schoss ich zurück, und ich hätte schwören können, dass seine Ohren rot wurden. Ich kam näher und fuhr mit einem Finger am Rand des Bottichs entlang. Das Wasser darin färbte sich hellbraun, als es sich mit der Gerste vermischte. »Der sieht ziemlich neu aus.«

Er spannte sich an und warf mir über seinen Ellbogen hinweg einen Blick zu. »Ja, ich hab vor zwei Jahren einen neuen gekauft.«

»Du oder Kier?«

Er wusste, worauf ich hinauswollte. »*Ich*«, antwortete er mit blecherner Stimme. Er sah angewidert aus. »Willst du das Haus wirklich in Einzelteilen verkaufen, so wie man ein Auto ausschlachtet?«

»Nein, das will ich nicht.« Glaubte er wirklich, dass ich so herzlos wäre, Kiers Erbe einfach gedankenlos zu verscherbeln?

Er sah mich direkt an. Seine Augen nahmen ein metallenes Grau an, während es in ihm zu brodeln begann. »Dann tu's nicht. Verkauf's mir.«

»Dir?« Hoffnung flammte in mir auf, als hätte jemand ein Streichholz gezündet. »Hast du das Geld?«

Er senkte das Kinn, seine Stiefel schrammten über den Boden. War es ihm etwa peinlich? »Nicht ganz. Kier und ich hatten eine Vereinbarung, dass ich ihm jeden Monat einen Teil meines Lohns gebe, unter der Bedingung, dass das Eigentum irgendwann auf mich übergeht. Er wusste, dass du niemals wieder dauerhaft hierherziehen würdest.«

Meine Hoffnung erlosch so plötzlich, dass mir fast die Knie wegsackten. *Kier, was hast du getan?*

»Du wolltest die Brennerei von Kier kaufen?« Ich musste es noch einmal aus seinem Mund hören. Musste mir darüber im Klaren werden, wie gewaltig die Zwickmühle war, in die Kier mich gebracht hatte.

»Ja.«

Ich leckte mir über die trockenen Lippen. »Wie viel hast du bezahlt?«

Er legte den Kopf schief. »Fast zwanzigtausend.«

»Zwanzigtausend!« *Kier hatte ihm zwanzigtausend abgeknöpft.* Ich stolperte einen Schritt zurück und stützte mich an der Kante des Bottichs ab. *Zwanzigtausend Pfund.* Das konnte doch nicht wahr sein. Aber tief im Innern wusste ich, dass es das war.

Wie sollte ich diesem Mann, der meinem Großvater so viele Jahre lang die Treue gehalten hatte, erklären, dass Kier nie die Absicht gehabt hatte, ihm die Brennerei zu verkaufen, weil sie bereits mir gehörte? Dass ich das Herrenhaus und das gesamte Land, auf dem es stand, gekauft hatte, um Kier von seinen Spielschulden zu befreien, damals, als ich gut situiert und dumm genug gewesen war zu glauben, dass mir die großen Gehaltsschecks das ganze Leben lang ins Haus flattern würden.

»Das ist nicht … ich kann nicht …« Ich brachte den Satz nicht heraus.

Malcolms Kiefer krampfte sich zusammen, seine Augen wurden zu Eissplittern. »Du meinst, du willst nicht.«

Ich hätte darüber lachen können, wie ironisch das alles war. Ich wollte nichts sehnlicher, als ihm die Brennerei zu verkaufen. Das hätte alle meine Probleme gelöst. Aber er hatte keine Mittel, sie zu kaufen. Die Hände in die Hüften gestemmt, trat ich ans Fenster und stürzte meinen inzwischen kühlen Kaffee in einem Zug hinunter, während ich meine Optionen durchging. Irgendwie müsste sich das Ganze doch lösen lassen. Ich wollte nicht diejenige sein, die uns beide in den Abgrund zog.

Malcolm hatte recht, die Destillerie sollte ihm gehören. Jetzt, da ich wusste, dass er Kier das ganze Geld in gutem Glauben gegeben hatte, konnte ich nicht einfach einen neuen Käufer suchen.

Ich schaute mich noch einmal um. Eine Idee begann Gestalt anzunehmen. Whisky war gerade groß im Kommen, und Touristen aus aller Welt strömten nach Schottland, das hatte Juniper selbst gesagt. Wenn ich ihm die Brennerei jetzt nicht verkaufen konnte, dann vielleicht eines Tages, wenn wir rentabel geworden waren.

»Okay, hör mir mal kurz zu. Ich hab vielleicht eine Lösung.«

Er verschränkte die Arme vor der Brust. Mann, was für Arme … »Und was wäre das für eine?«

»Gemeinsam bringen wir den Laden zum Laufen.« Ich streckte eine Hand aus. »Du beherrschst dein Handwerk, und ich …«

»Er läuft bereits«, schnitt er mir das Wort ab.

Ich tat es ihm gleich und verschränkte die Arme, sodass wir wie Boxer im Ring standen und uns gegenseitig musterten. »Und wie hoch war dein Umsatz im letzten Monat?«

»Was weißt du denn über Umsatz, Prinzessin?«

Ich ignorierte den Spitznamen einfach. »Ich weiß, dass nicht viel Geld reinkommt, Kiers Anwalt hat mir gesagt, dass die Kinleith Distillery den Handel eingestellt hat«, sagte ich und deutete auf die Kiste mit den leeren Flaschen neben der Tür. »Da ist nicht einmal ein Etikett auf der Flasche!«

»Die braucht kein Etikett.«

»Wie soll jemand, der nicht von hier ist, wissen, was er da trinkt?«

Malcolm schwieg so lange, dass ich dachte, er würde gar nicht mehr antworten. »Wir brauchen hier keine Touristen.«

»Oh Mann.« Ich drückte mir die Fingerknöchel auf die Augäpfel und betete, dass das Universum mir Kraft gab. »Du lebst noch im Mittelalter, oder was? Du brauchst mich mehr, als ich dachte. Habt ihr überhaupt eine Website?«

»Wozu brauchen wir eine Website?«

Okay, alles klar. Ich lachte, fast schon wahnsinnig. »Wenn du willst, dass ich an dich verkaufe, müssen wir Profit machen …«

»Es gibt kein *Wir*«.

Ich ließ meine Stimme so stählern wie nur möglich klingen. »Wir arbeiten zusammen, das ist meine Bedingung. Nimm das Angebot an oder lass es sein.«

Gerade als ich dachte, seine finsteren Falten könnten nicht noch tiefer werden, bewies er mir das Gegenteil. »Tu nicht so, als würdest du mir eine Wahl lassen.«

Ein deutlicheres Ja würde ich wohl nicht bekommen. »Wunderbar.« Ich klatschte in die Hände und lenkte damit die Aufmerksamkeit der Hunde auf mich, die auf einem sonnigen Fleck zusammen kuschelten, wobei Dudley das kleine Löffelchen spielte. »Das wird ein Riesenspaß.«

Von seiner Seite des Raumes aus beobachtete mich Malcolm, als würde er einen Fremdkörper unter dem Mikroskop untersuchen. Als wüsste er nicht, wie er in diese Situation geraten war und wie er wieder herauskäme. »Warum ist dir das so wichtig?«, fragte er schließlich. Ich wusste, dass die Antwort für ihn wichtig war.

Ich entschied mich für die einfachste Erklärung. Ein Teil der Wahrheit. »Es ist Kiers Vermächtnis … dieser Ort hat ihm mehr bedeutet als alles andere.«

»Mit einer Ausnahme«, erwiderte Malcolm. Zum ersten Mal sah er mich direkt an. Ich hatte keine Zeit, mich vorzubereiten. Sein Blick drang durch alle meine Schichten. Er sah gleichzeitig zu viel und zu wenig.

Ich setzte sofort wieder mein Standardlächeln auf, das immer alle beruhigte, und machte mich auf den Weg zur Tür. »Dann sehen wir uns morgen … Partner. Komm schon, Dudley.« Er leckte Boy ein letztes Mal und folgte mir zur Tür hinaus.

7

Mal

Sunlight – Hozier

Ich wünschte, ich könnte sagen, ich hätte heute Morgen das erste Hemd angezogen, das ich in die Hände genommen hab, anstatt mich dreimal umzuziehen. Ich wünschte, ich könnte sagen, ich hätte die ganze Nacht durchgeschlafen, statt mich so lange hin und her zu wälzen, bis sogar Boy unruhig geworden war. Ich wünschte, ich könnte sagen, dass ich jetzt nicht auf die Tür starrte.

Aber dann wäre ich ein verdammter Lügner.

Ich stand knietief im Bottich und hörte genüsslich zu, wie der metallene Spaten durch das Getreide fuhr. Ich ließ die Schultern nach hinten rollen, als ich eine Ladung der zerkleinerten Gerste nach der anderen in eine Schubkarre schüttete. Sie war jetzt gesprossen und bereit für die Keimung.

Ewan war heute Morgen schon ein paar Stunden früher gekommen. Das Auslegen des Getreides war eine der wenigen Arbeiten im Monat, bei denen ich so dringend ein zusätzliches Paar Hände benötigte, dass ich ihm Überstunden bezahlte.

Ich tat nicht einmal so, als würde ich ihm zuhören, als er von einem Wanderausflug erzählte, den er für das nächste Wochenende geplant hatte. »Wir haben nur zwei Tage Zeit, werden also nicht die ganzen 154 Kilometer schaffen, aber ich denke, wir werden zumindest bis zum Rannoch Moor kommen …«

»Okay, super. Und jetzt fang an, das Getreide zu verteilen.«

Unbeeindruckt von meinem bissigen Tonfall salutierte er mit zwei Fingern und hob dann den Rechen, an den er sich den größten Teil des Morgens gelehnt hatte. »Klar doch, Boss.«

Ich hüpfte über den Rand des Bottichs. Ein paar verirrte Körner knirschten unter meinen Stiefeln, als ich die schwere Schubkarre in die hinterste Ecke rollte und das Getreide direkt auf eine Aufschüttung auf dem Malzboden kippte. Ewan machte sich sofort an die Arbeit, wahrscheinlich spürte er, dass ich unter Strom stand. Sogar Boy hatte sich leise neben der Tür niedergelassen und kaute pflichtbewusst auf einem alten Spielzeug herum, dem er normalerweise keine Beachtung schenkte.

Ich wiederholte die ganze Prozedur noch einmal und fing an zu schwitzen. Ich wusste, dass April es nicht ernst gemeint hatte, als sie gesagt hatte, sie würde mithelfen. Es war harte Arbeit, schmutzige Arbeit. Die Prinzessin würde sich nie zu dieser Art von körperlicher Arbeit herablassen. Aber sie hätte zumindest den Anstand haben können, mir das mitzuteilen, anstatt meine Zeit zu verschwenden. *Eigentlich bin ich erleichtert*, dachte ich mir und kippte das Korn wieder vor Ewan auf den Boden, schneller, als er es zusammenharken konnte. Eine Frau wie April hatte hier nichts zu suchen. Sie hatte ein zu sonniges Gemüt, lächelte zu viel, lachte zu unbeschwert. Ich nahm an, dass das einfach war, wenn alles so lief, wie man wollte.

Ich hatte gerade zum vierten Mal die Schubkarre beladen, als mich eine Bewegung an der Tür innehalten ließ. Boy wedelte mit dem Schwanz und schnüffelte am Türspalt. »Nein, Boy«, flüsterte ich. Er schaute mich über die Schulter hinweg an, in seinem Gesicht stand deutlich geschrieben: »Oh doch«.

»Wag es ja nicht, verdammt«, warnte ich mit dem letzten Rest von Autorität, den ich noch hatte.

Er ignorierte mich. Er legte den Kopf nach hinten, trommelte mit den Vorderpfoten gegen das Holz und stieß ein Wolfsgeheul aus, das von den Wänden widerhallte. Ewans Harke fiel krachend zu Boden, als er sich beide Ohren zuhielt. »Verdammte Scheiße, wer ist da draußen?« Er machte Anstalten, auf die Tür zuzugehen.

»Du bleibst hier«, sagte ich etwas zu schnell. »Mach weiter … ich brauch nur eine Minute.« Boy, der sich weigerte, im Raum zu bleiben, sprang um mich herum und warf mich fast um, als ich die Tür aufmachte. Schnell hüpfte er nach draußen auf den Kies. »Schon wieder jemand, der mich umbringen will?«, murmelte ich und drückte den Rücken durch.

Boys neue beste Freunde waren nirgends zu sehen, und er hörte auf zu hüpfen. Dann spitzte er die Ohren, rannte in Richtung Büro und blieb mit wedelndem Schwanz vor der geschlossenen Tür stehen. »Da drin ist niemand, Boy!«, rief ich und lief ihm hinterher. »Die Tür ist verschlossen.« Sein Winseln sagte etwas anderes.

Die Erkenntnis traf mich wie ein Schwall kaltes Wasser. *Nein, das würde sie nicht tun.*

Natürlich würde sie das. Und als ich durch das kleine Sprossenfenster spähte, sah ich sie tatsächlich da sitzen, die *verdammte* April Murphy. Sie saß auf Kiers Schreibtischstuhl und durchwühlte jede einzelne Schublade seines alten

Schreibtisches, als gehörte er ihr. Ich tastete nach meinen Schlüsseln und riss die Tür auf. Sie blickte nicht einmal auf, als sie gegen die Ziegelsteinwand krachte.

Boy sprang vor mir her und begrüßte Dudley mit einem aufgeregten Winseln. »Wie bist du hier reingekommen?« Die Wut sprudelte förmlich aus mir heraus.

Mit ihren kleinen Händen umfasste sie die Armlehnen des Stuhls, als sie sich zu mir herumdrehte. Es wirkte so, als säße sie auf einem Thron und nicht auf einem Bürostuhl mit beschissener Lendenwirbelstütze. »Durchs Fenster«, sagte sie. *Unmöglich.* Das Fenster befand sich mehr als einen Meter über dem Boden, sie selbst war kaum größer als eins fünfzig. »Von außen ist es viel niedriger«, fuhr sie fort und hatte offensichtlich erraten, wohin meine Gedanken gewandert waren.

»Weil die gesamte untere Etage unter das Straßenniveau verlegt ist, damit man die Temperatur genauer kontrollieren kann.«

»Tja, je mehr man weiß …« Sie lehnte sich zurück und legte den Kopf schief. Heute hatte sie wieder Shorts an, winzige marineblaue Shorts, die den Blick auf kräftige Waden und glatte, blasse Oberschenkel freigaben, wenn sie ein Bein über das andere schlug. An ihren Füßen trug sie offene Sandalen, und ihre winzigen quadratischen Zehennägel waren in demselben Babyrosa lackiert wie ihre Fingernägel.

Ich wandte den Blick ab und betrachtete das Chaos auf dem Schreibtisch. »Du hast wirklich eine Vorliebe dafür, durch Fenster einzubrechen.«

»Hast du mir gestern nicht zugehört? Die Brennerei gehört mir.« Ich konnte keine Boshaftigkeit in ihrer Stimme entdecken. Sie benannte nur die harten Fakten und verpackte sie mit ihrer süßen Stimme in Zuckerwatte.

»Du hättest nach dem Schlüssel fragen können.«

Sie hob eine tiefrote Augenbraue, sodass ihre Sommersprossen über den Nasenrücken und die Wangenknochen tanzten. Ihre Nase war klein, pfeilgerade und endete in einer zarten, elfenhaften Spitze. Von der leicht gebogenen Nase, mit der sie geboren worden war, war nichts mehr zu sehen. »Hättest du ihn mir gegeben?«

Ja, wenn das bedeutet hätte, dass du nicht riskierst, dich zu verletzen. Ich bin kein totaler Mistkerl. Was ich tatsächlich sagte, war: »Dass du hier herumschnüffelst, war nicht Teil unserer Abmachung.«

»Aber dass wir zusammenarbeiten.«

»Du nennst es zusammenarbeiten, dass du hier klammheimlich auf Entdeckungstour gehst?« Die Winkel ihres vollen rosafarbenen Mundes zuckten und verzogen sich zu einem gefährlichen, verführerischen Grinsen. Ich speicherte es ab, darüber würde ich später noch nachdenken.

»Klammheimlich«, wiederholte sie und drehte sich im Drehstuhl einmal im Kreis. »Das Wort gefällt mir.« Hitze kroch mir in den Nacken. »Ich mag es, wie du schaust, wenn du es aussprichst.«

Ich war zu langsam, um die Reaktion zu verbergen, die ihre Worte in mir auslösten. Das musste ein Scherz sein, sie versuchte wohl, mich aus dem Gleichgewicht zu bringen. Ich wich nicht von der Stelle und sprach zur Wand über ihrem Kopf. »Du kannst dich nicht aus der Sache herausflirten.«

Ihr leises Lachen hallte in jeder Ecke des Raumes wider. »Aber es macht so viel Spaß.«

»Kann man drüber streiten.«

Irgendetwas raschelte. »Wie wär's mit Frühstück?«

Ich roch etwas köstlich Süßes, Zimt und Zucker. Nein. Darauf würde ich nicht noch einmal hereinfallen. Ich hatte den ganzen Teller Zitronenmuffins, den sie gestern dagelassen hatte, aufgegessen, und die kleine Hexe wusste das auch. Ich überging ihr Angebot einfach und nickte Richtung Tür. »Komm mit.«

»Wohin?«

Vielleicht war ich doch ein Mistkerl, jedenfalls hüpfte etwas in meiner Brust, als ich die Verwirrung auf ihrem Gesicht sah. »Es wartet Arbeit auf uns.«

»Aber ich bin doch gerade am Arbeiten.«

»Tja tja«, machte ich bedauernd und ging die Treppe hinauf. »Ich fürchte, heute müssen alle anpacken.« Wie ich erwartet hatte, folgte sie mir nicht. Ich wartete vor der Tür und rief hinein: »Uns läuft die Zeit davon, Prinzessin.«

Eine Sekunde später tauchte sie auf, mit herrlich verärgerter Miene. »Was soll das heißen, die Zeit läuft uns davon?«

Ich grinste, auch wenn dann meine Narbe ziepte und das Grinsen immer schief war. »Das heißt, dass du dir deine hübschen kleinen Hände schmutzig machen sollst.«

Sie schnaubte, und der dicke Zopf, der ihre Locken im Zaum hielt, peitschte über ihre Schulter. »Ich hab nicht die richtige Kleidung dafür an.«

Nein, das hatte sie nicht. »Hmm, darüber hättest du wohl nachdenken sollen.«

Sie senkte nervös den Blick und biss sich mit ihren kleinen eckigen Zähnen auf die Unterlippe. Ich seufzte. »Warte hier.«

Ich warf Boy einen finsteren Blick zu, als er mir zum Lagerraum folgte, wobei er fröhlich mit dem Schwanz wedelte. »Kleiner Verräter. Glaub nicht, ich hätte nicht gesehen, wie du ihre Hand geleckt hast.« Er wedelte noch mehr mit dem Schwanz. »Ach ja? Du findest sie hübsch? Tja … dann gibt's eben kein Hühnchen zum Abendessen. Nur die stinknormalen trockenen Hundekekse. Wird dir gar nicht passen.«

Wir wussten beide, dass die Drohung nicht ernst gemeint war.

***

April stand immer noch genau dort, wo ich sie stehen gelassen hatte. Sie starrte auf ihr Handy, zwischen ihren Augenbrauen hatte sich eine kleine Falte gebildet. »Alles okay?« Ich wusste nicht, warum ich das fragte. Einzelheiten über ihr Leben interessierten mich nicht.

Falls meine Frage sie überraschte, zeigte sie es nicht. »Ja, alles klar. Nur eine SMS von Sydney.« Sie steckte das Handy in ihre Gesäßtasche.

Sydney. War das ein Männername oder ein Frauenname? *Vollkommen egal*, riss ich mich innerlich am Riemen. Die Brennerei war das Einzige, was zählte, und ich würde dieses kleine Spielchen so lange mit ihr spielen, bis sie das Interesse verlor und nach London oder Beverly Hills oder sonst wohin zurückkehrte.

Ich schüttelte die Latzhose aus, die ich aus dem Lagerraum geholt hatte, und hielt sie ihr hin. »Die kannst du drüberziehen«, sagte ich.

»Oh.« Ihre Finger krümmten sich um den grauen Stoff. »Danke.« Sie schien wirklich gerührt zu sein von dieser Geste.

Ich trat von einem Fuß auf den anderen. Das sollte sie nicht sein, die Latzhose war riesig und stank nach Schimmel. »Erfüllt ihren Zweck.«

Sie nickte und stellte ihre teuer aussehende Handtasche auf den Boden, dann hob sie ein Bein und fummelte an dem kompliziert aussehenden Band um ihren Knöchel herum. *Oh Mann, so brauchen wir den ganzen Tag dafür.* Bevor ich es mir anders überlegen konnte, riss ich ihr die Latzhose aus der Hand, ging in die Knie und hielt sie auf. »Bein.«

»Was?«, fragte sie verwirrt. Meine Wangen brannten so sehr, dass ich es vermied, sie anzusehen.

»Bein«, sagte ich wieder und räusperte mich. »Steck dein verdammtes Bein in die Hose, Prinzessin.« Sie legte eine Hand auf meine Schulter, um das Gleichgewicht zu halten. Ihr Fuß glitt durch das Hosenbein, zarte Knochen und Sehnen berührten meinen Daumen. Ich drückte den Stoff zusammen. So, das andere Bein. Auch das war mit Sommersprossen übersät. Hellbraune kleine Sternchen auf jedem ihrer Zehen. Ich hätte loslassen können, aber ich zog den Stoff langsam an ihren Beinen hoch, bis meine Hand ihren Innenschenkel berührte. Wir zuckten beide zusammen, und ich ließ die Latzhose los. Sie erwischte die Träger nicht mehr rechtzeitig, und die Latzhose rutschte wieder nach unten. Sie rappelte sich auf und zerrte den Stoff so schnell hoch, als wäre sie nackt. Diesmal half ich ihr nicht. Ich stand auch nicht auf.

Was zum Teufel war hier los? Ich konnte kaum noch atmen.

Als ich aufstand, hatte sie schon die Hälfte der Knöpfe zugemacht. Ich traute mich immer noch nicht, etwas zu sagen, drehte mich einfach um und ging zurück in den Mälzereiraum, im Vertrauen darauf, dass sie mir folgen würde. Ein großer Teil von mir hoffte, dass sie es nicht tat.

8

April

Sparks – Coldplay

»Wo warst du denn so lange«, drang eine ungeduldige Stimme aus dem Raum vor uns. Malcolm, der voranging, zog den Kopf ein, um durch die niedrige Tür zu kommen. Ich spähte über seine Schulter und sah zu meiner Überraschung einen schlaksigen Jungen Anfang zwanzig, dessen Haare so rot und lockig waren wie meine und der sich schweißgebadet an eine Harke klammerte wie an einen Rettungsring.

»Ich hatte was zu erledigen«, antwortete Malcolm mit seinem tiefen Bariton, der mir durch und durch ging. *Diese Stimme*. Wenn ich rein auf den Klang dieser Stimme hörte, machte das etwas mit mir. Etwas Verbotenes. Meiner Meinung nach hätte Malcolm die schmutzigen Hörbücher einsprechen sollen, die ich so gerne hörte. Das wäre dann so, als würde mir ein noch heißerer James McAvoy ins Ohr flüstern. Und James McAvoy war an sich schon ziemlich heiß.

Dann realisierte ich, was er da gerade gesagt hatte. War ich etwa das *was*?

Der junge Mann dachte offensichtlich dasselbe, denn sein Blick huschte zu mir, und er kniff die Augen zusammen. Ich versuchte es mit einem Lächeln. Er blinzelte. »Du bist doch … du bist April Sinclair.«

Meine Miene verfinsterte sich, und ich wusste, dass Malcolm das nicht entging. Es gefiel mir gar nicht, dass er mich ertappt hatte. Ich versuchte, meine Stimme so heiter wie möglich klingen zu lassen, und streckte die Hand aus. »Ganz genau.« *Oh Gott.* Alles in mir wand sich. »Normalerweise rieche ich besser, ich schwöre.« Mit der freien Hand zupfte ich an dem grauen Overall, in dem ich förmlich versank.

Er nahm meine Hand und drückte sie enthusiastisch, wobei er mir fast die Finger zerquetscht hätte. »Ich weiß … Ich meine, Sie sehen aus, als würden Sie sehr gut riechen.« Seine Wangen färbten sich kirschrot. »Ich meine …«

Ich konnte mir das Lachen nicht verkneifen. »Ich weiß, was du meinst.« Ich drehte mich zu Malcolm um, doch der stand schon halb in dem großen Bottich, mit dem Spaten in der Hand, und tat so, als würden wir nicht existieren.

»Tut mir leid«, sagte ich zu dem Jungen. »Unser griesgrämiger Lehnsherr hat vergessen, mir deinen Namen zu sagen.«

»Ewan … Ewan Davies«, antwortete er eifrig.

»Schön, dich kennenzulernen, Ewan.« Und das meinte ich so, denn er machte einen freundlichen Eindruck. Alles in seinem Gesicht war auffällig groß, was ihn jünger aussehen ließ, als er wahrscheinlich war.

»Wenn du jetzt fertig mit Small Talk bist, könntest du doch mal ein bisschen arbeiten, oder? Dafür bezahl ich dich schließlich«, brummte Malcolm, der nicht einmal von seiner Arbeit aufblickte.

Ewan zuckte zusammen und warf mir einen entschuldigenden Blick zu. »Okay. Tut mir leid, Boss.«

Ich blieb einfach stehen. Ich hatte nicht vor, mich von diesem mürrischen Riesen auf meinem eigenen Grundstück einschüchtern zu lassen. Ich wusste, dass es gewagt war, nach zwölf Jahren Abwesenheit hierherzukommen und – bildlich gesprochen – auf dicke Hose zu machen, aber es war buchstäblich das einzige Druckmittel, das ich hatte. »Du bezahlst mich dafür?«, fragte ich und drehte mich ganz zu ihm um.

Er hielt inne und faltete einen Moment lang die Hände auf dem großen Stiel des Spatens. Feine Schweißtropfen bedeckten seine Nase und die scharfen Wangenknochen. »Ich kann dich nicht bezahlen.«

Ich schmollte, weil ich wusste, dass es ihn irritieren würde. »Und wenn ich eine neue Handtasche kaufen muss?«

Sein Blick blieb an meinen Lippen hängen. Diesmal kam er mir nicht abschätzig vor. »Ich bin mir sicher, dass du schon einen einsamen Inselbewohner finden wirst, der dir eine kauft. Wenn die Gerüchte stimmen, suchst du dir gerne Sugar Daddys.«

Ich konnte gerade noch verhindern, dass ich zusammenzuckte. Die Gerüchte stimmten *nicht*. »Hast du dich etwa über mich informiert, Boss?«

Ich hatte schon in der Sekunde, als Ewan den Spitznamen ausgesprochen hatte, vermutet, dass Malcolm ihn hasste. Meine Vermutung wurde dadurch bestätigt, dass sich sein Kiefer anspannte. Oder aber meine Bemerkung hatte ziemlich in Schwarze getroffen. Er senkte den Blick. »Stell keine dummen Fragen, Prinzessin. Mach dich einfach an die Arbeit.«

Ich stemmte die Hände in die Hüften. »Ist ein bisschen schwierig, wenn ich nicht weiß, was ich tun soll.«

»Ewan«, schnauzte Malcolm, und der Junge stolperte in seiner Eile, mir zu helfen, fast über seine eigenen Füße.

»Hier, nimm dir eine Harke von der Wand« – er zeigte auf das Regal mit dem Werkzeug – »fang am besten mit einer kleinen an.« Nachdem ich eine kleine Harke mit einem glatten Holzgriff ausgewählt hatte, bedeutete er mir, ihm zu folgen. »Der Boss schüttet die zerkleinerte Gerste auf den Boden, das ist der schwierigste Teil. Unsere Aufgabe ist es, sie in parallele Reihen zu verteilen. Wenn es so warm ist wie jetzt, sollte es dünn verteilt werden, acht bis zwölf Zentimeter hoch.«

Ich betrachtete die Reihe, die Ewan bereits fertig hatte, eine saubere Bahn aus goldenen Körnern. »Na ja, kann ja nicht so schwer sein.« Ich hätte schwören können, dass ich von der anderen Seite des Raumes ein Schnauben hörte.

Ich ignorierte Malcolm und machte mich an die Arbeit.

***

Wie sich herausstellte, war es verdammt schwer.

Nachdem Malcolm zum vierten Mal »In *geraden* Linien harken, Prinzessin« gegrunzt hatte, war ich nah dran, mich wieder auf seinen Rücken zu stürzen und zu Ende zu bringen, was ich drei Nächte zuvor in der Küche begonnen hatte.

Ich war ganz verschwitzt. Ein Knoten in der Größe von Glasgow hatte sich zwischen meinen Schulterblättern festgesetzt, und der Splitter, den ich mir eingezogen hatte, brannte jedes Mal, wenn ich die verdammte Harke anfasste. Und wir hatten noch nicht einmal die Hälfte geschafft.

Abgesehen von einem feinen schimmernden Film auf seiner Stirn, der ihn nur noch attraktiver aussehen ließ (also objektiv gesehen, wenn man auf mürrische Grüffelos stand, was ich ganz sicher nicht tat), sah Malcolm noch genauso aus wie vor zwei Stunden. Ich kochte innerlich.

Wenigstens ging es Ewan genauso wie mir. Etwa alle fünf Minuten machte er eine Pause und beschwerte sich, dass es

»einfach nicht einfacher wurde«. Ich war zwei Beschwerden davon entfernt, zu schreien: »Halt dein verdammtes Maul, Ewan«, aber stattdessen biss ich mir auf die Lippe und hielt den Kopf gesenkt. Ich hatte Angst, ihn damit zum Weinen zu bringen.

Ich hatte Malcolms Blick nur ein paar Mal auf mir gespürt und so getan, als würde ich es nicht bemerken. Ich wusste, was er tat … er wollte mich zermürben, glaubte, dass ich dann das Handtuch werfen würde. Wusste er denn nicht, dass eine Frau, die in der Öffentlichkeit steht, eine Elefantenhaut entwickeln muss? Ich konnte gar nicht mehr zählen, wie oft man mir gesagt hatte, ich hätte eher ein »Gesicht fürs Theater«. Oder mir eine höhere Gage angeboten wurde, wenn ich vor Drehbeginn zehn Pfund abnehmen würde. Regisseure hatten mir ins Gesicht geschrien. Hauptdarsteller hatten sich an mich rangemacht, während ihre Frauen in ihren Trailern auf sie warteten. Millionen von Menschen hatten mich nackt auf der Leinwand gesehen und über meinen Körper geurteilt – es bestand durchaus die Möglichkeit, dass *er* auch zu diesen Menschen gehörte. Wenn er wollte, dass ich aufgab, musste er sich schon sehr viel mehr Mühe geben.

»Warum machen wir das noch mal?«, fragte ich und lehnte das Folterinstrument gegen die Wand, um mein verschwitztes Haar neu zu flechten.

Ewan, der anscheinend sein Wissen unter Beweis stellen wollte, schaltete sich ein. »Wir versuchen, die Gerste zum Keimen zu bringen. Deshalb ist es wichtig, dass du sie gleichmäßig verteilst, sonst keimt sie nicht gleichmäßig.«

Schlau. »Habt ihr euch jemals gefragt, wer so was herausgefunden hat, wer zu Hause gesessen und sich gedacht hat:

Ich frag mich, was passiert, wenn ich diese Gerste drei Tage lang in Wasser einweiche und dann auf dem Boden ausbreite?«

Überraschenderweise meldete sich Mal zu Wort: »Die Skandinavier. Es gibt alte Ausgrabungen, die zeigen, dass sie als Erste Gerstenmalz zum Bierbrauen verwendet haben.«

»Warum überrascht es mich nicht, dass du das weißt?« Unsere Blicke trafen sich, Unsicherheit spiegelte sich in seinen kalten Augen. Trotz der Folter, die ich an diesem Morgen seinetwegen erdulden musste, wollte ich nicht, dass er glaubte, ich würde ihn auf den Arm nehmen. »Das ist super. Es ist wichtig, dass man die Geschichte hinter etwas kennt, besonders wenn es etwas ist, das einem wichtig ist.«

Anstatt sich abzukühlen, wie ich gehofft hatte, wandte er sich ab, als hätte ich nichts gesagt. Ich versuchte mein Bestes, es nicht an mich heranzulassen. Ich wusste, dass es nichts Persönliches war, zumindest zum großen Teil. Als Teenager war Malcolm immer in sich gekehrt gewesen, wenn auch ein bisschen netter. Also tat ich das, was ich am besten konnte: Ich nahm den verflixten Rechen in die Hand und plauderte drauflos.

Ich begann, das frische Häufchen zu bearbeiten, das Malcolm gerade vor mir ausgekippt hatte, und sagte: »Das erinnert mich an einen Film, den ich mal gedreht hab …« Ewan hörte auf zu rechen und war ganz Ohr. »Ein Historiendrama über eine junge Frau, die durch die Wälder läuft und keinerlei Erinnerungen hat.«

»Meine Mutter liebt diesen Film«, sagte Ewan sofort und errötete wieder. Was für ein Kind von Unschuld, mit dieser blassen Haut. In einer Szene in diesem Film war ich völlig nackt – na ja, bis auf ein extrem juckendes Schamhaartoupet, das an meine Vagina geklebt war. Bestimmt erinnerte er sich in diesem Moment an genau diese Szene.

»*Jedenfalls* haben wir eine komplizierte Szene auf einem Feld gedreht, in der wir Weizen mit Sensen schneiden mussten. Ursprünglich war geplant, für die körperliche Arbeit Doubles einzusetzen. Aber ich als völliger Neuling bestand darauf, alles selbst zu machen. Zumindest am ersten Tag. Aber als ich am nächsten Morgen aufgewacht bin und meine Arme nicht mehr benutzen konnte, war es vorbei mit der künstlerischen Integrität.« Ich gluckste. »Und als der Film schließlich Premiere hatte, hab ich mir die Szene hundertmal angesehen und versucht zu erkennen, wann ich und wann das Double zu sehen ist. Aber das war gar nicht möglich!«

Ewan begann, mir eine Frage nach der anderen zu stellen. *War dein Co-Star nett?* Ja. *Ist das Schauspielerdasein so glamourös, wie es scheint?* Nein. *Hast du schon mal was von einem Set mitgehen lassen?* Ja.

Die Fragen machten mir nichts aus, es lag in der menschlichen Natur, von Berühmtheiten fasziniert zu sein. Die Leute liebten es, einen Blick hinter den Vorhang zu werfen.

Malcolm hingegen platzte der Kragen. Ich hatte kaum damit begonnen, zu erzählen, wie ich George Clooney bei der Oscar-Verleihung einmal versehentlich hinter der Bühne geküsst hatte, als er mich unterbrach, indem er die Schubkarre mit einem lauten Krachen abstellte. »Wenn ihr nicht einmal so tut, als würdet ihr arbeiten, dann nutzt die Zeit wenigstens für eure Mittagspause.«

Ewan und ich warfen uns einen verlegenen Blick zu, als Mal zu einer neben der Tür abgestellten Tasche stakste und ein eingepacktes Sandwich herauszog. Malcolm aß so, wie er alles andere auch tat: konzentriert und mit griesgrämiger

Miene. Als wollte er einen persönlichen Rekord aufstellen, noch schneller mit dem Essen fertig zu werden als am Tag vorher.

»Wie lange haben wir Zeit?«, flüsterte ich Ewan zu.

»Dreißig Minuten, wobei der Chef nur ungefähr fünf braucht.«

Ganze dreißig Minuten. »Nutze sie weise«, antwortete ich, ging zu meiner eigenen Tasche hinüber und holte meine Wasserflasche heraus.

Ewan folgte mir und zog sein eigenes Lunchpaket aus seiner Tasche. »Normalerweise ist er nicht so schlecht drauf, ich frage mich, was in ihn gefahren ist.«

Ja, was wohl ... Ich war mir nicht sicher, ob ich mich geschmeichelt fühlen sollte, dass ich offenbar eine so nachhaltige Wirkung auf seine Stimmung hatte. Ich nahm einen weiteren Schluck Wasser, wischte mir mit dem Handrücken über die verschwitzte Stirn und sah dann nach Dudley. Er und Boy waren längst vom Spielen ausgelaugt und hatten ein sonniges Plätzchen gefunden, um den Vormittag zu verdösen. Ich füllte seinen kleinen Reisenapf mit Wasser und sah mit großen Augen zu, wie beide Hunde abwechselnd tranken.

»Vielleicht sind sie verliebt«, sagte ich zu Malcolm.

»Es sind Hunde«, erwiderte er nach einem kurzen Moment.

»Ich finde es jedenfalls süß.« Ich streichelte beide und zerzauste das Fell auf ihren von der Sonne erwärmten Backen. »Boy hat doch keine Allergien, oder?« Ich nahm an, dass Mals Schnauben »Nein« bedeutete, also gab ich beiden ein Leckerli. *Er findet mich lächerlich.*

Ich hatte plötzlich das Bedürfnis, etwas frische Luft zu schnappen, und beschloss, den Rest meiner Pause am Ufer zu verbringen. Ich legte mich ins lilafarbene Heidekraut, die beiden Hunde zu meinen Füßen, knabberte an selbst gemachten Müsliriegeln und las in einem meiner Lieblingsromane, den ich Malcolm nie wagen würde zu zeigen: *The Duke's Promise.* Es war das reinste Glück.

Wahrscheinlich hätte ich die Zeit nutzen sollen, um den Splitter aus meinem Finger zu entfernen, denn als ich an die Arbeit zurückkehrte, fing er an zu pochen.

Vor lauter Müdigkeit waren Ewan und ich am Nachmittag viel weniger gesprächig, und innerhalb von ein paar Stunden hatten wir den gesamten Boden bedeckt, jeden Zentimeter unter einer goldenen Decke versteckt, die nach Frühstücksflocken roch. Der Geruch erinnerte mich an Kier, ich hatte ihn jedes Mal eingeatmet, wenn er mich umarmt und ich meine Nase an seine starke Brust gedrückt hatte.

Ich lehnte meine Harke an die Wand, um meine schmerzenden Hände auszuschütteln, und sah zu, wie Malcolm mit dem Besenrücken über das Getreide strich, um die Stellen auszugleichen, an denen wir es offenbar zu dick aufgeschichtet hatten. »Was passiert als Nächstes?« Ich rieb über meine Fingerspitzen und zuckte zusammen, als mein Daumen über den Splitter fuhr.

»Wir lassen es sechs Tage lang liegen und wenden es einmal am Tag, um sicherzustellen, dass die Keimung – was? Was ist los?«

»Hm?« Mein Kopf schoss hoch. Er starrte mich finster an. »Oh« – ich winkte mit meiner verletzten Hand ab – »es ist nichts, nur ein Splitter. Ich hab eine Pinzette im Herrenhaus, den krieg ich schon raus …«

Aber er hatte meine Hand bereits ergriffen und zog mich näher heran, damit er ihn besser sehen konnte. Sein Kopf befand sich auf gleicher Höhe mit meinem Gesicht, und ich konnte den Duft seines frischen Shampoos riechen. »Du hättest schon früher was sagen sollen.«

»Es ist okay, es tut kaum noch weh … Au!« Ein dicker Finger tastete die winzige Wunde ab.

»Ewan, du kannst abhauen.« Malcolm umfasste mein Handgelenk und zog mich hinter sich her. Ich schaffte es gerade noch, Ewan zum Abschied zu winken, bevor wir auf einmal draußen in der angenehmen Nachmittagssonne standen. Keiner von uns sprach ein Wort, während wir das Gebäude umrundeten und neben einer Tür anhielten, von der ich jetzt wusste, dass sie zu seinem Haus gehörte. »Warte hier.«

Das tat ich natürlich nicht. Die beiden Hunde und ich folgten ihm in sein sehr kleines, aber charmantes Haus. Überall lagen Sachen herum, aber es wirkte nicht vollgestopft. Eine kompakte Küche, die in eine gemütliche Sitzecke mit Holzofen überging, vor dem ich mir Boy gut vorstellen konnte. Ein riesiger Fernseher, der zur Grundausstattung eines jeden Junggesellenzuhauses zu gehören schien. Ich warf einen Blick auf das riesige Bett im hintersten Teil des Raumes, nur gerade lange genug, um zu sehen, dass die dunkelblauen Laken ordentlich dalagen. Dann richtete ich meine Aufmerksamkeit hastig auf die Holzregale, die fast eine ganze Wand einnahmen und mit Büchern und DVDs vollgestopft waren. Ich wusste gar nicht, dass es noch Leute gab, die DVDs sammelten. Nur Malcolms gequältes Seufzen hielt mich davon ab, jede einzelne davon zu inspizieren.

Er kramte in einer Schublade und wies mit dem Kopf auf einen Stuhl am kleinen Esstisch. »Setz dich ruhig. Hast dich ja eh schon selbst eingeladen.«

»Das ist ein wirklich hübsches Haus«, sagte ich und setzte mich auf den klapprigen Stuhl.

Knurr.

»Wie lange lebst du schon hier?«

»Lange genug.«

»Lang genug wofür?«

»Einfach nur – lang genug.« Er schob die Schublade zu. In der Hand hielt er einen kleinen Erste-Hilfe-Kasten. »Leg deine Hand auf den Tisch.« Ich gehorchte und biss mir auf die Lippe, um ein Lachen zu unterdrücken. Ich war zwar diejenige mit dem Splitter, aber er führte sich auf wie ein Bär, der einen Stachel in der Pfote hatte. Malcolm setzte sich auf den Stuhl mir gegenüber. Der Tisch war so schmal, dass seine Knie gegen meine stießen. Er öffnete die Tasche und holte mehrere kleine Gegenstände, ein Alkoholtuch und ein Pflaster heraus. »Wenn du dich verletzt, musst du das sofort sagen. Wenn du mit deinem Körper arbeitest, musst du dich auch um ihn kümmern. Er ist dein wichtigstes Werkzeug.«

Ich war so sehr davon abgelenkt, wie sich sein Bein an meinem anfühlte, dass ich einen Moment brauchte, um die scharfe Pinzette zu bemerken. Ihr Anblick raubte mir jeglichen Spaß an diesem Gespräch.

Ich ballte die Fäuste und stand langsam auf. »Weißt du … ich kann mich schon selbst darum kümmern. Du hast wahrscheinlich Besseres zu tun.«

Sehr weit kam ich nicht. Ich spürte seine heiße Haut an meiner, und dann traf mein Hintern wieder auf die Stuhlfläche. »Natürlich helf ich dir, April. Hör auf, dich wie ein Baby zu benehmen.«

Ich war mir nicht sicher, ob es die Tatsache war, dass er mich April und nicht Prinzessin genannt hatte, oder seine

Andeutung, dass ich Angst hätte, die mich dazu brachte, mich zu fügen. Trotzdem sah ich weg, als er meine Handfläche in seine viel größere legte, sich nah zu mir beugte und die Pinzette hob. Sie grub sich mit einem scharfen Schmerz in meine Haut. »Ahh…«

»Alles gut.«

Ich wollte instinktiv meine Hand wegziehen, doch er hielt mich noch fester. »Autsch! Das brennt …«

»Es würde nicht so brennen, wenn du aufhören würdest rumzuzappeln …«

»Musst du so fest drücken?«

»Halt einfach still.«

»Aahhh!«

»Ich hab ihn!« Triumphierend hielt er den riesigen Splitter mit der Pinzette hoch. »Siehst du, er ist winzig, kein Grund zur Sorge.«

»Kein Grund zur Sorge? Du hast mir fast den ganzen Finger weggerissen!«

Seine vollen Lippen verzogen sich ein ganz klein wenig zu einem schiefen Lächeln. »Bitte, kein Drama jetzt, Prinzessin.«

Er öffnete die kleine Packung mit dem Alkoholtuch darin und rieb damit über meine Haut, worauf ich einen weiteren Protestschrei ausstieß. Diesmal lachte er tatsächlich. *Er lachte.* Na ja, es war kein richtiges Lachen, eher ein lautes Ausatmen wie ein wütendes Nashorn. Aber ich akzeptierte es. Ein Sieg war ein Sieg. Er packte ein Pflaster aus und wickelte es um meinen verletzten Finger.

»So. Du wirst durchkommen.« Er glättete es ein letztes Mal und machte sich daran, den Verbandskasten wegzupacken. Ich warf einen Blick auf das Pflaster. Es war ein babyrosanes Prinzessinnenpflaster. Ich konnte mir eine Bemerkung nicht verkneifen.

»Wer hätte gedacht, dass du so ein großer Disney-Fan bist?«

Seine Wangen färbten sich rosa, und seine Finger erstarrten. »Ich passe einmal in der Woche auf meine Nichten auf.«

»Schon klar.«

»Wirklich! Jeden Freitagnachmittag.«

Mit einem, wie ich wusste, selbstgefälligen Grinsen klopfte ich ihm auf die Schulter. »Danke, dass du dich um mich gekümmert hast.«

»Ich hab nur sichergestellt, dass du durch deine eigene Unachtsamkeit keine Gliedmaßen verlierst.« Jetzt schaute er wieder genauso finster drein wie vorher.

Ich stand auf. »Morgen um dieselbe Zeit?«

Gerade als ich dachte, er würde gar nicht mehr antworten, sagte er: »Und hör auf, mit Ewan zu flirten, das ist nicht fair gegenüber dem Jungen.«

»Was?« Ein Lachen entrang sich meiner Kehle.

Er verschränkte die Arme auf der Tischplatte. »Er durchschaut euch Schauspieler nicht, er könnte denken, es hat was zu bedeuten.« *Euch Schauspieler?* Was zum Teufel sollte das bedeuten?

Ich beschloss, dass ich es gar nicht herausfinden wollte, schenkte ihm mein kokettestes Grinsen und strich mit einem Finger über die Maserung des Holzes, nur eine Haaresbreite von seiner Hand entfernt. »Wenn ich flirte, *Boss*, wirst du es schon merken.« Ich hielt seinem Blick stand, bis er schluckte. »Wenn du mich jetzt entschuldigst, ich glaube, ich lege mich für ein paar Stunden in die Badewanne.«

9

April

SNAP – Rosa Linn

»Wie läuft es in der Destillerie?«, fragte Heather genau in dem Moment, als ich mich am Wochenende darauf mit meinem Kaffee an den Tisch setzte. Ich war gerührt, als sie mich per SMS auf einen Kaffee bei Brown's eingeladen hatte, denn ich hatte überhaupt nicht erwartet, nach Jahren der Abwesenheit so schnell wieder in den Freundeskreis aufgenommen zu werden. Aber genau das hatte ich an dieser kleinen Gemeinschaft immer geliebt: Sie empfingen einen immer mit offenen Armen.

Ich zuckte mit den Schultern und schaute zwischen June und Heather hin und her, die mich gespannt ansahen. »Ich hänge schon die ganze Woche dort rum und helfe aus.« *Zumindest wenn Malcolm mich lässt.*

»Ja, das hat Mal schon erwähnt. Ich meinte, wie es *mit* Mal läuft.«

»Ach, wisst ihr, er hasst mich eben.« Jeglicher Fortschritt, den ich dummerweise glaubte, am ersten Tag mit ihm erreicht zu haben, war schnell wieder zunichte gewesen. Wenn überhaupt, war er noch mürrischer geworden. Er knurrte jedes Mal, wenn Ewan oder ich auch nur kurz miteinander redeten. An den Tagen, an denen Ewan nicht arbeitete, war es noch schlimmer. Unter Malcolms schweigsamer, stoischer Aufsicht wendete ich die Gerste zweimal am Tag und malte das jeweilige Datum auf die Fässer im Lagerraum. Die ganze Zeit über warf ich ihm verstohlene Blicke zu, während er die Fässer mit einem kleinen Gabelstapler drehte, ein Verfahren, das dazu beitrug, dass weniger Flüssigkeit durch Verdunstung verloren ging, wie er mir auf meine Nachfrage hin erklärte. Als er mich einmal dabei erwischte, wie ich zusah, schimpfte er mit mir wie ein Vater und bestand darauf, dass ich den Gabelstapler *unter keinen Umständen* benutzen, anfassen oder mich darauf setzen dürfte … was mein Gehirn natürlich übersetzte in: »April, du musst unbedingt mal den Gabelstapler ausprobieren.«

Schließlich hatte mir Malcolm noch etwas über den Gärungsprozess beigebracht. Während des Maischens der Gerste wurde Hefe zu einer zuckerhaltigen Flüssigkeit namens Würze hinzugefügt und dann in ein großes Gefäß namens Gärbehälter umgefüllt, um zu gären. Nach etwa fünfzig Stunden, sobald die Oberfläche ein wenig breiig aussah – wie ekelhaft konnte dieser Prozess sein? –, war das Ganze bereit für die Destillation.

Die ganze Demonstration hatte dreißig Minuten gedauert. Er hatte kleine Fläschchen mit Flüssigkeit darin hervorgezaubert, jeweils mit unterschiedlichem Alkoholgehalt, und mir die glänzende Kupferbrennblase gezeigt, die er jeden Morgen sorgfältig reinigte, egal ob sie benutzt wurde oder nicht. Er ließ mich an der Würze riechen und erklärte mir, dass eine geschulte Nase den Gärungsgrad richtig bestimmen konnte. Ich hatte schnell gemerkt, dass Mal nur dann gerne redete, wenn es um Whisky ging, und obwohl ich nur etwa neunzig Prozent der Infos behalten hatte, war er ein wunderbarer Lehrer. Er sprach langsam und präzise. Wenn ich Fragen stellte, wies er sie nicht zurück, sondern antwortete mit Bedacht. Ich wurde so süchtig danach, ihm Fragen zu stellen, dass ich sie mir am Abend davor schon aufschrieb. Erbärmlich, ich weiß, aber ich hatte längst akzeptiert, dass es mein unstillbares Bedürfnis war, gemocht zu werden.

Oh, und außerhalb der Brennerei hatte er mich einmal dabei erwischt, wie ich nach einem Morgenspaziergang am Strand den steilen Pfad hinaufgeklettert war, das Tragetuch mit Dudleys feuchtem Körper an die Brust gepresst. *»Du solltest da wirklich nicht runtergehen, du wirst dich noch an den Felsen verletzen«*, hatte er mich angeschnauzt.

»Das hat er gesagt?«, fragte Heather.

»Okay … also die Bemerkung ist an sich nicht wirklich herablassend, es geht mehr um die Art und Weise, wie er es gesagt hat, wie er mich angesehen hat.«

»Wie hat er dich angesehen?«

»Als könnte er nicht glauben, dass er sich gerade mit so einer Idiotin unterhält.« Nachdem ich genau geschildert hatte, wie finster er dreingeblickt hatte – eine Sieben auf der Malcolm-Miesepeter-Skala, die ich mir gerade ausgedacht hatte –, sahen sich June und Heather an.

June schenkte mir ein mitfühlendes Lächeln, während Heather in die Hände klatschte. »Das ist unglaublich«, rief sie aus und lachte.

Ich schaute zu Juniper. Hatte ich irgendwas verpasst? Doch June schüttelte nur den Kopf. »Ohhh nein. Ich weiß, was du denkst, Heather. April ist gerade erst angekommen, du kannst jetzt nicht mit diesem Mist anfangen.«

»Womit anfangen?«, fragte ich.

»Sie will euch beide verkuppeln.«

Ich lachte so laut, dass die Leute im Café sich wahrscheinlich zu uns umdrehten. Ein raues Lachen, das tief aus meinem

Bauch kam. Dann sagte Heather: »Ich versuche nicht, sie zu verkuppeln. Ist auch gar nicht nötig, mein idiotischer großer Bruder steht eindeutig auf dich.«

Ich presste die Hände auf die Wangen und starrte sie an. »Was wirklich beängstigend ist, ist, dass ich grad echt nicht sagen kann, ob du einen Witz machst oder nicht.«

»Es ist doch offensichtlich.«

»Wieso?«

»Mein Bruder spricht kaum mit jemandem, nicht mal mit seiner Familie.«

Ich sah June wieder in die Augen. Sie sah genauso verblüfft aus wie ich. »Und?«

»Und …« Sie zog das Wort in die Länge. »Er redet mit dir, das hast du selbst gesagt. Er hätte dich nicht gewarnt, dass du vorsichtig sein sollst, wenn du ihm egal wärst«, sagte sie spitz.

Sie hätte genauso gut klingonisch sprechen können, so wenig Sinn ergab das in meinem Kopf. »Ich bin mir ziemlich sicher, dass er sich einfach die Mühe ersparen wollte, einen Krankenwagen zu rufen, falls ich abstürze. Er toleriert mich nur. Das hat er mir mehr als einmal deutlich gemacht.«

Aber sie schüttelte schon den Kopf. »Nein. Ich sag dir, das ist einfach Mals Art. Wenn er dich nicht mögen würde, wärst du für ihn so gut wie unsichtbar.«

»Bei dir hört sich das wie ein Kompliment an«, sagte ich mit ausdruckslosem Gesicht. June schnaubte in ihren Kaffee. »Heather«, fuhr ich fort, »ich bin längst über das Alter hinaus, in dem ich mir einbilde, dass ein Junge mich mag, wenn er auf dem Spielplatz an meinen Zöpfen zieht. Wenn ein Typ auf einen steht, zeigt er Interesse. Nicht, dass ich überhaupt will, dass er Interesse hat – oder überhaupt jemand. Ich bin nur für ein paar Monate hier, schon vergessen?«

»Okay, okay.« Sie hob die Hände. »Ich hör ja schon auf. Ich bin zwar anderer Meinung, aber ich hör auf.«

Ich atmete tief durch. »Danke.«

»Wie läuft es mit dem B&B?«, fragte ich June.

Sie schürzte die Lippen. »Alles okay. Viel zu tun, wie immer … es ist toll, aber ich und Mum streiten uns im Moment über alles Mögliche. Ich glaube, wir verdienen genug Geld, um die Bäder zu renovieren. Dann müssen wir auch nicht jede Woche einen Klempner rufen und die Zimmerpreise reduzieren. Aber Mum ist so geizig, dass sie keinen Cent für irgendwas ausgeben will, das nicht *notwendig ist.*«

Heather und ich zuckten zusammen. »Ist aber schon notwendig, dass das Klo funktioniert.«

»Ich liebe meinen Job so sehr, das hätte ich mir niemals vorgestellt, kurz nachdem ich zurückgekommen bin. Aber manchmal wünschte ich, dass es mir allein gehören würde, dann könnte ich alle Entscheidungen treffen, ohne dass sie mir im Nacken sitzt. Bin ich eine furchtbare Tochter?«

»Ich hab ja selber eine komplizierte Beziehung mit meiner Mutter und würde sagen: Auf keinen Fall. Mütter können uns wehtun wie niemand anderes.« Oder in meinem Fall – die *Abwesenheit* meiner Mutter. Sie hatte mich zu der Frau gemacht, die ich heute war. Als Schauspielerin und Sängerin auf einem Kreuzfahrtschiff hatte sie jeden Winkel der Erde bereist. Als Kind hatte ich gedacht, dass die Welt dort begann oder endete, wo sie sich aufhielt. Ich stand stundenlang am Ufer, starrte aufs Wasser und stellte mir vor, wie sie zu mir zurücksegelte. Als klar wurde, dass sie nicht zurückkommen würde, entwickelte sich in mir eine andere Sehnsucht. Wenn sie gerne reiste … nun, dann würde ich eben noch weiter reisen. Wenn sie eine Schauspielerin war, würde ich eben eine noch bessere werden.

»Vergiss die Katze nicht«, warf Heather ein und riss mich aus meinen Gedanken.

»Katze?«, fragte ich.

»Oh, ich passe auf eine Katze von Kelly auf, der Tierarzthelferin. Die suchen ein dauerhaftes Zuhause für sie, aber ich passe seit ein paar Wochen auf sie auf. Und anscheinend ist meine Mutter jetzt offenbar allergisch gegen Katzen.«

Ich dachte zurück. »Hattet ihr nicht eine Katze, als du klein warst?«

»Ja.«

Ich schnaubte. Es hatte Zeiten gegeben, in denen ich mir ein besseres Verhältnis zu meiner Mutter gewünscht hätte, aber jetzt nicht mehr. Wir hatten im Laufe der Jahre eine lockere Verbindung aufgebaut, eher eine Freundschaft als eine Mutter-Tochter-Beziehung. Wenn ich an sie dachte, spürte ich nicht mehr diesen heftigen Groll in meinem Bauch. Besser würde es nicht werden.

Als wir unseren Kaffee ausgetrunken hatten, kam das Thema auf Heathers Job im Sheep's Heid Pub im Dorf, und sie erzählte von einem unhöflichen Gast, den sie am Abend zuvor bedient hatte. »Er meinte, dass jedes seriöse Pub Jameson's servieren würde. Da sagte ich zu ihm: *Das ist irischer Whisky, Kumpel. Wir sind aber hier nicht in Irland.* Ich glaub, das hat ihm gar nicht gefallen.« Sie schnaubte. »Ich konnte ihn schließlich dazu bringen, den Whisky von Kier zu probieren. Beziehungsweise ist es ja jetzt Mals Whisky.«

Meine Stimmung hellte sich auf. »Das ist ja super. Verkaufst du viel davon im Pub?«

Sie zuckte mit den Schultern. »Es geht. Hauptsächlich Einheimische bestellen ihn.« Also nein.

Eine Sorgenfalte grub sich in ihre Stirn, die mich so sehr an ihren Bruder erinnerte. »Wie läuft es denn so? Ich mach mir Sorgen um Mal, und ich weiß, dass Callum sich auch Sorgen macht. Er hat so viel Herzblut da reingesteckt, und er hat die Destillerie jetzt so lange allein am Laufen gehalten. Ich weiß gar nicht, was er ohne sie tun würde.«

Schuldgefühle. Wut. Besorgnis. Auf einmal kam alles gleichzeitig in mir hoch, und dafür war allein Kier verantwortlich. »Wenn das so klappt, was ich vorhabe, müssen wir es gar nicht herausfinden. Ich zeig euch mal, woran ich gearbeitet hab.« Ich holte mein Handy aus der Tasche und öffnete zuerst meine Mails, um ihnen das neue Etikett zu zeigen, das ich von einem befreundeten Designer für die Flaschen hatte entwerfen lassen. Ich wollte es traditionell halten, also war es nur ein einfaches weißes Etikett mit »Kinleith Old Scottish Whisky« in goldener Schrift darauf, darunter die Konturen der Isle of Skye.

»Das sieht ja unglaublich aus«, sagte June.

»Hast du es Mal gezeigt?«, fragte Heather.

Ich schüttelte den Kopf. »Ich hab's erst vor ein paar Stunden gekriegt.« Ich wollte nicht zugeben, dass ich Angst hatte, es ihm zu zeigen. Ich wollte nicht, dass er dachte, ich würde versuchen, sein Geschäft zu übernehmen. »Wir haben auch an einer Website gearbeitet.« Ich lud die Seite und reichte ihnen das Handy, damit sie sich durchscrollen konnten. Ich war wirklich verdammt stolz darauf. »Ich bin grad dabei, eine Social-Media-Seite einzurichten, aber ich muss mir noch überlegen, was für Content wir posten. Bin also noch in der Recherchephase.«

»Du hast wirklich hart daran gearbeitet.« Heather gab mir das Handy zurück.

»Mir liegt es eben am Herzen.« Ich zuckte mit den Schultern. Es ging inzwischen um mehr als nur um Kiers Erbe oder den Erhalt des Hauses meiner Familie. Ich wollte auch, dass Malcolm Erfolg hatte, denn auch wenn er ein totaler Miesepeter war, hatte er das verdient. »Ein befreundeter Designer war mir noch einen Gefallen schuldig, er hat sich hauptsächlich um die Website und das Etikett gekümmert. Ich hab mir auch noch was anderes überlegt … aber ich will eure Meinung hören, bevor ich es Mal zeige.«

»Klingt ominös«, witzelte June.

Ich streckte ihr die Zunge raus. »Erinnerst du dich noch an den alten Verkostungsraum?«

»Vage.« Heather legte den Kopf schief. »Deine Großeltern haben dort immer Partys veranstaltet.«

Ich nickte. »Er wird nicht mehr benutzt, ist voll mit kaputten Fässern und Geräten. Aber ich hab mir gedacht, wenn ich ihn ausräume, könnten wir dort eine kleine Launchparty für das neue Whisky-Label veranstalten.« Ich hob aufgeregt einen Finger.

»Das ist eine tolle Idee«, sagte June.

»Aber?« Sie hatte doch definitiv mit *aber* weitermachen wollen.

»Das wird Mal gar nicht passen«, beendete Heather den Satz.

»Oh, bestimmt nicht«, stimmte June zu.

Wahrscheinlich nicht.

»Wenn das Event die Brennerei rettet, wird er sich bei mir bedanken.« Vorzugsweise auf Knien.

Nein. Oh nein. Denk sofort an was anderes.

***

»Gehst du direkt zurück zum Herrenhaus?«, fragte Heather, als wir auf die Straße traten.

Heute war es windig, also zog ich meinen schwarzen Blazer mit den winzigen gestickten Gänseblümchen über mein Tanktop und schloss alle Knöpfe.

»Gleich, ich muss vorher noch in die Tierhandlung.«

»Leckerlis für Dudley?«, fragte June.

»Ja, aber ich möchte auch was für meine kleine Fuchsfamilie mitnehmen.«

Sie tauschten einen verwirrten Blick aus. »Fuchsfamilie?«

»Ja, ist echt seltsam. Ich trinke jeden Morgen meinen Kaffee draußen am Ufer. Vor drei Tagen hab ich da plötzlich eine kleine Fuchsfamilie gesehen, fünf kleine abgemagerte Kerlchen. Zuerst hatte ich Panik, weil ich dachte, sie wollten Dudley fressen. Also hab ich ihnen ein paar seiner Leckerlis gegeben, um sie abzulenken, während wir uns vom Acker machten. Aber jetzt kommen sie jeden Tag zur gleichen Zeit wieder da hin … ist eigentlich ganz putzig.«

Heather lachte und warf June einen wissenden Blick zu.

Juniper verdrehte nur die Augen. »Verdammte Städter, ihr werdet euch noch die Tollwut holen.«

»Ich glaube, die ist schon ausgerottet.«

Sie zog ihre Autoschlüssel aus der Tasche. »Komm ja nicht zu mir, wenn du Schaum vor dem Mund hast.«

Sie warfen mir über die Schulter hinweg Küsschen zu und gingen in Richtung des Parkplatzes vor dem Rathaus. Ich machte mich auf den Weg zur kleinen Tierhandlung weiter hinten in der Hauptstraße, in der ich bisher noch nicht gewesen war. Vielleicht würde ich wirklich Leckerli für Dudley und Boy mitnehmen. Wann hatte ich eigentlich angefangen, die beiden als Einheit zu betrachten? Sie hingen immer mehr aneinander. *Ich* zumindest fand es echt süß. Aber Malcolm gefiel es nicht sonderlich, das konnte ich an der Art erkennen, wie sich sein Gesicht jedes Mal verdüsterte, wenn sein Hund mit dem Schwanz wedelte, sobald er mich sah. Das war für ihn wohl so, als würde Boy mit dem Feind gemeinsame Sache machen.

Der Laden, *Pet Palace*, war in einem sonnigen Zitronengelb gestrichen. Blumenkästen mit leuchtenden Petunien und Geranien standen unter den Fenstern, die die angelehnte Tür umrahmten. Der Laden war winzig, mit nur genug Platz für einen kleinen Tresen, auf dem eine altmodische Kasse stand, und Reihen von Regalen mit Futter, Spielzeug und Leckerlis.

»Oh, hallo, Hübscher«, sagte ich, als ich den rothaarigen Kater entdeckte. Er lag in einem Bettchen, das die Form einer Krone hatte, was mir bestätigte, dass ich mich tatsächlich in Anwesenheit einer Hoheit befand.

Ich langte nach unten, um ihn zu streicheln, als eine Stimme durch den Raum drang: »Das würd ich an deiner Stelle nicht tun.« Ich zog meine Hand so schnell zurück, dass ich fast das Gleichgewicht verloren und auf den Hintern gefallen wäre. Ich hörte, wie jemand kicherte, eine hohe und angenehme Stimme. »Er sieht charmanter aus, als er ist, fürchte ich.«

Die Schnurrhaare des Katers zuckten etwas. Ich hätte schwören können, dass er enttäuscht war. »Immer noch besser, als weniger charmant auszusehen, als man wirklich ist«, erwiderte ich und richtete mich auf, um zu sehen, wem der melodische australische Akzent gehörte.

Die kurvige Brünette starrte mich bereits an. »Sie sind April Sinclair.« Oh. Wenn berühmte Personen behaupten, dass sie sich daran gewöhnt hätten, von irgendwelchen Leuten in der Öffentlichkeit erkannt zu werden, dann ist das immer eine Lüge. Die Unsicherheit musste mir ins Gesicht geschrieben sein. »Nein, nein – ich bin kein verrückter Fan oder so.« Sie zog eine Grimasse und schlug die Hände über dem Kopf zusammen. »Ich weiß, das ist genau das, was ein verrückter Fan sagen würde – und ich bin ein Fan –, aber was ich meinte, war, dass das ganze Dorf davon redet, dass Sie hier sind und …« Sie schloss die Augen und schüttelte den Kopf. Als sie sie wieder öffnete, schenkte sie mir ein warmes, wenn auch etwas zaghaftes Lächeln. »Lassen Sie mich noch mal von vorn anfangen. Hi, Sie müssen April sein. Ich bin Jasmine.«

Sie streckte die Hand aus, und ich ergriff sie lachend. Diese ganze Situation war bizarr, aber auch nicht die seltsamste, in der ich mich je befunden hatte. »Freut mich sehr, Jasmine. Ich wollte schon die ganze Woche in Ihren Laden kommen, Sie haben so schöne Sachen.«

Sie starrte mich weiter an. Ich räusperte mich. Sie schreckte auf und schlug sich die Hände vors Gesicht. »Tut mir leid, ich tue es schon wieder. Ich hab noch nie eine Berühmtheit getroffen. Ich weiß gar nicht, was ich sagen soll.«

Ich lachte noch einmal. Obwohl sie sich ein wenig seltsam benahm, mochte ich sie. »Ich verspreche, wir sind genauso langweilig wie jeder andere Mensch auf diesem Planeten. Wie wäre es, wenn Sie einfach so tun, als wäre ich nur eine Ihrer Stammkundinnen. Was würden Sie in dem Fall zu mir sagen?«

Die Idee, mit mir ein Rollenspiel zu machen, schien sie etwas zu ängstigen. Sie nickte und schluckte. »Guten Morgen, April. Was kann ich für Sie tun?«

Eine Schauspielerin würde sie nie werden, aber für den Zweck reichte es. »Komische Frage, aber haben Sie irgendwas für Füchse da?«

»Füchse?«, wiederholte sie, und ich fragte mich, was sie sich wohl dachte.

Ich erklärte ihr meine Situation mit der kleinen Fuchsfamilie, die ich geerbt hatte. Sie sah weder überrascht noch verwirrt aus, sondern grinste nur. »Warten Sie hier, ich hab genau das Richtige.« Sie rannte in Windeseile ins Hinterzimmer. Ich hatte den leisen Verdacht, dass Jasmine und ich gute Freundinnen werden würden.

10

Mal

Pretty Lips – Winehouse

Irgendwann würde ich mich fragen, wie genau ich in diese Situation geraten war. Doch nicht heute. Ich hatte gar keine Zeit dazu.

Es waren fast zwei Wochen seit Aprils Ankunft vergangen, und ich hatte mich auf ihr Kommen und Gehen eingestellt. Ich wusste, dass sie unter der Woche gegen sieben Uhr mit ihrem Hund spazieren ging, bevor sie in die Brennerei kam, und am Wochenende gegen neun Uhr. Da zu dieser Zeit der Schlaf noch wie feine Spinnweben an ihr haftete, schloss ich daraus, dass ihre Morgenspaziergänge das Erste waren, was sie nach dem Aufstehen tat. So nahm ich also *törichterweise* an, dass ich die Küche im Herrenhaus wieder ohne Weiteres benutzen konnte, solange ich leise war.

An zwei aufeinanderfolgenden Tagen verließ ich das Herrenhaus und achtete dabei genau darauf, nicht gesehen zu werden. Am Sonntagmorgen, als ich mich dem Hintereingang näherte, fand ich die Küche nicht wie erwartet dunkel und leer vor. Stattdessen stand April auf der obersten Stufe vor der weit geöffneten Küchentür, hinter der sich das Meer erstreckte, und nippte mit geschlossenen Augen an ihrem Kaffee.

Ich hätte einfach wieder gehen können, bisher hatte sie mich nicht gesehen. Ich wich einen Schritt zurück. Dann fiel mir plötzlich auf, was sie trug. Ein schwerfälliger geblümter Morgenmantel aus glänzendem blauen Stoff umhüllte ihre kleine Gestalt. Und an den Füßen trug sie ein Paar schlabbrige Stricksocken. Es sah wirklich unglaublich hässlich aus. Welten entfernt von den bunten Jäckchen und Shorts, die sie jeden Tag trug. Es sah aus wie das Outfit, in dem man meine Oma begraben hatte.

Sie öffnete die Augen und erschrak, als sie mich sah. »Malcolm.« Ihre Wangen färbten sich genauso rosa wie ihre Lippen. Sie richtete sich auf und fuhr sich mit der Hand über den Ausschnitt des Kleides. Offensichtlich schämte sie sich dafür, dass sie nicht perfekt aussah. Es war das erste Mal, dass ich sie wegen irgendetwas in Verlegenheit sah. »Was machst du hier?«

Ich antwortete nicht. Selbst wenn ich es gewollt hätte, ich hätte es nicht geschafft. Die Sommersprossen auf ihrem Nasenrücken leuchteten im müden Morgenlicht. Die Rosa-, Orange- und Rottöne, die April zum Leuchten brachten, waren weitaus atemberaubender als der Blick aufs Meer. Was sie trug, hätte nicht sexy sein dürfen. Aber, verdammt noch mal, es war sexy. Die Art und Weise, wie der Mantel eng an ihrer Taille lag und sich dann um ihre nackten Oberschenkel schmiegte, während sie von einem Fuß auf den anderen wechselte.

Bis zu diesem Zeitpunkt hatte ich es geschafft, mich nicht zu ihr hingezogen zu fühlen. Das heißt, ich hatte mich schon immer zu ihr hingezogen gefühlt, aber auf eine sichere, *hypothetische* Art. Ich hatte gewusst, dass es ohnehin nie passieren würde. Wenn ich April jetzt ansah, erinnerte ich mich nur zu gut daran, warum sie mein erster Schwarm gewesen war. Eigentlich mein einziger Schwarm.

Als Teenager hatte ich sie öfter dabei ertappt, wie sie mich angestarrt hatte, als ich im Sommer in der Brennerei gearbeitet hatte. Dann hatte ich plötzlich das Gefühl gehabt, dass meine Kleidung zu eng wurde. Mein Gesicht hatte sich angefühlt, als würde es schmelzen. Aber ich wusste ganz genau, dass es ihr nie etwas bedeutet hatte, auch nicht, wenn sie mit mir auf der Bank zu Mittag gegessen hatte. Wir hatten uns nie unterhalten. Sie hatte immer einen ihrer Liebesromane gelesen, und ich hatte so getan, als wäre ich in das vertieft, was ich gerade in der Dorfbibliothek gefunden hatte.

April war lebhaft, überschwänglich. Wenn sie jemanden mochte, redete sie ununterbrochen mit demjenigen. Bei mir hatte sie sich nie so verhalten. Ich erlaubte es mir nicht einmal, es mir vorzustellen. Ein Junge, der seinen eigenen Geschwistern kaum in die Augen sehen konnte, würde niemals ein Mädchen wie April Murphy haben können.

Sie musste bemerkt haben, wohin mein Blick gewandert war, denn sie zog den Gürtel ihres Morgenmantels fester zu. »Tut mir leid, Malcolm, ich heb mir meine skandalöseren Kleider normalerweise für meine Übernachtungsgäste auf.«

Sie hatte jemanden über Nacht hier?

»Was machst du hier?«, fragte sie erneut. Nicht unhöflich, aber überrascht – als hätte ich eine unsichtbare Grenze in der Mitte des Anwesens gezogen, die ich normalerweise nicht überschritt.

Ich richtete mich auf und konzentrierte mich auf die weinroten Locken an ihren Schläfen. »Im Cottage gibt's keine richtige Küche … Kier hat mir immer erlaubt, die im Anwesen mitzubenutzen. Wenn das ein Problem ist …«

»Nein. Natürlich nicht.« Sie trat zur Seite, um mich auf der Treppe vorbeizulassen. Nicht weit genug, denn ich nahm den Hauch von Vanille in ihrem Kaffee wahr.

Ich machte mich an die Arbeit und kochte die Eier, die ich mitgebracht hatte, auf dem Herd, während die Hunde mir dicht auf den Fersen blieben und hofften, dass ich ein paar Reste fallen ließ. Es wäre höflich gewesen, ihr etwas vom Frühstück anzubieten, aber ich brachte die Worte nicht über die Lippen. Während ich das Essen auf einen Teller tat, sprach sie mit mir, ohne den Blick vom Horizont abzuwenden. »Es ist so schön hier morgens, so friedlich. Das hatte ich ganz vergessen.«

»Aber was ist schon so eine Aussicht im Vergleich zu den ganzen Schönheitssalons und dem Nachtleben, nicht wahr? Du musst London ganz schön vermissen.« Ich hatte die Worte ausgesprochen, ohne nachzudenken, aber ich wusste, dass etwas Wahres an ihnen war. Skye würde ihr nicht lange genügen. Deshalb war sie ja überhaupt erst von hier weggegangen.

»Warum tust du das bloß immer?« Sie hatte noch nie so wütend geklungen.

»Was?«

Sie sah mich an. »Jedes Wort, das aus meinem Mund kommt, so verdrehen, bis es eine Beleidigung ist.« Ich ging, ohne meine Eier zu essen. Stellte den Teller ab und schlenderte ohne ein Wort an ihr vorbei. *Wirklich verdammt erwachsen.*

Das war gestern gewesen. Als sie heute nicht wie üblich um neun Uhr auftauchte, ging ich wie ein eingesperrter Stier im Lagerraum auf und ab. Schließlich beschloss ich, zum Herrenhaus zu gehen, um etwas zu trinken und vielleicht nach ihr zu sehen. Ich rief nach Boy und beeilte mich. Sie ging gern vom Uferweg zur Bucht hinunter; er war steil und mit vielen Steinen übersät, die aus dem Gras ragten. Vielleicht hatte sie sich verletzt? Auf dem Weg dorthin schossen mir alle möglichen Gedanken durch den Kopf. Ich machte mich auf alles Mögliche gefasst. *Blut und gebrochene Gliedmaßen. Ein leeres Herrenhaus, weil sie sich meine Worte von gestern zu Herzen genommen hatte und ohne ein Wort verschwunden war.* Ich riss die Küchentür praktisch aus den Angeln und wäre beinahe über meine eigenen Füße gestolpert.

Da stand sie, mitten im Familienzimmer, in einer engen Stretchhose, und streckte ihren herzförmigen Hintern in die Luft. *Yoga*. Sie kam zu spät, weil sie Yoga machte. Ich bemerkte meine Schwester erst, als ich zum Stehen kam und mein Knie hart an der Kücheninsel stieß. Sie brach in Lachen aus. »Alles klar, Bruder? Du siehst ein bisschen kränklich aus.«

Ich wusste, dass mein Gesicht in Flammen stand, dass ich wie ein absoluter Idiot aussah. »Du bist spät dran«, bellte ich.

April ließ sich auf die Knie fallen und rieb sich mit einem kleinen Handtuch über Gesicht und Hals. »Du hast gesagt, dass es keinen Sinn macht, wenn ich dabei bin, solange du morgens den Lagerraum ausfegst, weil ich eh nur im Weg bin.« Das hatte ich tatsächlich gesagt.

»Stimmt.« *Verdammt noch mal.* »Also, ich fülle den Whisky heute Nachmittag ab, wenn du helfen willst.«

»Wirklich?« Ihr Gesicht begann förmlich zu leuchten.

Ihre Haut sah immer so aus, als würde sich direkt darunter ein stromführender Draht befinden. Jede Aufgabe, die ich ihr stellte, erledigte sie mit Begeisterung – selbst wenn sie furchtbar war. Sie stellte kluge Fragen und wirkte nie gelangweilt, wenn ich ihr technische Details schilderte – andere hätten da schon längst abgeschaltet. Ich konnte nicht sagen, ob sie es nur vortäuschte, schließlich war sie eine hochdekorierte Schauspielerin. Ich konnte kaum mit ihrem Enthusiasmus umgehen, denn tief im Inneren war ich süchtig danach. Ich wollte, dass sie echte Begeisterung empfand.

»Ich kann mich nicht erinnern, wann ich das letzte Mal Kiers Whisky probiert habe«, sagte sie und lachte dann, wobei ihre Augen wie zwei jadefarbene Seen glitzerten. Sie wandte sich Heather zu. »Ah, oder doch! Erinnerst du dich an Andrew Taylors Strandparty?«

Heather stöhnte zuerst, dann lachte sie, und sie unterhielten sich über die Nacht, an die ich mich noch gut erinnerte. Ich erinnerte mich daran, dass ich sie in der Cairnwell Lane aufgegabelt hatte. Heather hatte mich angerufen, als ich grade dabei gewesen war, ein Puzzle mit zweitausend Teilen fertig zu machen. Sie hatte mich angefleht, sie abzuholen und Dad nichts zu sagen. Heather hatte sich hinter einem Briefkasten übergeben, als ich dort angekommen war, und April hatte gewissenhaft versucht, ihr Haar zurückzuhalten. Sie hatten die ganze Fahrt zum Herrenhaus über betrunken gekichert. Irgendwann während der Fahrt hatte ich mir zusammengereimt, dass April eine Flasche von Kiers Whisky mit auf die Party geschmuggelt hatte.

April sprang auf die Beine und rollte schnell ihre Matte zusammen. »Ich bin in fünfzehn Minuten unten, muss nur kurz duschen.« Und wieder ein Bild für meine mentale Sammlung.

»Ich dachte, du füllst immer jeden zweiten Freitag ab?«, fragte Heather, sobald wir allein waren.

Ich wand mich und konzentrierte mich darauf, einen schmutzigen Becher vom Tisch zum Waschbecken zu tragen und ihn abzuspülen. »Jacob konnte diesen Freitag nicht arbeiten«, log ich schnell und schob damit die Schuld auf Jacob, unseren Brennmeister. »Und wenn April ernsthaft ins Geschäft einsteigen will, ist es wichtig, dass sie jeden Schritt des Prozesses versteht.«

Sie stützte sich mit verschränkten Armen auf die Kücheninsel mir gegenüber, biss sich auf die Lippe und lächelte auf diese Art, von der sie wusste, dass sie mich irritierte – so als hätte sie ein Geheimnis, das sie unbedingt teilen wollte und das das ganze verdammte Haus um sie herum zum Einsturz bringen würde. »Also füllst du heute nicht ab, weil April am Freitag Buchhaltung macht und du aber wusstest, dass sie dir zuschauen wollen würde?«

Genau ins Schwarze getroffen. »Nö. Wie ich schon sagte, Jacob musste seine Schicht tauschen.«

Sie presste die Lippen erneut zusammen. Ich fühlte mich so durchsichtig wie Frischhaltefolie. »Schon gut, behalte deine Geheimnisse nur für dich, Bruder.«

***

Als ich das Fass entkorkte, quiekte April vergnügt und beugte sich vor, um es näher zu betrachten. »Wie lange ist dieser hier gereift?«

»Fast vier Jahre.«

Sie hatte sich umgezogen, bevor sie hergekommen war. Die Yoga-Leggings, bei denen mir fast die Augen rausgefallen waren, waren einem ihrer kleinen Pantsuits gewichen. Die blassrosa Farbe hätte eigentlich nicht zu ihren Haaren passen dürfen, tat es aber. Ich dankte dem aktuellen Kälteeinbruch; endlich hatte sie mal Hosen anstelle ihrer üblichen winzigen Shorts an. Dann drehte sie sich um, um sich im Raum umzusehen, und ich sah, wie sich die Hose an ihren Hintern schmiegte.

»Ich dachte, er müsste nur drei Jahre reifen?« Sie sah zu mir auf, und ich schaute bewusst nicht in ihre Augen, sondern auf einen Punkt darüber. Ich wusste nicht, was in mich gefahren war, es war, als hätte dieser verdammte Oma-Morgenmantel meinen gesunden Menschenverstand ausgeschaltet.

»Drei Jahre sind die gesetzliche Mindestanforderung, aber je länger man ihn reifen lässt, desto weicher wird der Whisky. Wir haben Fässer, die fast vierzig Jahre alt sind.«.

»Vierzig Jahre? So viel Geduld hab ich nicht.«

»Beim Whisky muss man geduldig sein. Aber was ich sagen wollte …« Ich brachte uns zum eigentlichen Thema zurück. Sie konnte mich ablenken, ohne es überhaupt drauf anzulegen. »Jedes Fass verliert während der Reifung einen gewissen Prozentsatz an Flüssigkeit, den nennen wir den Anteil der Engel …«

»Anteil der Engel. Das ist ja putzig.«

»Das soll nicht putzig sein, es soll … egal, sobald das Fass geöffnet ist, wird es in den Trog entleert.« Ich drückte mit dem Fuß auf den großen grünen Knopf, und das Förderband setzte sich in Bewegung, sodass alle vier Fässer auf einmal rollten und sich in den tiefen Trog darunter entleerten.

»Du mischst mehrere Fässer zusammen?«

Die Tatsache, dass sie überhaupt Notiz davon nahm, haute mich um. Wenn wir neue Mitarbeiter einstellten, war Leidenschaft immer das Wichtigste. Die Arbeitszeiten waren lang und die Arbeit hart. In so einer kleinen Gemeinde waren

Menschen, die für so etwas brannten, aber eine Seltenheit, und ich war oft gezwungen, das einzige fähige Paar Hände einzustellen. April hatte die nötige Leidenschaft, und ich war mir nicht einmal sicher, ob sie sich dessen bewusst war. Ich hatte ihr vorgeworfen, dass sie eine Prinzessin wäre, und wenn sie auf einer Mission war, um zu beweisen, wie sehr ich mich geirrt hatte, dann schlug sie sich sehr gut.

»Die meisten Whiskys, selbst ein Single Malt, werden verschnitten. Dadurch können wir ein höheres Maß an Konsistenz erreichen.«

»Alles klar.« Sie knabberte an ihrer Unterlippe und schien diese Information abzuspeichern. »Und was passiert dann?«

Ich zeigte auf die Rohre, die an den Trog angeschlossen waren. »Die leiten den Whisky zu den Lager- und Mischtanks.«

»Wie stellt man sicher, dass jedes Gemisch gleich schmeckt?«

»Das wäre dann meine Aufgabe, Mädchen.« Jacobs schwere Schritte hallten von der Treppe wider, als er sich unter dem Türrahmen hindurchduckte und sich dabei gleichzeitig von seiner abgewetzten Cordjacke befreite.

April erschrak, offensichtlich hatte sie nicht erwartet, dass noch jemand vorbeikommen würde. Dann erkannte sie ihn. »Ich erinnere mich an dich.«

»Das ist gut, sonst hättest du mir altem Knacker glatt das Herz gebrochen.« In zwei Schritten war er bei April, zog sie in seine Arme und drückte ihr einen schmatzenden Kuss auf die Wange.

Sie trat einen Schritt zurück und schenkte ihm dieses Megawattlächeln, das ich sonst nur von Fotos kannte. »Wie ist es dir all die Jahre ergangen, Jacob?«

»Gut, Mädchen. Wirklich gut. Aber nicht so gut wie dir, denke ich.«

Ihre Wangen färbten sich hübsch rosa, doch sie erwiderte nichts. Ein Instinkt flammte in mir auf. War April etwa nicht ganz so zufrieden, wie sie die Welt glauben lassen wollte? Vielleicht war sie nicht so geschickt darin, es zu verbergen, wie sie dachte. Vielleicht fiel es mir deswegen auf, weil es derselbe Blick war, mit dem ich mir selbst jeden Morgen aus dem Spiegel entgegenblickte. Oder vielleicht fiel es mir auf, weil ich, so sehr ich es auch leugnen mochte, jede Kleinigkeit an ihr bemerkte.

»Du hast ohne mich angefangen, oder?«, sagte Jacob in seiner üblichen gutmütigen Art, die so anders war als meine.

»Ich muss April den Abfüllprozess zeigen.«

Falls er es merkwürdig fand, sagte er es nicht – schließlich war die Mischanlage seine Domäne. »Verstehe, verstehe«, sagte er und legte den Arm um April. Sie folgte ihm, völlig entspannt. Es wäre die perfekte Gelegenheit für mich gewesen, um zu fliehen. Um Aprils Parfümwolke loszuwerden und einen klaren Kopf zu bekommen. Meine To-do-Liste war so lang wie mein linker Arm, und jeder einzelne Punkt verlangte meine Aufmerksamkeit.

Aber aus irgendeinem Grund blieb ich, als wäre dieser Moment wichtig. Ich lehnte mich an die Wand und beobachtete Aprils Gesicht, als Jacob sie an den Schultern fasste und sie aufforderte, in den Mischtank zu schauen. Der Instinkt, einzugreifen, damit er von ihr abließ, war gleichermaßen stark wie absurd. Ich war doch nicht eifersüchtig auf Jacob, allein der Gedanke war lächerlich; der Mann war fast siebzig und seit fünfzig Jahren glücklich verheiratet. Aber als er ihr etwas zuflüsterte, während er die Standardtests für die Eigenschaften der von uns gewählten Geschmacks- und Aromastoffe vorführte, kicherte sie, und ich spürte wieder dieses Kribbeln im Bauch. *Verdammt.* Ich fuhr mir mit der Hand über den Unterkiefer, die rauen Stoppeln erinnerten mich daran, dass ich meinen verdammten Bart stutzen musste. *Das muss auch auf die Liste.*

Was ich wohl für einen Eindruck auf sie machte? Ich gab meinem Verlangen nach, sie zu studieren, während sie abgelenkt war. Ich betrachtete die dichten spiralförmigen Locken, die ihren Nacken umspielten und sich aus dem Band gelöst hatten, das den Rest ihrer beeindruckenden Mähne zusammenhielt. Dieses Haar hatte letzte Nacht eine prominente Rolle in meinem Traum gespielt. Erinnerungen überfluteten mich. Locken, die auf meinem Kopfkissen ausgebreitet waren, meine Schenkel gekitzelt hatten, während sie mich geritten hatte. Wenn ich sie mir vorstellte, war sie immer oben.

Nicht dran denken, schimpfte ich mit mir selbst. Das war in Wahrheit nie geschehen. Es würde nie geschehen.

Manchmal ertappte ich sie dabei, wie sie mich ansah, mein Gesicht und meine Hände, wenn wir nebeneinander arbeiteten. Sie versuchte gar nicht, es zu verbergen. Ich hatte erlebt, wie Frauen bewundernd zu mir aufgeblickt hatten, hatte bei seltenen Gelegenheiten ihre feurigen Blicke gespürt. Noch seltener hatte ich ihr Flüstern gehört, wenn mich die Einsamkeit in das Bett einer Fremden getrieben hatte.

Für April war ich ein Rätsel, das es zu verstehen galt. Während sie … na ja, ich konnte sie wohl kaum als Versuchung bezeichnen, denn unter keinen Umständen würde eine Frau wie sie mich in ihr Bett einladen.

Sie war eine Ablenkung. Eine Obsession.

Vielleicht hätte ich das Angebot von Jasmine annehmen sollen, das sie mir gemacht hatte, als ich sie letzten Monat nach Hause gefahren hatte. Sie war eine wunderschöne Frau.

Lustig und nett. *Und genau deshalb hast du Nein gesagt*, erinnerte ich mich. Ich konnte mich nicht mit einer Person, die ich wirklich mochte, einer Person, der ich mit Sicherheit in absehbarer Zeit im Dorf begegnen würde, auf so etwas einlassen.

Ich war nicht für eine Beziehung geschaffen, hatte nicht die emotionale Kapazität, eine Person in mein Leben zu lassen. Nicht, weil ich mir nicht vorstellen konnte, mich zu öffnen, nein. Ich wusste, dass ich das könnte, mit der richtigen Person. Aber ich wusste auch, dass ich nicht die richtigen Worte finden würde, um sie zu halten. Frauen wollten Erklärungen, sie verdienten tröstende, beruhigende, freundliche Worte. Und ich wusste nicht, wie man irgendwas davon ausdrückte.

Ich rieb mir die müden Augen und ließ sofort die Fäuste sinken, als ich Aprils Lachen hörte. Es ging mir durch und durch. Ich wollte nicht eine Sekunde davon verpassen.

Sie schien entzückt zu sein, als sich die glänzende bernsteinfarbene Flüssigkeit in ein Dutzend Glasflaschen ergoss. Jacob zeigte ihr, wie man eine sensorische Inspektion durchführt. Er hielt eine Flasche unter ein weißes Licht, das jeden perfekten Winkel ihres Gesichts zum Leuchten brachte, während sie ihm half, sie auf Fehler oder Schwebeteilchen zu untersuchen. Sie zog eine Packung Etiketten aus ihrer Tasche und reichte sie Jacob, damit er sie präzise auf dem Glas anbringen konnte. Und als er ihr das fertige Produkt in die Hand drückte, sah sie mich an und strahlte. Ihr Lächeln war breit und unbeschwert.

Klick.

Es war wie der Blitz einer Kamera hinter meinen Augenlidern, mein Gehirn speicherte jedes Detail dieses Moments ab. Ich hätte schwören können, dass mein Herz stehen geblieben war. Und als es wieder zu pochen anfing, pochte es im Rhythmus ihres Namens.

Ich musste sehen, wie sie den Whisky kostete.

Ich brauchte das, wie ich meinen nächsten Atemzug brauchte.

11

April

Death By A Thousand Cuts – Taylor Swift

»Kannst du das glauben?« Ich trat an Malcolm heran und hielt die Glasflasche mit dem Stolz eines frischgebackenen Vaters hoch, der sein Erstgeborenes vorzeigt. Vielleicht würde ich jedem, den ich kannte, unaufgefordert ein paar Fotos davon schicken. *Wir haben's kapiert, Julie, du hast ein Baby bekommen. Keiner außer dir findet den kleinen Außerirdischen süß.*

Nur ein Scherz. Mehr oder weniger.

»Ich meine … ich hab nicht wirklich was getan, das war alles Jacob. Aber ich glaub nicht, dass er es ohne meine emotionale Unterstützung durchgestanden hätte.«

Malcolm sagte nichts – nicht ungewöhnlich für ihn –, aber er verzog auch keine finstere Miene. Ich legte eine Hand auf seinen Arm. »Hey, ist alles okay?«

Er sah meine Hand einen langen Moment lang an. »Ja. Alles okay.« Dann wich er zurück und wies meine Berührung zurück. Er benahm sich seltsam, nicht weniger ruppig als sonst, aber er war deutlich nervöser als noch vor einer Stunde. Die Nervosität hüllte ihn ein wie dichter Nebel. Er schüttelte sie ab, nahm die Flasche entgegen und hielt sie gegen das Licht, um sie selbst zu untersuchen. »Es gibt nichts Schöneres, als das fertige Produkt in der Hand zu halten, nicht wahr?«

»Nein«, antwortete ich voller Staunen. Bis zu diesem Moment hatte ich nie wirklich verstanden, mit welcher Hingabe Kier und Mal ihre Arbeit verrichteten. Als Kind hatte ich nur mitbekommen, wie Kier lange Tage gearbeitet hatte, dass er unvorhersehbare Arbeitszeiten hatte und was es seinem Körper abverlangt hatte. Heutzutage gab es Maschinen und Methoden, die die Arbeit erleichterten, aber die Arbeit war immer noch zermürbend. Noch nie in meinem Leben war ich so hundemüde gewesen wie in den letzten Wochen. Um drei Uhr morgens aufzustehen und zwölf Stunden an einem eiskalten Filmset zu arbeiten, war nichts im Vergleich dazu.

Als ich den Korken in die Flasche gedrückt hatte und der rauchige Duft von Torf und süßem Karamell in meine Nase gestiegen war, musste ich die Tränen zurückhalten. Es roch nach Zuhause.

Kier und Mal und Jacob ... sie hatten die Liebe zu dieser Arbeit geteilt. Und in drei Jahren würde jemand meine harte Arbeit in den Händen halten. Nennt mich ruhig überemotional. Ich konnte auch nicht leugnen, dass dies den Teil meiner Seele nährte, der sich bisher nur vor der Kameralinse gezeigt hatte. Die Emotion musste mir ins Gesicht geschrieben gewesen sein, denn Mals grimmige Miene wurde ein wenig sanfter. Eine unmerkliche Veränderung für jemanden, der nicht jeden seiner finsteren Blicke in seinem Gedächtnis gespeichert hatte.

»Komm.« Er gestikulierte Richtung Tür. Als ich ihm folgte, rief er Jacob zu: »Alles klar hier?«

Jacob gluckste. »Ja, Junge. Ich arbeite ja erst seit achtundvierzig Jahren hier, ich denke, ich schaff das schon.«

Malcolm ignorierte seinen Sarkasmus, winkte Jacob zu, stieß die Tür auf und trat zurück, damit ich mich unter seinem Arm hindurchducken konnte. Ich hatte nicht viel Platz, und als ich hindurchtrat, streifte mein Rücken seine Brust. Irgendwie fühlte es sich an, als hätte er das so gewollt. Meine Schulter berührte einen harten Muskel, und ich spürte, wie sich sein Körper anspannte und die Spannung von seiner Haut auf meine überging.

Ich taumelte hinauf zur obersten Stufe und wäre fast gestolpert, als meine Beine mich im Stich ließen. Er fing mich auf, seine Hände schlossen sich fest um meine Schultern. »Alles okay?«

Ich nickte, traute mich nicht zu sprechen.

Was zum Teufel war da los?

Vor zwei Tagen hatte er meinen Anblick nicht ertragen können, und jetzt – jetzt war ich mir immer noch sicher, dass er meinen Anblick nicht ertragen konnte, aber etwas hatte sich auch verändert. Da war eine Strömung … eine Spannung, die vorher nicht da gewesen war. War ich das? Fühlte sich nicht so an. Ich flirtete und neckte ihn, aber das hatte ich schon immer getan. Was nur bedeuten konnte, dass er es war, der sich verändert hatte.

Mit schwerem Tritt ging er hinter mir die Treppe hoch. Ich huschte leichtfüßigen Schrittes hinauf und drückte dabei die Flasche an meine Brust. Ich spürte seinen Blick auf mir, als wir nach draußen traten und über den knirschenden Kies gingen, der vom Lagerraum zum Hauptgebäude führte.

Ich hatte erwartet, dass er zum Lagerraum wollte. Heute Nachmittag sollte eine Lieferung von Fässern eintreffen, und ich wusste, dass er Platz schaffen musste, bevor die Lieferung eintraf. Deshalb war ich überrascht, als er den Weg einschlug, der uns zu seinem Cottage führte. Das Gebäude war nicht vor den Elementen geschützt, und so peitschte der Wind, der von den Klippen kam, um das Haus, wirbelte mein Haar durcheinander und verursachte eine Gänsehaut auf meinen Armen. Ich schlang sie fester um mich. Mal blickte stirnrunzelnd zu mir herunter und beschleunigte sein Tempo. Er schloss die Tür des Cottages mit dem einzelnen Messingschlüssel auf, den er bei sich trug, und bedeutete mir, vor ihm reinzugehen. »Geh schon rein, bevor du noch erfrierst.«

Erfrieren. Durch den starken Wind fühlte es sich noch kälter an, aber es konnten nicht weniger als zwölf Grad sein; eher niedrig, aber im Mai in Schottland durchaus normal.

Ich wusste nicht, was ich von diesem Malcolm halten sollte. Wie ich mich verhalten sollte. Es kam mir vor, als würde ich versuchen, zu meinem Lieblingssong zu tanzen, ohne in der Lage zu sein, den Takt zu halten. Ich hatte keine Ahnung, warum wir hier einen Zwischenstopp eingelegt hatten. Ich ging zum Essbereich und schaute mich in dem gemütlichen Häuschen um, in dem ich bisher nur einmal gewesen war. Ohne Boy, der überall herumfetzte, fühlte es sich ein wenig größer an. Malcolm hatte ihn im Herrenhaus zurückgelassen, damit er Dudley den Tag über Gesellschaft leistete. Es war wichtig, dass das Mischlabor steril blieb, was bedeutete, dass unsere pelzigen Freunde dort leider nicht reindurften.

Während er leise die Tür schloss, stellte ich die Whiskyflasche auf den Tisch, wo mir ein unvollendetes Puzzle ins Auge fiel. Ich ging um den Tisch herum, um es mir von vorne anzusehen. Der größte Teil war schon fertig gepuzzelt, wahrscheinlich waren es um die zweitausend Teile. Aus dem, was er bereits zusammengesetzt hatte, konnte ich erkennen, dass das fertige Ergebnis aus Dutzenden von Steinen bestehen würde, alle in verschiedenen Schattierungen derselben Farbe. »Ist das Lego?«, fragte ich und fuhr mit einem Finger über die fertige obere Ecke.

»Aye«, sagte er knapp.

Ich schaute ihn von der Seite an und sah, wie sich seine Wangen rötlich färbten. »Das ist echt cool. Ich hab in meinem Trailer bei den Filmsets immer gern Puzzles gemacht, während ich meinen Text geübt hab. Aber nie so was Komplexes wie das hier.«

Als er sich aus seinem dicken marineblauen Pullover schälte, konnte ich mich kaum entscheiden, ob ich seinen Bizeps unter dem weißen T-Shirt oder sein Gesicht anschauen sollte. Sein rotes Gesicht hatte einen unsicheren Ausdruck angenommen und ging dann in das über, was ich den misstrauischen Ausdruck nannte. Dieser Ausdruck schien sich immer dann auf sein Gesicht zu legen, wenn er nicht wusste, was er als Nächstes sagen sollte. Also schaute ich wieder auf das Puzzle hinunter, hob ein dunkelgrünes Teil auf und versuchte herauszufinden, wo es hingehörte. Ich wusste, dass er mich beobachtete.

Was mit kurzen Seitenblicken begonnen hatte, fühlte sich nun wie ein Spiel an, bei dem wir beide kurze Blicke erhaschten, wenn der andere grade wegsah. Jedes Mal wagten wir uns auf Zehenspitzen ein wenig näher an die unsichtbare Linie heran. Ich wusste nicht, was mich auf der anderen Seite der Linie erwartete – sollte mich dort überhaupt etwas erwarten.

Aber ich wollte es unbedingt herausfinden.

»Darf ich?«, fragte ich, bevor ich das Teil an seinen Platz legte. Ich hätte nie das Puzzle eines Mannes angerührt, ohne vorher um Erlaubnis zu fragen.

»Klar, du darfst alles anfassen.« Mit einem Schlag war es, als wäre die ganze Luft aus dem Raum gesaugt worden. Er stotterte. Meine Hand erstarrte über dem Puzzle, das Teil immer noch zwischen meinen Fingern. Sein Gesicht musste jetzt bestimmt flammend rot sein. Ich schaute ihn absichtlich nicht an, räusperte mich und legte das Teil mit klammen Fingern an seinen Platz.

Er wich zurück, ging zu dem einsamen, hohen Schrank in der Küchenzeile hinüber und holte zwei Trinkgläser heraus. »Du meintest vorhin, du hättest Kiers Whisky schon lange nicht mehr probiert. Vielleicht willst du ja jetzt einen probieren.«

Oh. »Du meinst, wir sollten die Flasche öffnen? Aber es wär doch schade, sie jetzt schon zu trinken.«

»*Jetzt schon*? Prinzessin, die liegt schon seit vier Jahren im Lagerraum. Nur einen kleinen Schluck.«

Na gut, also wenn er es so sagte … Ich reichte ihm die Flasche und achtete dabei darauf, dass wir uns nicht versehentlich berührten. Er schien ebenfalls darauf zu achten. Die Luft zwischen uns begann zu flirren.

»Was hältst du von dem Etikett?«, fragte ich, um uns wieder in sichere Gewässer zu navigieren.

Sein Blick wanderte nach unten, als hätte er das Etikett gerade erst bemerkt. »Ja doch … es ist schön.« Ich hatte auf eine etwas stärkere Reaktion gehofft, doch ich nahm es so hin. Das alles war schließlich eine große Umstellung für ihn.

Er entkorkte die Flasche mit schnellen, sicheren Bewegungen und goss zwei Finger hoch bernsteinfarbene Flüssigkeit in jedes Glas. Er hielt mir eines davon hin, und diesmal berührten sich unsere Finger. Seine dicken, schwieligen Finger glitten über meine sommersprossigen, als er mir das Glas in die Hand drückte.

»Ich hab leider kein Eis da«, sagte er.

»Schon okay.« Ich hielt mir das Glas unter die Nase und atmete lange ein. Süß, würzig und nur ein wenig bitter. Sein Blick strich über meine Lippen wie Blütenblätter, während ich nippte.

»Behalte ihn auf der Zunge«, wies er mich an, und seine Muskeln spannten dort, wo sich seine Arme über der Brust verschränkten. Ich tat, wie mir geheißen, und ließ ihn in meinem Mund zergehen. Eine Hitze, die nicht vom Whisky kam, durchfuhr mich. Malcolm hatte seinen noch nicht angerührt, er wartete ab und beobachtete meine Reaktion. »Braves Mädchen … jetzt schluck.« Seine Stimme war wie Wasser, das über Felsen rauschte, während seine Augen meine Kehle hinunterwanderten, dort, wo der brennende Alkohol hinunterrann.

Ich unterdrückte ein Husten, mein ganzer Körper brannte. »Na ja … er schmeckt besser als in meiner Erinnerung.«

»Aye.« Er räusperte sich und nippte an seinem eigenen. »Ich nehme an, er wird mit dem Alter besser.«

Ich umklammerte das Glas fester und sprach die Worte aus, die mir durch den Kopf gegangen waren, seit ich ihn beim Entkorken der Fässer beobachtet hatte. »Es ist so seltsam … etwas zu trinken, an dessen Herstellung Kier beteiligt war. Es gibt mir das Gefühl, dass ich ihm näher bin, so als wäre ein Teil von ihm irgendwie noch am Leben. Und gleichzeitig könnte ich heulen wie ein verdammtes Baby. Ergibt das Sinn? Für dich klingt es wahrscheinlich albern.«

»Das klingt überhaupt nicht albern.« Er leckte sich über die Lippen. »Kier wäre stolz auf dich gewesen, wenn er dich heute hätte sehen können.«

Die Spannung zwischen uns war zum Greifen. Es kam nicht oft vor, dass ich mich unwohl fühlte, aber in diesem Moment war ich irgendwie überfordert. Meine Gedanken rasten zu schnell, als dass ich einen zu fassen bekäme. Ich wusste, dass er darauf wartete, dass ich etwas sagte, aber ich hatte keine Ahnung, was jetzt im Drehbuch stand. Welche Rolle ich überhaupt spielen sollte. Ich wich einen Schritt zurück und drehte mich zu den Regalen um, die ich beim ersten Besuch so gern durchstöbert hätte. Jetzt waren sie nichts weiter als eine Ablenkung.

»Hast du die alle gelesen?« Es mussten über hundert Bücher sein, alle Sachbücher, soweit ich das beurteilen konnte. Es war wie eine kleine Bibliothek.

»Na klar.« Sein Tonfall ließ vermuten, dass er das für eine dumme Frage hielt. Er bestätigte meinen Verdacht, indem er fragte: »Warum sollte ich ein Buch kaufen und es dann nicht lesen?«

»Du hast offensichtlich noch nie was von einem SUB gehört, mein Freund.« Er schien nichts dagegen zu haben, dass ich herumstöberte, also ging ich näher heran, strich mit den Fingerspitzen über einen Buchrücken, auf dem *»Sapiens: Eine kurze Geschichte der Menschheit«* stand, und entschied mich dann für ein Buch mit dem schlichten Titel *»Space«*.

»SUB, das bedeutet Stapel ungelesener Bücher«, fuhr ich fort, zog *Anatomie: Die Wissenschaft vom Menschen* aus dem Regal und schlug den Einband auf. »Ich habe festgestellt, dass Bücher kaufen und Bücher lesen zwei völlig verschiedene Dinge sind.« Ich drehte mich wieder zu ihm um und hielt das

Buch hoch. »Was ist das Coolste, was du hieraus gelernt hast?«

Wie aus der Pistole geschossen antwortete er: »Morgens sind wir etwa einen Zentimeter größer als abends. Tagsüber wird der weiche Knorpel zwischen unseren Gelenken und den Wirbeln unserer Wirbelsäule zusammengedrückt, wodurch wir quasi schrumpfen.«

Ich wusste nicht, was ich erwartet hatte … etwas Tiefgründigeres vielleicht. Ich lachte überrascht und blätterte weiter durch die Seiten. »Das ist nicht fair, einige von uns brauchen dringend jeden Zentimeter.«

Er brummte nur, und ich machte mich wieder daran, die Regale zu durchstöbern. Er hatte mir erlaubt, herumzuschnüffeln, also würde ich das auch voll ausnutzen. Ich war schon immer neugierig gewesen. Dabei ging es mir nicht um Klatsch und Tratsch, sondern um Dinge wie Kindheitsgeschichten und verstaubte Fotoalben. Abgesehen von den Büchern und einem Foto von ihm und Kier, auf dem sie die Arme umeinander gelegt hatten, hatte Mal nichts auch nur annähernd Persönliches herumliegen. Es war wie ein Airbnb ohne Gäste.

»Tut mir leid«, sagte ich und ging ein paar Schritte auf die DVDs zu.

»Was?«

»Du verkrampfst dich jedes Mal, wenn ich was anfasse.«

»Ich mag es eben ordentlich.«

»Ich weiß.« Ich versuchte, nur meine Augen zu benutzen, als ich seine Filmsammlung durchstöberte. Der Mann hatte wirklich einen eklektischen Geschmack. Es gab Klassiker, ausländische Titel, Science-Fiction, Low-Budget-Filme und sogar ein paar Liebesfilme. Aus irgendeinem Grund war mir

Malcolm wie ein Typ vorgekommen, der auf dreistündige Kriegsfilme stand.

»Den hab ich noch nicht gesehen.« Ich zeigte auf *The Sixth Sense*, nur um die Stille zu füllen. Dann erstarrte ich. *Indigo Ridge*. Ich hatte in diesem Film mitgespielt – mein allererster Spielfilm. Es war keine große Rolle gewesen, eher eine unbedeutende Szene. *Hat er gewusst, dass ich in dem Film mitspiele, als er ihn gekauft hat?* Ich zog die DVD aus dem Regal und nahm dabei einen großen Schluck aus meinem Glas, wobei ich komplett vergaß, dass es sich um Alkohol handelte. Malcolms Finger fingen die DVD auf, bevor ich sie loslassen konnte, und schob sie zurück an ihren Platz, was mich so erschreckte, dass ich alles auf einmal runterschluckte.

Mein Inneres entzündete sich.

Heiliger Strohsack.

Ich krümmte mich zusammen und begann zu husten. Ich hustete immer und immer wieder. Malcolm stützte mich und riss mir den Becher aus den Fingern.

»Du sollst nur dran nippen.«

»Ja, danke, ist ein bisschen zu spät dafür«, keuchte ich. »*Scheiße*, ich glaub, ich hab was in die Lunge gekriegt.«

»Das wird schon wieder.«

Er trug mein Glas zum Waschbecken, füllte es mit ein wenig Wasser und kam wieder zurück. Ich wischte mir die Tränen von den Wangen. »Hier, das wird dir helfen.«

»Ich dachte, man sollte Whisky nur pur trinken.«

Er schwenkte sein Glas. »Ja, so kann man ihn trinken. Ursprünglich war es aber nur ein Trick, um mehr Flaschen zu verkaufen. Kier hatte ein tolles Highball-Rezept, das du mal probieren musst, wenn du Lust auf was Süßeres hast.«

Du darfst alles anfassen. Behalte ihn auf deiner Zunge. Braves Mädchen … jetzt schluck. Wenn du Lust auf was Süßeres hast. Ernsthaft?

Ich schluckte und versuchte, meinen flauen Magen so weit wie möglich zu ignorieren. »Das würd ich sehr gerne.«

Er zuckte mit den Schultern. »Ist nur ein Rezept.«

Es fühlte sich eher wie ein Friedensangebot an. Ich beschloss, das als Anlass zu nehmen, und sagte: »Passt eigentlich perfekt zu dem, worüber ich mit dir sprechen wollte.«

Er zog die Augenbrauen hoch und lehnte sich gegen den Tisch.

Ich nahm an, dass er selbst nicht nachfragen würde, also fuhr ich fort. »Ich war neulich im alten Verkostungsraum …«

»Nein.«

Ich lachte überrascht auf. »Du hast mich ja nicht mal ausreden lassen.«

»Brauch ich auch gar nicht, die Antwort ist Nein.« Er richtete sich auf, als wären wir damit fertig.

Aber wir waren noch nicht fertig, noch lange nicht. »Die Antwort worauf? Ich hab noch nicht mal ne Frage gestellt.«

Er blickte mich so finster an, wie er nur konnte. »Du willst diesen Raum für die Allgemeinheit öffnen und Touristen durch mein Zuhause führen, genauso wie du uns auf deiner dummen kleinen Webseite anpreisen willst. Ich werd nicht zulassen, dass du uns zum Gespött machst.«

Es verschlug mir die Sprache. Alles, was ich herausbekam, war »Euch zum Gespött machen?« *Dumme kleine Webseite?* In welchem Jahr lebte er?

»Denkst du, ich weiß nicht, was du beruflich machst?« Die Art, wie er das Wort *beruflich* aussprach, machte mich so wütend, dass ich ihm am liebsten die Finger abgeschnitten hätte.

»Wir verkaufen keine falschen Wimpern oder veranstalten Sauforgien – das ist ein ernstes Geschäft.«

Ich lachte, aber es hörte sich verärgert und schrill an. Es war allerdings alles, was ich rausbekam, nur so konnte ich den Druck in meinem Kopf lindern, sonst wäre ich explodiert und hätte die ganze Insel ausgelöscht. »Du verarschst mich doch, oder? Kier hat diesen Verkostungsraum selber gebaut, er hat da ständig Events abgehalten, als ich noch klein war.«

Er knallte den Becher auf die Tischplatte und brachte damit den ganzen Tisch zum Beben. »Ja, bis er gemerkt hat, dass die kaum Gewinn abwerfen.«

»Es ist wichtig, dass wir den Markennamen bekannt machen, nur dann können wir Erfolg haben.«

»*Wir* haben einen treuen Kundenstamm direkt vor unserer Haustür. Die Leute hier kennen Kier … kannten Kier«, korrigierte er sich schnell. »Sie haben ihn respektiert.«

Ich schluckte schwer. Es gefiel mir nicht, was ich gleich aussprechen würde. »Ein treuer Kundenstamm, der jeden Monat weniger von deinem Produkt kauft, weil die Touristen nur Whisky von Marken trinken wollen, die sie schon kennen.«

Er verzog den Mund und stellte sich breitbeiniger hin. Beinahe erwartete ich, dass er mich anschreien würde. Stattdessen sah er mir direkt in die Augen und sagte knapp: »Ich gebe mein Bestes.«

»Das weiß ich.« Ich presste die Hände auf meine Brust. »Lass mich dir helfen, das ist alles, was ich will.«

»Das hier ist kein Hobby, mit dem du dich ein paar Wochen lang amüsieren kannst, bevor du was Besseres findest«, sagte er. »Ich brauch deine Hilfe nicht.«

Männer hatten oft diese Art, mich abzutun, als wäre ich zu dumm, zu hirnlos, um irgendwas Wertvolles beizusteuern. Für sie war ich nicht mehr als hübsches Beiwerk. Dass Malcolm diesen Scheiß auch noch abzog, machte mich wütend. Ich schob es zur Seite, hob das Kinn und behielt die Nerven. »Da bin ich anderer Meinung.«

»Was macht dich plötzlich zu einer solchen Expertin? Ich dachte, du wärst Schauspielerin? Du brauchst nicht hier reinzuplatzen und mir zu sagen, wie ich mein Geschäft führen soll.«

Das bringt nichts. Wenn wir so weitermachten, würden wir uns nur im Kreis drehen und uns gegenseitig beleidigen. Also entschied ich mich dafür, mich wie eine Erwachsene zu benehmen, schaute ihn an und sagte so deutlich wie möglich: »Ich wollte höflich sein, deshalb hab ich mit dir geredet, dich weiter einbezogen. Aber vergiss nicht, dass ich deine Erlaubnis nicht brauche.«

Beinahe lächelte er. So eine sarkastische Miene hatte ich an ihm noch nie gesehen. »Macht dich das jedes Mal ein bisschen an, wenn du mich daran erinnern kannst?« Seine Augen waren wie Pfeile, die sich direkt in meine bohrten. Es war ebenso nervenaufreibend wie elektrisierend, wahrscheinlich, weil es nicht oft vorkam. Wenn er dich ansah, sah er dich wirklich an. Ich hatte das Gefühl, dass er direkt in mich hineinblicken konnte, jede Unsicherheit sehen konnte, die ich vor der Welt zu verbergen versuchte.

Ich antwortete nicht, weil ich nicht in der Lage war, eine Antwort zu formulieren. Ich war so wütend, dass ich gerne irgendwas kaputtgehauen hätte. Bevor ich mich also auf sein verdammtes Lego-Puzzle stürzte, schnappte ich mir die Whiskyflasche vom Tisch – da hatte er sich geschnitten, wenn er dachte, ich würde sie ihm überlassen – und marschierte zur Tür hinaus, wobei ich auf der Türschwelle fast mit einem Mann zusammenstieß.

Ich eilte an ihm vorbei und registrierte kaum Callums amüsiertes Glucksen. Vielleicht lachte er auch über die Ironie der ganzen Sache, dass ich gedacht hatte, Malcolm und ich hätten die Kurve gekriegt, nur um am Ende doch wieder am Rande einer Klippe zu stehen.

12

Mal

Mardy Bum – Arctic Monkeys

»Tja … das ist ja gut gelaufen.« Callum stand lässig grinsend auf der Türschwelle und sah April hinterher, die mit wütenden Schritten Richtung Herrenhaus stürmte. Sein Blick glitt an ihrem Körper hinunter, und er sah auf einmal nicht mehr amüsiert drein, sondern bewundernd.

Ich schlug ihm hart in die Seite. »Halt die Klappe. Was machst du überhaupt hier?«

Wir sahen beide zu, wie sie durch die Lücke in der Hecke verschwand. Erst dann duckte er sich unter dem Türrahmen durch und schüttelte den Kopf. »Ohohoh nein … Du stellst hier nicht die Fragen.« Entschlossen, ihn zu ignorieren, räumte ich die halb leeren Whiskygläser vom Tisch. »Hmm, du schweigst also? Hast du mir nichts zu sagen?« Es hörte sich beinahe wie eine Anschuldigung an.

»Wovon zum Teufel sprichst du?« Wenn Callum in so einer Stimmung war, war es besser, wenn er sich den Frust von der Seele reden konnte. Ich goss den übrigen Whisky in den Abfluss. Es war zwar eine Schande, guten Whisky zu verschwenden, aber ich war jetzt nicht in der Stimmung, ihn zu trinken. Als ich Aprils Glas in die Hand nahm, bemerkte ich den Umriss ihrer Lippen auf dem Rand und drückte meinen Daumen darauf. Eine perfekte Nachbildung. Vorhin hatte ich einen Moment lang gedacht, sie würde sich von mir küssen lassen. Ob ihre Lippen wohl heiß und weich wie ein Kissen gewesen wären? Oder bittersüß wie der Stachel einer Viper?

»Du hast dich gerade mit April Sinclair gestritten. Sie wohnt offenbar im Herrenhaus.« Callum zählte an seinen Fingern ab. »Wieso hast du mir noch nix davon erzählt?«

Murphy. »Warum sollte ich dir davon erzählen?« Ich stellte das noch volle Glas mit Wucht auf den Tresen.

Er deutete mit dem Finger auf meine Brust. »Verräter.«

»Sogar ich weiß, dass im ganzen Dorf das Gerücht umgeht, dass sie wieder da ist, Herr Grundpfeiler der Gemeinschaft.«

Er funkelte mich düster an, doch sein Blick war meinem nicht gewachsen. Und die Lachfältchen um seine Augen verrieten ihn. »Ich hab Gerüchte gehört, ich wollte ihnen nur nicht glauben.«

»Glaub es ruhig. Und genieß es, solange sie da ist, ich bezweifle, dass sie lange hierbleiben wird.« Bei diesen Worten zog sich etwas in meiner Brust zusammen. Ich fuhr mit den Daumen über meine Fingerspitzen, bis das Gefühl wieder nachließ.

»Weil du sie verscheucht hast.«

»Wenn ich das nur könnte«, schnauzte ich, wobei ich das Gefühl hatte, dass ich es nicht mehr ganz so ernst meinte wie noch Tage zuvor.

»Was macht sie denn hier?«

»Ich hab keine Ahnung …« Ich streckte abwehrend die Hände aus. Warum interessierte ihn das so sehr? »Sie will über ihre neu erworbenen Ländereien herrschen? Was geht dich das überhaupt an? Du bist so schlimm wie eine Hausfrau, wenn's um Klatsch und Tratsch geht.«

Er lachte und ließ seine Zähne aufblitzen. »Da wird doch jeder Mann neugierig, wenn so eine Frau nur ein paar Häuser entfernt einzieht.« Ein unangenehmes Gefühl machte sich in meinem Magen breit. »Also …«, drängte er. »Was ist passiert?«

Mein Blick blieb an dem Puzzle hängen, an dem ich in der Nacht zuvor unzählige Stunden gesessen hatte. Zuerst hatte ich mich furchtbar geschämt, als sie es entdeckt hatte. Nicht viele Singlemänner in ihren Dreißigern verbrachten ihre Abende damit, mit ihrem Hund zu puzzeln. Callum zum Beispiel sicher nicht. Und dann hatte sie mit ihrer sonnigen Art alles auf den Kopf gestellt, sodass ich plötzlich eine Vision von uns beiden im Kopf gehabt hatte, wie wir zusammen einen gemütlichen Sonntag verbrachten. Der Kamin knisterte, April saß auf meinem Schoß, nur mit einem meiner T-Shirts bekleidet, während wir zusammen puzzelten.

Das wird nie passieren.

»Nichts. Sie ist hier, um ihr Erbe einzukassieren, und ihr ist so langweilig, dass sie Social-Media-Seiten für die Brennerei macht und mir damit droht, Verkostungen zu veranstalten.« Ich sprach nicht aus, was ich davon hielt, aber mein Tonfall machte es mehr als deutlich.

»Also ich halte das für eine gute Idee.«

Ich fuhr mir übers Gesicht. »Natürlich.« Ich spürte schon, dass ich Kopfschmerzen bekommen würde.

»Öffentlichkeitsarbeit ist für den Erfolg eines jeden Unternehmens von entscheidender Bedeutung.«

Ich hob ruckartig den Kopf. »Wie lang hast du an der Tür gelauscht? Das ist fast Wort für Wort, was sie gesagt hat.«

»Weil es stimmt.«

So sehr ich mich über sie ärgerte, so wenig gefiel mir die

Art und Weise, wie Callum sich mit ihr verbünden wollte. »Ich hasse Protz und Posing, das wirkt billig.«

Er verzog das Gesicht, wahrscheinlich dachte er, »Du armer, naiver Narr«. Dann holte er sein Handy aus der Tasche. »Wenn du ein richtiges Handy hättest und nicht diesen beschissenen Ziegelstein, den du sicher in einer Zeitkapsel gefunden hast, wüsstest du vielleicht schon Bescheid über all das.«

»Es ist ein iPhone.«

»Und mindestens zehn Jahre alt.« Er wischte über seinen Bildschirm.

»Es tut, was es tun soll«, sagte ich.

»Hier, schau dir das mal an.« Er reichte mir das Handy. Ich sah Fotos einer Whisky-Brennerei auf der Insel Islay, offenbar ein Social-Media-Konto. Kunstvolle Bilder von Whiskyfässern und Zutaten. Die Schwarz-Weiß-Aufnahmen waren wunderschön und geschmackvoll und präsentierten nicht nur das Produkt, sondern wirkten zugleich wie eine Liebeserklärung an das Land.

Ich tippte ein paar Mal, und plötzlich war da nur noch April. Meine Hand begann zu zittern. »Das ist ihr Konto?«

Er nickte. »Schau dir mal die Posts an.«

Das musste er mir nicht zweimal sagen. »Du folgst ihr?«

»Ja. So wie zwölf Millionen andere Menschen auch.« Zwölf Millionen. Das war mehr als das Doppelte der Bevölkerung von Schottland.

Sie hatte so viele Bilder auf ihrer Seite, dass ich nicht wusste, wo ich zuerst hinschauen sollte. Jedes einzelne von ihnen zeigte sie, aber nicht so, wie ich es erwartet hatte. Bilder von ihr und Dudley, wo sie in die Kamera lachte. Ein Foto von ihr auf einer Wohltätigkeitsveranstaltung, unglaublich schön. Sie lächelte, ein Mann hatte den Arm um sie gelegt. Ich schaute ihn nicht einmal an.

Ich sah mir ein kurzes Video an, in dem sie gerade ihr Make-up auftrug und das Produkt in die Kamera hielt, damit die Leute es sehen konnten. Es wirkte nicht billig. Natürlich verkaufte sie etwas, aber es fühlte sich authentisch an. Meine Hand krampfte sich um das Handy. Und ich hatte ihr vorgeworfen, sie würde sich selbst verkaufen.

»Sie hat eine Plattform«, sagte Callum, während das Video in Endlosschleife weiterlief. »Ob es dir gefällt oder nicht, die Leute hören ihr zu. Du wärst ein Idiot, wenn du ihr Angebot nicht annehmen würdest.«

Nein. Ich bin ein Idiot, wenn ich mich nicht entschuldige.

»Und die Verkostungen?«, äußerte ich meine letzte Sorge.

Er strich sich mit der Hand über sein stoppeliges Kinn. Silbrige Härchen blitzten zwischen den hellbraunen Stoppeln. »Ich denke immer noch, dass es eine gute Idee ist. Warum besprichst du dich nicht mit ihr und legst ein paar Rahmenbedingungen fest, mit denen du dich wohler fühlst.«

Ich nickte. »Aye, ich werd drüber nachdenken.« Wir verfielen in Schweigen. Es war beängstigend, wie viel man von sich selbst mit einer Online-Präsenz offenlegte. Leute in mein Zuhause einzuladen, meinen einzigen Zufluchtsort? Das war wirklich beängstigend. Aber Callum hatte recht. Wenn Aprils Ideen die Brennerei retteten, genauso wie Jacobs und Ewans Jobs, musste ich das Risiko eingehen.

»Und, räumen wir den Lagerraum aus?«, fragte er schließlich.

Stimmte ja. Es stand eine Lieferung an. »Du musst nicht helfen«, sagte ich wie immer.

Aber er klopfte mir nur auf die Schulter und ging zur Tür. »Und doch bin ich hier und verschiebe Termine, weil man das für Geschwister eben so macht.«

»Weiß ich zu schätzen.«

»Wo ist Boy?«, fragte er, als wir in den schummrigen Lagerraum traten.

»Ich hab ihn oben im Herrenhaus gelassen …« Ich brach ab. Wenn ich meinen Hund zurückhaben wollte, würde ich April früher oder später gegenübertreten müssen.

Callum gluckste, als er mein Gesicht sah. »Warte vielleicht erst ein bisschen, sonst bist du deine Eier los.«

***

Die Sonne war schon am Untergehen, doch ich kroch weiter auf Händen und Knien herum und schrubbte mit eiserner Hingabe den Malzboden. Eine Aufgabe, die ich normalerweise Ewan überließ, weil er da nichts falsch machen konnte, aber jetzt musste eben ich ran. Ich versenkte die Schrubberbürste im Wasser und schlug sie mit mehr Kraft als nötig auf den Boden. Ich konzentrierte mich auf nichts anderes als auf das Kratzen der Borsten.

Nachdem Callum mir geholfen hatte, die frischen Fässer einzulagern, waren wir beide verschwitzt und am Keuchen gewesen. Callum hatte ein zufriedenes Lächeln auf dem Gesicht gehabt, so wie immer nach einem Nachmittag harter Arbeit. Er war in sein großes Haus am anderen Ende des Dorfes zurückgekehrt, um zu duschen und den Abend damit zu verbringen, durch seine Dating-App zu scrollen und die Zahl seiner Matches zu erhöhen. Ich hatte das Abendessen ausfallen lassen und mit der Reparatur der Tür zum Lagerraum begonnen, bevor ich feststellte, dass ich nicht die richtige Größe für die Halterung dahatte. Dann hatte ich die Fenster in meinem Cottage geputzt. Als das noch nicht genug gewesen war, hatte ich mich daran gemacht, den Malzboden zu schrubben.

Es war seltsam, dass Boy nicht hier war. Meine Augen wanderten immer wieder zu der Ecke, in der er normalerweise saß. Das war die längste Zeit, die ich in den letzten vier Jahren ohne ihn verbracht hatte, abgesehen von der Übernachtung beim Tierarzt im letzten Sommer, als er sich eine Magenverstimmung eingefangen hatte. Ich war mir sicher, dass der kleine Verräter in seinem Element war, mit Dudley spielte und sich in Aprils zärtlicher Zuneigung sonnte. Etwas, das sich verdammt nach Sehnsucht anfühlte, machte sich in meiner Brust breit.

Ich musste mich zusammenreißen und mich entschuldigen. Das war das Einzige, was mich beruhigen würde. Mir war, als würde ich auf dem Bug eines Schiffes balancieren. Ich wusste, dass ich sie vorhin verletzt hatte. April, die es so gut draufhatte, den Leuten nur das von sich zu zeigen, was sie sehen sollten, hatte die Kontrolle verloren. Es war nur ein kleiner Moment gewesen, der Bruchteil einer Sekunde, aber ich hatte hinter ihre Fassade geblickt. Zum ersten Mal hatte sie unsicher und klein ausgesehen. Mir wurde klar, dass ich sie auf ein Podest gestellt hatte, auf dem sie unantastbar war. Damit war ich genauso schuldig wie alle anderen Menschen, die Prominente entmenschlichten, weil sie glaubten, dass ein Star nicht unter denselben Unsicherheiten zu leiden hatte wie der Rest der Bevölkerung.

Ich schrubbte fester und spürte, wie sich meine Fingerknöchel auf dem Holz wund rieben.

Ich wusste, dass ich nicht so heftig reagiert hätte, wenn ich nicht so angespannt gewesen wäre. Aber sie war in meinem Haus gewesen, hatte gesehen, was ich für ein einsames, jämmerliches Leben führte. Aber auch das war noch keine Entschuldigung – oder vielleicht doch? Sie hatte meine Sachen angefasst und Fragen gestellt, die mir noch nie jemand gestellt hatte. Ich wollte unbedingt, dass sie weitermachte, und gleichzeitig wollte ich, dass sie aufhörte. Das war ein ganz schöner Hirnfick gewesen.

Ich atmete im Einklang mit der Bewegung. Ein, schrubben. Aus, schrubben.

Wie fühlst du dich gerade, Junge? Ich hörte auf einmal Kiers Stimme in meinem Kopf. Die Frage, die er immer gestellt hatte, wenn er gespürt hatte, dass mir meine Gefühle zu viel wurden.

Irritiert, antwortete ich leise.

Warum fühlst du dich so?

Weil ich nicht mit einer schönen Frau sprechen kann, ohne mich wie ein Arsch zu verhalten.

Wie kannst du auf positive Weise damit umgehen?

Saubermachen, bis ich den Mut aufbringe, mir meinen Hund wiederzuholen und mich zu entschuldigen.

Ich wusste selber, dass das das Gegenteil von positiv war. Ich warf die Bürste zurück in den Eimer und sah zu, wie die Wassertropfen durch den Raum spritzten. Bei dem Gedanken, mich zu entschuldigen, wurde mir heiß, und meine Haut begann zu jucken. Ich war nicht gut im Entschuldigen.

Seufzend wischte ich mir mit einer feuchten Hand übers Gesicht. Ich könnte ihr gegenüber zugeben, dass sich hier alles zu schnell veränderte und diese Veränderungen mich verunsicherten. Versprechen, dass ich versuchen würde, die Zügel ein wenig zu lockern, ohne zuzugeben, dass sie diese intensiven Gefühle in mir auslöste. Ich könnte ehrlich sein, ohne zu viel preiszugeben.

Ich eilte zurück zum Cottage und schlug das Notizbuch auf, das ich neben meinem Bett liegen hatte und in dem ich die Gedanken festhielt, die mich nachts wach hielten. Ich schrieb alles auf, was ich sagen wollte. Ich las so lange, bis sich die Worte in meinem Gedächtnis verankert hatten. Als ich an den Regalreihen vorbeikam, schnappte ich mir ohne nachzudenken eine DVD und steckte sie in meine Jackentasche. Dann stürmte ich zur Tür hinaus.

Zu meiner Linken brandeten die Wellen. Ich fand mich im Dunkeln gut zurecht, meine Stiefel rutschten nur ein wenig über oberflächliche Wurzeln. Ich würde den Weg auch betrunken oder mit verbundenen Augen finden. Vielleicht würde ich ein paar Solarleuchten installieren, damit April nicht stolperte und sich verletzte. Ich zwängte mich durch die Hecke. Die untere Etage des Herrenhauses war hell erleuchtet. Ich ging zielstrebig darauf zu, als wäre ich ein Seemann, der gefährliche Gewässer durchquert hat und plötzlich einen Leuchtturm vor sich sieht.

Auf dem Weg zum Kücheneingang auf der Rückseite des Hauses sah ich sie. Mit einem Fuß hielt sie die Tür zum Nebengebäude auf. Sie reckte ihren spektakulären runden Hintern in die Luft, während sie versuchte, einen mit Holzscheiten gefüllten Weidenkorb hochzuheben.

Das brachte mich in Bewegung. Ich wechselte vom Weg auf das grasbewachsene Ufer. Mit meinen langen Schritten war ich in Sekundenschnelle bei ihr. »Was machst du da?«, rief ich, noch bevor ich neben ihr stand.

Sie erschrak, hielt aber nicht inne. »Ich will ein Feuer machen, hier lagern die Holzscheite.«

Ich wusste, dass hier die Holzscheite gelagert wurden, ich hatte immerhin jedes Stück Holz selbst gespalten. Ich sah einen Moment lang zu, wie sie sich abmühte und sich fast was brach, als sie versuchte, den Korb über die Türschwelle zu ziehen. »Du hast den Korb überladen«, sagte ich.

»Ja, das merke ich«, schnauzte sie zurück, und ich spürte Belustigung in mir aufsteigen.

Sie ließ die Tür los, und ich hielt sie auf, trat näher heran, während sie die obersten vier Scheite vom Stapel zog und sie zurück auf den Haufen warf. Sie ächzte immer noch unter dem Gewicht, aber zumindest schaffte sie es jetzt, den Korb hochzuheben. »Du wirst dir noch wehtun.«

Sie drehte sich um. Ein feiner Schweißfilm glitzerte auf ihrer Stirn. Ihr Haar war ein einziges Lockengewirr. »Was? Du willst mir doch nicht etwa anbieten, ihn für mich zu tragen?«

Jep, sie war definitiv immer noch sauer auf mich. Wie ein wütendes kleines Kätzchen.

Ich versuchte, meine Mimik unter Kontrolle zu halten, versuchte, zerknirscht dreinzublicken, obwohl ich eigentlich nur loslachen wollte. Auf dem Weg hierher hatte ich mich vor dem gefürchtet, was kommen würde. Zwei Minuten in ihrer Gegenwart reichten, damit sich das Seil um meine Brust lockerte. »Warum sollte ich das tun, wenn du's selber tragen kannst«, sagte ich, obwohl ich es ihr in Wahrheit gerne aus den Händen gerissen hätte. Ich wusste nicht viel über Frauen, aber mein Instinkt warnte mich, dass April eine Frau war, die es hasste, wenn man ihr das Gefühl gab, unfähig zu sein.

Sie sah mich mit zusammengekniffenen Augen an, offensichtlich noch immer unter dem Gewicht der Last leidend. Die richtige Antwort, erkannte ich, aber ich hatte sie zu schnell gegeben. Sie war auf Streit aus. Ich zwang mich, eine möglichst neutrale Miene aufzusetzen, und starrte sie unverwandt an. *Nicht heute Abend, Prinzessin. Ich bin hier, um es wiedergutzumachen.*

Nach einem kurzen Augenblick schob sie sich an mir vorbei, und ich folgte ihr zur Tür, wobei mein Blick wieder auf ihren Hintern in den weichen grauen Shorts fiel, die sie angezogen hatte. Ich wusste, dass ich ein rechthaberischer, launischer Mistkerl war, aber das bedeutete nicht, dass ich in Alphamännchen-Getue verfallen würde. Wenn sie den schweren Korb tragen wollte, dann nur zu.

Sie stieg die Stufen vor mir hoch und balancierte die Last auf einem angehobenen Knie, während sie versuchte, mit einer Hand den Türgriff zu erreichen. Holzscheite rutschten an den Rand des Korbes. Vielleicht war ich doch nicht so feministisch, wie ich dachte, denn hier zog ich die Grenze. *Okay, neuer Plan*. Sie konnte tun, was sie wollte, aber das hieß nicht, dass ich tatenlos zuschauen würde, wie sie sich aus reiner Sturheit wehtat. Ich schlich um sie herum und drückte den Türgriff runter, bevor sie es tun konnte. »Kannst mich ruhig böse anschauen, Prinzessin, ich halt's aus.«

Doch sie sah mich nur an. Ihre Augen, deren Iriden von einem moosgrünen Kranz umgeben waren, tasteten jedes meiner Merkmale ab, bis sie zu meiner Narbe gelangten. Ich zuckte zusammen. Dann ging sie an mir vorbei, als hätte ich nichts gesagt.

Was hatte das zu bedeuten? Wollte sie, dass ich ihr folgte? Für eine kurze Sekunde erwog ich, Heather anzurufen, um sie um Rat zu fragen, verwarf den Gedanken aber genauso schnell wieder. Ein erwachsener Mann, der seine kleine Schwester in Sachen Frauen um Rat fragte – so verzweifelt war ich noch nicht.

Als ich in die Küche trat, begrüßte mich Boy mit einem aufgeregten Jaulen, das mehr nach einer Katze als nach einem Hund klang. Er sprang von seinem Platz auf dem Sofa und drückte seine Schnauze in meine Hände. Ich kraulte sein Kinn. Dass er wieder an meiner Seite war, entspannte mich ein wenig.

Da man die beiden jetzt immer nur im Doppelpack bekam, folgte Dudley ihm auf den Fersen und tanzte um meine Füße herum, so als hätte ich ihn bisher nicht strikt ignoriert. Er stellte sich entschlossen auf die Hinterbeine und wedelte mit seiner einzigen Vorderpfote in der Luft herum. Ich bewunderte seine Entschlossenheit, und das war auch der einzige Grund, warum ich mich bückte und seine drahtige Brust kraulte. Als er an meinem Handrücken leckte, hielt ich ihn nicht auf, aber ich schaute stirnrunzelnd zu April, die mit dem Rücken zu mir stand und Holzscheite in die Holzkiste neben dem Kamin stapelte. »Ich lasse Boy eigentlich nicht auf die Möbel«, sagte ich.

Sie schnaubte. »Dafür, dass er das nicht darf, hat er sich da oben aber ziemlich wohl gefühlt.«

Natürlich hat er das, der kleine Scheißer hörte ja nie auf das, was ich sagte.

»Wie jedes Haustier, das etwas tut, was es nicht tun sollte«, sagte ich, ohne zu wissen, warum ich wieder einen möglichen Streit herausforderte.

Sie lud die Scheite weiter in die Holzkiste und stapelte mit ihren schlanken Fingern immer drei davon auf. »Mach dich mal ein bisschen locker, Malcolm. Tiere leiden unter strengen Regeln, sie werden sie immer brechen.«

Natürlich sagte sie so was. Das »kleine Biest«, so hatte Kier sie immer genannt. Sie hatte sich immer nachts unerlaubt aus dem Haus geschlichen und getrunken. Hatte sich über jede Regel hinweggesetzt, die ihr auferlegt wurde. »Manchen Menschen tun Regeln gut«, knurrte ich.

»Oder vielleicht fühlen sie sich innerhalb fester Grenzen einfach sicherer? Überleben und leben ist nicht dasselbe.«

Jetzt sprachen wir nicht mehr über Tiere. Verdammt noch mal, ich war doch nicht hergekommen, um mit ihr zu diskutieren. »Danke für die Gratis-Therapiesitzung. Die ganzen Therapeuten, die bisher an mir gescheitert sind, sollten sich wohl mal an dich wenden.«

Sie zuckte nicht einmal zusammen, obwohl mein Tonfall ziemlich erhitzt war und ich ihr gerade gestanden hatte, dass ich in Therapie war – oder zumindest gewesen war. Ich schämte mich nicht unbedingt dafür, eher dafür, dass die Therapie nicht angeschlagen hatte. Aber dennoch gefiel es mir nicht, wenn die Leute über meine Privatangelegenheiten Bescheid wussten. Niemand außer meiner Mutter wusste von der Therapie, und das auch nur, weil sie selbst jeden Termin vereinbart hatte.

»Du machst das falsch«, schnauzte ich schließlich, als ich es satt hatte, ihr dabei zuzusehen, wie sie schweigend die Holzscheite auf dem Rost stapelte. »So wird das nie brennen.«

»Ich hab's gegoogelt, es scheint …«

»Du hast gegoogelt, wie man ein Feuer macht?« Ich schüttelte den Kopf, trat näher und kniete mich neben sie. »Hat Kier dir denn gar nichts beigebracht?«

»Offensichtlich nicht«, knurrte sie zurück und drückte mir einen Holzscheit an die Brust. Ich ignorierte, wie sich ihre kleine Faust durch meine Kleiderschichten brannte, wie ich ihre Berührung in jedem Molekül meines Körpers spürte. Ich musste mich verdammt verzweifelt nach menschlichem Kontakt sehnen, wenn so etwas mein Herz schon zum Klopfen brachte.

Ich wehrte ihre Hand ab. »Mach es selbst, ich bring's dir bei.« Sie hielt kurz inne. Ich wusste, dass sie Nein sagen würde. »Komm schon, Prinzessin«, stichelte ich und ließ die Worte nachklingen. »Oder willst du jedes Mal zu mir gerannt kommen, wenn es kalt wird? Du bist jetzt in Schottland, da stehen dir noch viele kühle Nächte bevor.« Irgendwie gefiel mir aber die Vorstellung, wie April mit vom Wind zerzausten Locken vor meiner Tür stand und mich anflehte, ihr zu helfen. Ich schob die Vorstellung beiseite – das war eher was für die Abendstunden – und konzentrierte mich auf ihren finsteren Blick. Den ganzen Abend schaute sie schon so.

»Ich bin nicht zu dir gerannt.«

»In ungefähr ner halben Stunde hättest du vor meiner Tür gestanden, wenn die Dinger kein Feuer gefangen hätten.«

»Nein, hätte ich nicht.«

Nein, das hätte sie wirklich nicht, stattdessen hätte sie schweigend gelitten. Diese Vorstellung gefiel mir aber überhaupt nicht.

»Ich zeig's dir. Keine Widerrede.« Ich konzentrierte mich wieder auf den kahlen Kamin. »Mach die Holzscheite raus.« Sie gehorchte widerspruchslos. »Du solltest mit ein bisschen Papier anfangen. In der Kiste müssten ein paar alte Zeitungen liegen.« Ich wies mit dem Kinn auf die kleine Holztruhe, die zwischen dem Holzofen und dem Fernsehtisch stand. »Hol ein bisschen Anzündholz, das sind die kleineren Holzstücke, und die Streichhölzer.«

Sie kam mit den Gegenständen zurück und kam etwas näher an mich heran als zuvor. Unsere Schenkel berührten sich, ihre sommersprossige nackte Haut brannte sich durch den

Jeansstoff, der meine bedeckte. Ich räusperte mich. »Also … zuerst die Zeitung, du brauchst nicht viel, nur was zum Anzünden. Dann legst du drei oder vier Stückchen Anzündholz drum herum … mit etwas Abstand dazwischen … perfekt.« Ich nickte. »Jetzt legst du zwei mittelgroße Holzscheite drauf, je trockener, desto besser.«

Die Zunge zwischen den Lippen, legte sie die Holzscheite hin und arrangierte sie nach meinen Anweisungen. Beinahe hätte ich ihr gesagt, dass es nicht perfekt sein musste – Leute hatten schon mit viel weniger Feuer gemacht. Aber ich konnte mich nicht dazu durchringen, ihr das Erlebnis zu verderben.

»So?«, fragte sie unsicher, und ich musste mich wieder räuspern.

»Aye … das ist perfekt.« *Perfekt. Perfekt. Perfekt. Perfekt. Kennst du kein anderes Wort, Kumpel?* Ich schnappte mir die Schachtel mit den Anzündwürfeln, zog einen weißen Würfel heraus und hielt ihn ihr hin. »Du könntest es auch gleich so anzünden, aber mit so was hier ist es viel einfacher.«

»Ist das nicht Schummeln oder so?«

»Wie meinst du, Schummeln?«

Sie zuckte mit den Schultern. »Na ja … ich hab halt das Bild von testosterongesteuerten Männern im Kopf, die das mit einfachsten Mitteln machen.«

Ich gluckste. Es klang wie ein Hauchen. »Warum sich das Leben unnötig schwerer machen?«

Sie nahm den Würfel und schob ihn nach meinen Anweisungen in die Mitte unter die Holzscheite. Dann zündete sie ein Streichholz an und lachte vergnügt, als das Papier in Flammen aufging, gefolgt von dem Anzündholz. Ich starrte sie an. Ihre Haut glühte orange wie ein Sonnenuntergang, ihr

Haar schimmerte scharlachrot. Ich versuchte, jedes Detail abzuspeichern.

Klick.

Scheiße.

»Das hab ich selbst geschafft«, sagte sie schließlich.

»Ja, hast du.«

Sie drehte sich zu mir um. Ihre Gesichtszüge waren weich, ganz anders als noch vor fünf Minuten. »Danke.«

Verdammt, ich hatte mich noch nicht einmal entschuldigt. Ich trat einen Schritt zurück, richtete mich auf und setzte mich auf die Sofakante. Die Hunde bedrängten mich sofort, aber ich faltete die Hände zwischen den Knien und versuchte, ihr in die Augen zu schauen. Ich schaffte es bis zu der kleinen Sommersprosse über ihrer geschwungenen Oberlippe. »Ich möchte mich für mein Verhalten entschuldigen ... vorhin, meine ich. Ich bin nicht ... na ja, du siehst ja ...« Ich richtete mich auf, schluckte und wünschte, ich hätte mein Notizbuch aus der Tasche geholt, bevor ich mit dieser Scheiße angefangen hatte. »Ich bin nicht gut in so was.« Plötzlich war ich froh, dass ich sie nicht ansah, denn das war ja wohl kaum eine richtige Entschuldigung – ein Stern, nicht zu empfehlen.

»Nicht gut im Entschuldigen?«

Mein Blick glitt an ihr hinab, fiel auf das bequeme, übergroße T-Shirt, das sie mit ihren Shorts kombiniert hatte. Vorbei war es mit der stilvollen April, das hier war die entspannte April. Die Sonntagmorgen-im-Bett-April. Ich kratzte meinen Bart. »Ich bin in nichts von dem allen gut.«

Sie machte »hmm«, dann: »Angenommen.«

»Was?«

»Deine Entschuldigung, ich nehme sie an.«

»Einfach so?«, fragte ich ungläubig.

Sie zuckte mit den Schultern. »Du meinst sie ja ernst, oder?«

»Ja.«

»Dann nehme ich sie an.«

Konnte es wirklich so einfach sein?

Sie lachte, als hätte sie meine unausgesprochene Frage erraten. »Mal, lass mich dir einen Rat geben. Frauen sind nicht so kompliziert, wie Männer es gerne darstellen. Du musst nicht über heiße Kohlen laufen, wir wollen nur eine aufrichtige Entschuldigung. Denn die kommt meistens zu kurz.«

Ich nickte. Ich würde mir ihre Worte sehr zu Herzen nehmen. »Was auch immer du in Richtung soziale Medien unternehmen willst, du hast meinen Segen. Nicht, dass du ihn bräuchtest«, fügte ich hinzu. »Und die Verkostung – ich möchte, dass du damit weitermachst, solange du damit einverstanden bist, dass ich ein paar Regeln festlege. Ich weiß, dass das Land dir gehört, aber es ist seit Langem mein Zuhause, und ich …« Ich brach ab, unsicher, wie ich meine Ängste formulieren sollte.

»Sag mir genau, was du willst und was nicht«, willigte sie sofort ein. »Die Verkostungen werden in kleinem Rahmen stattfinden. Und die Gäste werden nicht überall Zutritt haben. Du musst nicht mal dabei sein, wenn du nicht willst.« Ich nickte dankbar. Jetzt konnte ich schon etwas ruhiger atmen. »Da wir das jetzt geklärt hätten«, sagte sie fröhlich, »hab ich mir gedacht, dass wir ja wieder Freunde sein und unseren alten Buchclub aufleben lassen könnten.«

»Wir hatten nie einen Buchclub.«

»Klar, ich hab dir damals in diesem einen Sommer meine Ausgabe von *Twilight* geschenkt, weißt du noch?«

Wie hätte ich das vergessen können? Eines Tages war sie mit einem schlichten schwarzen Buch in der Hand aufgetaucht, auf dessen Umschlag nur zwei Hände abgebildet waren, die einen Apfel hielten. Es unterschied sich von den Covern der Bücher, die sie normalerweise anschleppte und auf denen spärlich bekleidete Männer abgebildet waren, die ihren Geliebten die Unterröcke vom Leib zerrten.

Offensichtlich hatte sie meine verstohlenen Blicke bemerkt, denn sie hielt es mir hin, sobald sie die letzte Seite umgeblättert hatte. Vollkommen baff nahm ich es mit und las es in einer einzigen Nacht. Selbst damals, mit siebzehn Jahren, war mir die Prämisse lächerlich vorgekommen. Ein Mädchen im Teenageralter, das mit einem hundert Jahre alten Vampir zusammen ist, der süchtig nach dem Duft ihres Blutes ist? Aber irgendetwas daran hatte April offensichtlich verzaubert, denn am nächsten Tag kam sie mit dem zweiten Band an. Und dann mit dem dritten und vierten.

In jenem Sommer las ich die gesamte Reihe, in der Hoffnung, dadurch etwas Intimes über sie zu erfahren. Dann begann die Schule, und alles war wieder beim Alten. Als der nächste Sommer kam, war April ein Jahr älter, abenteuerlustig und ruhelos. Sie zog lieber mit ihren Freunden los, als sich in der Brennerei herumzutreiben. Und der Rest war Geschichte.

»Ich bin eine gute Freundin«, betonte sie, als wolle sie mich von sich überzeugen.

»Ich nicht.«

»Ich glaube, Heather wäre da anderer Meinung.«

Ich erschauderte. »Zählen Geschwister überhaupt?«

»Das kann ich nicht beurteilen.« Sie lächelte sanft. »Aber ich würde sagen, ja, es ist keine Garantie dafür, dass eine Person in deinem Leben präsent ist, nur weil man die gleichen Gene hat. Wenn sie für dich da ist, dann nur, weil sie es will.«

Verdammte Scheiße. Ihre Worte waren wie ein Schraubstock, der sich um mein Herz legte. Was zum Teufel stellte sie mit mir an? Sie feuerte diese emotionalen Geschosse ab, auf die ich in keiner Weise vorbereitet war, denen ich nicht ausweichen konnte. Plötzlich stiegen mir Tränen in die Augen. Ich blinzelte sie weg und stand auf, bevor ich noch anfing zu weinen. Erst dann erinnerte ich mich an die DVD, die ich in meine Tasche gesteckt hatte. Sie kam mir jetzt völlig bedeutungslos vor, aber ich hatte sie als eine Art Olivenzweig mitgebracht.

Ich zog sie aus meiner Jacke und legte sie auf die Stuhllehne. »Für dich, kannst du dir ausleihen«, rief ich und machte schon auf dem Absatz kehrt. »Gute Nacht. Lass uns gehen, Boy.« Der Kloß in meiner Kehle konnte ihr auf keinen Fall entgangen sein. Ich hielt nicht einmal inne, um zu sehen, ob Boy mir folgte, sondern öffnete einfach die Küchentür und eilte die Treppe hinunter. Ich wurde erst langsamer, als ich die Hecke erreichte, eine Art unsichtbare Grenze. Nun konnte ich wieder tief durchatmen. Boy drückte seine nasse Schnauze in meine Hand. Ich sah auf ihn hinunter. Im Mondlicht waren nur seine Augen zu sehen, doch ich spürte, wie sein Schwanz gleichmäßig meinen Oberschenkel streifte. Er freute sich immer so, mich zu sehen.

»Sag, wie sehr hab ich mich vorhin blamiert?«, fragte ich ihn.

Sein Schweigen sagte alles.

***

Ich war gerade mit einem gequälten Stöhnen unter die Bettdecke geschlüpft und wollte wie jeden Abend mein Handy ausschalten, als es in meiner Hand vibrierte.

Unbekannte Nummer:
Er war also die ganze Zeit über tot?

Mal:
Wer ist da?

Unbekannte Nummer:
Bruce Willis natürlich. Schalt mal ein bisschen schneller.

Ein Olivenzweig. Ich hatte ihr einen hingehalten, und jetzt bot sie mir ebenfalls einen an.

Mal:
Woher hast du diese Nummer?

Unbekannte Nummer:
Ist das jetzt im Moment wirklich wichtig?

Unbekannte Nummer:
Ich hab das Gefühl, dass mein ganzes Leben eine Lüge war.

Unbekannte Nummer:
Wie konnte ich so alt werden, ohne jemals einen einzigen Spoiler zu sehen?

Mal:
Du hast wirklich noch nie
The Sixth Sense gesehen?

Mal:
›Ich sehe tote Menschen.‹ Das ist eins
der bekanntesten Filmzitate überhaupt.

Unbekannte Nummer:
Schon gut, Mr. Filmkritiker, ich war
eben ziemlich beschäftigt.

Ich hielt inne, meine Finger schwebten über dem Bildschirm. Am besten beließ ich es dabei. *Zum Schmerz führt der Weg*, flüsterte die Stimme der Vernunft.

Mal:
Und … hat's dir gefallen?

Gleich nachdem ich die SMS abgeschickt hatte, machte ich das Gespräch zu und schaltete den Bildschirm aus. Ein paar SMS machten uns noch nicht zu Freunden.

Ich legte das Handy zurück auf den Beistelltisch, aber ich schaltete es nicht aus.

13

Mal

Like Real People Do – Hozier

April und ich waren dabei, Freunde zu werden. Glaubte ich.

Der einzige andere Mensch, den ich je als Freund bezeichnet hatte, war ein fünfundsiebzigjähriger Mann gewesen, der kürzlich verstorben war. Ich war natürlich kein Experte in Sachen Freundschaft, aber die SMS auf dem Display meines Handys las sich definitiv freundschaftlich.

> Unbekannte Nummer:
> Kannst du mir dieses Highball-Rezept schicken, das du mir empfohlen hast?

Ich hörte kurz auf zu rechen, lehnte die Harke an die Wand und sah zu April. Sie saß auf einem meiner klapprigen Esszimmerstühle, balancierte ihren Laptop auf den Oberschenkeln und nippte an ihrem Kaffee. Die Tasse, die sie mir eingeschenkt hatte, war dabei, unter dem Aufgussbehälter abzukühlen. Ich konnte mich immer noch nicht dazu durchringen, ihr zu beichten, dass er mir überhaupt nicht schmeckte.

April hatte auch am Vortag hier gearbeitet. Gestern hatte sie unbeholfen bei der Fensterbank gestanden und mit einer Hand ihren Laptop auf dem bemalten Ziegelstein balanciert, während sie mit der anderen getippt hatte. Sie arbeitete weiter an der Website – zumindest hatte sie das behauptet – und ich hatte immer noch zu viel Angst vor dem, was dabei rauskommen würde, um nach weiteren Einzelheiten zu fragen. Es war mir nicht entgangen, dass sie sich entschieden hatte, hier *bei mir* zu arbeiten, obwohl es nicht gerade ideal war. In der Erwartung, dass sie heute ebenfalls hier arbeiten würde, war ich früher gekommen und hatte einen der Stühle mit reingebracht. Wenn sie schon darauf bestand, hier zu arbeiten, sollte sie sich nicht unwohl fühlen, hatte ich mir gedacht. *Das gehört einfach dazu, wenn man ein guter Chef sein will.*

Durch meine frühe Ankunft hatte ich viel Zeit zum Nachdenken gehabt. Als sie auftauchte, war ich schon ganz nervös und müde, so viele mögliche Begrüßungssätze hatte ich mir durch den Kopf gehen lassen. *Guten Morgen. Hast du gut geschlafen? Ich dachte, du brauchst vielleicht einen bequemeren Platz zum Arbeiten. Hast du von mir geträumt, so wie ich von dir geträumt hab?*

Na ja … vielleicht nicht Letzteres, aber die ersten drei Sätze wären akzeptabel gewesen. Nicht gerade preisverdächtige Konversationsfähigkeiten, aber immerhin. Doch als April hereinkam, sagte ich nichts davon. Als sie sich für den Stuhl bedankte, zog ich den Kopf ein und ignorierte sie. Meine heißen Ohren hätten mich verraten. Aus dem Augenwinkel bemerkte ich, wie sie zitterte und mit den Händen an den nackten Armen auf und ab rieb. Selbst im Sommer war es hier morgens kalt. Ich nahm mir vor, heute Abend eine Decke für sie ausfindig zu machen. *Idiot.*

Ich schob den Gedanken beiseite und konzentrierte mich stattdessen auf mein aufleuchtendes Handy-Display.

Mal:
Warum schreibst du ne SMS,
wenn wir im selben Raum sind?

Unbekannte Nummer:
Weil ich von dir über SMS bessere
Antworten kriege.

Wirklich? Ich widerstand dem Impuls, mich umzudrehen und herauszufinden, ob sie es ernst meinte oder scherzte.

Unbekannte Nummer:
Highball?

Mal:
Kier hat es klassisch gehalten.
Whisky, Ginger Beer, Zitrone.

Unbekannte Nummer:
Klingt ganz einfach.

Mal:
Ich dachte, du magst keinen Whisky?

Unbekannte Nummer:
Wann hab ich das gesagt?

Mal:
Nicht gesagt, dein Würgen
hat dich verraten.

Unbekannte Nummer:
Sehr witzig.

Unbekannte Nummer:
Ich weiß, dass du mich umbringen wolltest.

Mal:
Ich wollte *dich* umbringen? Du hast aber ein Kurzzeitgedächtnis, Prinzessin.

»Das war ein einziges Mal! Jetzt hör doch mal auf damit!«, rief sie laut, und ich konnte mir ein Grinsen nicht verkneifen.

Unbekannte Nummer:
Das Rezept ist nicht für mich. Ich hab mir überlegt, ein paar Cocktailrezepte auf Social Media zu posten, damit die Leute sie zu Hause ausprobieren können.

Ich wollte gerade zurückschreiben, dass ich da noch ein paar Rezepte auf Lager hätte, als mein Handy erneut piepte.

Unbekannte Nummer:
Das könnten wir auch Face-to-Face anbieten, z. B. einen Kurs zum Cocktailmixen.

Unbekannte Nummer:
Im kleinen Rahmen, wie wir besprochen haben …

Unbekannte Nummer:
Und nur, wenn die Verkostung gut läuft … sonst vergessen wirs ganz schnell wieder.

Dass eine Nachricht so schnell nach der anderen aufploppte, verriet mir, dass sie nervös war. Ich kam mir vor wie ein Arschloch. Und gleich danach kam ich mir wie ein noch größeres Arschloch vor, denn ich wusste, dass ich Nein sagen musste. Es war eine gute Idee. Eine verdammt gute Idee, aber …

Mal:
Meinst du nicht, dass wir eine Sache nach der anderen angehen sollten?

Unbekannte Nummer:
Du hast recht! Tut mir leid, ich bin grad einfach so enthusiastisch und hab dich überfahren.

Mal:
Freut mich, dass du so enthusiastisch bist. Kier wäre stolz auf dich.

Im Chatfeld erschienen drei Punkte, dann verschwanden sie. Ich hätte mich so gerne umgedreht und sie angesehen, aber sie hatte recht mit den SMS. Ich fühlte mich sicherer, wenn ich mich so mit ihr unterhielt.

Mal:
Hast du schon einen Termin für die Verkostung festgelegt?

Unbekannte Nummer:
Freitag in zwei Wochen

Unbekannte Nummer:
Ich bin gerade dabei, eine Einladung zu entwerfen. Heather weiß jetzt, wie man ins virtuelle Schwarze Brett des Dorfes reinkommt, da kann ich sie dann veröffentlichen.

Mal:
So was gibt's?

Unbekannte Nummer:
Anscheinend ja. Und man kommt schwerer rein als in die Oscar-Verleihung.

Mal:
Wenn ich dir irgendwie helfen kann, sag mir Bescheid.

Unbekannte Nummer:
Also ...

Sie zögerte.

Mal:
Was, Prinzessin?

Unbekannte Nummer:
Ich hatte gehofft, wir könnten eines der neunundvierzig Jahre alten Fässer öffnen und den Inhalt bei der Verkostung verkaufen. Wir könnten ein exklusives Etikett auf die Flaschen kleben und sie zu einem höheren Preis anbieten.

Unbekannte Nummer:
Wäre doch eine tolle Gelegenheit, Kiers Arbeit zu würdigen.

Mal:
Indem wir Gewinn machen?

Unbekannte Nummer:
Ja, genau!

Diese Fässer waren etwas Besonderes, sollte ich wirklich einfach so eins öffnen? Ich drehte mich um und sah, dass sie mich bereits ansah. In ihrem Blick lag stille Hoffnung, aber sie schien auch auf eine Enttäuschung gefasst zu sein. Mit ihren zierlichen Zügen sah sie wie ein Gemälde aus. Sie biss sich auf die Lippe, und ich wusste, dass ich verloren war.

Die Brennerei und alles, was dazugehörte, gehörte ihr, das wussten wir beide. Dennoch war sie mit dieser Idee zu mir gekommen. Ich wusste, wenn ich Nein sagen würde, würde sie diese Entscheidung respektieren. Ich steckte mein Handy ein und machte mich wieder an die Arbeit, während ich eine Antwort murmelte. Ich wollte nicht sehen, wie sie sich freute. »Ich kümmer mich morgen drum.«

April stieß einen ohrenbetäubenden Schrei aus, der so schrill war, dass beide Hunde aufsprangen. Ihre Arme umschlangen meine Taille. Sie schaffte es kaum, mich zu umfassen. Ihre weichen Kurven schmiegten sich an meinen Rücken, und alles, woran ich denken konnte, war, wie verschwitzt ich sein musste. *Spürte sie den Schweiß? Stank ich?* »Du bist der Beste, Brummbär.« Ich spürte ihren Atem zwischen meinen Schulterblättern, als sie die Worte aussprach. Meine Haut kribbelte überall. »Danke, danke … Ich werde euch beide nicht enttäuschen.«

Klick.

***

Ich saß in meinem Lieblingssessel, ein Buch auf dem Schoß, das jetzt nicht mehr wichtig war, und starrte verwirrt auf das Foto auf dem Display meines Handys. Es war ein verschwommenes Foto von zwei Zeichnungen, beide von zwei Strichmännchen, die schnell hingekrakelt worden waren. Auf der ersten lagen sie nebeneinander in einem unsauber gezeichneten Rechteck, jeweils Kopf an Fuß. Auf der zweiten lagen sie in Löffelchenstellung.

Ich wartete ab. Wie ich April kannte, hatte sie zweifellos noch mehr zu sagen. Keine dreißig Sekunden später piepte mein Handy, und mein Herz machte einen Sprung. In den letzten Tagen hatte mein Gehirn begonnen, das Geräusch mit April zu assoziieren. Jedes Mal reagierte mein Herz auf die gleiche Weise. Ich war wie der Pawlow'sche Hund, dem beim Klang einer Glocke das Wasser im Maul zusammenlief.

Prinzessin:
Er hätte auf jeden Fall noch auf die Tür draufgepasst.

Ich scrollte zurück zu den Zeichnungen und betrachtete sie, bis es klick machte. Ich schüttelte mich vor Lachen. Die ungewohnte Beanspruchung strapazierte meine Stimmbänder. Boy, der in seinem Körbchen lag, hob den Kopf, ganz verwirrt durch das kehlige Geräusch, das von seinem Besitzer kam.

Mal:
Titanic?

Prinzessin:
Was sonst?

Prinzessin:
Das ist Betrug am helllichten Tag! Ich bin betrogen worden, Mal. Um ein Happy End betrogen!

Prinzessin:
JACK HÄTTE LOCKER AUF DIE VERDAMMTE TÜR DRAUFGEPASST!!!!

Immer noch lächelnd schrieb ich zurück.

Mal:
Du wirst drüber hinwegkommen.

Prinzessin:
Nein, das werd ich nicht,
ich bin untröstlich.

Mal:
Du hast diesen Film wirklich
noch nie gesehen?

Prinzessin:
Sicher, als Kind.

Mal:
Hast du dich damals geärgert?

Prinzessin:
Elsie hat ihn vor dieser Szene immer
ausgemacht. Jetzt weiß ich, warum.

Ich lachte noch mehr.

Mal:
Verdammt! Elsie hat dich nicht
auf das Erwachsenenleben
vorbereitet.

Prinzessin:
Jetzt frag ich mich, an welche anderen Filme ich mich noch falsch erinnere.

Mal:
Forrest Gump?

Mal:
Brücke nach Terabithia?

Prinzessin:
Der süße Film über die beiden Kinder, die ein magisches Land erschaffen?

Mal:
NICHT GUCKEN!!!

Prinzessin:
Warum? Wie endet er?

Mal:
Sie leben alle glücklich bis an ihr Lebensende.

Prinzessin:
LÜGNER! Ich google gerade …

Ich wartete grinsend und sah auf den Bildschirm hinunter. Es dauerte nicht mal eine Minute.

Prinzessin:
NEIN! Das ist der schlimmste Tag
meines Lebens.

Mal:
Tut mir leid, dass ich dir schlechte
Nachrichten überbringen muss.

Prinzessin:
Nein, das gefällt dir doch, jetzt kannst
du's mir endlich heimzahlen, dass ich
dich mit meinem BH gewürgt hab.

Prinzessin:
Den ich übrigens gern wiederhätte!

Mein Blick wanderte zu meiner Nachttischschublade, in der ich das Spitzenteil versteckt hatte. Sie würde es zuerst finden müssen.

Wir näherten uns gefährlichem Terrain. Sie musste es auch gespürt haben, denn der Bildschirm meines Handys wurde dunkel.

Und dann … *ping*.

Plopp, plopp, plopp.

Prinzessin:
Das mit Jack ist auch gut so. Er
hätte Rose wahrscheinlich sowieso
irgendwann über Bord geworfen.

Mal:
Das musst du mir erklären, Prinzessin.

Manchmal war es wirklich so, als würde sie eine andere Sprache sprechen.

Prinzessin:
Mit was schreibst du mir?
Einem Satellitentelefon?

Prinzessin:
Das war ein Witz, Leo datet nämlich
nur Frauen unter dreißig. Widerlich,
aber leider wahr.

Prinzessin:
Verfolgst du gar nicht, was so
in der Welt passiert?

Mal:
Du meinst Klatsch über Prominente?
Ich dachte, gerade du hasst Klatsch
und Tratsch mehr als alle anderen.

Im Chatfeld erschienen drei Punkte, dann verschwanden sie wieder.

Erschienen erneut und verschwanden wieder.

Meine Hand krampfte sich um das Handy, als mir plötzlich klar würde, wie das klang, was ich geschrieben hatte. Vielleicht war ich zu weit gegangen.

Prinzessin:
Touché.

Verdammt. Ich atmete schwer aus, fuhr mit den Fingern über den Bildschirm und wünschte, ich könnte meine letzte Nachricht einfach wegwischen.

Mal:
Die Frage ist nicht, ob beide draufpassen, sondern ob die Tür über Wasser bleiben kann. Es war der fehlende Auftrieb, der ihn getötet hat.

Prinzessin:
Scheiße.

Prinzessin:
Wenigstens durfte Rose den riesigen Diamanten behalten.

Mal:
Das ist die wahre Moral der Geschichte, denke ich.

Prinzessin:
HA!

Poch, poch, poch.

Prinzessin:
Ich hätte beinahe mal mit Leo zusammengearbeitet.

Mal:
Erzähl …

Prinzessin:
Vor etwa sechs Jahren, aber unsere
Terminpläne passten nicht zusammen,
und so wurde meine Rolle neu besetzt.
Ich glaub, das Projekt wurde dann
auf Eis gelegt.

Man vergaß leicht, wie groß Aprils Welt war. Meine hörte dort auf, wo der letzte Stein dieser Insel auf das Meer traf. Aber April … sie konnte alles haben, was sie wollte.

Mein Herz pochte, aber aus einem anderen Grund.

Ich zwang mich zu einer Antwort.

Mal:
Klingt, als wär es eine große
Sache gewesen.

Prinzessin:
Wahrscheinlich …

Prinzessin:
Und er hätte sich ganz bestimmt
unsterblich in mich verliebt. Ich könnte
jetzt irgendwo an einem Strand
Cocktails schlürfen, anstatt mir in
Schottland den Hintern abzufrieren.

Mal:
Hast du genug Holz fürs Feuer?

Prinzessin:
Mehr als genug, Daddy.
Bleib beim Thema.

Ich las die Nachricht ein Dutzend Mal, das Blut pochte mir in den Ohren, andere Teile von mir waren angespannt.

Sie hatte einen Scherz gemacht. Ganz bestimmt.

Mal:
Ich dachte, er datet nur Frauen
unter dreißig? Dann wärst du
auch wieder genau da, wo du
jetzt bist, Prinzessin.

Prinzessin:
ICH HASSE DICH!

Und dann, als wüsste sie genau, was das mit mir machte …

Prinzessin:
Nacht, Daddy.

Ich war versucht, zu antworten, mit ihr zu flirten. *Flirten war überhaupt nicht mein Ding*. Also stopfte ich das Handy unters nächste Kissen und fuhr mir mit der Hand übers Gesicht. Als ich mich genug beruhigt hatte, um ins Bett zu gehen, rappelte ich mich hoch. Vor mir saß Boy und sah mich an. »Was starrst du so?«

Er legte den Kopf schief, und ich hätte schwören können, dass er mir mit seinem Blick sagen wollte: *Reiß dich zusammen, Mann.*

Dieser Hund hatte zu viel gesehen.

Ich ging in mein kleines Badezimmer, zog mich aus und stellte mich direkt unter die Dusche. Ich stellte die Temperatur auf kalt und zog den Kopf ein, als mich das kalte Wasser traf. Ich stützte mich mit beiden Händen an den Fliesen ab, um nicht in Versuchung zu kommen, nach unten zu greifen und die Hände um meinen steifen Schwanz zu legen. Sich einen runterzuholen würde sich zu sehr wie Nachgeben anfühlen. Ich musste meine ganze Energie aufbringen, der Versuchung zu widerstehen. Dass wir uns immer öfter schrieben, machte es noch schwerer. Ich begann die Unterhaltungen nie, aber ich schrieb immer zurück. Und mit der Zeit war der flirtende Unterton stärker geworden. Zumindest von ihrer Seite aus, denn wie schon gesagt, ich wusste ja nicht, wie man flirtete.

Gestern Abend hatte sie mir eine Nachricht geschrieben und mich aufgefordert, ein Spiel mit ihr zu spielen. Wir sollten gleichzeitig das letzte Foto, das wir auf unseren Handys gemacht hatten, an den anderen senden. Ich fand das ein bisschen seltsam, spielte aber mit. Als ihr Foto auf meinem uralten Handy langsam lud, erkannte ich, dass ich einen Fehler gemacht hatte. Es war ein Foto von ihr und Dudley unten an der Bucht. Dudleys Schnurrhaare waren nass und voller Sand. April trug eine dunkle Sonnenbrille, ihre Locken wehten im Wind, während sie in die Kamera strahlte. Das Foto war nicht sehr freizügig, da sie nur bis knapp unter ihren Schultern zu sehen war. Aber ich konnte die Haut an ihrem Schlüsselbein und ihr smaragdgrünes Bikinioberteil sehen. Der Kontrast des Oberteils zu ihrer cremefarbenen Haut reichte aus, dass mir ganz schwindlig wurde.

Und dann öffnete sich vor mir der Abgrund.

Sie hatte ein umwerfendes Selfie geschickt. Und ich … *oh Gott.* Ich hatte ein halb verschwommenes Foto des Gärbottichs geschickt, zweiundsiebzig Stunden nach Beginn des Gärungsprozesses.

Vierundzwanzig Stunden später wurde mir immer noch übel, wenn ich daran dachte.

Falls sie mir morgen schrieb, würde ich einfach nicht antworten.

***

Prinzessin:
Was machst du grade?

Mal:
Ich schaue *Schlaflos in Seattle*.

Prinzessin:
ECHT??

Prinzessin:
Ich liebe diesen Film.

Mal:
Hab ich mir schon gedacht, als du diese Woche zehn Mal drauf bestanden hast, dass ich ihn mir ansehe.

Prinzessin:
»Ich meine, ich wusste es in dem Moment, als ich sie das erste Mal berührt habe, es war, als würde ich nach Hause kommen, nur war es eben ein Zuhause, was ich vorher noch nicht kannte.«

Prinzessin:
»Ich habe ihre Hand genommen und, naja, ich wollte ihr aus dem Wagen helfen, und da hab ich es gewusst … es war wie Magie.«

Prinzessin:
Oh Mann, ich bin am Heulen!

Mal:
Willst du jetzt das ganze verdammte Drehbuch zitieren?

Prinzessin:
Vielleicht …

Mal:
Dann schau ich nicht mehr aufs Handy.

Prinzessin:
(schließt Mund mit einem Reißverschluss)

Das entlockte mir nur ein müdes Lächeln.

Ich war heute Abend nicht gut drauf, und zwar seitdem Tom Hanks seinen verdammten Mund aufgemacht hatte. Seinen irritierend schönen Mund. Kein Wunder, dass April diesen Film so sehr liebte, darin kam alles vor, was Frauen wollten, Romantik und so zuckersüße Monologe, dass man davon Karies bekam. Ein Mann, der eine Frau in einer verdammten Radiosendung dazu brachte, sich in ihn zu verlieben.

Zum ersten Mal in dieser Woche beendete ich das Gespräch als Erster.

14

April

Want want – Maggie Rogers

»Du hast den Vertrag immer noch nicht unterschrieben?«, fragte Syd mit schriller Stimme am anderen Ende der Leitung.

Der Schweiß sammelte sich unter meinen Armen, und ich presste das Handy fester an mein Ohr, während ich mit der freien Hand Dudleys stämmigen Körper an meine feuchte Brust drückte. Langsam ging ich den steilen Pfad zur Bucht hinunter. Selbst meine Knie schwitzten. Die Kälte der vorangegangenen Woche war dank des Ausläufers einer Hitzewelle, der von Südeuropa herüberkam, verschwunden. Es war heiß. *Richtig heiß*. Ich wollte nicht das Klischee einer typischen Britin erfüllen, aber tatsächlich war es mir zu heiß.

Der Schweiß vermischte sich mit dem Duft der Sonnencreme, die ich vorher aufgetragen hatte. Ich fühlte mich meilenweit entfernt von der April Sinclair, in deren Rolle ich normalerweise jeden Morgen schlüpfte. Ehrlich gesagt hatte ich mich schon seit Wochen nicht mehr wie sie gefühlt.

»Ich hab doch gesagt, ich brauch noch ein bisschen Zeit. Das hab ich Angela auch gesagt, und sie war einverstanden.« Ich keuchte und schlüpfte vorne aus der Sandale, um die winzigen Kieselsteine zu entfernen, die sich in den Schuh geschlichen hatten.

»Zeit wofür?«

»Keine Ahnung, vielleicht Zeit, um den Tod meines Großvaters zu verarbeiten?«, erwiderte ich zynisch.

»Er ist schon vor Monaten gestorben, und ihr standet euch nicht einmal sehr nahe.« Ich zuckte zusammen. Sydney sprach immer aus, was sie dachte, ohne sich Gedanken darüber zu machen, ob das Gegenüber es auch hören wollte. Normalerweise fand ich das erfrischend. »Tut mir leid«, schickte sie sofort hinterher. »Das klang furchtbar. Ich hätte es nicht so sagen sollen.«

»Was hättest du dann sagen sollen?« Ich versuchte gar nicht erst, den Sarkasmus in meiner Stimme zu verbergen. Gestern Nacht waren es fast eine Million Grad in meinem Schlafzimmer gewesen, und ich hatte vielleicht eine Stunde geschlafen. Ich war ganz schön schlecht drauf.

»Dein Großvater würde nicht wollen, dass du deine Karriere wegen falscher Schuldgefühle wegwirfst.«

Tat ich das? Warf ich meine Karriere weg?

Meine Karriere war von jemandem zerstört worden, dem ich vertraut hatte. Ich hatte Jahre damit verbracht, sie wieder aus dem Dreck zu ziehen. Ihre Aussage, dass ich mich nicht mehr um meine Karriere kümmern würde, machte mich wütend. Man konnte sich auch zu sehr um etwas kümmern. Das hatte mich damals beinahe ganz verzehrt. Ich war gerade erst dabei, mich wieder zusammenzusetzen.

Irgendwo auf dem Weg hinunter zum Wasser hielt ich inne und setzte mich auf einen Felsbrocken, der aus dem Gestrüpp ragte. Die Halme knickten unter meinem Gewicht um, langstielige Disteln mit violetten Köpfen streiften meine nackten Arme. Meine Augen fielen zu, als die Sonne auf sie traf, gelbe Blitze schimmerten durch die durchscheinenden Augenlider.

»Ich hab keine Schuldgefühle – okay, vielleicht am Anfang, aber ich bin hier glücklich, Syd, ich hab das Gefühl, dass ich zum ersten Mal seit Jahren wieder richtig atmen kann.«

Es war schon komisch: Noch Monate nachdem ich nach London gezogen war, war ich die Oxford Street hinunter oder über den Trafalgar Square geschlendert, hatte über die Lichter gestaunt, über die Menschen, die geschäftig von A nach B eilten. *Das ist das Leben*, hatte ich gedacht, *jeder hat sein Ziel, seinen Platz*. Und jetzt spürte ich dasselbe hier, wie ich es als Kind nie gespürt hatte. Es war eine andere Art von Rausch, er fühlte sich weniger aufregend an, dafür … richtiger. Der Fluss des Lebens hatte mich genau jetzt an diesen Ort getragen.

»Also … kommst du nie wieder zurück?«

»Natürlich komme ich zurück, ich kann nicht ewig hierbleiben.« Es lag weniger Überzeugung in meiner Stimme als noch vor einiger Zeit. »Angela meinte, sie würde …« Eine Bewegung im Wasser erregte meine Aufmerksamkeit. Ein dunkler Kopf erhob sich aus den Wellen und tauchte wieder ab. Muskulöse, gebräunte Arme schnitten durch die Wasseroberfläche wie ein Messer durch Butter. Und dort am Ufer lag Boy, dösend im Schatten eines Felsens neben einem Haufen dunkler Kleidung. Mein Blick wanderte zurück zu Mal. Das himmelblaue Wasser war gerade klar genug, dass ich die Umrisse seines Körpers darin ausmachen konnte. *Heilige Scheiße.*

»Sie sagte, sie würde …?«, meldete sich Sydney in der Leitung.

Ach so. »Tut mir leid.« Ich blinzelte. »Die Leitung ist schlecht. Angela sagte, sie würde mir alle Drehbücher schicken, die für mich von Interesse sein könnten.«

»Und, hat sie welche geschickt?«

»Noch nicht.«

»Wird sie schon noch, sie ist eine fantastische Agentin.«

»Ich weiß, da vertraue ich dir.« Wie ferngesteuert suchten meine Augen wieder nach Mal. Mit beeindruckender Geschwindigkeit schwamm er bis zu dem Felsvorsprung, wo die Wellen wild schäumten und schwappten, und kehrte um. »Hör zu, Syd, ich muss los, aber ich ruf dich morgen an, okay? Ich will alles über den Film hören.«

Sie schnaubte. »Natürlich, meine Liebe. Vielleicht kann ich dich ja mit spannenden Geschichten vom Set zurücklocken.« Ich lachte ebenfalls. Wahrscheinlich war das die einzige Taktik, die funktionieren würde, denn das Set war das Einzige, was ich an meinem alten Leben vermisste. Das Gefühl, ein neues Drehbuch in den Händen zu halten. Das erste Kribbeln der Aufregung, wenn alle am Tisch saßen und das Drehbuch gemeinsam lasen. Die Kostümanproben, die langen Stunden im Schminkstuhl. Die unvermeidliche Drehabschlussparty und die Emotionen, die entstanden, wenn man etwas schaffte, das einem am Herzen lag. Das vermisste ich.

Ich legte auf, rappelte mich auf und klopfte den Schmutz vom Saum meines kurzen rosa Sommerkleides. Der Hang war von hier ab nur noch ein sanftes Gefälle, und die trockene Erde wich Sand und flachen Kieselsteinen, die sich perfekt dazu eigneten, sie übers Wasser hüpfen zu lassen. Ich setzte Dudley ab, und er tänzelte herum, um mit seinen drei Beinen auf dem Gelände sein Gleichgewicht zu finden. Die Wellen waren hier unten lauter, aber Boy hörte ihn trotzdem, richtete sich auf und trabte in unsere Richtung.

Ich beugte mich vor, strich mit der Hand über sein feuchtes Fell und fühlte mich plötzlich unbehaglich. Ich traute mir nicht zu, weit hinauszuschwimmen, aber ich hatte meinen Bikini unter dem Kleid angezogen und wollte ein kurzes Bad nehmen, um mich abzukühlen. Da Mal hier war, wusste ich nicht, wie ich das anstellen sollte. Ich ging weiter den Strand entlang, meine Füße sanken ein, bis weicher Sand meine Haut bedeckte. Die Felsen schützten hier unten vor Wind, und die Luft war feucht und klebrig. Der Schweiß sammelte sich in meinem Nacken und zwischen meinen Brüsten.

Keine Ahnung, ob Mal uns gesehen hatte oder ob er einfach mit Schwimmen fertig war, auf jeden Fall stand er plötzlich da und stieg aus dem Wasser wie Daniel Craig in *James Bond*. Mir war bewusst, dass ich ihn anstarrte. Mir war auch bewusst, dass mein Mund offen stand.

Muskeln und Haut, ein paar Brusthaare und zwei Brustwarzen – auf den ersten Blick eigentlich ganz normal. Aber auf den zweiten … Ich hatte immer gewusst, dass er groß war. Breitschultrig mit einem Bizeps, der den Stoff jedes Hemdes, das er trug, strapazierte. Aber das hier grenzte an Lächerlichkeit. Wasser floss in Rinnsalen seine Brust hinunter, glitzernde Perlen setzten sich in den kleinen Vertiefungen zwischen den Muskeln fest, die nicht durch stundenlanges Training im Fitnessstudio, sondern durch harte körperliche Arbeit entstanden waren. Er trug nicht einmal Badeshorts, sondern nur enge schwarze Boxershorts, die hauteng an *allem* anlagen.

Ich wusste nicht, ob es daran lag, dass er ständig rot wurde, oder daran, dass er oft die Schultern rund machte, als wollte er sich dafür entschuldigen, dass er zu viel Platz in der Welt einnahm – so jedenfalls hatte ich mir seinen Körper nicht vorgestellt. Ja, ich hatte ihn mir vorgestellt. *Oft*. Nur hatte er in meiner Vorstellung eher wie ein sexy Farmer als ein muskulöser Adonis ausgesehen.

Ich musste wegschauen, ich *musste*, sonst würde ich ihn noch anflehen, dass er mich über seine Schulter warf. Mein Fiepen musste ihn gewarnt haben, dass er vor mir quasi gerade einen Striptease vorführte, denn er sah mich direkt an. Seine Augen weiteten sich vor Überraschung.

Ich wirbelte herum und rannte los. Der Sand machte meine Schuhsohlen rutschig, und als ich auf einen großen flachen Stein trat, riss es mir die Beine unter mir weg. Ich landete hart und schlug mit dem Ellbogen auf. »Es tut mir leid«, rief ich über die Schulter. »Ich wollte nicht …« Schmerz flammte in meinem Arm auf, und ich drückte ihn an meine Brust. Ich keuchte. Ich stotterte. Ich hatte noch nie gestottert. Die Hitze musste mein Gehirn geschmolzen haben. »Ich meine … ich hätte mich bemerkbar machen müssen.«

Sofort war Mal an meiner Seite. »Alles okay?«

Ich konnte ihn nicht ansehen. »Ja, alles okay.« Ich schüttelte meinen Arm aus und zischte: »Autsch, *scheiße*. Nein.« Er packte mich an den Schultern, zog mich hoch und nahm meinen Unterarm in seine heißen, schwieligen Hände. Ich sah nach unten, nur um nicht wieder auf seine Brust zu schauen, und bemerkte, dass die Haut dort rot und geschwollen war. Hitze ging in Wellen von seinem Körper aus. Ich konnte ihn riechen, Schweiß und Salz und Meer, vermischt mit etwas Zitrusartigem. Wie hypnotisiert wankte ich in seine Richtung, sodass er mich erneut festhalten musste.

Ich konnte ihm im Moment nicht so nahe sein. Ich zog mich zurück und bewegte zaghaft meinen Arm. »Alles okay.«

Da schien er sich plötzlich dessen bewusst zu werden, dass er fast nackt war. Seine Wangen und Ohren färbten sich purpurrot, und er beugte sich hinunter und tastete nach seinen Klamotten, zwängte die nassen Beine in die dunkelblauen

Jeans, streifte sich das grüne Karohemd über und knöpfte es ungleichmäßig zu. So schön sein Körper auch sein mochte, es war dieser eine offene Knopf, der mich fast dazu gebracht hätte, mich auf ihn zu stürzen und jeden Zentimeter seiner entblößten Haut mit Küssen zu bedecken.

Offensichtlich spürte Mal nicht, in welchem verrückten Pheromoncocktail ich gerade ertrank, denn er begutachtete erneut meinen Arm mit einem Stirnrunzeln. Seine Narbe wurde ganz blass. »Sieht aus, als könnte es einen Bluterguss geben, wir müssen etwas Eis drauf tun.«

Ich musste dieses Gespräch beenden. »Werd ich machen.«

Er trat einen Schritt näher, und ich wich einen zurück. »Wolltest du schwimmen?«

Ich blickte sehnsüchtig auf die Wellen. »Hatte ich vor, aber vielleicht lasse ich das jetzt lieber.«

»Ich kann auf dich warten und dich dann nach oben begleiten. Die Bewegung ist vielleicht gut für deinen Ellbogen.«

Ein anderes Mal hätte mich der Gedanke, mein Kleid auszuziehen und langsam ins Wasser zu gehen, während Mal zusah, heiß gemacht. Aber im Moment war mir zu sehr bewusst, wie zerzaust ich aussehen musste. Ich hatte mein Haar in einer krausen Ananas auf dem Kopf zusammengesteckt, Schweiß klebte an meinen Schläfen und rann mir den Nacken hinunter. »Ich glaube, ich gehe einfach zurück, hier unten ist es sowieso zu warm für Dudley.« Die Tatsache, dass Dudley aufgeregt in den seichten Wellen umhertollte, strafte mich Lügen, und ich fühlte mich schlecht, dass ich die Jungs beim Spielen unterbrechen musste.

Malcolm widersprach mir natürlich nicht, sondern stieg in seine Stiefel, nahm Dudley mit einer Hand auf den Arm und packte mit der anderen meinen unverletzten Ellbogen. Dann ließen wir uns von Boy das Ufer hinaufführen. Er hätte mich nicht stützen müssen, das machte es sogar noch schwieriger, weil wir uns beide den schmalen Pfad teilen mussten. Aber ich hielt den Mund und genoss die erregende Wärme seiner Berührung, während ich mich zwang, meinen Atem unter Kontrolle zu halten. Der steile Aufstieg begann, seinen Tribut zu fordern.

Als er mir Minuten später über das grasbewachsene Ufer zum Herrenhaus folgen wollte, wies ich ihn zurück.

»Wir müssen die Stelle kühlen.« Er sah genervt aus.

»Ich schaff das schon«, sagte ich.

»Weißt du, wo das Eis aufbewahrt wird?«

Ich gluckste. »Ich bin mir sicher, dass ich es rausfinden kann.« Er öffnete den Mund, wollte etwas erwidern. »Was ich wirklich brauche, ist eine lange, kalte Dusche, und ich schätze mal nicht, dass du mir dabei helfen willst, also brauche ich dich nicht.«

Er hielt mitten im Wort inne und erstarrte. Die warme Brise zerzauste sein feuchtes Haar – das Einzige an ihm, das sich bewegte. Dann fixierte er mich. Der Bann war gebrochen. »Ja, ich glaub, das schaffst du allein.« Dennoch klang er nicht ganz so desinteressiert, wie er vermutlich wollte.

»Bist du sicher?«, rief ich ihm zu, als er sich langsam entfernte. »Was ist, wenn ich meinen Luffa-Schwamm nicht allein halten kann?«

Sein Knurren wurde vom Wind übertönt, den erhobenen Mittelfinger sah ich jedoch deutlich.

Ich kicherte auf dem ganzen Weg zurück zum Herrenhaus.

***

Nach dem Duschen aß ich am Ufer zu Mittag und lauschte dem Meer und dem Geschrei der Möwen. Da es zu heiß für alles andere war, knabberte ich an Crackern und Weintrauben direkt aus dem Kühlschrank. In der offenen Tür briet Dudley in der Sonne, während er auf einem Handtuch lag, das ich mit kaltem Wasser getränkt hatte. Dieser Hund war so widersprüchlich, ich würde ihn nie verstehen.

Ich war noch dabei, mich dafür zu verfluchen, wie idiotisch ich mich heute Morgen aufgeführt hatte, als ich das vertraute Jaulen meiner kleinen Füchse hörte. Erleichterung machte sich in mir breit. Es war ein paar Tage her, seit ich sie zum letzten Mal gesehen hatte, und ich machte mir bei dieser Hitze Sorgen um sie. Emma tauchte als Erste auf – eindeutig zu erkennen an ihrem einen Auge, das ganz von weißem Fell umgeben war –, gefolgt von Geri und Victoria. Mel B erschien nicht viel später, und ganz zum Schluss humpelte Mel C hinter den anderen her. Sie war in meiner Gegenwart immer am nervösesten – selbst wenn ich ihr Futter anbot, schnupperte sie erst eine Weile an meiner ausgestreckten Hand, bevor sie widerwillig einen Bissen nahm.

Aber diesmal war sie nicht nur nervös, es war etwas Dramatischeres.

Ich ging in die Hocke, als sie sich näherten, und warf ihnen Leckerlis hin, bis nur noch Mel C übrig war. »Was ist passiert, meine Süße?« Blut befleckte ihre weiße Pfote. Irgendetwas hatte sie angegriffen.

Ich griff nach meinem Handy und rief ohne nachzudenken Heather an.

»Hey«, meldete sie sich atemlos. »Alles in Ordnung?«

»Ja. Dein Bruder ist doch Tierarzt, oder?« Ich biss mir auf

die Lippe. Immer noch sickerte Blut aus der Wunde der Füchsin. Sie musste starke Schmerzen haben.

»Callum? Ja, seine Praxis ist in der Hauptstraße, aber er hat samstags nicht auf.«

»Würde er auch einen Hausbesuch machen? Gegen einen Aufpreis.«

Heather senkte die Stimme. »Ist Dudley krank?«

»Nein, dem geht's gut. Es ist … was anderes«, beruhigte ich sie schnell. Ich war mir nicht sicher, wie sie reagieren würde, wenn ich ihr sagen würde, dass meine Lieblingsfüchsin Hilfe brauchte.

»Gut … Ich ruf ihn an und frag, ob er vorbeikommen kann.«

»Du bist die Beste.«

Mel C schmiegte sich an meine Hüfte und ließ sich von mir den Kopf streicheln. Endlich traf eine Nachricht ein.

Heather:
Er kann in einer Stunde vorbeikommen
x

***

»N'Abend, Miss.« Callum Macabes dröhnender schottischer Dialekt war fast so teuflisch wie das Grinsen, das er aufgesetzt hatte. Die Begrüßung war wie einstudiert, und doch konnte ich ihre Wirksamkeit nicht leugnen. Unwillkürlich strich ich mein Haar zurück.

Oh, ich wette, die Frauen liegen ihm zu Füßen.

Meine Finger krampften sich um das schwere Holz der Eingangstür, und ich rührte mich keinen Zentimeter, als ich ihn ansah. Ich hatte vergessen, wie ähnlich sich die männlichen Macabe-Geschwister sahen. Heather war so ein winziges Ding, mit den gleichen zarten Gesichtszügen wie ihre Mutter. Ganz und gar nicht wie ihre Brüder. Callum und Mal hatten denselben statuenhaften Körperbau und Schultern, die die Sonne verdecken konnten. Volles Haar, das sich im Handumdrehen von blond in braun verwandeln konnte, auch wenn Callums Haar langsam silberne Strähnen bekam. Scharfe Nasen und hohe Wangenknochen. Nur die Augen unterschieden sie voneinander. Während Mals Augen eisblau waren, die Farbe stürmischer Gewitterwolken an einem Januarmorgen, waren Callums Augen so azurblau wie das Wasser in der Bucht. Man konnte so leicht in ihnen ertrinken. Und doch …

Ich blinzelte. Trat einen Schritt zurück. »Schön, dich wiederzusehen, Callum.«

Kleine Fältchen erschienen um seinen Mund. Das war ein Mann, der oft und gerne lachte. »Gleichfalls. Heather meinte am Telefon, du bräuchtest einen Tierarzt?«

»Danke, dass du so kurzfristig gekommen bist.« Ich drückte mich mit dem Rücken gegen die Tür, um sie für ihn aufzuhalten.

»Nichts zu danken. Ich würde lügen, wenn ich behaupten würde, dass ich nicht gehofft hab, dir über den Weg zu laufen.« Er zwinkerte mir zu und rückte die Arzttasche an seiner Schulter zurecht. »Ich dachte schon, Mal hätte dich in seinem Haus eingesperrt«, sagte er neckisch.

Wie wahrscheinlich allen anderen Idiotinnen vor mir entschlüpfte auch mir ein Lächeln. Ich verbarg es, indem ich ihm den Rücken zudrehte und ihn in die Küche und das Familienzimmer führte.

Er folgte mir. »Heather meinte, du seist ihr am Handy ein bisschen ausgewichen. Geht es wirklich um ein verletztes Tier oder wolltest du mich nur wiedersehen?«

Ich schnaubte und warf ihm einen Blick über die Schulter zu. »So sehr, dass ich einen medizinischen Notfall vortäuschen würde?«

Er zuckte die Achseln, unbeeindruckt von meiner Ungläubigkeit. »Wäre nicht das erste Mal.«

Ich blieb stehen, drehte mich um und fragte: »Frauen machen zum Schein Termine aus, nur um Zeit mit dir zu verbringen?«

Sein Grinsen blitzte wieder auf. »Ständig.«

Ich verschränkte die Arme und sah ihn misstrauisch an. Er log doch bestimmt. »Was lassen sie sich dann so einfallen?«

»Das Übliche ... der Hund würde hinken, er hätte Magenprobleme, die sich dann als Blähungen herausstellen. Die spannenderen Fälle sind mir lieber. Ich hab mal einen Goldfisch gesehen, der sich weigerte zu fressen, und sogar einen wilden Hasen, den ein Mädchen in ihrem Garten gefangen hat.«

Meine Stirn glättete sich. »Warum sollten sie das tun?«

Er beugte sich näher heran, als wolle er ein Geheimnis teilen. »Weil ich ein guter Fang bin.«

Ich schnaubte, und er lachte, über meine offensichtliche Fassungslosigkeit amüsiert.

»Ich hoffe, du hast ihr die Zeitverschwendung in Rechnung gestellt.«

»Sie hat mich als Gegenleistung zum Essen eingeladen.«

»Du warst mit ihr essen?« Er zwinkerte nur wieder, und ich zeigte auf sein Auge. »Ich glaub, du hast ein Problem mit deinem Auge, du solltest es mal untersuchen lassen.«

Er trat näher heran. »Und ich fange an zu glauben, dass du mich unter falschem Vorwand herbestellt hast.«

Verdammt noch mal. »Hier entlang.«

Er folgte mir schweigend durch die Küche, aber ich spürte, dass er sich umschaute, so wie Heather es getan hatte, als sie zum Yoga vorbeigekommen war. Das Herrenhaus war ein wichtiger Teil von Mals Leben, und plötzlich kam mir der Gedanke, dass seine Geschwister vielleicht nichts über diesen Teil seines Lebens wussten. Als wir zur Hintertür kamen, merkte ich, wie seine Aufmerksamkeit von Dudley, der immer noch in der tief stehenden Sonne badete, zu Mel C wanderte.

»Ein Fuchs?«

»Ja.« Zu meiner Überraschung stellte er keine weiteren Fragen. Er ließ die Tasche neben seine Füße fallen, kniete sich hin, griff in eine der Seitentaschen und holte ein Stethoskop heraus, das er sich um den Hals hängte. Jegliche Unbeschwertheit verschwand aus seiner Miene.

»Was ist los mit ihm?«

»Ihr«, korrigierte ich ihn, und seine Aufmerksamkeit richtete sich wieder auf mich. »Es ist ihre rechte Vorderpfote, sie ist ganz blutig und hat Bisswunden. Irgendetwas hat sie angegriffen.«

Er bewegte sich langsam auf sie zu, um sie nicht zu erschrecken. Mel C riss ihre dunklen Augen auf und beobachtete ihn misstrauisch. Er hielt ihr eine Hand hin, damit sie daran schnuppern konnte, und nach einer Weile reckte sie ihr Köpfchen und schnupperte an allen seinen ausgestreckten Fingern, bevor sie zu seiner Handfläche und seinem Handgelenk überging. »So ist es brav«, ermutigte er sie und streichelte mit der anderen Hand ihren kleinen Kopf. Ich musste die Tränen zurückblinzeln. Dieses scheue kleine Baby ließ sich von ihm anfassen und streicheln. Wie leicht konnte dieses Vertrauen missbraucht werden, wenn sie den falschen Leuten über den Weg lief.

Er hielt mit einer Hand ihren Kopf ruhig und zog eine kleine Taschenlampe aus seiner Tasche, mit der er ihr in beide Augen und Ohren leuchtete. »Wann hast du die Verletzung zum ersten Mal bemerkt?«

»Heute Nachmittag. Ich hab sie vor zwei Tagen gesehen, da ging's ihr noch gut.«

Als Nächstes kam das Stethoskop zum Einsatz, das er unter ihren ausgestreckten Pfoten zu ihrer Brust schob. Ich beobachtete, wie sich seine Lippen bewegten, als er zählte. »So ist es brav«, beruhigte er sie wieder, als sie vor dem kühlen Metall zurückzuckte. »Ihre Augen sehen klar und hell aus, also schätze ich nicht, dass eine Infektion vorliegt.« Er zog das Stethoskop zurück und strich mit einer Hand über ihren Rücken, wobei er sanft ihren Schwanz anhob, um ihr Hinterteil zu untersuchen. Erst dann zog er sich ein Paar Latexhandschuhe an und begutachtete ihre blutige Pfote. Das Blut hatte zu trocknen begonnen und ihr grobes weißes Fell rostbraun gefärbt. Als er die Pfote berührte, jaulte sie auf und zuckte zurück.

Instinktiv ließ ich mich auf die Knie sinken, sodass unsere Ellbogen sich berührten. Ich strich ihr beruhigend über den Kopf. »Komm schon, Mel C, wenn es vorbei ist, kriegst du noch mal ein Leckerli.« Ihr Blick sagte mir, dass es mindestens drei Leckerlis sein mussten. »Abgemacht«, murmelte ich. »Manipulative kleine Füchsin.«

»Mel C?« Callums Stimme unterbrach unseren Willenskampf.

»Ja, wie die Spice Girls. Es sind insgesamt fünf Füchse.«

Seine Lippen zuckten. »Bist'n großer Fan, oder?«

»Sind wir das nicht alle?«

Er überlegte kurz. »Hast recht.« Er richtete sich auf, zog die Handschuhe aus und stopfte sie in eine Tasche. »Willst du zuerst die gute oder die schlechte Nachricht hören?«

Mein Herz krampfte sich zusammen. »Die gute Nachricht.«

»Der Pfote geht es gut. Ich werd dir vorsichtshalber Antibiotika für ein paar Tage geben, dann können wir eine Infektion verhindern.«

Ich war ganz kurzatmig. »Und die schlechte Nachricht?«

Er grinste wieder. Sein Grinsen war dem von Mal so ähnlich, und dann doch wieder gar nicht. »Er wird einen neuen Namen brauchen.«

Ich schaute zu Mel C. »*Er*?«

»Ja.«

»Verdammt.« Ich kicherte. »Für mich wirst du immer ein Spice Girl bleiben, Mel.«

Callum lachte heiser.

***

Ich hockte auf der untersten Stufe der Veranda, nippte an meinem Milchkaffee und beobachtete Mel C und seine Freunde, wie sie in Richtung der Hecken huschten, glücklich darüber, wie sicher er auftrat.

Callum hatte es gestern noch geschafft, ihm ein Antibiotikum zu verabreichen, bevor ich ihn und sein breites Lächeln vor die Tür gesetzt hatte. Auf nette Art natürlich. Playboy hin oder her, er hatte mir einen riesigen Gefallen getan und mir keinen Penny berechnet, nicht einmal ein gemeinsames Abendessen als Entschädigung gefordert. Wobei er es natürlich angeboten hatte.

Die Ereignisse heute Morgen waren weitaus unterhaltsamer gewesen. Mel C hatte jedes Futter, das ich ihm hingestellt hatte, kritisch beäugt und es geschafft, die kleine weiße Pille jedes Mal wieder auszuspucken, egal, wo ich sie versteckt hatte. Erdnussbutter rettete mich schließlich. Dudley hatte sich unter den Küchentisch geduckt, als ich das Glas rausholte. Wenn er Erdnussbutter zu fressen bekam, bedeutete das nämlich normalerweise gleichzeitig, dass ihm die Nägel geschnitten wurden.

Mel C fraß das Zeug und leckte mit seiner rauen kleinen Zunge meinen Finger sauber.

Ich hatte gerade den Rest meines Kaffees ausgetrunken, als Boy in mein Blickfeld sprang. »Hey, Hübscher.« Er schnupperte an der Hand, die ich ihm hinhielt, bevor er in die Küche stürmte, um Dudley zu suchen.

Wenige Augenblicke später erschien Boys Besitzer, das Haar feucht und dunkelbraun von der morgendlichen Dusche, einen Karton mit Eiern unter den Arm geklemmt. Ich ließ meinen Blick auf ihm ruhen, betrachtete die Jeans und das marineblaue T-Shirt, das er trug. Kein Mann hatte das Recht, in Jeans und T-Shirt so gut auszusehen, schon gar nicht ein Mann, von dem ich wusste, dass er sich nur wenig Mühe mit seinem Aussehen gab. »Morgen.« Er blieb ein paar Meter von mir entfernt stehen und sah mich unverhohlen an. Entweder konnte er nicht anders, oder es war ihm egal.

Ich drückte meine nackten Beine zusammen und stand auf. Sein Blick folgte mir und fokussierte sich auf meinen Pyjama. Enge Shorts in zartem Rosa, die knapp über meinen

Oberschenkeln endeten, und ein dazu passendes leicht ausgeschnittenes Träger-Top. Er war nicht zu knapp für London, aber er war zu knapp für ein verschlafenes Inseldorf. Und der Art und Weise nach zu urteilen, wie Mal erstarrte, dachte er das auch. Sein Gesichtsausdruck änderte sich von einem Augenblick auf den anderen, und plötzlich war da Panik in seinen Augen, zusammen mit etwas, das ich nicht ganz deuten konnte, als hätte die Situation sich in eine Richtung entwickelt, mit der er nicht umgehen konnte.

Ich sah nach unten. *Scheiße!* Meine Brustwarzen waren steif und sagten ihm ebenfalls guten Morgen. Ich wollte schon fast die Hände heben, um sie zu bedecken, hielt dann aber inne. Draußen war es eine Million Grad heiß, und es waren nur Brustwarzen. Was machte das schon, wenn ein Freund meine Brustwarzen sah? Immerhin hatte ich seine gestern auch gesehen – und konnte nicht aufhören, an sie zu denken. Trotzdem war der Punkt berechtigt. Ich ging zurück ins Haus. Ich würde mich nicht bedecken und damit noch mehr Aufmerksamkeit auf sie lenken.

»Guten Morgen«, erwiderte ich schließlich. Die Kacheln waren kühl unter meinen nackten Zehen. Ich hielt meinen leeren Becher hoch. »Kaffee?«

»Was?« Er schüttelte den Kopf wie ein nasser Hund. »Oh … Aye.« Er folgte mir mit langsamen und bedächtigen Schritten, als würde er auf brüchigem Eis gehen. Ich füllte unsere beiden Tassen, wobei ich in seinen Kaffee weder Milch noch Zucker tat, wie er es zu bevorzugen schien. Dann begannen wir, unser Frühstück zuzubereiten, wobei wir uns an verschiedenen Enden der Kücheninsel aufhielten. Normalerweise war das Frühstück eine ruhige Angelegenheit, aber dieses Mal war es anders – eine drückende Spannung lag in der ohnehin schon feuchten Luft. Ich spürte seine Seitenblicke, während ich eine Banane schnitt, seine Kehle bewegte sich, als wäre er kurz davor, etwas zu sagen, um dann im letzten Moment einen Rückzieher zu machen.

Der Unterschied zwischen diesem Morgen und dem gestrigen Nachmittag mit Callum fühlte sich plötzlich krass an. Gleich darauf verspürte ich einen Anflug von Schuldgefühlen. Ich hatte Callums Aufmerksamkeit genossen, sein Flirten. Es hatte nichts bedeutet, aber es fühlte sich an, als hätte ich Mal irgendwie unrecht getan. Was dumm war, denn zwischen Mal und mir war nichts.

Ich setzte mich mit meiner Schale Joghurt und Obst an die Bar. Ich entschloss mich, Mals Schweigen auszusitzen, und sah hinüber zu den Idioten, die sich auf dem Teppich wälzten. Manchmal machte ich mir Sorgen um Dudley, wenn er mit größeren Hunden im Park spielte. Er war nicht nur viel kleiner, sondern seine drei Beine bedeuteten auch, dass er das Gleichgewicht nicht so gut halten konnte und nicht so viel an Rauferei wie andere Hunde aushielt. Aber Boy schien genau zu wissen, wann er aufhören musste. *Ach, ihre kleinen Herzen werden brechen, wenn wir nach London zurückkehren.*

»Gestern Abend hab ich hier das Auto meines Bruders gesehen.«

»Hm?« Ich wurde aus meinen Gedanken gerissen.

Er starrte in die Pfanne auf die brutzelnden Eier, die er gerade umrührte. Sein Adamsapfel hüpfte auf und ab. »Mein Bruder. Sein Auto war gestern Abend hier?« Es hörte sich nicht wirklich wie eine Frage an.

Ich steckte mir ein Stück Banane in den Mund und nickte. Ich konnte einfach nicht anders, als ihn zu necken. »Wir hatten eine Orgie, du hättest auch dabei sein sollen.«

Der hölzerne Löffel klapperte in der Pfanne. Er sah aus, als würde ihm gleich eine Ader platzen, typisch Mal. »Du …« Er schluckte. »Du verarschst mich, oder?«

Ich rutschte auf meinem Hocker hin und her und schlug ein Bein über das andere, dicht an seiner Hüfte. Sein Blick fiel darauf. »Warum sollte ich dich verarschen? *So was ist ganz normal für uns Schauspieler.*«

»April.« Er sprach meinen Namen wie einen Befehl aus, und ich befolgte ihn. Und zwar so schnell, dass es peinlich war.

»Mensch, schon gut. Ja, ich verarsch dich nur. Heather hat ihn angerufen, um einen Hausbesuch zu vereinbaren.«

»Ein Hausbesuch?«

Ich kratzte den letzten Joghurt aus der Frühstücksschale. »Ja, einen Tierarzttermin für meinen Fuchs.«

»Einen Tierarzttermin für deinen Fuchs«, wiederholte er.

Ich schaute mich im Zimmer um, als würde ich etwas suchen. »Geht's nur mir so, oder hörst du auch ein Echo?«

Sein Gesicht verfinsterte sich. »*April.*«

»Du nennst mich zweimal bei meinem richtigen Namen, wie schön«, scherzte ich und machte einen großen Bogen um ihn, als ich zum Waschbecken ging.

Er drehte sich zu mir um und verfolgte meine Bewegungen. »Lass den Quatsch, du weißt genau, wie das geklungen hat. Was hat er hier wirklich gemacht?«

Ich biss mir auf die Lippe und drehte ihm den Rücken zu, während ich die Schüssel ausspülte. »Vielleicht solltest du ihn das fragen.«

»Hab ich schon«, sagte er sofort.

Scheiße. Ich versuchte, es mir vorzustellen: Malcolm rief Callum an – ging sogar zu seinem Haus – und verlangte zu wissen, warum er hier gewesen war. Meine Hand krampfte sich um den seifigen Schwamm. »Du klingst eifersüchtig, Brummbär.« Ich wischte die Schüssel noch mal aus, damit meine zitternden Hände etwas zu tun hatten.

»Ich bin nicht … deshalb hab ich nicht …« Seine Stimme war heiser. »Ich wollte mich nur vergewissern, dass alles in Ordnung ist.«

»Und was hat Callum dir erzählt?« Er war näher gekommen, wenn ich einen Schritt zurücktreten würde, würden wir uns berühren.

»Etwas, das ich einer Dame gegenüber nur ungern wiederholen würde.« Ich fing an zu lachen, aber es blieb mir im Hals stecken und ich atmete scharf aus, als ich ihn spürte. Ganz leicht spürte ich seine breite Brust, die glühende Hitze unter der dünnen Baumwolle. Meine Schultern begannen zu kribbeln. Sein Atem wirbelte die Haare in meinem Nacken auf, was bei seiner Größe nur möglich war, wenn er auf mich herabschaute. Meine beiden Hände waren in der Seifenlauge versunken, und ich hörte auf, so zu tun, als würde ich abspülen. Meine Augen fielen zu, und mein Kopf fiel nach hinten, wo er sich an seine Brustmuskeln schmiegte. *Wir passten ineinander. Wir passten genau ineinander.*

Er stöhnte. Nicht laut, aber ich spürte das Grollen in seiner Brust. Das gequälte Geräusch dröhnte in meinem einen Ohr, das Geräusch seines rasenden Herzens in meinem anderen. Mein eigenes schlug noch schneller, und ich hatte das Gefühl, es könnte in meiner Brust explodieren, wenn ich es nicht bald verlangsamen konnte. *»Prinzessin«*, flehte er.

Ich brauchte eine Sekunde, um mich daran zu erinnern, wie man überhaupt einen Satz formulierte, um sicherzugehen, dass die nächsten Worte, die aus meinem Mund kamen, nicht ein Befehl waren, mich auf dem Küchentisch zu ficken.

»Ich hab doch gesagt … er wollte nach meinem Fuchs sehen. Mel C.« Er musste das Kinn gesenkt haben, denn ich spürte kratzige Stoppeln an meinen Locken. Er berührte mich kaum, und doch spürte ich mehr – viel mehr –, als ich je bei einem anderen Mann gespürt hatte. Ich verdrehte die Augen. Anstatt nach Luft zu schnappen – und ich hätte dringend Sauerstoff gebraucht –, hörte ich ganz auf zu atmen. Jeden Moment würde er merken, was er da gerade tat, und sich zurückziehen.

»Seit wann hast du einen Fuchs?«

Wie konnte er so amüsiert klingen, wenn ich … nicht einmal klar denken konnte. »Seit … seit …«

»*Prinzessin.*«

»*Fuck.*« Als ich den Kosenamen hörte, über den ich mich erst letzte Woche noch geärgert hatte, wurde der Slip zwischen meinen Schenkeln feucht, als wäre das Wort der Schlüssel zu meiner Vagina.

Er gluckste, als wüsste er, was der Name mit mir machte. Zum ersten Mal hörte ich ihn wirklich lachen. Es hörte sich süß und rauchig an, wie Whisky.

»Was zum Teufel ist hier los?« Die Stimme, die aus meinem Mund kam, gehörte nicht mehr mir. Ich spürte, wie sich sein Kinn wieder bewegte. Sein Kiefer berührte mein Ohr. Seine Hände landeten links und rechts von mir auf dem Tresen, sodass ich gefangen war. Vielleicht wimmerte ich auch, keine Ahnung.

»Du hast mir von deinem Fuchs erzählt«, drängte er.

Mein Fuchs. *Warum klang das auf einmal so schmutzig?* »Genau … Mel C …«

»Mel C. Ist das ihr Name?« Seine Stimme vibrierte auf meiner Haut, und ich legte instinktiv den Kopf schief. Ich hatte keine Kontrolle mehr darüber, was passierte.

»*Sein* Name.«

Er berührte mit der Nase meine Haut, glitt damit vom Kiefer bis hinunter zum Träger meines Oberteils. Ich bekam eine Gänsehaut. Er atmete ein und stöhnte auf. »Was ist mit deinem Fuchs passiert, Prinzessin?«

»Seine Pfote, etwas hat ihn gebissen.« Meine Hände tauchten aus dem Wasser auf und umklammerten den Rand des Spülbeckens. Ich merkte kaum, dass das Wasser auf den Boden tropfte.

»Dann hast du also meinen Bruder angerufen?«

»Ich hab *Heather* angerufen.«

»Die meinen Bruder anrufen sollte?« Der befehlende Ton in seiner Stimme war wieder da, und ich konnte nicht anders, als zu antworten.

»Ja.«

Das schien ihn in die Realität zurückzubringen. Ich spürte die Berührung seiner Hüften, die Härte, die sich unter dem Reißverschluss seiner Jeans verbarg. Dann zog er sich zurück. Mein Rücken wölbte sich, wollte ihn immer noch spüren. Die Luft fühlte sich immer noch klebrig und drückend an, aber weniger einnehmend. Ich wollte mich umdrehen, doch er legte mir eine Hand auf die Schulter. »Ich muss zur Arbeit«, sagte er knapp.

Arbeit? Was war das? »Ah … klar.« Ich klammerte mich noch fester an den Tresen. Nur so konnte ich mich aufrecht halten.

Er ging in Richtung Tür, Boy vor sich her treibend. »Prinzessin?« Irgendwas musste ich erwidert haben – glaubte ich zumindest. »Hör auf, die Füchse zu füttern, sonst beißt dich noch einer.«

15

Mal

I Wanna Be Yours – Arctic Monkeys

Prinzessin:
Kann ich heute vorbeikommen und mir eine DVD ausleihen?

Ihre Nachricht leuchtete mir auf dem Display entgegen, wie schon in den letzten dreißig Minuten. Sie stand direkt unter der unbeantworteten Nachricht vom Vortag.

Prinzessin:
Ich geh in der Mittagspause in die Tierhandlung, Jasmine hat ein paar Leckereien für Dudley und die Füchse beiseitegelegt. Soll ich irgendwas für Boy mitbringen?

Seit dem Vorfall in der Küche waren zwei Tage, also volle achtundvierzig Stunden vergangen.

Vorfall war ein feiger Ausdruck dafür, dass ich einen Eifersuchtsanfall gehabt hatte, nur weil April einen Tierarzt gerufen hatte, der zufällig mein attraktiver, lebenslustiger Bruder war. Lasst es mich noch einmal deutlicher formulieren.

Ich war eifersüchtig geworden, weil sie meinen Bruder, den Dorftierarzt – ich betone: den Tierarzt – gerufen hatte, damit er einem verletzten Tier half. Ich musste verrückt sein. Und ich hatte meine Eifersucht nicht mal für mich behalten können. Es war so verdammt offensichtlich gewesen, dass sie es laut ausgesprochen hatte.

»Du klingst eifersüchtig, Brummbär.« Ich wand mich jedes Mal innerlich, wenn ich daran dachte.

Und als wäre das nicht schon peinlich genug gewesen, hatte ich sie gegen den Tresen und meinen steinharten Schwanz an sie gedrückt. Nicht einmal die Erinnerung an ihren süßen Hintern, der sich gegen mich gepresst hatte, konnte die brennende Scham lindern. Ich fühlte mich wie ein Troll, der versucht hatte, Schneewittchen trocken zu bumsen.

Und doch schreibt sie dir Nachrichten, flüsterte eine verräterische kleine Stimme. *Und sie hat in der Küche auf deine Nähe reagiert.* Sonst hätte ich meinen Schwanz niemals gegen sie gedrückt. Es sei denn, ich hatte die Signale falsch gedeutet. Ihr gehauchtes Stöhnen falsch verstanden. Es war ja nicht so, dass ich viel Erfahrung darin hatte, Frauen zu lesen. *Mist.*

Meine Gedanken überschlugen sich, ein unmögliches Szenario jagte das nächste. Die Angst kroch über meine Brust wie schattenhafte Lianen und schnürte sie zusammen. Mit zitternden Händen las ich ihre Nachricht noch einmal. Ich kam da nur raus, wenn ich mich normal verhielt, so tat, als wäre nichts passiert. Und wenn sie mich ohrfeigte und eine Entschuldigung verlangte, wenn wir uns das nächste Mal gegenüberstanden, dann würde ich den Mut aufbringen, es über die Bühne zu bringen, selbst stotternd. Und gleich danach nach Neuseeland ziehen.

Was zum Teufel sollte ich in Neuseeland tun? Gab es dort überhaupt Whisky? *Na klar. Reiß dich zusammen.*

Mal:
Was ist aus deinen Plänen für
heute Abend geworden?

Ich hatte gehört, wie sie gestern Morgen vor der Scheune mit Juniper telefoniert hatte. Sie wollten ins Sheep's Heid.

Gut gemacht, das klingt ja überhaupt nicht creepy.

Ein einzelnes blaues Häkchen erschien, dann ein zweites. Sie hatte die Nachricht gelesen. In den nächsten dreißig Sekunden hielt ich das Handy so fest, als wäre es die letzte Planke eines sinkenden Schiffes. Drei Punkte erschienen. Mir stockte der Atem.

Prinzessin:
Junes neuer Hund aus dem Tierheim
hat sich noch nicht so gut eingelebt,
sie musste absagen.

Keine Ahnung, was das bedeutete. Es war mir auch egal.

Prinzessin:
Vielleicht schau ich
The Texas Chainsaw Massacre.

Mal:
Du hast gesagt, dass du bei
The Sixth Sense Angst gekriegt hast.

Prinzessin:
Ich sagte, ich fand es unheimlich.

Mal:
Wenn du das schon unheimlich fandest, glaub ich nicht, dass *Texas Chainsaw Massacre* was für dich ist.

Prinzessin:
MAL!!!

Prinzessin:
Es ist nur ein Film, wird schon nicht so schlimm sein.

16

April

Cherry Wine – Hozier

Ich hatte einen großen Fehler gemacht.

Einen. Riesen. Großen. Fehler.

Die Kettensäge brummte wieder. Ich zuckte zusammen und drückte mein Gesicht in ein Kissen, als die Schreie der armen Pam aus dem Fernsehbildschirm drangen und das dunkle Zimmer erfüllten. *Schauen sich Leute so was wirklich zum Spaß an?* Ich versuchte, die Bilder aus meinem Kopf zu bekommen und meinen Atem zu verlangsamen, bis die Szene vorbei war. Als Pam wieder schrie, hatte ich offiziell die Nase voll. Ich warf meine ganze emanzipierte Haltung über Bord, sprang übers Bett und griff nach meinem Telefon, um männliche Verstärkung zu rufen.

April:
Mal!!!

Meine Hände zitterten.

April:
Mal, hilf mir.

April:
SOS!!!

Es vergingen nur ein paar Sekunden, bis das Handy in meiner Hand klingelte.

»Geht's dir gut?« Er klang außer Atem.

»Nein«, piepste ich verlegen. »Ich brauche dich.«

»Ich bin auf dem Weg, Prinzessin. Was ist passiert?«

»Der Film! Das war ein Fehler, du hattest recht.«

»Der Film …« Er brach ab, dann wurde seine Stimme deutlicher. »*Himmel*, April, ich dachte, du wärst verletzt! Mach den Film einfach aus.«

»Ich kann nicht!«, schrie ich, wohl wissend, dass ich mich wie ein kleines Kind anhörte, war aber zu verängstigt, als dass es mir was ausmachte. Ich beging den großen Fehler, wieder auf den Bildschirm zu schauen. Pam, die arme, süße, naive Pam, wurde gerade auf einen Fleischhaken gespießt.

»Warum nicht?«

»Weil ich das Ende sehen muss … Hat es ein Happy End?«

»Nein, natürlich nicht! Es geht um eine Psycho-Familie von Kannibalen.«

»Das sind Kannibalen?« Meine Stimme schraubte sich in unvorstellbare Höhen.

»Schalt aus!«, befahl er mit ohrenbetäubender Stimme. Dudley steckte seinen kleinen Kopf aus dem Deckenhaufen.

»Ich kann nicht! Wenn ich das Ende nicht sehe, werde ich für immer Angst haben!«

Sein Seufzer war eine Erleichterung. Es fühlte sich ganz normal an, dass Mal meinetwegen frustriert war. »Oh Mann … na gut. Beweg dich nicht, ich bin gleich da.«

»Danke, Mal. Danke, danke, danke.« Die Leitung brach ab. Ich hielt meine Augen fest geschlossen, während ich wartete.

Zum Glück brauchte ich nicht lange zu warten. Kaum eine Minute später hörte ich seine Schritte bereits auf der Treppe. Die knarrende dritte Stufe hatte ihn verraten.

Dem Geräusch des Fernsehers folgend – oder vielleicht war es auch nur der Hundeinstinkt –, streckte Boy seine Nase ins Zimmer. Er kam schnüffelnd durch die Tür und hüpfte direkt auf das Bettende, als hätte er das schon tausendmal gemacht. Schließlich ließ er sich neben Dudley nieder, der sich auf den Rücken drehte.

Boys Besitzer blieb jedoch auf dem Treppenabsatz stehen und wagte sich nur zögerlich über die Türschwelle zu meinem Zimmer. Mir stockte der Atem. Es schienen Tage vergangen zu sein, seit ich ihn das letzte Mal gesehen hatte. Die Arbeit an der Website und die sozialen Medien hielten mich auf Trab. Außerdem hatte ich damit begonnen, den Verkostungsraum für die Veranstaltung nächste Woche herzurichten. Meine Augen verschlangen ihn daher förmlich, als ich ihn in meiner Tür stehen sah.

Plötzlich fragte ich mich, ob er im Laufe der Jahre jemals diesen Raum betreten hatte und ob ich ihn neugierig genug gemacht hatte, um hier herumzuschnüffeln. Die Art, wie sein Blick über die alten Tapeten und Filmplakate huschte, verriet mir, dass das nicht der Fall war. Schließlich wanderte sein Blick zum Bett. Zu mir. »Obwohl dich der Film so erschreckt hat, dass du mich sofort anrufen musstest, hast du nicht daran gedacht, die Hintertür abzuschließen?«

Damit hatte ich nicht gerechnet. »Hab's nicht vergessen. Ich hatte nur zu viel Angst, um runterzugehen und abzuschließen.«

»Schließ die verdammte Tür ab, April.« Seine Stimme war so schwerfällig wie sein Atem. Seine Wangen waren gerötet, sein Haar zerzaust und leicht feucht. War er gerannt?

Ja. Mein Instinkt gab mir die Antwort, von der ich wusste, dass er sie niemals zugeben würde. Ich lächelte in mich hinein. Mal begann sich um mich zu sorgen. Und sein Gemurre über die unverschlossene Tür war seine Art, das zu zeigen. »Mach ich«, antwortete ich ihm und zog die Decke noch mehr über mich. »Danke, dass du gekommen bist.« Er grunzte und beobachtete dabei meine Hände, wie sie die Bettdecke zurechtzogen. »Kommst du rein?«, fragte ich.

»Weiß ich noch nicht«, sagte er mit rauer Stimme. Plötzlich fühlte ich mich zwei Tage zurückversetzt, als ich in der Küche gestanden und seinen Schwanz an meinem unteren Rücken gespürt hatte.

Ein durchdringender Schrei aus dem Fernseher ließ meine Erinnerung verschwinden. Ich zuckte zusammen und drückte mir wieder das Kissen ins Gesicht. »Nein, nein, nein … was ist nur los mit diesen Leuten? Steigt doch einfach ins Auto und fahrt weg! Warum gehen sie immer wieder zurück?«

Er schnaufte wieder, diesmal klang es etwas näher. Ich hörte, wie er seine Stiefel auszog, und kurz darauf neigte sich das Bett unter dem Gewicht seines großen Körpers dramatisch zur Seite. Obwohl er mich nicht berührte, fing meine gesamte rechte Körperhälfte zu kribbeln an. Atemlos lauschte ich dem Rascheln der Bettlaken. »Ich dachte, du würdest übertreiben«, sagte er.

Ich drückte mein Gesicht weiter ins Kissen, bis es ganz dunkel war. »Ich hatte in meinem ganzen Leben noch nie so viel Angst.«

»Dann war das also nur ein bisschen übertrieben?«

»Bitte …«, stöhnte ich in gedämpftem Ton. »Könntest du das bitte nicht so genießen?«

»Glaubst du, es macht mir Spaß, dich so verängstigt zu sehen?« Das Bett senkte sich wieder, und ich spürte, wie er näher kam. Meine vorübergehende Neugierde war stärker als meine Angst, und ich drehte mein Gesicht ein wenig in seine Richtung. Mal lag auf der Bettdecke, gegen die Kissen gelehnt, und sah sanft und zufrieden aus. Er blickte mich an. In dem gedämpften Licht sahen seine Augen grau aus wie Sturmwolken. »Ich verspreche dir, mich nicht lustig zu machen. Ich frage mich nur, warum um alles in der Welt du dir das weiter ansiehst.«

»Das hab ich doch schon gesagt«, flüsterte ich. »Ich muss das Ende sehen, damit ich mir sicher sein kann, dass es vorbei ist.«

»Es gibt ungefähr fünf Fortsetzungen.«

Ich rollte mich zu einer Kugel zusammen und vergrub mein Gesicht wieder im Kissen. »Warum sagst du mir das?« Er lachte. Das war bereits das zweite Mal, dass ich sein Lachen hörte, es aber nicht sehen konnte. »Ich hasse dich.«

»Ich habe versucht, dich zu warnen!«

»Warne mich das nächste Mal noch besser! Sag: April, wenn du dir diesen Film ansiehst, wirst du dir in die Hose machen!«

»Hast du das etwa?«

»Nein!«

Er lachte wieder, mit tiefer und rauer Stimme. Entschlossen hob ich den Kopf, um ihn anzuschauen. Er lächelte, seine Augen waren geschlossen, die eine Hand hatte er an die Brust gepresst, sein Kopf war nach hinten geneigt und drückte das Kissen zusammen. Er ließ sich vollkommen gehen. Ihm dabei zuzusehen, fühlte sich sehr intim an. Würde es sich auch so befriedigend anfühlen, ihm beim Orgasmus zuzusehen?

Allein bei dem Gedanken spannte sich mein ganzer Körper an. Ich presste die Schenkel fest aneinander, während meine Brustwarzen zu festen Knospen schrumpften und an meinem dünnen Oberteil scheuerten. Irgendetwas schien wirklich nicht mit mir zu stimmen, denn während ich in meiner Lustwolke schwebte, drangen Filmgeräusche zu mir durch, die sich anhörten, als würde etwas Hartes mit einem ekelerregenden Schmatzen auf nacktes Fleisch treffen. Ich vergrub mein Gesicht wieder in meinem notdürftigen Sichtschutz. »Was passiert denn da gerade?«

»Das willst du nicht wissen.«

»Doch, das will ich, denn was ich mir vorstelle, ist wahrscheinlich viel schlimmer.«

»Dann schau doch selber.«

»*Mal!*« Er kapierte es einfach nicht.

»Schon gut, schon gut … Jerry wird mit einem Hammer erschlagen.«

Ich atmete langsam durch die Nase, um mich zu beruhigen. »Warum sollte jemand so einen Film machen? – Nein, besser gefragt: Warum sollte das jemandem *Spaß machen*?«

»Das ist wohl nicht der geeignete Zeitpunkt, um dir zu sagen, dass das Ganze auf einer wahren Geschichte beruht?«

Ich zitterte. Ich war buchstäblich am Zittern. »Dafür gibt es keinen geeigneten Zeitpunkt!«

Er kicherte wieder. Diesmal war ich zu verängstigt, um es zu genießen. Zu schnell, als dass ich es hätte verarbeiten können, schlang sich sein dicker Arm um meine Taille und zog mich an seine Seite. Sein frischer, zitrusartiger Duft berauschte meine Sinne. Meine Glieder versteiften sich, ich wusste nicht, wie ich mich in dieser Situation verhalten sollte. Ich wollte nicht, dass er sich unwohl fühlte oder dachte, dass er mir mehr als freundschaftlichen Trost schuldete, nur weil er hier in meinem Bett lag. Mal hatte sich offensichtlich besser unter Kontrolle als ich, denn seine Hand wanderte zu meiner nackten Schulter und übte sanften Druck aus, bis ich mich in seiner Armbeuge entspannte. Sein sich rasch auf und ab bewegender Brustkorb unter meiner Wange verriet mir jedoch, dass er scheinbar nicht so gelassen war, wie er vorgab. Ich öffnete die Augen.

Auf und ab.

Auf und ab.

Auf und ab.

Er griff mit der freien Hand hinter sich, tastete nach der Decke, die über dem Kopfteil hing, und breitete sie über uns beiden aus. »Besser?«

Ich grinste albern hinter dem Kissen hervor. »Ja.«

»Gut«, brummte er und wurde im Nu wieder zum griesgrämigen Mal. Aber als er mir mit der Hand über die Haare strich, hätte ich schwören können, dass sie zitterte. Ich schmiegte mich enger an ihn.

Nach einer Minute des Schweigens fragte ich: »Was passiert jetzt?«

»Sally wird zur Tankstelle gejagt.«

»Warum läuft sie denn da hin?«

Ich spürte sein Schnaufen bis in die Zehenspitzen. »Weil in Horrorfilmen alle Idioten sind.«

»Mal?«

»Ja?«

»Nerve ich dich?«

Er seufzte. »Nein.«

»Bist du sicher?«

»Ja!« Ich grinste wieder und war froh, dass er mich unter dem Kissen nicht sehen konnte. Trotz der Umstände genoss ich das gerade viel zu sehr. Die unmittelbare Nähe. Das mürrische Grollen in seiner Brust. Es war wohltuender Balsam für meine angespannten Nerven.

»Mal?«

»*Was*?«

»Warum hast du diesen Film überhaupt?«

Seine Brust hob und senkte sich. »Ich weiß es nicht.«

»Siehst du ihn dir einmal pro Woche an?«

»Nein.«

»Hast du schon mal getötet? Und wie wahrscheinlich ist es, dass du wieder töten wirst?«

»So, das war's …« Er versuchte aufzustehen. Ich schlang meine Arme um seine Taille und klammerte mich an ihn.

»Tut mir leid … Ich werd leise sein, versprochen. Bitte bleib.«

Sein Körper erstarrte einen Herzschlag lang, bevor er sich wieder ins Bett sinken ließ. Diesmal entspannte er sich nicht völlig – es fühlte sich mehr wie eine künstliche Entspannung an, eine Vortäuschung dessen, was er dachte, dass sein Körper tun sollte. Ich hielt meinen Arm fest um seine Taille geschlungen, meine Wange glitt auf seinen harten Bauch. Er ließ sich nichts anmerken, und ich auch nicht.

Während des restlichen Films hing seine Hand so weit nach unten über meine Schulter, dass seine Finger meinen trommelnden Puls kitzelten. Ich ließ mir nichts anmerken, und er auch nicht.

***

Schneller als mir lieb war begann der Abspann zu laufen, und mein Schlafzimmer wurde fast ganz dunkel. Ich hatte keine einzige Minute der zweiten Hälfte des Films gesehen. Irgendwann – vermutlich irritiert durch das ständige Zucken meines Körpers – hatte Mal die Lautstärke des Fernsehers heruntergedreht und damit begonnen, mir Kommentare ins Ohr zu flüstern. Ich hatte den Verdacht, dass er absichtlich einige der gruseligsten Stellen ausließ und manchmal auch einfach nur Mist erzählte, denn kurz vor dem Ende sagte er: »Leatherface ist tot. Sally und Franklin sind entkommen.« Das ergab aber keinen Sinn, wenn es wirklich fünf Fortsetzungen gab.

Während die Namen über den Bildschirm liefen, spürte ich ganz genau, als er sich auf einmal dessen bewusst wurde, wie eng unsere Körper aneinandergeschmiegt waren. Ich lag gerade halb auf seinem Schoß. Sein linkes Bein war unter die Decke geglitten, und mein rechtes Bein war um seines geschlungen, meine nackten Zehen an seine jeansbedeckte Wade gepresst. Er hörte auf, mit seinen rauen Fingerspitzen über mein Schlüsselbein zu fahren, und räusperte sich. Er schien aufbrechen zu wollen. Ich suchte nach einer Möglichkeit, ihn noch ein wenig länger zu halten.

»Wie war das damals, als es nur dich und Kier gab?«, platzte ich heraus. Ich hatte die Frage schon länger stellen wollen, war mir aber nicht sicher, ob er sie beantworten würde.

Er zögerte. »Du meinst … gegen Ende?«

»Ja«, flüsterte ich.

Er schwieg so lang, dass ich schon befürchtete, er würde für immer stumm bleiben. Und dann: »Manchmal war es traurig … eigentlich die meiste Zeit. Aber auch friedlich.«

»Friedlich?« Das konnte ich mir nicht vorstellen.

»Er hatte sich schon früh mit seinem Schicksal abgefunden … und nicht dagegen angekämpft, als er merkte, dass die Chemo erfolglos war. Die letzten Wochen verbrachte er damit, zu essen, was ihm schmeckte, und seine Lieblingsfilme zu schauen … vor allem deine. Er bekam starke Medikamente, sodass er nie große Schmerzen hatte.«

Das beruhigte mich wenig. »Und wenn es nicht friedlich war?«

»Dann war es schrecklich.« Seine Stimme versagte.

Der Schmerz, den ich all die Monate in meinem Herzen getragen hatte, dehnte sich aus, bis er meine gesamte Brust ausfüllte. Ich hatte das Gefühl, nicht mehr atmen zu können. Ich drückte ihn fester an mich. »Es tut mir so leid.«

Er drückte sein Gesicht in meine Haare. »Wo warst du, April?« Nachdem ich meine Frage gestellt hatte, konfrontierte er mich nun mit seiner. Die Frage, die er sich all die Wochen verkniffen hatte. »Wieso bist du nicht zurückgekommen?«

Meine Augen füllten sich mit Tränen. »Weil ich es nicht wusste.« Ich dachte, es würde eine Erleichterung sein, die Wahrheit auszusprechen, aber es fühlte sich wie eine Ausrede an.

»Er hat es dir nicht gesagt?« In seiner Stimme schwangen Überraschung und Skepsis mit.

»Nein.«

Sein Herz begann unter meiner Wange zu klopfen. »Das hat er mir aber gesagt. Als ich ihn direkt darauf angesprochen hab, hat er gemeint: Sie hat gesagt, dass sie zu viel zu tun hat.«

Oh Kier. Etwas Scharfes steckte in meiner Kehle. »Ich schwöre dir, ich habe nicht …«

»Ich weiß«, beruhigte er mich sofort. »Wenn ich so drüber nachdenke, dann sieht das Kier sehr ähnlich. Mist.« Er kniff die Augen zusammen. »Es tut mir so leid, was ich gesagt habe …«

Er verstand nicht, was ich sagen wollte. Ich versuchte mich aufzusetzen, aber wir blieben ineinander verschlungen. Meine linke Hand drückte flach gegen seine Brust, direkt oberhalb seines Herzens. »Ich hätte es *wissen* müssen. Ich hab ihn zwei Wochen vor seinem Tod angerufen, und er wirkte irgendwie seltsam. Als ich nachgefragt hab, meinte er nur, er hätte eine Erkältung oder so. Ich hätte mehr Druck machen sollen.«

»Du konntest es nicht wissen, solange er das nicht wollte.«

»Ich hätte ihn öfter besuchen können.« Er antwortete nicht, weil er nichts zu erwidern hatte, mit dem er mich hätte aufmuntern können. Ich hätte Kier öfter besuchen sollen, und wir beide wussten das.

Ich hätte Mal von dem Geld erzählen können, das der Grund für unsere Entfremdung gewesen war, aber das hätte ihn nur verletzt. Und nun, nachdem Kier nicht mehr da war, ärgerten mich das Glücksspiel und die Schulden nicht mehr so wie früher. Wenn ich jetzt daran dachte, empfand ich nur noch Trauer. Er musste von der Last seiner Sorgen erdrückt worden sein, hatte niemanden gehabt, an den er sich hätte wenden können. Weitere Tränen sammelten sich in meinen Augenwinkeln. Als hätte Mal sie gespürt, schaltete er das Licht auf dem Nachttisch an, sodass ich ihn sehen konnte. Der lavendelfarbene Schein des Lampenschirms überzog sein halbes Gesicht und ließ die Linie seines Wangenknochens wie ein Messer durch seinen gestutzten Bart schneiden. Er machte einen zufriedenen Eindruck, wie er da so mit zerzausten Haaren unter mir zwischen den Kissen lag. Am liebsten hätte ich seine Hände an den Metallrahmen gefesselt und ihn für immer hier festgehalten. Wenn er jede Nacht in meinem Bett läge, könnte ich mir sicher sein, dass ich nicht jeden Morgen mit demselben dumpfen Schmerz in der Brust aufwachen würde. Er würde jeden einsamen Gedanken aus meinem Kopf vertreiben, so wie er heute Nacht die bösen Monster in Schach gehalten hatte.

Er sah mich ebenfalls an. Sein Blick wanderte über meine Wangen zu meinen Lippen und meinen langen Hals hinunter. Was sah er, wenn er mich betrachtete? April Sinclair, den gescheiterten Filmstar? April Murphy, die gescheiterte Enkelin? Langsam bildeten sich einzelne Tränen, wie erste Regentropfen vor einem Wolkenbruch. Eine Warnung, in Deckung zu gehen. Ich schloss die Augen, weil ich den Moment nicht miterleben wollte, in dem er aus meinem Bett kletterte und ging. Mal konnte mit Emotionen nicht umgehen, schon gar nicht mit den unschönen.

Die Berührung an meiner Wange kam daher so unerwartet, dass ich beinahe schockartig zurückwich. Er stützte sich auf den Ellbogen. Seine Hand war so groß, dass sie fast die gesamte linke Seite meines Gesichts umfasste. Von schwerer Arbeit gezeichnete Finger gruben sich in das Haar an meiner Schläfe, während sein Daumen eine Linie von meinem Kinn bis zu meinem Augenwinkel zog und eine einzelne Träne auffing. Das Ziehen, das seine Hornhaut auf meiner Haut erzeugte, ließ mich erschauern. Er musste das für den Beginn eines Schluchzers gehalten haben, denn er rückte noch näher und beugte sein Knie, über dem noch immer mein Bein lag. Ich rutschte halb in seinen Schoß. Er war so groß, dass seine Lippen meinen Haaransatz hätten berühren können. Meine Kopfhaut begann zu kribbeln, als er sprach. »Wärst du zurückgekommen, wenn er dich darum gebeten hätte?«

»Natürlich.« Ich musste nicht einmal darüber nachdenken.

Seine Hand glitt zu meinem Kiefer, und sein Daumen landete auf meinem Mundwinkel. Plötzlich drückte er meinen Kopf nach hinten und sah mich an. Seine Augen bohrten sich in meine, und ich konnte gar nicht mehr richtig einatmen. So hatte er mich noch nie angesehen. So voll und ganz, als wollte er mir zeigen, dass ich seine ungeteilte Aufmerksamkeit hatte. »Mach dir keine Vorwürfe. Es war seine Entscheidung. Wir verstehen sie vielleicht nicht, aber er hat es so gewollt.«

Er hat es so gewollt.

»Was, wenn er mich nicht hier haben wollte, weil er mich nicht in seinem Leben haben wollte?« *Was, wenn er mich nie wirklich geliebt hat … so wie meine Mutter?*

Er überlegte sich seine Antwort sehr genau.

Das war eines der Dinge, die ich an ihm am liebsten mochte. Er redete nicht, um zu *reden*, sagte nicht das Erste, was ihm in den Sinn kam, wie die meisten Männer, die ich kannte. Wenn man ihm eine Frage stellte, dachte er darüber nach und nahm sich die Zeit, die sie verdiente. Die Antwort, die man erhielt, gefiel einem vielleicht nicht, aber man wusste, dass sie der Wahrheit entsprach.

»Er hat dich geliebt«, sagte er schließlich und traf damit den sprichwörtlichen Nagel auf den Kopf. »Er war so stolz auf dich.«

»Wirklich? Das hat er gesagt?«

»Er hat mich gezwungen, zehn Folgen dieser verdammten Tanzshow mit ihm anzuschauen. Das ist wohl Beweis genug.«

Kier hatte die Show gesehen? *Mal* hatte sie gesehen? Ich versuchte, mir die beiden im Familienzimmer mit einem Whisky in der Hand vorzustellen, während sie sich auf einen Samstagabend mit Pailletten und Gesellschaftstanz einstellten.

Ich lächelte, und er bemerkte es. Ein Kloß steckte in seinem Hals. »Worüber lächelst du?«

»Ich versuche, mir vorzustellen, wie du zu den Musikeinlagen der Show tanzt.«

»Ich tanze nicht.« Nein, das dachte ich mir schon.

Sein Blick fiel erneut auf meine Lippen, dann wieder auf meine Augen. Es war, als würde man einer gespannten Sprungfeder zusehen, die immer gedehnt und dann wieder losgelassen wird. Bei der nächsten Rückfederung erwischte ich seine Wange. Seine Finger umfassten immer noch mein Kinn, unsere Hände kreuzten sich. Sein Atem ging stoßweise, sein Brustkorb wölbte sich und berührte meinen, sodass ich winselte. Es war so lange her, seit ich jemanden auf diese Weise berührt hatte. Seit *mich* jemand berührt hatte. »Mal«, flüsterte ich und betete, dass diese eine Silbe alles ausdrücken würde, worum ich mich nicht zu bitten traute.

Ich spürte die Veränderung in ihm, noch bevor sie vor sich ging. Seine Gesichtszüge verwandelten sich und wurden entschlossener. Ich fühlte eine Spannung, die sich von seinen Schultern auf seine Arme übertrug und mich näher an ihn zog. Ich ließ mich gegen seine Brust fallen, umschlang seinen Nacken, schmiegte die Brüste an seinen festen Körper. Mit gespreizten Beinen setzte ich mich rittlings auf ihn. Eines seiner Beine blieb angewinkelt, sein Fuß fest auf der Matratze platziert. So saß ich direkt auf der V-Form seines Schoßes und ich spürte ... ich spürte alles. Das steinharte Glied, das er nicht mal versuchte zu verbergen, drückte entlang der Naht zwischen meinen Schenkeln. Ich biss mir auf die Lippe, um meine Reaktion zu unterdrücken. Mein Bauchgefühl sagte mir, dass ich nichts überstürzen sollte, denn seine Augen waren nicht mehr auf mich gerichtet, sondern zusammengekniffen. Seine Wangen und Ohren waren feuerrot gefärbt. Sein ganzer Körper zitterte.

»Mal …«, flüsterte ich. »Mal, ist das okay für dich?« Er nickte ruckartig und kniff die Augen noch fester zusammen.

Ich sollte mich bewegen, beschloss ich. Ich wollte mich zurückziehen, aber er packte mich und kam mir diesmal noch näher. Unsere Körper berührten sich überall. Er ließ seine Stirn auf meine sinken und hauchte. »Beweg dich nicht, Prinzessin … Bitte beweg dich nicht.« Ich spürte seinen rauen Atem auf meinen Lippen.

»Das werd ich nicht.« Meine Finger glitten in kreisenden Bewegungen über seinen Hals und seine Schultern. Erst in dem Moment, in dem seine Augen sich öffneten und unsere Blicke sich trafen, fing ich an, mich zu bewegen.

Ich näherte mich, bis unsere Münder nur noch eine Haaresbreite voneinander entfernt waren, und hielt inne, bereit, mich beim geringsten Anzeichen dafür, dass er das nicht wollte, zurückzuziehen.

Er leckte sich über die Lippen. Ich verringerte den Abstand und war überrascht, wie weich sie waren. Ich drängte nicht, verharrte in dieser Position und ließ ihn entscheiden, was als Nächstes geschehen sollte. Sein Stöhnen war tief und männlich. Sein Körper wurde unter meinem weich wie Schokolade, die in einem Ofen schmilzt – warm und süß und köstlich. Es war der zärtlichste erste Kuss meines Lebens. Der einzige, der jemals meine Augen und meine Nase zum Brennen gebracht hatte. Nach einer Ewigkeit zog ich mich zurück, bis nur noch unsere Lippen sich berührten. »War das gut so?« Ich hörte mich an, als wäre ich einen Marathon gerannt.

Er antwortete, indem er den Mund wieder auf meinen presste. Er wechselte so schnell die Gangart, dass ich einen

Moment brauchte, um mich zu fangen. Sein Mund glitt über meinen, seine Hände wanderten meinen Rücken hinauf, zitterten, drückten und streichelten, bis sie sich in meinen Haaren verfingen und er meinen Kopf nach hinten zog, sodass ich seine Zunge empfangen konnte.

Ich ließ mich von ihm führen und öffnete meine Lippen begierig, wodurch sich zum ersten Mal unsere Zungen berührten. Sinnlich glitt seine Zunge in meinen Mund und streifte die meine. Ich setzte mich auf meine Knie, um noch mehr von ihm aufnehmen zu können.

Ich hatte Zögerlichkeit erwartet. Ich hatte mehr Zärtlichkeit erwartet. Stattdessen erhielt ich gerade den *schmutzigsten* Kuss meines Lebens. Er war feucht und unkoordiniert. Ich merkte, dass er ungeübt war, aber was ihm an Können fehlte, machte er durch schiere Begeisterung wieder wett. Mal küsste mich, als würde unser beider Leben davon abhängen.

Im Handumdrehen hatte er mich auf dem Rücken. Seine Hände umfassten meine Taille, und er drehte mich, bis ich über die gesamte Breite des Bettes ausgestreckt war. Als er sein Gewicht gegen mich drückte, konnte ich gar nicht sagen, ob sich unsere Lippen jemals getrennt hatten.

Ich spreizte die Beine und zog ihn näher an mich heran, weil ich sein Gewicht spüren wollte. Er reagierte, indem er sich langsam und fest an mir rieb. Ich hätte beinahe aufgeschrien. Dann sagte er meinen Namen. *April. Prinzessin … ich brauche … verdammt … ich kann nicht atmen, wenn ich in deiner Nähe bin.*

Ich wollte ihm die Kleidung vom Leib reißen. Ich wollte ihn auf mir – in mir. Ich war bereit, darum zu betteln. Waren im Moment zuvor seine Zunge noch mit meinem Mund und seine Finger mit dem Bund meiner Shorts beschäftigt gewesen, kniete er im nächsten bereits über mir. Erst jetzt hörte ich, wie mein Handy schrill klingelte. Es fühlte sich an, als würde ich durch Schlamm waten und versuchen, mich daran zu erinnern, ob die letzten dreißig Sekunden wirklich stattgefunden hatten. Der Anblick von Mal, der zwischen meinen unanständig gespreizten Schenkeln kniete, bestätigte, dass es kein Traum war.

Das Handy hörte auf zu klingeln, und unser erhitztes Stöhnen erfüllte den Raum. Keiner von uns beiden bewegte sich. Sein Blick war weit weg, starrte direkt durch mich hindurch. Etwas in mir sackte dabei ein wenig zusammen. »Mal ...« Ich setzte zu einer Entschuldigung an und brach gleich wieder ab. Ich wollte mich nicht entschuldigen.

Der Klang meiner Stimme schien ihn aufzuscheuchen, und er sprang vom Bett auf. Dabei blieb sein Fuß an einem seiner verirrten Stiefel hängen, sodass er stolperte und beinahe hinfiel. Ich schoss in die Höhe und streckte die Hände nach dem zitternden Riesen aus, als würde ich ihn festhalten wollen. Aber er war bereits auf den Beinen, schnappte sich seine Stiefel und hielt nicht einmal inne, um sie anzuziehen.

Boy reckte seinen Kopf über das Fußende des Bettes, wo die beiden Hunde noch immer schläfrig aneinandergekuschelt waren und nichts von den weltbewegenden Ereignissen mitbekommen hatten, die sich gerade abgespielt hatten. Mal gab ihm ein Zeichen, woraufhin sich Boy wieder auf die Decke fallen ließ. Ich beobachtete, wie er mit dem Rücken zu mir an der Tür stehen blieb. »Ich sollte ... ich muss gehen.« Seine heisere Stimme hallte von der hohen Decke meines Zimmers wider, sodass er mich gleich doppelt zurückwies.

Ja, schon gut, ich hab's verstanden, dachte ich mir, ohne den Satz laut auszusprechen. Zum ersten Mal in meinem Leben war ich absolut sprachlos.

»Ich lasse Boy heute Nacht bei dir … um auf dich aufzupassen, meine ich«, sagte er, bevor er floh. Dieses Mal hörte ich nicht nur die dritte Stufe, sondern jedes einzelne ungebremste Aufsetzen seiner Füße auf der Treppe. Er, der sonst so trittsicher war, stürzte, fluchte und stolperte. Meine Ohren folgten ihm durch die Küche und zur Hintertür hinaus, bis alles still wurde.

Ich ließ mich zurück aufs Kissen fallen. »Was zum Teufel ist gerade passiert?« Immer noch hatte ich seinen frischen Duft in der Nase. Ich packte das Kissen und warf es quer durch den Raum. Als hätte er sich mit seinem Besitzer verbündet, drehte sich Boy auf den Rücken und furzte so laut und lang gezogen, dass Dudley davon aufgeschreckt wurde. Dann vergrub er sein Gesicht unter seiner Pfote. »Ihr seid mir ja zwei tolle Wachhunde.«

17

Mal

Us – James Bay

»Mom wird dich anrufen«, grunzte Callum, während er mit seinem Spaten den nassen Torfhaufen schaufelte und ihn in den Ofen warf.

Er war heute früh gekommen. Das Morgenlicht war noch trübe gewesen, als ich mich aus dem Bett geschleppt hatte, um ihn zu begrüßen. Sofern er über meinen Zustand überrascht war, ließ er es sich nicht anmerken, sondern erklärte nur, dass er für den Tag keine Termine habe und deshalb Arbeit brauchte. Das nahm ich ihm nicht ab. Er war einer der wenigen Tierärzte auf der Insel, die sich nicht auf Nutztiere spezialisiert hatten, und daher normalerweise sehr beschäftigt. Ich war schon mehrmals in seiner Praxis gewesen, und das Telefon hatte jedes Mal ununterbrochen geklingelt. Aber ich war nicht der Typ, der einem geschenkten Gaul ins Maul schaute, weshalb ich meinen Verdacht für mich behielt.

Wir arbeiteten schweigend und schnell. Callum war mit der Arbeit vertraut. Er kümmerte sich um den nassen Torf und ich um den trockenen, der in den Brennofen kam. Dieser Prozess würde das im Raum über uns gelagerte Getreide aromatisieren und trocknen und dem Whisky seinen einzigartigen Rauchgeschmack verleihen.

Trotz unserer effizienten Arbeit sehnte sich ein Teil von mir noch immer nach Aprils sonniger Präsenz. Das einzige Mal, als sie beim Trocknen geholfen hatte, hatte sie ständig die albernsten Fragen gestellt.

»*Was würde passieren, wenn ich zusammen mit dem Getreide eingesperrt werden würde?*«

»*Du würdest sterben, Prinzessin*«, hatte ich verwundert geantwortet. Das war doch total offensichtlich. Im Trockenraum herrschten Temperaturen von bis zu acht Grad Celsius.

»*Ja, aber wie?*«

Sie war wirklich neugierig, vielleicht weil sie wusste, dass ich mich für Anatomie interessierte. Also hatte ich geantwortet, so gut ich konnte. Sie hatte nur gegrinst und gesagt: »*Wie cool.*«

Kleiner Freak. Doch das war jetzt vorbei.

Bei dieser Erkenntnis schaufelte ich noch heftiger und begann zu schwitzen, als ich die ohnehin schon kleinen Brocken trockenen Torfs in noch kleinere Stücke brach. Das Feuer wurde immer heißer und schürte das innere Gefühlschaos, das ich jedes Mal in mir spürte, wenn ich an die letzte Nacht dachte. Wenn ich daran dachte, was ich getan hatte.

April hatte damit angefangen … gewissermaßen. Es war eher von beiden Seiten ausgegangen … aber ich war definitiv derjenige gewesen, der es beendet hatte. Ich war der Erste gewesen, der Kontakt aufgenommen hatte, indem ich sie an mich gezogen hatte, weil ich das drängende Bedürfnis verspürt hatte, sie auf irgendeine Weise zu berühren. Und sie so verängstigt zu sehen – sie zu trösten hatte sich gut angefühlt. *So verdammt richtig*.

Und dann hatte sie mich geküsst.

Ich konnte mir immer noch keinen Reim darauf machen. Ich hatte diesen Moment aus so vielen verschiedenen Blickwinkeln betrachtet und ihn so oft durchgespielt, dass ich jedes Detail aus meiner Erinnerung rekonstruieren konnte. Ich konnte es mir nur so erklären, dass sie wegen Kier aufgewühlt war und getröstet werden wollte. Und ich hatte alles kaputtgemacht, indem ich mich auf sie gestürzt hatte wie ein Verdurstender auf eine Oase in der Wüste.

Ich war wirklich in einer Wüste – einer sexuellen Wüste, wenn man so wollte. Ich hatte bereits so lange auf dem Trockenen gesessen, dass man schon gar nicht mehr von einem ungewöhnlich langen Sommer, sondern eher einem natürlichen Zustand reden konnte. Doch ich hatte mich daran gewöhnt. Ein paar Frauen hatten in der Vergangenheit mit mir geflirtet. Jasmine sogar erst vor ein paar Monaten. Ich hatte sie abgewiesen. Der Mangel an Gelegenheiten war hier nicht das Problem. *April* war das Problem. Dass ich sie über alle Maßen wollte, war das Problem. Und nun hatte ich bewiesen, dass man mir nicht mehr trauen konnte, wenn man sie mit mir allein ließ.

Heute Morgen war ich nicht zum Haus gegangen. Ich hatte Boy nicht abgeholt. Er war vor einer Stunde hier aufgetaucht, und ich wusste, dass sie ihn hergeschickt hatte. Callum fragte mich danach, während ich mich bückte, um Boy einen Klaps zu geben, und ich antwortete ehrlich, dass er die Nacht im Herrenhaus verbracht hatte. Ich war zu verwirrt, um auch nur ans Lügen zu denken. Zum Glück hatte ich genug Verstand, um nicht zu erwähnen, dass ich die dort wohnende weltberühmte Schauspielerin beinahe gevögelt hätte und bereits in meiner Hose gekommen war, als ich mich entschlossen hatte zu gehen. Diese schamvolle Episode würde ich für mich behalten.

»Konntest dich nicht losreißen, was?« Einen Moment lang dachte ich, Callum würde mit mir sprechen, doch dann strich er über Boys Wangen und fuhr fort. »Kann ich dir nicht verübeln.« Eifersucht flammte mir wie Drachenfeuer die Kehle hoch, doch ich konnte es gerade noch unterdrücken. Natürlich war er an April interessiert. Sogar mein Hund war in sie vernarrt. Waren es die vielen Erdnussbutter-Leckerlis, die sie in ihren Taschen hatte, oder die grünen Augen, die ihn anzogen? Wie auch immer, wir hatten einen gefährlich ähnlichen Geschmack.

Ich merkte, wie Callums Blick auf mir ruhte, hielt inne und wischte mir den Schweiß von der Stirn. »Ich sagte, Mum wird dich heute anrufen.« Er griff nach seiner metallenen Wasserflasche und nahm einen großen Schluck. Dann reichte er sie mir.

»Warum?« Ich wischte mir mit dem Handrücken über den Mund und schmeckte den Torf auf meinen Lippen.

»Was glaubst du denn?« Er gab mir keine Gelegenheit zu antworten. »Wegen dem Mittagessen am Samstag. Du warst seit über einem Monat nicht mehr dort.«

Aus gutem Grund. Das sagte ich ihm aber nicht. »Ich hatte viel zu tun«, murmelte ich.

»Zu viel, um Mum zu beweisen, dass du noch lebst? Wann hast du überhaupt das letzte Mal angerufen?« Ich zuckte zusammen. Ich liebte meine Mutter über alles, aber die gab es nur im Doppelpack mit meinem Vater. »Ich will dir kein schlechtes Gewissen machen«, sagte er und las damit meinen Gesichtsausdruck auf eine Art, die ich hasste.

»Ach, wirklich?« Wann war ich so durchschaubar geworden? Die Antwort saß hundert Meter entfernt und renovierte liebevoll den Verkostungsraum für die Veranstaltung nächste Woche.

»Ich sag nur, wie es ist.« Er ließ die Schaufel wieder fallen, drehte sich zu mir um und strich sein schweißnasses Haar zurück. »Komm einfach zum Mittagessen, dann hast du wieder für mindestens einen Monat deine Ruhe.«

Ich hasste es, wenn er so tat, als wäre es eine lästige Pflicht für mich, Zeit mit meiner Familie zu verbringen. Aber die Wahrheit war, dass es sich manchmal tatsächlich so anfühlte. Ich wollte sagen, dass es nichts Persönliches war, dass ich mich in *jeder* größeren Gruppe von Menschen nach einer Stunde fühlte, als müsste ich eine ganze Woche lang schlafen. Aber ich wusste nicht, wie, also sagte ich nur: »Na gut.«

Er nickte kurz. »Gut. Du solltest sie zuerst anrufen, sie wird das zu schätzen wissen.«

Oh Gott. Ich zog mein Handy aus der Tasche und wedelte damit heftig vor seiner Nase herum, bevor ich wählte. Er lächelte zustimmend und wies mit dem Kinn Richtung Tür. Nach dem dritten Klingeln nahm sie ab. »Ist das etwa mein scheuer kleiner Junge?«

Schuldgefühle durchzuckten mich. »Hey, Mum. Entschuldige …«

»Ach komm, lass.« Bei ihr hatte ich mich noch nie für meine Macken entschuldigen müssen. »Callum hat dir von dem Essen am Samstag erzählt?«

Davon erzählt, als ob ich nicht wüsste, dass das Essen jede verdammte Woche stattfand. Sie gab mir eine Ausrede an die Hand, die ich nicht verdiente. »Aye.« Ich räusperte mich. »Ich werd da sein.«

»Gut, das ist gut, Mal. Dein Vater und ich können es kaum erwarten, dich zu sehen.«

Dein Vater und ich. Ich starrte in die Flammen und hörte dem Knistern zu, während sie mir von dem neuen künstlerischen Auftrag erzählte, an dem sie gerade arbeitete. Ich hörte kaum ein Wort davon. Da sie wusste, dass ich es hasste, am Telefon zu reden, hielt sie mich nicht lange auf und beendete das Gespräch mit der Aussicht, in ein paar Tagen alles genauer besprechen zu können. Kaum hatte ich aufgelegt, hörte ich von draußen Stimmengewirr.

Ewan arbeitete erst später am Nachmittag, weshalb die Stimmen nur zwei Personen gehören konnten. Jeder Gedanke, April aus dem Weg zu gehen, war wie weggeblasen, und ich trat nach draußen in die schwüle Luft, ehe ich genauer darüber nachdenken konnte, was ich da überhaupt tat. Was ich überhaupt sagen würde.

Mein Bruder und April standen dicht beieinander und lachten verschwörerisch. Mit einem charmanten Lächeln auf den Lippen beobachtete er, wie sie den Kopf zurückwarf und ihren langen, majestätischen Hals entblößte.

Ich stampfte zu ihnen hinüber, wodurch die Kieselsteine unter meinen Stiefeln in alle Richtungen hüpften. »Was macht ihr hier draußen?«

»Ich mach nur eine kleine Pause«, erklärte sie, während Callum ihr Gespräch fortsetzte.

»Natürlich kann ich das, Kleines. Es macht mir keine Mühe.«

»Natürlich kannst du was?« Ich wusste, dass ich ein selbstherrlicher Arsch war, aber ich konnte nicht damit aufhören.

»Dein Bruder hat mir freundlicherweise angeboten, einige Regale im Verkostungsraum aufzubauen«, antwortete April.

»Regale?« Sie hatte keine Regale erwähnt.

»Ich hab letzte Woche welche bestellt, ich will die Flaschen hinter der Bar dort aufbewahren. Sie wurden gerade geliefert.«

Callums Hand tastete nach meiner Schulter und drückte fest zu. »Und ich meinte, ich würde gerne helfen, solange mein Bruder nichts dagegen hat, mir sein Werkzeug zu leihen.« Er zwinkerte April zu, und sie lachte und rollte mit den Augen.

Es war diese winzige – wahrscheinlich unbewusste – Reaktion, die mir Gewissheit gab. Ich hätte sie nie küssen dürfen. Gegen meinen so offensichtlich an ihr interessierten Bruder hatte ich keine Chance. Also nickte ich nur. Meine nächsten Worte schmeckten wie Asche in meinem Mund. »Natürlich ... du solltest ihr auf jeden Fall dabei helfen.«

April trug eine dunkle Sonnenbrille, aber ich spürte ihren Blick wie ein Brandmal, das heißer als der Brennofen war, neben dem ich die letzten dreißig Minuten gearbeitet hatte. »Vielleicht könntest du es mir beibringen«, sagte sie schließlich zu Callum. »Ich würde das gerne lernen.« Die Nacht, in der ich ihr das Feuermachen beigebracht hatte, kam mir in den Sinn, gefolgt von all den Momenten, die wir gemeinsam in der Brennerei verbracht hatten. Was könnte ich ihr noch beibringen, wenn sie es mir erlaubte? Ich verspürte einen starken Drang, sie zu verwöhnen und mich um sie zu kümmern. So etwas hatte ich in der Form bei noch niemand anderem gespürt. Und gleichzeitig wollte ich sie unter Druck setzen und sehen, wie viel sie aushalten konnte.

»Alles klar, Kleines. Gib mir dreißig Minuten, dann bin ich hier fertig.«

Sie schenkte ihm dieses Hollywood-Lächeln, und wir sahen ihr beide hinterher, wie sie wegging. »Ihr zwei kommt scheinbar immer noch nicht miteinander klar«, meinte Callum, als sie außer Sichtweite war.

Ich zwang mich zu einem neutralen Gesichtsausdruck.

»Alles bestens. Wir verbringen gar nicht genug Zeit miteinander, als dass es eine große Rolle spielen würde.«

Er kratzte sich am Kinn und beobachtete mich genau. »Du bist also nicht an ihr interessiert?«

Die Bestätigung, dass *er* es war, traf mich in den Magen wie eine eiserne Faust. »Nein.«

Er grinste, und es wirkte so mühelos, so charmant. Ich hatte sein Lächeln nie mehr gehasst. »Dann macht es dir nichts aus, wenn ich einen Versuch starte? Es kommt nicht oft vor, dass wir eine solche Frau auf der Insel haben.« Seine Faust schlug gegen meinen Bizeps, und ich starrte auf die Stelle hinunter, die sie getroffen hatte. »Mann, sie war so heiß in diesem Film … wie hieß er noch gleich? Du weißt schon, der Apokalypse-Film, in dem sie sich an einer ganzen Stadt von Männern rächen will, die ihre Schwester ermordet haben …« Er schnippte mit den Fingern.

»*The Only Girl In Town*«, sagte ich.

»Ja, genau! In dem Film hat sie es richtig krachen lassen.« Er schien die Spannung, die sich in meinem Körper ausbreitete, nicht zu bemerken. Wir hatten uns nicht mehr gestritten, seit ich ihn mit zehn Jahren dabei erwischt hatte, wie er meine Comics gestohlen hatte, aber in diesem Moment wollte ich ihn am liebsten verprügeln. Callum mochte viele Frauen daten, aber er war eigentlich immer respektvoll. War es, weil April berühmt war, dass er dachte, er konnte sagen, was er wollte?

Ich ballte die Fäuste und richtete mich zu meiner vollen Größe auf. »Halt die Klappe. Sie ist immer noch Kiers Enkelin.« Ein nicht sehr gelungener Versuch, ihn dazu zu bringen, den Mund zu halten. Es war sexistisch, den Respekt vor ihr mit dem Respekt vor Kier zu verbinden, aber ich wusste nicht, wie ich ihn sonst zum Schweigen bringen konnte, ohne dass er noch mehr nachfragte.

Als er fragend die Augenbrauen hochzog, tat ich das, was jeder Erwachsene tun würde: Ich zeigte ihm den Mittelfinger und stürmte davon.

***

»Leg das nicht so hin, Schatz. Du weißt doch, dass dein Vater sein Besteck gerne auf der linken Seite hat.« Meine Hände hielten über dem gedeckten Tisch inne und ordneten das Besteck neu, bis es auf der linken Seite lag. Ich war erst seit dreißig Minuten im malerischen Cottage meiner Eltern am anderen Ende von Kinleith und wäre am liebsten schon wieder abgehauen. Dabei war mein Vater noch gar nicht aufgetaucht.

Als der Tisch gedeckt war, stellte ich die rosa Entschuldigungstulpen, die ich auf dem Weg hierher gekauft hatte, in eine Vase und goss Wasser hinein. Nur ich und Mum waren da. Callum war damit beschäftigt, die Dachrinne im Garten von Laub zu befreien, weil Dad nicht mehr sicher auf eine Leiter klettern konnte. Ich drehte den Wasserhahn zu und trug die Vase zum Tisch. Ich stellte sie in die Mitte, neben den frischen griechischen Salat und das aufgeschnittene Brot. »Wo ist Dad eigentlich?«

»Draußen im Gewächshaus. Seit er in Rente ist, verbringt er viel Zeit dort.« Er war schon seit fast sechs Jahren im Ruhestand, aber Mum sprach immer noch davon, als wäre er erst letzte Woche in Rente gegangen. »Er ist viel ruhiger geworden. Ich glaub, es liegt an der frischen Luft«, fuhr sie gut gelaunt fort, und ihr tadellos frisiertes Haar wippte fröhlich mit, während sie mir um den Tisch herum folgte. *Immer versucht sie, eine Brücke zwischen uns zu bauen*, dachte ich. Nachdem es in den ersten zweiunddreißig Jahren meines Lebens nicht geklappt hatte, konnte ich mir nicht vorstellen, dass sich daran jetzt etwas ändern würde.

Sie ging zurück in die kleine, aber fein eingerichtete Küche und kam mit einem Krug Limonade, einem weiteren Gedeck und einem zusätzlichen Satz Besteck zurück. Sie rückte das andere Geschirr weiter nach unten und legte das neue ans Tischende. »Warum deckst du extra?«, fragte ich und zählte noch einmal nach, um sicherzugehen, dass ich niemanden vergessen hatte. Mum und Dad an beiden Enden. Callum und ich auf der linken Seite. Heather, Ava und Emily auf der rechten Seite.

»Oh, hat sie es dir nicht gesagt? Heather bringt eine Freundin mit. Du erinnerst dich sicher an Kiers Enkelin. Sie ist weggezogen, um Sängerin zu werden.«

»Schauspielerin.« Mein Herz pochte. »April ist eine Schauspielerin, Mum.«

»Genau die meine ich.« Sie strahlte, und in ihren Augenwinkeln bildeten sich leichte Fältchen. Der einzige Hinweis darauf, dass sie schon fünfundsechzig Jahre alt war. »Sie war schon immer ein reizendes Mädchen.« Noch bevor ich die Erkenntnis verarbeiten konnte, dass April zum Essen kam, hupte draußen ein Auto. Sekunden später kamen die Zwillinge hereingestürzt, umarmten meine Mutter und schlangen ihre winzigen Arme um meine Beine. Sie steckten gerade in der Imitationsphase. Sie hatten beide die gleichen Zwillingszöpfe, die gleichen rosa Sommerkleider, ja sogar die gleichen Zahnlücken (letzte Woche waren beiden zwei Vorderzähne ausgefallen).

»Onkel Mal, Onkel Mal … wir hatten Besuch von der Zahnfee!« Sie hüpften auf und ab.

»Ach ja?« Ich ging in die Hocke. »Und was bekommt man heutzutage für einen Zahn?«

»Eine Million Pfund!«, rief Ava, öffnete die winzige Handtasche, die sie sich um das Handgelenk geschnallt hatte, und hielt sie mir vor die Nase. Dutzende von Kupfermünzen klapperten darin.

Ich bin mir nicht sicher, was es war, aber ich musste irgendetwas gemurmelt haben, denn plötzlich rannte meine Nichte los. Mein Blick blieb an April haften. Wie ein Gemälde stand sie in meinem Elternhaus, einen Strauß weißer Blumen vor die Brust gedrückt. Sie trug ein kurzes zitronengelbes Sommerkleid, das ihre perfekten Kurven umschmeichelte; die Haare halb zurückgebunden, das Gesicht ungeschminkt und strahlend. Meine Mutter eilte herbei, um sie zu begrüßen. Ich verstand kein Wort von dem Gespräch. Ich wusste, dass ich ab diesem Moment vom Rest des Nachmittags nicht mehr viel mitbekommen würde.

Callum kam als Nächster durch die Seitentür herein und küsste jeden Neuankömmling auf die Wange. Als er April erreichte, umfasste er ihre Taille und hielt sie länger umfasst, als es der Anstand eigentlich gebot. Ich beobachtete den gesamten Austausch zwischen den beiden. Wir saßen gerade am Tisch, als mein Vater hereinkam, aber ich bemerkte es kaum, denn April saß mir direkt gegenüber, und wie hypnotisiert beobachtete ich sie dabei, wie sie ein Brokkoliröschen nach dem anderen in ihren Mund schob. Wie sich ihre Lippen spitzten, wenn sie an ihrer Limonade nippte. Mein Starren war zu auffällig. Ich sprach kaum ein Wort mit jemandem. Ich konnte meinen Blick kaum von ihr abwenden.

Erst als April mich direkt ansah, registrierte ich, dass jemand meinen Namen gesagt hatte. Mein Vater. »Bist du jetzt auch noch taub, Malcolm?« April zuckte zusammen und wurde kreidebleich. Sie sah verwirrt aus.

»Dad«, sagte Callum warnend.

Ich räusperte mich und richtete meinen Blick auf den Mann, der am Kopfende des Tisches saß. Er war nicht ganz so groß wie seine Söhne, doch seine Autorität in diesem Haus war noch immer unangefochten. Vielleicht war das der alte Feldwebel in ihm. »Nein, Dad. Tut mir leid, ich hab dich nicht gehört«, sagte ich.

»Ich hab gefragt, ob du mittlerweile einen anständigen Job hast.«

»Jim …«, sagte meine Mutter in traurigem Tonfall, aber zu leise, um etwas auszurichten. Meine Gedanken überschlugen sich, meine Brust wurde eng, und ich verschränkte die Finger unter dem Tisch.

»Wenn Kier dir ab und zu einen Tag frei geben würde, hättest du vielleicht die Zeit, um dich nach etwas anderem umzusehen.« Mein Vater plapperte weiter, den Blick stur auf den Teller gerichtet, als hätte Mutter nichts gesagt. Ich spürte, wie April sich anspannte. »In unserer Praxis können wir immer Hilfe gebrauchen. Man bekäme zwar nicht das Gehalt eines Arztes, aber es ist eine anständige Arbeit. Ich werde am Montag bei der Arbeit ein Wort für dich einlegen.«

»Arbeit?«, warf Heather ein und schenkte sich verwirrt ein weiteres Glas Limonade ein. »Du arbeitest schon seit Jahren nicht mehr in der Praxis.«

»Er meint die Freiwilligenarbeit«, schaltete Mum sich schnell mit einem strahlenden Lächeln ein. »Er hilft einmal im Monat in der Anlaufstelle.«

»Und Kier …« Callum warf April einen Blick zu. »Du weißt doch das mit Kier, Dad.«

Dads Besteck knallte auf den Teller. Alle sahen ihn an. Sogar die Zwillinge hörten auf zu flüstern. »Keine Widerrede an meinem Tisch, *Junge*.« Dad sprach zu Callum in einem Ton, den ich seit Jahren nicht mehr von ihm gehört hatte. Seine Augen waren glasig, als würde er durch ihn hindurchsehen.

Callum murmelte etwas vor sich hin und wollte antworten, aber es war Aprils süße Stimme, die die Spannung durchbrach. »Das ist aber ein schönes Bild, Iris.« Sie wies mit dem Kinn auf die große Leinwand, die hinter mir hing. »Ist es eins von deinen?«

Meine Mutter fasste sich, und noch bevor jemand sie aufhalten konnte, sagte sie: »Ja, Liebes, das ist meine Vulva.«

April verschluckte sich an ihrer Limonade, und Tränen traten ihr in die Augen. Heather und Callum kicherten, und ich wäre fast über den Tisch gesprungen, um ihr den Heimlich-Griff zu verpassen.

»Tut mir leid.« April kicherte und wischte sich die Tränen aus den Augen. »Mit dieser Antwort hatte ich nicht gerechnet.«

»Was ist eine Bulva?«, meldete sich Emily vom anderen Ende des Tisches. Callum kicherte wieder.

»Du weißt, was eine Vulva ist«, begann meine Mutter zu erklären. Als mein Vater ihr einen warnenden Blick zuwarf, winkte sie ihn einfach ab. »Der weibliche Körper ist ein Wunder der Natur. Es ist wichtig, dass wir ihn schätzen.«

»Hört, hört«, jubelte Callum und hob sein Glas.

»Iris«, warnte Dad erneut. Meine Eltern waren so verschieden, dass ich mich zum millionsten Mal fragte, wie eine freiheitsliebende Hippiefrau, die auf Skye einen Kunstkurs absolviert hatte, mit einem mürrischen Ex-Soldaten und Hausarzt zusammenkommen konnte.

Meine Mutter zeigte nach hinten über ihre Schulter. »Diese Vagina hat vier Kinder auf die Welt gebracht.«

»Stimmt.« April kicherte wieder. Es war so wohltuend. Ich konnte fühlen, wie sich das Seil um meine Brust ein wenig lockerte. Und bei der Vorstellung, dass sie das nur für mich tat, lockerte es sich noch ein wenig mehr.

Meine Mutter stocherte in ihren Nudeln. »April, du hast einen wunderschönen Körper. Ich würde dich gerne malen.«

Diesmal war ich es, der sich verschluckte. Mein Knie schlug so hart gegen den Tisch, dass alle Teller klirrten. Aprils Wangen bekamen eine hübsche rote Farbe. Sie sah tatsächlich so aus, als würde sie es in Erwägung ziehen. *Heilige Scheiße.*

»Darf ich drüber nachdenken?«, entschied sie schließlich.

»Natürlich.« Meine Mutter schaufelte sich noch mehr Nudeln in den Mund, als würde sie sich auf eine Zahnreinigung vorbereiten. Ich war schweißgebadet. Heather fluchte und versuchte, die Erbsen aus Emilys Nase herauszuziehen. Callum versteckte sein Grinsen hinter seinem Glas, und mein Vater … blickte nicht einmal von seinem Teller auf.

18

April

Love like this – Kodaline

»Willst du dich wirklich von meiner Mutter malen lassen?«

Ich schnaubte und nahm einen weiteren Schluck von der sauren Limonade. »Natürlich nicht.« Ich unterstützte es, wenn Frauen freizügig mit ihrem Körper umgingen – ich selbst hatte mich für die Kamera schon öfter nackt ausgezogen, als ich zählen konnte –, aber es gab einige intime Dinge, die ich nicht teilen wollte. Ich fuhr mit einem Finger über den schwitzenden Rand meines Glases, um die Kondensationsperlen aufzufangen. Heather und ich saßen unter einem Sonnenschirm im Garten ihrer Eltern. Hinter uns dufteten die Lavendelbüsche. Ich nahm mir einen Moment Zeit, um das Summen der Bienen zwischen den Stängeln zu genießen, während die Zwillinge sich gegenseitig mit Wasserpistolen bespritzten und dabei immer wieder fröhlich kreischten.

Es war alles Callums Schuld. Ich hatte mein Bestes getan, um nicht hinter meiner Sonnenbrille in seine Richtung zu starren, als die beeindruckenden Konturen seiner Brust sich unter seinem weißen T-Shirt abzeichneten. Mag sein, dass ich *ganz zufällig* aus reiner, unschuldiger Neugierde kurz mal hingeschaut hatte. Wer hätte gedacht, dass ein Landtierarzt so gut in Form sein musste? Er war ein hübscher Kerl, aber er löste nicht wirklich was in mir aus.

Selbst im Schatten war es brütend heiß, aber ich genoss die Schwüle. So konnte ich die steigende Spannung in meinem Körper auf die anhaltende Hitzewelle schieben und nicht darauf, wie Mal mich seit dem Moment, in dem ich zur Tür hereingekommen war, wie ein heißer, wütender Falke beobachtet hatte. Wobei mir schleierhaft war, wieso. Anfangs sagte ich mir, dass ich mir das nur einbildete. Anders konnte ich mir nicht erklären, warum er mir seit unserem Kuss aus dem Weg gegangen war. Warum er mich an dem Morgen, als Callum die neuen Regale im Verkostungsraum aufgebaut hatte, so deutlich abgewiesen hatte. Ich konnte mir keinen Reim darauf machen. Während des Mittagessens sah ich, wie Heather und Iris sich wissend anlächelten, und ich wusste, dass sie es auch bemerkt hatten.

Ich hätte nicht kommen sollen. Aber ich konnte mich auch nicht dazu durchringen, zu gehen. Ich hatte mich die Woche über ohne Mal und Boy sehr einsam gefühlt, und die bloße Vorstellung, heute Abend wieder allein zum Herrenhaus zurückzugehen, mit nichts als meinem Handy und meinen Apps als Gesellschaft, bereitete mir ein flaues Gefühl im Magen.

Ich räkelte mich auf der weichen Decke und streckte meine Beine, bis ich mit den nackten Zehen das Gras berührte. »Willst du heute Abend im Pub was trinken gehen?«, fragte ich Heather. Das hätte ich zumindest getan, wenn ich in London gewesen wäre. Eine Einladung zu irgendeiner Veranstaltung annehmen, trinken und tanzen, um das Loch in meiner Brust vorübergehend zu stopfen.

»Ich wünschte, ich könnte, aber ich muss eine zusätzliche Schicht übernehmen. Die Mädchen schlafen heute Nacht hier.« Es gefiel mir gar nicht, dass meine Freundin sich um jede Schicht bemühte, die sie kriegen konnte. Es musste doch etwas Besseres für sie geben, etwas mit geregelten Arbeitszeiten und guter Bezahlung, das sie nicht davon abhielt, Zeit mit ihren Mädchen zu verbringen. »Aber geh du doch, und nimm June mit. Und falls alles ruhig sein sollte, kann ich später auf einen Drink dazustoßen.«

»Das ist eine gute Idee.« Ich wollte gerade nach meiner Tasche greifen, als sich ein Schatten über mich legte.

»Was ist eine gute Idee?« Zwar berührte Mal mit seinen Stiefeln meine Zehen, aber er sprach nicht zu mir, sondern zu seiner Schwester.

Sie schirmte ihre Augen gegen die Sonne ab und lächelte zu ihm hoch. »April kommt heute Abend ins Pub.«

Sein Gesichtsausdruck veränderte sich so schnell, dass ich daraus nichts ablesen konnte. Das machte mich wahnsinnig. »Samstagabends kann es da recht ungemütlich werden.«

Heather lachte. »Wir reden hier vom Sheep's Heid, nicht von einem Stripclub.«

»Gibt es auf Skye einen Stripclub?«, fragte ich und täuschte Interesse vor. Mal würdigte mich keines Blickes, sondern warf nur eine scharfe Bemerkung in meine Richtung.

»Auf der Insel wimmelt es zurzeit von Touristen.« Touristen, die mich erkennen könnten, meinte er wohl.

Die Idee gefiel mir nicht, aber mein Selbstmitleid war in diesem Moment stark genug, dass ich mich nicht groß darum kümmerte. »Dann ist es ja gut, dass ich gerne neue Leute kennenlerne«, erwiderte ich.

Die Sonnenhitze war nichts gegen Mals stechenden Blick. *Gut so.* Ich spürte ein Flattern in meiner Brust, dieselbe Art von Flattern, die mich überkam, wenn ich vor eine Kamera trat. Ich sah ihm direkt in die Augen, während ich mein Handy aus der Tasche holte und Junes Nummer suchte. »Ich werde ihr schreiben, dass wir uns heute Abend um neun Uhr treffen«, sagte ich zu Heather. Wir wussten alle, dass meine Worte an Mal gerichtet waren. Er blieb stumm und rührte sich nicht, als ich die Nachricht abschickte und sofort eine Bestätigung von June bekam.

»Perfekt.« Heather erhob sich und schob ihre Füße in die Sandalen. »Ich muss los, ich brauche ne Dusche, bevor meine Schicht losgeht. Wir sehen uns später.« Sie stellte sich auf die Zehenspitzen und küsste ihren Bruder auf die Wange. Ich hätte schwören können, dass sie flüsterte: »Sei brav«, bevor sie zu den Mädchen rüberging, um sich zu verabschieden.

Und dann waren nur noch er und ich übrig.

Ich rechnete fast damit, dass er noch mehr sagen und versuchen würde, mich zu überreden, nicht ins Pub zu gehen, aber er stand nur da und beobachtete mich mit seinem charakteristischen intensiven Blick, wie ich ausgestreckt auf der Decke lag. Normalerweise genoss ich es, so angeschaut zu werden und etwas Bissiges zu sagen oder zu flirten, um ihn zum Erröten zu bringen. Aber ich wusste, worauf er wartete. »Wegen neulich Abend …«

»Nein«, unterbrach er mich und streckte eine zitternde Hand aus, als könnte er mich damit abwehren. Aber ich musste es aussprechen. Ich brauchte eine Antwort auf die Fragen, die in meinem Kopf herumschwirrten, seitdem er aus meinem Bett gestolpert war.

Ich ging in die Knie, eine unbeabsichtigte Bewegung, die den Anschein erweckte, als würde ich betteln. Seine Nasenflügel blähten sich auf, und ich wusste, dass auch er diesen

Eindruck hatte. »Es tut mir leid, wenn ich zu weit gegangen bin … Wenn ich was getan hab, was dir unangenehm war.«

Seine Augen weiteten sich einen Moment lang beinahe entsetzt, bevor er sie wieder unter Kontrolle brachte. Manchmal fand ich es geradezu erschreckend, wie gut dieser Mann seine Gefühle verbergen konnte. »Du hast *nichts* getan, was ich nicht wollte.« Er drückte es sehr deutlich aus – *er hatte mich gewollt.* »Aber es hätte trotzdem nicht passieren dürfen.«

Ich wollte ihn gerade nach dem Grund dafür fragen, da ich nicht verstand, was daran so schlimm sein sollte, wenn zwei erwachsene Menschen, die sich mochten, miteinander Spaß hatten, als Ava angerannt kam. Sie stürzte sich auf die Decke, breitete ihre Hände und Füße aus wie ein Seestern und bespritzte mich und ihren Onkel mit Wassertropfen. »Ich bin so müde«, murmelte sie wie eine Achtzigjährige. Ihre Wangen waren kirschrot vom Laufen.

Lachend ließ ich mich neben ihr nieder, sodass wir Schulter an Schulter lagen. »Ich glaub, das bedeutet, dass es Zeit für mehr Eis ist.«

Sie riss ihre kleinen braunen Augen auf und schaute zu Malcolm, der wahren Autoritätsperson. »Eis? Darf ich, Onkel Mal?«

Er lächelte sanft. »Oma hat nur noch Minz-Schokolade, und du hasst Minz-Schokolade.«

Sie ballte die Fäuste. »Nein, tu ich nicht!«

Er tippte sich mit seinem langen Finger auf die Lippe. »Ich erinnere mich, dass du gesagt hast, dass alle kleinen Mädchen Minz-Schokoladeneis hassen und Onkel Mal alles essen darf.«

»Nein!«, brüllte sie wieder, aber sie kicherte, als er ihren nassen kleinen Körper auf seine Schultern hob.

Im nächsten Moment erschien auch Emily, die ebenso nass war und deren dunkle Locken an ihren Wangen klebten. Sie hüpfte auf und ab und rief: »Eis, Eis.« Ich spürte eine seltsame Regung in meinem Unterleib, während ich sie zusammen beobachtete. Diese unbekümmerte Seite von Mal hatte ich noch nie gesehen. Er lachte und sah ganz offen aus. Es gab kein Zögern, keine Rädchen, die sich in seinem Kopf drehten, während er überlegte, was er sagen sollte. Er war meilenweit entfernt von dem angespannten, unsicheren Mann, dem sein Vater am Esstisch eine Standpauke gehalten hatte.

Mir war schleierhaft, wie sie das alle aushielten.

Jim Macabe war schon immer ruppig gewesen. Als Mädchen war ich in seiner Nähe immer nervös gewesen und hatte es vorgezogen, im Herrenhaus oder im B&B mit Junes Eltern zu spielen. Als ich sah, wie Mal unter seinen harschen Worten in sich zusammensackte, hätte ich ihn am liebsten angeschrien. Ich konnte sehen, dass Callum das Gleiche empfand, aber es war für mich unverständlich, wie er sich zurückhalten konnte.

Emily wirbelte auf der Stelle herum und raschelte mit ihrem Rock, während sie Mal ihre Hände hinhielt, damit er sie inspizieren konnte. »Sieh dir meine Nägel an, Onkel Mal. April hat sie für mich lackiert.«

Er setzte Ava ab und starrte auf ihre kleinen Hände. »Sie sind wunderschön, aber ich dachte, Blau wäre deine Lieblingsfarbe.«

Sie ließ die leuchtenden rosa Spitzen aufblitzen. »War sie auch, aber jetzt möchte ich wie eine Prinzessin aussehen. So wie April.«

Prinzessin. Das Wort hatte ein Gewicht, das keines der Kinder verstehen konnte. Mal erzitterte. Seine Hände ballten sich zu Fäusten, bis sie knochenweiß waren. Er konzentrierte sich auf die Mädchen und wies mit dem Kinn aufs Haus. »Oma gibt euch ein Eis, wenn ihr euch beeilt.«

Ich wartete, bis sie außer Sichtweite waren, bevor ich erneut zu reden anfing, ganz leise, als wäre er ein scheues Reh. »Was neulich Abend passiert ist, hat mir etwas bedeutet. Ich sehe kein Problem, wenn ich dich will und du mich auch willst.«

»April«, knurrte er. Es klang so abweisend, dass ich mich an unsere frühesten Interaktionen erinnert fühlte. »Bitte hör auf damit. Ich kann nicht … Ich will dich nicht …« Sein ganzer Körper war angespannt. Schweißperlen standen auf seiner Stirn. »Nicht mehr.« *Nicht mehr.* Ich zuckte unwillkürlich zusammen und rutschte auf der Decke nach hinten. Mal schreckte zurück und stieß dabei Luft durch seine Lippen aus. »Das war falsch formuliert. Was ich sagen wollte, ist …« Es war mir egal, was er sagen wollte. Ich wusste, was er vorhatte. Er geriet in Panik und wollte kaputtmachen, was zwischen uns war. Er zog eine Grenze und distanzierte sich. Das war nichts Neues, aber dieses Mal hatte ich sein Verhalten satt.

Ich richtete mich auf und stellte mich ihm gegenüber, sodass mein erhobenes Kinn seine Brust berührte. »Ich bin ein großes Mädchen, Malcolm, du musst nicht meine Gefühle schonen. Wenn du nur einfach mal rummachen wolltest, hättest du das sagen sollen.«

»April …«

Ich weigerte mich, ihm zu zeigen, wie sehr seine Worte mich schmerzten. Also machte ich kehrt und ging Richtung Haus. Mit einem strahlenden Lächeln verabschiedete ich mich, nahm die klebrigen Umarmungen der Mädchen entgegen und versprach, Iris wegen des Gemäldes Bescheid zu geben. Als Callum mir anbot, mich nach Hause zu fahren, nahm ich sein Angebot an, vielleicht etwas zu enthusiastisch. Ich hatte mir vorgenommen, Mal nicht mehr anzusehen, aber als ich mir meine Tasche schnappte und Callum zur Haustür hinaus folgte, war sein bedauernder Blick das Letzte, was ich sah.

***

»Du bist in natura sogar noch heißer. Wie ist das möglich?«, sagte der Amerikaner neben mir. Eine blonde Haarsträhne fiel ihm in die Stirn und verdeckte seine hellen, leicht blutunterlaufenen Augen. Er legte einen Arm auf die Tischplatte in der engen Sitzecke des Sheep's Heid und drückte mich gegen die Bank, bis ich anfing, mich ein wenig klaustrophobisch zu fühlen.

Der Pub war traditionell schottisch eingerichtet, mit Möbeln aus dunklem Holz und Polstern mit verblichenen Schottenkaros. Die Decke war niedrig und mit dicken Balken versehen, sodass viele der größeren Gäste jedes Mal, wenn sie aufstanden, den Kopf einziehen mussten, um nicht gegen einen der Glasschirme zu stoßen.

Am Abend war die Temperatur etwas gesunken. Das hatte aber niemanden davon abgehalten, dem Pub einen Besuch abzustatten und sich mit einem Bier abzukühlen. Heather hatte so viel zu tun, dass ihr kleiner Kopf die meiste Zeit von der dichten Menschenmenge an der Bar verdeckt wurde. Die Leute strömten in den Biergarten und hinunter auf die Docks. Mit jedem Getränk wurden die Gespräche lauter und lebhafter, sodass ich langsam anfing, Kopfschmerzen zu bekommen. Vielleicht hätten wir doch lieber draußen sitzen sollen.

Oder vielleicht hätte ich den fünften Drink ablehnen sollen. Mein übliches Limit von drei Drinks war bereits überschritten, als die beiden amerikanischen Touristen auf Juniper und mich zugekommen waren. Ich wusste sofort, als ich dem Captain-America-Doppelgänger in die Augen sah, dass er mich erkannt hatte. Seine blauen Augen weiteten sich, und er schwankte leicht. Sobald er den Mund öffnete und ich seinen herrlichen Südstaatenakzent vernahm, war es um mich geschehen. Es würde zwar zu nichts führen, aber wenn er den Abend mit einem Ex-Filmstar flirten wollte, um nach seiner Reise vor seinen Freunden damit anzugeben, hatte ich gegen die willkommene Aufmerksamkeit nichts einzuwenden.

Als ich vorhin in der Schlange zum Klo gestanden hatte, hatte ich den Fehler begangen, meine Social-Media-Seite zu checken. Ich war auf einem Foto markiert worden. Es war von mir und June, wie wir aus dem Brown's herauskamen. Ich trug abgeschnittene Shorts mit einem weißen Tank-Top, eine dunkle Sonnenbrille verdeckte die obere Hälfte meines Gesichts. Zum Glück hatten sie den Anstand gehabt, Junipers Gesicht unkenntlich zu machen.

Die Neugier ließ mich das Foto antippen, der Masochismus brachte mich dazu, die Kommentare zu lesen.

mydogisbetterthanyours: Eindeutig schwanger.

smith169: Sie ist eine miese Schauspielerin, ich kann sie überhaupt nicht ausstehen.

ned6simpson: Wenigstens sind ihre Titten jetzt größer. Sie würde mich wahrscheinlich auf ihnen abspritzen lassen, dreckige Schlampe.

onlyurmum: Ich wünschte, sie würde sich einfach verpissen.

Es gab auch ein paar nette Kommentare, aber meine Augen suchten nur nach den miesen. Ich tippte auf das Profil von *ned6simpson* und war nicht überrascht, Fotos von seiner Frau und seinen Kindern zu finden. In seinem Profil stand: Familie, Gott, Fußball – in dieser Reihenfolge. Ich war schon fast versucht, einen Screenshot seines Kommentars an seine arme Frau zu schicken, aber ich schloss die App, bevor ich diesem bösartigen Drang nachgeben konnte.

Das und meine höllische Begegnung mit Mal am Nachmittag hatten mich völlig verunsichert und aus dem Gleichgewicht gebracht. Eine gefährliche Kombination. Die geflüsterten Komplimente von Captain America hatten mich für eine Weile beruhigt, aber langsam fühlte ich mich ganz schön betrunken und traurig. Außerdem sehnte ich mich mittlerweile wieder nach dem rauen schottischen Dialekt und hatte genug vom schleppenden Südstaatenakzent. Wahrscheinlich musste ich einfach noch mehr trinken.

Ich schmiegte mich näher an ihn, nahm ihm sein Guinness aus der Hand und führte es an meine Lippen. Amüsiert sah er mir zu. »Ich mag Frauen, die was vertragen«, sagte er mit unüberhörbarem Interesse in seiner Stimme. Ich versuchte, mich an dieses Gefühl zu klammern, schob das Glas zurück in seine Hand und wich nicht zurück, als die Berührung uns näher brachte.

»Ach ja? Was magst du sonst noch an einer Frau?« Sein Grinsen wurde noch breiter, und er fuhr sich mit der feuchten Zunge über die Lippen. Ganz entfernt nahm ich wahr, wie sein Freund »Heilige Scheiße« murmelte. June fluchte leise vor sich hin. Es schien unwahrscheinlich, dass die beiden was miteinander anfangen würden, aber es war mir egal. Wahrscheinlich war ich deswegen eine schlechte Freundin.

Ich beachtete sie nicht, ließ meine Finger auf sein Handgelenk sinken und spielte mit den Lederarmbändern, die er trug. Er strich mir über die Wange und wickelte eine Locke um seinen Finger. »Rotes Haar.«

»Ich Glückspilz. Und was magst du sonst noch?« Ich beugte mich weiter vor. Jetzt saß ich fast auf seinem Schoß und ließ seine freie Hand meinen Oberschenkel erkunden, wobei seine Finger unter den Rand des kurzen Sommerkleides fuhren, das ich immer noch trug.

Sein Daumen strich grob über meine Unterlippe. »Fick-mich-Lippen – wirst du mich heute Nacht deinen Mund ficken lassen, April?«

June fluchte lauter, und ich nahm aus der Ferne wahr, wie sie aufstand. Aber es war nicht ihre Stimme, die mich zurückweichen ließ.

»Ich glaub, das reicht.« Etwas donnerte hart auf den Tisch. »Hey, ich red mit dir. Lass deine Hände da, wo ich sie sehen kann, verdammt.« Rauer schottischer Dialekt. Mal. Ich hatte ihn noch nie so wütend gesehen.

Wyatt – ich war mir sicher, dass sein Name Wyatt war, oder war es Brody? – sprang auf und stieß dabei an den Tisch. Das Guinness ergoss sich über die Tischfläche und tropfte in meinen Schuh. Das Testosteron knisterte zwischen den Männern wie ein Strommast. Er ging auf Mal zu.

»An deiner Stelle würd ich das nicht tun. Das wird nicht gut für dich ausgehen«, warnte Mal mit einem dunklen Glitzern in den Augen.

»Steve, das ist es nicht wert, Mann«, sagte sein Freund, packte ihn an der Schulter und hielt ihn zurück.

»Steve!«, rief ich und schnippte mit den Fingern in seine Richtung. »*Steve*, wie Captain America.« Alle außer Steve drehten sich zu mir um.

June schüttelte nur den Kopf. »Holt mich hier raus.«

Steve, der vielleicht endlich den Größenunterschied zwischen ihm und dem wütenden Schotten vor ihm bemerkte, warf mir einen letzten sehnsüchtigen Blick zu und stöhnte. Er kramte in seiner Tasche, holte eine quadratische Karte heraus und legte sie flach auf den Tisch. Ich wusste gar nicht, dass die Leute noch Visitenkarten bei sich trugen. »Ich bin noch ne Woche hier. Ruf mich an.«

Er hatte Mumm, das musste ich ihm lassen, denn Mal starrte auf die Visitenkarte, als hätte Steve gerade seinen Schwanz herausgeholt. Mit einem letzten finsteren Blick auf Mal schlenderten die beiden Amerikaner außer Sichtweite.

»Endlich.« June kletterte aus der Sitzecke und schob Mal zur Seite. »Geh mir aus dem Weg, ich bin kurz davor, mir in die Hose zu pinkeln. Ich treff euch draußen.« Sie hatte keine Probleme, sich den Weg durch die Menge zu bahnen, denn alle Köpfe waren bereits in unsere Richtung gedreht. Ich bemerkte sie kaum. Zu sehr war ich damit beschäftigt, den finsteren Riesen vor mir anzustarren. Er schlug mit der Faust auf den Tisch und fegte die Visitenkarte auf den Boden. Wenn er mich so bedrängte, fühlte ich mich atemlos – das genaue Gegenteil von klaustrophobisch. Ich war immer noch wütend auf ihn, aber ich konnte dieses Gefühl nur noch schwer aufrechterhalten.

»Zeit zu gehen, Prinzessin«, flüsterte er. Er reichte mir die Hand, und seine Stimme umhüllte mich dabei wie eine warme Decke. Ich zögerte nicht und ergriff sie. Später würde ich dem Alkohol die Schuld dafür geben.

19

Mal

Love Song – Lana Del Rey

Ich lehnte April gerade gegen die Tür ihres Mini Coopers, als June endlich auftauchte. Gerade noch rechtzeitig, denn langsam kam ich mir wie ein ziemlicher Fiesling vor. Ich hatte April in ihrem betrunkenen Zustand nach draußen in die dunkle Nacht gezerrt, während sie einen Whitney-Houston-Song trällerte, für den sie nicht die nötige Lungenkapazität besaß.

Ich hielt den Großteil ihres Gewichts, aber ihr Kopf hing bleiern herunter. Sie war völlig besoffen. Wie war das nur passiert?

»Ich hab keine Ahnung, wie das passieren konnte.« June musste meine Gedanken gelesen haben. Ihre Augen waren gläsern vom Alkohol, aber trotzdem aufmerksam. »Am Anfang schien sie gut drauf zu sein – ruhig, aber gut drauf. Dann hat sie irgendwas auf ihrem Handy gesehen, und plötzlich war sie darauf aus, nur noch falsche Entscheidungen zu treffen.«

Ich hatte große Lust, Steve nachzulaufen und ihm eine reinzuhauen. Mein ganzer Körper zitterte noch immer von der Konfrontation.

Der Arsch hatte genau gewusst, was er tat.

»June!«, rief April, stolperte auf ihre Freundin zu und drückte ihre Wangen zusammen. »Du bist so schön. Ich wünschte, ich sähe so aus wie du.« Sie konnte sich gerade mal zwei Sekunden auf den Beinen halten. Bevor sie zu Boden fallen konnte, schlang ich meine Arme um ihre Taille und drückte sie zur Stabilisierung an meine Brust.

June lachte, klang dabei aber nicht sonderlich amüsiert. »Wenigstens ist sie gut drauf, wenn sie betrunken ist.«

»Aye, wenigstens das«, stimmte ich zu und wies mit dem Kopf auf die kleine Tasche, die quer über Aprils Oberkörper hing. »Ich fahre, du holst ihre Schlüssel raus.« In die Tasche einer Frau zu greifen war definitiv eine dieser Grenzen, die ein Mann niemals überschreiten darf. Juniper fischte die Autoschlüssel heraus, öffnete in Sekundenschnelle die Beifahrertür und half mir, die sich windende April auf den Vordersitz zu bugsieren. »Glaubst du, sie wird sich übergeben?«, sprach ich laut meine Sorge aus und zog mich zurück, damit June sie anschnallen konnte.

Sie wich zurück und zuckte mit ihren schmalen Schultern. »Wenigstens ist es ihr eigenes Auto.«

Das hatte ich damit nicht gemeint, aber ich lachte trotzdem leise, weil es wie die richtige Reaktion erschien. Als ich hinter das Lenkrad rutschte und meine Knie sofort gegen das Armaturenbrett drückten, wurde mir klar, dass dies wahrscheinlich das erste Mal war, dass ich mehr als zwei Worte mit Juniper Ross gewechselt hatte. Seltsam, wenn man bedachte, dass sie mit meinem Bruder verlobt gewesen war. Noch seltsamer, wenn man bedachte, dass ich den Weg zu ihrem kleinen Familiengasthof ohne Navi finden konnte. Typisch Dorf, dachte ich mir.

Sie war bereits dabei, sich abzuschnallen, als mir plötzlich einfiel, dass sie vielleicht zu April hätte mitkommen wollen. Ich hielt sie vom Aussteigen zurück und räusperte mich.

»Ich … ich kann dich auch zum Herrenhaus fahren, wenn dir das lieber ist.« Eine ihrer Augenbrauen, so dunkel wie ein Krähenflügel, fuhr nach oben. *Verdammt.* »Ich wollte damit sagen, … sie ist … bei mir sicher, June. Ich würde nie …«

Sie griff nach meinem Arm und drückte ihn. Ich hatte Juniper immer als einschüchternd empfunden. Sie hatte eine direkte Art, die sich nicht viele Frauen erlaubten. Sie gab nicht vor, jemand zu sein, der sie nicht war, um Sympathien zu wecken. Ich bewunderte sie dafür und war gleichzeitig völlig verunsichert, wie ich mich in ihrer Gegenwart verhalten sollte. Ich wusste, dass sie meine Familie nicht besonders mochte, was dazu führte, dass Callum sie vor ein paar Jahren abfällig »Harpyie« genannt hatte. So wirkte sie aber nicht auf mich. Sie schien sich aufrichtig um April und Heather zu sorgen. »Das weiß ich. Bei jedem anderen Mann würde ich das nicht einmal in Erwägung ziehen. Du bist der gute Macabe-Bruder, Mal.« Sie beugte sich vor und drückte der schlafenden April einen Schmatzer auf die Wange. »Pass gut auf unser Mädchen auf.« Ich wartete, bis Licht im Flur des B&B zu sehen war, und bog dann in die Gasse ein.

Unser Mädchen. War ich so leicht zu durchschauen? *Ja.* Schließlich hatte ich meine Intentionen ihr gegenüber an diesem Abend deutlich zur Schau gestellt. Ich hätte beinahe einen Kerl vor den Augen des ganzen Dorfes verprügelt. Und ich hätte es auch definitiv getan. Ich wollte es tun. Wollte meine Hingabe mit blutigen Knöcheln beweisen. Ich war mir nicht sicher, was das aus mir machte, aber zum ersten Mal war mir das ganz egal. Ich verspürte kein Bedürfnis danach, es zu hinterfragen. Als ich nach links in die Castle Street einbog, ließ ich meinen Blick über ihre sanften Züge wandern, die im Licht der sporadischen Straßenlaternen aufleuchteten.

»Warum starrst du mich an?« Ich erschrak. Ihre Augen waren immer noch geschlossen.

»Mache ich doch gar nicht«, log ich. Mir schien, als hätte ich mein halbes Leben lang versucht, sie nicht anzusehen. Seit diesem Kuss konnte ich nicht mehr damit aufhören. Ein einziger Moment der Schwäche, und ich war gefangen. Sie war das Gegenteil einer Medusa. Anstatt mich in Stein zu verwandeln, weckte ihr Anblick mich auf, bewirkte, dass ich mich unruhig und gleichzeitig verdammt gefestigt fühlte.

»Warum warst du im Pub?«

»Ich ... äh ... na ja, weißt du ...« Ich beschloss, dass es besser war, nicht zu lügen. »Ich wollte mich nur vergewissern, dass es dir gut geht. Ich hatte nicht vor, mich einzumischen, bis ... na ja, du hast ja gehört, was er gesagt hat.«

»Du meinst, dass er meinen Mund ficken will?« *Oh Gott.* Stotternd umklammerte ich das Lenkrad. »Hast du gar nicht in Erwägung gezogen, dass es mir gefallen haben könnte, was er gesagt hat?«

»Nein«, erwiderte ich bissig. »Hab ich nicht.« Ich fühlte, wie sich das Blut in meinen Venen in eine zähflüssige Masse verwandelte.

»Warst du eifersüchtig?« Sie ließ mir keine Zeit zu antworten. »Du hast kein Recht, eifersüchtig zu sein.« Sie lallte immer noch ein wenig. Ein Teil von mir hoffte, dass sie sich morgen früh nicht an das erinnern würde, was mir als Nächstes herausrutschte.

»Du hast recht. Das ändert aber nichts an der Tatsache, dass meine Eifersucht so groß ist, dass ich sie praktisch schmecken kann, Prinzessin.« Die Art und Weise, wie sie mich im Garten meiner Eltern angesehen hatte – dieser offene, hoffnungsvolle Gesichtsausdruck, über den sich mit einem

Mal ein Schatten legte –, stach mir in die Brust wie spitze Dornen. Ich hatte nicht nachgedacht, als die Worte aus meinem Mund gekommen waren, ich wollte nur, dass es vorbei war. Dass sie mich nicht mehr ansah, als wäre ich etwas wert. Sofort nachdem sie gegangen war, hatte ich bereut, was ich gesagt hatte.

Sie war so lange still, dass ich dachte, sie sei wieder eingeschlafen. »Du verwirrst mich«, sagte sie müde.

Ich lachte lange und schallend. »Willkommen in meinem Gehirn.«

***

Kaum war der Wagen zum Stehen gekommen, schnallte sie sich ab und glitt aus dem Fahrzeug. Ihre Schritte waren jetzt sicherer, aber ich eilte ihr trotzdem hinterher, bereit, sie aufzufangen, falls sie auf dem unebenen Kies stolpern sollte. Langsam hangelte sie sich an der Mauer des Anwesens entlang. Als sie die Küchentür links liegen ließ, wusste ich sofort, wohin sie wollte. »Du solltest besser reingehen, hier draußen im Dunkeln ist es nicht sicher.«

Sie ignorierte mich und kletterte den leichten Hügel zum Ufer hinauf. Ihre Füße rutschten auf dem taufrischen Gras aus und ich hielt sie auf, bevor sie dem steilen Abhang zu nahe kam. Man konnte die Wellen nicht sehen, aber sie machten sich bemerkbar, indem sie sanft gegen die Felswand rollten. Scheinbar war sie mit dem Platz zufrieden, denn sie sank auf den Boden und legte sich ausgestreckt auf den Rücken. Ihre Haare und ihr Rock breiteten sich auf dem moosbewachsenen Boden aus, genau wie im Garten meiner Eltern, bevor ich alles ruiniert hatte.

Den Kopf nach hinten geneigt, schirmte sie ihre Augen ab, als würde sie in helles Sonnenlicht blicken. »Das war unser Platz, erinnerst du dich?« Natürlich erinnerte ich mich. »Ich kam jeden Tag hierher und hoffte, dich zu sehen. Das war der schönste Teil meines Tages.« Ihr Geständnis schockierte mich so sehr, dass ich mich neben ihr auf die Knie sinken ließ. So hatte ich das ganz und gar nicht in Erinnerung. Ich erinnerte mich daran, was für eine Panik ich gehabt hatte, wann immer ich versucht hatte, mit ihr zu reden. An meine Sorge, dass sie mich bemitleidete und in mir nur Heathers großen Bruder sah, der keine Freunde hatte.

»Es ist so schön hier«, sagte sie staunend. Ihre Stimme drang in die Stille hinaus. Ich lehnte mich zurück, um die Aussicht zu genießen, und verschränkte die Hände hinter dem Kopf. Die Sterne hingen so tief, dass sie eine glitzernde Decke bildeten, gewoben aus Hunderten von Lichtpunkten. Die verschiedensten Schattierungen von Mitternachtsblau erfüllten den Himmel, gesprenkelt mit Flecken von tiefstem Violett. Gelegentlich konnte man von hier aus das Nordlicht sehen, aber die Jahreszeit dafür war längst vorbei. »Ich hatte vergessen, wie es ist, die Sterne so deutlich sehen zu können. Ich glaub, ich habe irgendwann einfach aufgehört, nach oben zu schauen.« Sie klang so traurig, dass mein Herz in zwei Hälften zersprang.

Bevor ich antworten konnte, rieb sie sich die nackten Arme, um die plötzliche Kälte zu vertreiben, die vom Wasser heraufwehte. Ich fummelte an meinem Pullover und zog ihn aus, sodass ich nur noch ein weißes T-Shirt trug. Ich traute mich nicht, sie zu berühren, also legte ich meinen Pullover über sie. Ihr Anblick, wie sie so eingewickelt in meine Sachen dasaß, brannte sich in meine Erinnerung ein. Sie war schöner als alle Sterne am Himmel.

Klick.

»Wir sollten hier draußen eine Bank aufstellen«, sagte sie. »Elsie liebte es, die Sterne zu beobachten. Sie lag stundenlang hier draußen und zeigte auf Sternbilder oder dachte sich Namen für die aus, die sie nicht kannte. Kier hat ihr jeden Sommer versprochen, eine für sie zu bauen.«

Ich sehnte mich danach, sie zu berühren. »Wenn du eine Bank willst, kannst du eine Bank haben, Prinzessin.« Sie neigte den Kopf, und wir starrten uns an. Was hatte es mit ihrem Gesicht auf sich, mit der Wölbung ihrer Unterlippe, dass ich so besessen von ihr war? Hatten andere Menschen etwa keine Lippen? Ich konnte mich nicht erinnern.

Erst als ich die einsame Tränenspur an ihrer Schläfe sah, wurde mir klar, dass sie weinte – es war das zweite Mal, dass sie vor mir weinte, und ich wusste, dass ich dieses Mal eine Teilschuld daran trug. Ich überbrückte den Abstand zwischen uns und strich die Träne mit meinem Daumen weg. »Was ist los? Ist es wegen diesem Typen aus dem Pub? Hat er …« Sie schüttelte den Kopf und weinte weiter. »Hör auf zu weinen«, verlangte ich in rauem Ton, als könnte ich dem Tränenfluss dadurch Einhalt gebieten. »Bitte hör auf …«

»Ich hatte mit zwanzig eine Nasen-OP«, flüsterte sie leise, als wäre es ein schamvolles Geständnis. Ich war fassungslos und schwieg. Ich hatte mit allem gerechnet, nur nicht damit. »Ich war zwanzig, mein Manager hat mich überredet. Er meinte, das sei notwendig, wenn ich für Hauptrollen infrage kommen will.« Sie hob ihre zitternde Hand und zeichnete mit einem Finger eine Linie von ihren Augenbrauen bis zur feinen Elfenbeinspitze ihrer Nase. »Ich hasse es, dass er recht hatte. Talent bedeutet nichts, wenn man nicht richtig *aussieht.*«

Mein Hass war wie eine Hydra, der mehrere Köpfe wuchsen. Einer für mich, einer für ihn, einer für Steve und einer für jeden anderen, der für diesen Ausdruck von Scham in ihren Augen verantwortlich war. Ich strich ihr über die Wange, bis wir uns beide ansahen, und flehte sie an, mich anzuhören. »Es ist dein Körper, Prinzessin, du kannst damit machen, was du willst. Scheiß auf das, was die anderen denken.«

»Ich mag meine Nase nicht – ich *hasse* sie. Vorher sah ich meiner Großmutter so ähnlich.«

»Das tust du immer noch. Du hast ihre grünen Augen.« Ich strich mit dem Daumen über ihr Auge und fing ihre Tränen auf. »Du hast wie sie diesen Glanz in deinem Haar, den sie auch im Alter nie verloren hat. Und du hast ihr Lächeln.« Sie schniefte, und ihre Nasenspitze färbte sich dabei rosa. »Bitte, Prinzessin, schrei mich an, hasse mich dafür, wie ich mich heute Nachmittag benommen und dich verurteilt hab, aber bitte hör auf zu weinen … Ich kann es nicht ertragen.« Ohne nachzudenken, beugte ich mich zu ihr hinunter und drückte ihr einen Schmetterlingskuss auf die Nasenspitze. »Du bist umwerfend. Ganz egal, ob mit dieser Nase oder deiner alten Nase oder einer Pinocchio-Nase – ich finde dich immer schön.«

Die Sterne spiegelten sich in ihren wässrigen Augen und verliehen ihr einen überirdischen Glanz. »Ich mach dir keine Vorwürfe. Ich weiß genau, was die Leute denken, wenn sie mich sehen.«

»Was denken sie?«

»Dass ich eine Versagerin bin, die nur für eine Sache gut ist.« Ich wollte widersprechen, aber ich wartete ab. »Oberflächlich, hohl, ein dummes Flittchen mit kleinen Titten und einem hübschen Gesicht.«

»Du bist weder oberflächlich noch hohl oder dumm«, knurrte ich.

»Ach ja? Würde eine kluge Person einen Vertrag bei einem Mann unterschreiben, der ihre Karriere als Druckmittel verwendet, um sie ins Bett zu bekommen?«

»*Was?*« Ihre Worte waren wie ein Donnerschlag. Ich stützte mich auf meinen Ellbogen, viel zu bestürzt, um zu sprechen. Aber ich musste mir sicher sein, dass sie das gerade wirklich gesagt hatte. Ich war mir nicht mal sicher, ob sie es überhaupt hatte aussprechen wollen. Mit zitternden Händen strich ich ihr eine Haarsträhne hinters Ohr. »April .... was du da sagst ... das ist eine Straftat.« Es waren nicht meine Nerven, die mich stottern ließen, sondern meine Wut.

»Ich weiß.« Ihre Stimme war furchtbar leise. Doch dann, innerhalb eines Herzschlages, veränderte sie sich. Zorn erfüllte ihre Züge, bis sie ... *einen anderen* Ausdruck annahmen. Ich konnte es nicht genau benennen, doch ich wusste, dass dieser Ausdruck nicht echt war. Sie biss sich auf die Lippe und kam ein wenig näher. »Weißt du, was das Beste daran ist, eine Schauspielerin zu sein?« Ihr kleiner Finger traf auf meine Brust. »Ich kann alles sein, was du willst.« Tiefer und tiefer glitt ihr Finger an meinen Bauchmuskeln hinunter, und ich wusste, dass ich sie aufhalten musste. Dennoch konnte ich nicht verhindern, dass ihre Berührung einen Schauer auslöste. »Wer soll ich für dich sein, Mal? Ich kann lustig oder sinnlich sein, schüchtern oder süß – was auch immer du willst.« Ihr Finger begann zu kreisen und kam meiner Gürtelschnalle immer näher, aber ich konnte nur die Tränen sehen, die langsam auf ihren Wangen trockneten.

Ich ergriff ihre Hand. »Ich will, dass du du selbst bist.«

Sie schüttelte den Kopf, ihr Haar glitt über meine Haut.

»Was, wenn ich nicht weiß, wer ich bin?« Dann sackte sie zurück in meinen Arm und schlief ein, als hätte sie dieses letzte Geständnis all ihre Kraft gekostet. Ihr Hinterkopf ruhte in meiner Handfläche. Mein Verstand raste vor Anstrengung, das alles zu verarbeiten, was sie mir gerade gesagt hatte.

Mein Magen revoltierte, ich musste schlucken. Mir war so schwindelig, dass ich sie erst beim zweiten Anlauf hochheben konnte. Ich schwankte, aber trotzdem trug ich sie zum Anwesen zurück. Wenn ich sie nur fest genug halten würde, könnte ich vielleicht alles Schlechte, das sie in ihrem Leben erfahren haben musste, aus ihr herauspressen und verhindern, dass ihr je wieder etwas Derartiges zustieß.

Ich weiß nicht mehr, wie ich es vom Erdgeschoss über die Treppe in den ersten Stock geschafft hatte. Wie ich sie auf ihr ungemachtes Bett neben Boy und Dudley gelegt hatte. Als ich sie zudecken wollte, regte sie sich wieder und war wach genug, um ins kleine Bad neben ihrem Schlafzimmer zu gehen und sich etwas anzuziehen, das ich aus dem Schrank holte. Ein flauschiger Pyjama, der eigentlich zu dick für einen solchen Sommerabend war, aber ich konnte den Gedanken nicht ertragen, dass sie frieren könnte.

Sie putzte sich lachend die Zähne und öffnete dabei mehrmals ihren Mund, um mir zu beweisen, dass das Brummen ihrer elektrischen Zahnbürste wie ein Tyrannosaurus Rex klang. *Erinnerte sie sich überhaupt daran, was sie draußen zu mir gesagt hatte?* Sie schminkte sich zur Hälfte ab, was dunkle Flecken unter ihren Augen hinterließ. Ich folgte ihr ins Bad und sagte ihr, dass sie sich auf den geschlossenen Toilettendeckel setzen sollte. Dann nahm ich einen feuchten Waschlappen und wischte ihr die Schminkreste aus dem Gesicht, bis ihre Haut rosa und leicht geschwollen war. Ich löste die Spangen aus ihrem Haar und bürstete die verknoteten Locken mit einem Kamm, den ich auf dem Waschbecken fand. Ich spürte, wie sie mich dabei mit einem verwirrten, verhaltenen Lächeln auf den Lippen beobachtete. Kaum hatte ich den Kamm beiseitegelegt, drängte sie sich zwischen meine Arme und kam mir so nahe, dass ihre Stirn beinahe meine Lippen berührte. Ich wusste, was sie wollte, aber ich wich zurück. Sie sollte mir nicht zu nahe kommen, solange sie in einem Zustand war, in dem sie nicht wusste, was sie tat.

Schließlich steckte ich sie in ihr Bett und wickelte sie bis zur Nasenspitze in ihre Bettdecke ein. Aber noch immer erfüllte ihr Flüstern den Raum: »Mir ist so kalt, Mal.«

»Ich hol noch eine Decke ...« Ich wollte gerade gehen, als sie mit ihrer kleinen Hand mein T-Shirt umklammerte und zu reden anfing, als würde sie mich gar nicht hören.

»Ich will jemanden, der mich wärmt ... Ich will ... Ich will jemandem wichtig sein.« Ihre Stimme brach ab. »Ich möchte, dass mir jemand jeden Tag eine Nachricht schickt und mich fragt, was ich zum Abendessen möchte, damit ich antworten kann: *keine Ahnung*. Ich möchte, dass sich jemand fragt, wo ich bin ... Ich möchte, dass mich jemand *sieht*.« Ich hatte sie mit meinen Anschuldigungen und meiner abweisenden Haltung verletzt. Das sah ich jetzt ganz deutlich. Seit ihrer Ankunft hatte ich mich ihr gegenüber wie ein Mistkerl verhalten. Im Haus meiner Eltern, bei der Arbeit ... Aus Selbstschutz hatte ich gemischte Signale ausgesendet und dabei übersehen, dass auch sie Schutz brauchte.

Es erstaunte mich, dass ich die Macht hatte, sie zu verletzen. In all den Wochen hatte ich mich nur als einen dunklen Fleck auf ihrem Radar gesehen. Ein einzelner Stern an einem endlosen Himmel. Ein grelles Licht auf der Windschutzscheibe, vor dem man sich mit einer Sonnenbrille schützt. Während sie für mich die Sonne gewesen war.

Als sie endlich gleichmäßig atmete, gestattete ich mir, ihre Haare nach hinten zu streichen und den Schatten zuzuflüstern: »Ich hab mich gefragt, wo du mein ganzes Leben lang gewesen bist, Prinzessin.« Dann legte ich mich auf die leere Bettseite und lehnte mich gegen das Kopfteil. Wenn sie aufwachte, sollte sie nicht allein sein.

Ich bemerkte das Exemplar von *Twilight* auf ihrem Nachttisch, dessen Einband so verbogen und zerfleddert war, dass ich mir sicher war, dass dies das Buch sein musste, das sie mir vor all den Jahren geliehen hatte. Irgendwann musste sie es wieder ausgegraben haben. Ich nahm es in die Hand und blätterte durch die ersten Seiten. Als ich zur Titelseite kam, blieb mein Herz stehen. Mein Name stand da, in jugendlicher Handschrift, über und über mit kleinen rosa Herzchen verziert. Ich fuhr mit dem Daumen über die rosa Tinte, als könnten meine Adern sie direkt aufsaugen.

Ich sah wieder in ihr Gesicht und traf eine Entscheidung. *Scheiß drauf.* Ich würde es tun.

20

April

Simply the Best – Billianne

Wenn ich mein Spiegelbild im Badezimmer ansah, konnte ich mir leicht einreden, dass ich mir am Abend zuvor nichts Peinliches geleistet hatte. Mein Gesicht war blass, aber ungeschminkt. Ich konnte gar nicht *so* betrunken gewesen sein, wenn ich es geschafft hatte, mir das Gesicht zu waschen und mich ins Bett zu legen.

Glücklicherweise war ich allein aufgewacht. Nur Dudley lag da, eingekuschelt in meiner Armbeuge. Genau so hatte ich mir das vorgestellt.

Der Anblick, der mich in der Küche erwartete, bestätigte mir jedoch, wie falsch ich lag.

Mal, mit einem Geschirrtuch über der Schulter und die Pfanne in der Hand, begrüßte mich mit dem wohl süßesten Lächeln, das ich je gesehen hatte. Ein einzelnes Grübchen zierte seine Wange, und feuchte dunkelblonde Haare fielen ihm in die Stirn. Eine tödliche Kombination, die mir die Sprache verschlug. Er stellte eine heiße Tasse Kaffee und einen Teller voll Schokomuffins auf den Frühstückstisch. »Perfektes Timing.« Er lächelte wieder und schien meinem Blick mit einer Entschlossenheit zu begegnen, die ich nicht kannte. Dann stolperte er um den Tisch herum, als hätte er etwas Wichtiges vergessen. Ruckartig zog er einen Hocker zurück und stieß dabei fast einen anderen um. »Setz dich doch.«

Da wusste ich, dass hier etwas faul war. Mal lächelte normalerweise nie auf diese Weise. Zumindest nicht für mich. Zögerlich verharrte ich auf der Türschwelle und wagte nicht, einen Schritt hinein zu tun. Ich wollte diesen Traum, in den ich da geraten war, nicht zerstören. Ich musste einen ziemlich seltsamen Eindruck machen, denn sein Lächeln wurde plötzlich unsicher. Er fummelte unbeholfen an der Kaffeetasse herum und stieß sie dabei halb um, sodass der Kaffee in meine Richtung über den Rand schwappte. »Verdammt!« Er riss sich das Geschirrtuch von der Schulter und wischte den verschütteten Kaffee mit geröteten Wangen auf. »Ich hab den Vanillesirup reingetan, den du so magst … Ich hoffe, ich hab es richtig gemacht.«

Diese Worte brachten mich in Bewegung. Ich ließ mich auf den Hocker gleiten, nahm das Essen in Augenschein und nippte an dem übermäßig süßen Kaffee. Eine kleine Vase mit Gänseblümchen stand neben einer Schale mit geschnittenem Obst – meinem üblichen Frühstück – und dem Teller mit Schokomuffins. »Jess meinte, das sei deine Lieblingssorte«, erklärte er. Ich blickte auf und sah, dass er immer noch süß lächelte, doch seine Mundwinkel begannen zu zittern.

Mit einem Mal fiel es mir wieder ein. Steve, der *Amerikaner*, der mich mit Alkohol abgefüllt hatte. Wie ich mit ihm geflirtet hatte, bis Mal dazwischengegangen war. Beinahe hätte ich das Gesicht in den Händen vergraben. Ich war eine dreißigjährige Frau, wie konnte ich so viel Mist bauen?

Plötzlich erkannte ich, was es mit dem Frühstück auf sich hatte: Es war eine Entschuldigung dafür, dass er mich im

Haus seiner Eltern so schlecht behandelt hatte. *Ich wollte sein Mitleid nicht.* Ich rutschte vom Hocker und hob meine Kaffeetasse als Zeichen der Anerkennung. »Danke dafür …«

»Du hast noch nicht gegessen.«

»Hab keinen großen Hunger«, log ich. Mein Selbsterhaltungstrieb aktivierte meinen Fight-or-Flight-Modus. Ich sollte nicht noch mehr Zeit mit Mal verbringen. Er fühlte sich zu mir hingezogen, wollte meinen Körper, aber er wollte *mich* nicht. Nicht wirklich.

Eine Sekunde lang hätte ich schwören können, dass er verletzt aussah, aber sein Ton blieb gleichgültig. »Kein Problem, ich stell's in den Kühlschrank, falls du später Hunger bekommst.« Er fing an, das Essen auf seine methodische Art wegzupacken, schaltete das Gas unter der Pfanne mit den Eiern aus und legte meine Lieblingsmuffins, die in der Mitte mit geschmolzener Schokolade gefüllt waren, zurück in die weiße Schachtel. Mein Magen knurrte, und ich schnappte mir den letzten Muffin vom Teller, bevor er ihn wegräumen konnte.

»Ein bisschen Hunger hab ich schon«, sagte ich, brach ein Stück ab und steckte es in den Mund.

»Wie du meinst.« Er grinste hinter seinem Glas mit Orangensaft, an dem er nippte, in sich hinein, während wir uns von den gegenüberliegenden Enden der Kücheninsel aus beobachteten.

»Du trinkst keinen Kaffee?«, war das Einzige, was ich sagen konnte.

»Nein …« Er zuckte mit den Schultern. »Um ehrlich zu sein, kann ich Kaffee nicht ausstehen.«

Diese Wahrheit traf mich tief. »Warum hast du mich dann angelogen? Warum hab ich dir dann jeden Morgen Kaffee gebracht?«

Er rieb sich mit der Handfläche über seinen kantigen Kiefer. Ich kannte diese Bewegung. Sie war ein Zeichen von Anspannung. »Ich würde es nicht gerade eine Lüge nennen. Eher ein Missverständnis, das aus dem Ruder gelaufen ist.«

»Du hättest es mir jederzeit sagen können.«

»Das hätte ich« – er nickte ruckartig und schluckte –, »aber ich war zu sehr damit beschäftigt, jeden Teil von dir wahrzunehmen, den du zu geben bereit warst. Selbst wenn es nur eine kleine Berührung unserer Finger war, wenn du mir jeden Morgen die Thermoskanne gereicht hast.«

Niemals hätte ich gedacht, einen solchen Satz aus seinem Mund zu hören. Ich knallte meine Tasse auf den Tisch und sah ihn unverwandt an. Er sah immer noch nervös aus, aber ich spürte die hoffnungsvolle Energie, die von ihm ausging. Dieses Summen, das etwas Spektakulärem vorausging.

»Du hast dich gestern wie ein Arsch benommen, Mal. Warum?«, wollte ich wissen.

Er zögerte nicht. »Weil ich versucht hab, so zu tun, als würde ich nichts für dich empfinden. Weil es einfacher war, dich zu verletzen, als zuzugeben, dass ich dich will wie jeder andere Mensch auf diesem Planeten.« Seine Schultern hoben sich mit jedem seiner Worte, doch seine Stimme zitterte kein einziges Mal. Ich spürte, wie mein Herz pochte und mein Puls raste. Als hätte ich zu süßen Wein getrunken. »Es tut mir so leid. Du hast gestern all das gesagt, was ich so sehr von dir hören wollte. Es hat mich einfach überwältigt. Es war, als stünde ich vollkommen neben mir, könnte nicht atmen. Ich wollte nur noch, dass es aufhört. Dann bist du weggelaufen, und ich hab mich dafür gehasst. Das ist keine gute Ausrede«, fuhr er fort, »aber ich hoffe, du lässt mich das wiedergutmachen.«

Wiedergutmachen. Ich ließ die Worte auf mich wirken. »Wie stellst du dir das vor?«

Er ging um den Tisch herum, immer noch mit der Muffinschachtel in der Hand, und blieb einen halben Schritt vor mir stehen. Er war so riesig, wenn wir einander so nahe waren. Ein sanfter Riese, der die Macht hatte, mich mit seinen Worten zu verletzen. »Was immer du willst ... was immer du erlaubst. Ich tu alles, Prinzessin, du musst es nur sagen.«

Ah. »Du meinst Sex?«

Er hustete so heftig, dass es klang, als würde er ersticken. »*Himmel*, April ... nein! Ich meine ... verdammt, ja, natürlich will ich das, die Hälfte der Zeit kann ich an nichts anderes denken, aber ...«

»Was ist mit der anderen Hälfte?«

Seine grauen Augen sahen mich sanft an, ich war so etwas gar nicht gewohnt. »Deine Nachrichten. Dass du mich auf eine Weise zum Lachen bringst, wie es sonst niemand kann. Die Art, wie du Dudley und Boy behandelst, als wären sie deine Kinder. Die fünf Sommersprossen auf deinem Schlüsselbein«, sagte er mit tiefer Stimme. Er kam näher und wies mit dem Kinn auf die bedeckte Stelle zwischen meinem Hals und meiner Schulter. Ich hatte das Gefühl, als würden sich seine Augen durch mein dickes Pyjamaoberteil brennen. »Die Tatsache, dass du ein Rudel wilder Füchse fütterst und dir noch keine tödliche Krankheit zugezogen hast. Wie du lächelst, wenn du die Sonne über dem Wasser aufgehen siehst. Dieser verdammte grüne Bikini, den ich endlich mal zu Gesicht bekommen muss. Sogar dein grauenhafter Morgenmantel.« Seine Augen fielen zu, und als er sie wieder öffnete, glühten sie. Mein Mund wurde trocken. »Richtig, Prinzessin, ich will deinen Körper, aber das ist nur ein Teil davon, was ich von dir will.«

Ich spürte verschiedenste Emotionen gleichzeitig. Überraschung und Euphorie. Erleichterung und Sehnsucht. Eine brodelnde Hitze in meinem Bauch. Und doch … jedes Wort aus seinem Mund war perfekt, doch mein Schmerz von gestern verhärtete sich. Wir waren nicht nur zwei Erwachsene, die miteinander Spaß hatten. In mir kämpfte Sehnsucht gegen eine tiefe Angst. Ich verschränkte die Finger ineinander. Die Zeit dehnte sich, während er auf meine Antwort wartete. »Mal …«, sagte ich und atmete aus. Er richtete sich auf, machte sich auf eine Ablehnung gefasst. Ich starrte auf seinen Hals, um ihm nicht in die Augen schauen zu müssen. »Kann ich vielleicht ein bisschen Zeit haben, um darüber nachzudenken?« Etwas in mir tobte, schlug mit den Fäusten von innen gegen meine Brust wie ein ängstliches Mädchen und schrie: *»Nein, nein, nein.«*

Er räusperte sich heftig. »Natürlich … nimm dir so viel Zeit, wie du brauchst.« Ich nickte und wandte weiter den Blick ab, als er näher kam. Er senkte den Kopf, bis er fast mein Ohr berührte und ich den Ansatz seines schiefen Lächelns sehen konnte. »Nur damit du es weißt«, flüsterte er. »Für mich schließen sich *Zeit* und *Raum* nicht gegenseitig aus. Mach dich also gefasst darauf, dass du mich auch weiterhin zu Gesicht kriegen wirst.«

Und dann verschwand der Mistkerl einfach mit meinen Muffins.

21

Mal

Oh Caroline – The 1975

Ich hielt mich für einen Mann mit überschaubarem emotionalen Spektrum. Angst gehörte natürlich dazu. Gereiztheit eher selten, meist nur in Bezug auf meinen Vater. War Hunger eine Emotion? Fühlte sich für mich zumindest wie eine an. Noch nie war ich aber *so* schnell frustriert gewesen, vor allem nicht, wenn es ums andere Geschlecht ging. Es musste wohl an mir liegen, schließlich war ich noch nie in der Situation gewesen, dass eine Frau einen Grund gehabt hätte, mir aus dem Weg zu gehen. Und wenn doch, dann hatte ich es nicht bemerkt.

Ich hatte April wochenlang gemieden, und nun, da ich jede einzelne Sekunde in ihrer Gegenwart verbringen wollte, ging sie mir aus dem Weg.

Hatte sie das derart irritiert? Wahrscheinlich nicht.

Die Arbeit war meine einzige Ablenkung. Jacob und ich hatten ein paar Überstunden gemacht, um genügend Produkte für die Verkostung bereitstellen zu können. Er hatte sich darauf gefreut, die siebenundvierzig Jahre alten Sherryfässer zu öffnen, und erinnerte sich an den genauen Tag, an dem sie versiegelt worden waren. Bei jedem Tropfen, den ich einschenkte, war es mir, als stünde Kier direkt hinter mir und würde mir in den Nacken atmen.

Aber das reichte nicht aus, um April komplett aus meinen Gedanken zu verbannen. Ich war nicht nur frustriert, ich war ungeduldig. Sie ließ ständig das Frühstück ausfallen und mied die Brennerei. Gestern hatte ich sie konfrontieren wollen, als sie aus dem Verkostungsraum gekommen war, aber sie war sofort hinter einer Hecke verschwunden, als sie mich ihren Namen rufen hörte. Nachher hatte sie es heruntergespielt und behauptet, sie habe einen Ohrring verloren. Als ich ihr angeboten hatte, ihr bei der Suche zu helfen, war ihr auf einmal eingefallen, dass sie doch keine Ohrringe getragen hatte, und sie war davongeeilt.

Ich wusste nicht, wie ich reagieren sollte. Sie in Ruhe lassen oder es weiter versuchen? Wenn Callum nicht auch an ihr interessiert gewesen wäre, wäre ich vielleicht eingeknickt und hätte ihn um Rat gefragt – aber er war nun mal an ihr interessiert, und so verkniff ich es mir.

Was der Grund für diese ganze Situation war.

Ich strich über meine Krawatte und rückte sie zurecht. Ich überprüfte mein Aussehen noch einmal in dem kleinen Badezimmerspiegel und glättete den schweren Twill des violett-grün-grauen Kilts, den ich nur selten trug. »Na, wie sehe ich aus?«, rief ich Boy zu. Er lümmelte in seinem Weidenkorb neben dem Kamin, das Kinn auf den Rand gestützt. Er schaute auf und legte den Kopf schief. »So schlimm?«, fragte ich laut. Er schnaufte, als wollte er sagen: »Du nimmst Modetipps von einem Hund an. Sag du's mir.«

»Na gut.« Mit meinen klammen Händen schob ich ein Haarbüschel, das nicht richtig sitzen wollte, zurück an seinen Platz. *Besser, ich bringe es hinter mich*, redete ich mir ein. Aprils Gesicht kam mir in den Sinn, all ihre harte Arbeit und wie viel ihr dieser Abend bedeutete. Mit etwas mehr

Entschlossenheit ging ich Richtung Tür. »Warte nicht auf mich.«

***

»Du bist gekommen.« April klang ungläubig und ihre Aussage beinahe wie eine Anschuldigung.

Sie saß zusammen mit Heather an der kleinen Bar und arrangierte makellose Trinkgläser auf Tabletts. Der kleine Verkostungsraum, der mehr als ein Jahrzehnt lang nur eine Müllhalde gewesen war, war kaum wiederzuerkennen. Neben der Tür war eine Band dabei, ihre Instrumente zu stimmen. Von den Balken hingen Girlanden aus Farnen, durchzogen mit Heidekraut und tiefvioletten Disteln. In den Ecken des quadratischen Raums standen runde Tische, die mit weißen Leinentischdecken und Stumpenkerzen gedeckt waren. Eine lange Tafel, die sich von Wand zu Wand erstreckte und von der ich wusste, dass Juniper sie mitgestaltet hatte, war bereits gedeckt. Brie und handgemachtes Brot lagen neben salzigen Brezeln und dunkler Schokolade. Außerdem gab es Trauben und Feigen, Cracker und süße Chutneys. Alles sollte gut zu unserem Whisky passen.

Aber das war es nicht, was mir den Atem raubte.

April beugte sich gerade über den Tresen und sah dabei … umwerfend aus. Ihr wadenlanges Kleid war hellblau und verlieh ihrer Haut einen perlmuttartigen Schimmer. Der weite Rock schwang um ihre Hüften wie eine Glocke. Das Mieder bildete ein hübsches Herz und betonte den Ansatz ihrer Brüste. Schmale Bänder waren zu verlockenden Schleifen gebunden, an denen ich nur zu gern gezogen hätte. Meine Füße trugen mich näher, als hätten sie sich von meinem Körper gelöst. »*Prinzessin …*« Wie auch immer ich diesen Satz zu Ende gebracht hätte, ich schaffte es gar nicht.

Sie drehte sich weiter zu mir um und strich sich eine lange einzelne Locke über die Schulter. Die obere Hälfte ihrer Frisur wurde von einem mit Goldschmuck besetzten Kamm zurückgehalten. In ihren Ohrlöchern glänzten kleine Perlen. »Du bist gekommen«, sagte sie erneut. Da bemerkte ich, dass sie mich auf die gleiche Weise musterte wie ich sie. Angefangen bei meinem Kilt wanderte ihr Blick langsam meinen Körper hinauf. Als ihr Blick schließlich meinen traf, hatte sich eine leichte Röte auf ihren Wangen ausgebreitet. Man sah es kaum, aber es reichte aus, um mir Hoffnung zu geben.

»Natürlich bin ich da. Dachtest du, das würde ich mir entgehen lassen?« Bevor sie etwas erwidern konnte, schlenderte Ewan durch die Tür. Er war elegant gekleidet, mit einer dunklen Hose und einem weißen Hemd, und seinen roten Haarschopf hatte er ordentlich frisiert. Er würde an diesem Abend zusammen mit Heather die Drinks servieren.

»Hey, April«, rief er und winkte ihr zu. »Wo soll ich hin? Ich kann mich sofort an die Arbeit machen.«

»Du rettest mir das Leben, Ewan.« Sie eilte mit klappernden Absätzen zu ihm. Ihr Rock betonte den Schwung ihrer Hüften. Hinter mir vernahm ich ein Räuspern, aber mein Blick ruhte weiter auf April.

»*Hallo Heather*, schön, dich zu sehen. Vielen Dank, dass du deinen Freitagabend dafür opferst, meine Brennerei zu retten«, sagte meine Schwester sarkastisch.

»Du wirst dafür bezahlt, hier zu sein«, schoss ich über meine Schulter zurück und beobachtete April, wie sie Ewan durch den Raum führte und ihm zu verstehen gab, dass er die Wasserkrüge füllen sollte.

Ein Bündel Servietten traf mich am Kopf. Ich drehte mich zu ihr um und grinste sie schelmisch an. »Kann ich dir irgendwie helfen?« Sie starrte mich überrascht an. »Was?«

»Nichts.« Sie zuckte mit den Schultern und kippte Eiswürfel in eine metallene Kühlbox, bevor sie eine Flasche Whisky aufschraubte und zwei Fingerbreit in jedes Glas goss. Sie war ähnlich gekleidet wie Ewan, eine dünne schwarze Krawatte war ordentlich um ihren Hals gebunden. Ihre kurzen blonden Strähnen hatte sie nach hinten gesteckt. »Du wirkst irgendwie anders, das ist alles.« Ihr Blick huschte über meine Schulter, und ich wusste, dass sie April als Grund dafür ausmachte.

»Ich versuche nur, sie zu unterstützen.«

»Ich frag mich, wieso.«

Die Schüchternheit gewann wieder die Oberhand. Ich mochte bereit gewesen sein, April für mich zu gewinnen, aber ich fühlte mich noch nicht dazu bereit, mit jemand anderem außer ihr über meine Gefühle zu sprechen. Ich richtete mich auf und verschränkte die Arme vor der Brust. »Brauchst du meine Hilfe oder nicht?«

»Ich denke, ich hab alles im Griff.«

»Ich bin da drüben, wenn du mich brauchst.« Ich stahl eines der Whiskygläser, die sie gerade eingeschenkt hatte, nickte in Richtung der dunkelsten Ecke und schlich mich davon.

22

April

Feel me – Aeris Roves

»Noch einen Siebenundvierziger?«, fragte Heather mit leicht geweiteten Augen, während sie einen weiteren der gereiften, extrem teuren Jahrgänge aus dem Regal hinter sich zog. »Das ist die fünfte Flasche, die du in einer Stunde verkauft hast.«

»Ich weiß!« Meine Arme landeten auf der Theke, und meine Zehen tanzten aufgeregt in meinen Schuhen. »Keine Ahnung, wie ich das geschafft hab.« Als ich Mal gebeten hatte, eines der alten Fässer zu öffnen, war mir bewusst gewesen, dass ich ein Risiko einging. Die Sache war besser gelaufen als erwartet. Ich fuhr mir mit dem Handrücken über die Stirn. Es war eine schwüle Nacht, und obwohl wir die großen Doppeltüren weit aufgerissen hatten, um die Meeresbrise reinzulassen, kochte es hier drinnen immer noch.

Heather lachte über das energiegeladene Getöse der Folk-Band und schob ihr eigenes schweißnasses Haar hinter ihr Ohr. Sie steckte die Flasche Whisky in eine der teuer aussehenden Holzkisten, die sie mir in letzter Minute besorgt hatte, und reichte sie mir über die Theke. »Du bist die beste Verkäuferin, die ich je gesehen hab. Der alte Murray konnte es ja kaum erwarten, dir sein Geld in die Hand zu drücken.«

»Er ist süß«, argumentierte ich und leerte in einem Zug das Glas Wasser, das sie mir reichte. Ich hatte nicht eine Minute lang aufgehört zu reden. Fast das halbe Dorf war gekommen, alle wollten mich begrüßen, mir zu diesem Ereignis gratulieren und mir sagen, wie stolz Kier wäre. Viele baten um Fotos, und ich gab ein paar Autogramme, was sich seltsam anfühlte, aber ich kam den Bitten gerne nach. Ich würde tausend Fotos machen, wenn ich damit Kinleith Whisky bekannt machen konnte.

»Süß?« Sie lachte noch lauter, stellte frische Gläser auf ein Tablett und tat ein paar Eiswürfel hinein. »Wir reden schon über denselben Gordon Murray, oder? Der alte Mann hat dir permanent auf die Brüste geschaut.«

Ich quiekte und bedeckte meine Brust mit beiden Händen. »Sag doch nicht so was. Ich muss nachher noch mal zu ihm rübergehen.« Nicht, dass es viel zu sehen gegeben hätte. Das babyblaue Kleid bot nicht viel Dekolleté, schließlich war das hier eine familienfreundliche Veranstaltung. Außerdem war ich völlig overdressed. Die meisten Männer hatten sich für die Clan-Farben entschieden – Lila, Braun und Grün, mit einem Hauch von Grau – und brauchten keine Ausrede, um sich auf ihre Wurzeln zu besinnen. Die Frauen hingegen hatten sich weitaus legerer gekleidet und trugen luftige Sommerkleider. Meines war formell und wirkte mit seinen winzigen in den weiten Rock eingenähten Blumen süß und teuer zugleich. Ein Trick, den ich bereits früh in meiner Karriere gelernt hatte: Es war immer von Vorteil, wenn alle Augen im Raum auf einen gerichtet waren. Und ich wollte, dass heute Abend alle Augen auf mich gerichtet waren. Mit modischer Kleidung konnte man besser Aufmerksamkeit erregen als mit allem anderen.

»Besser du als ich«, sagte sie und reichte Ewan das Tablett, der mit einem begeisterten Lächeln wieder davonstürmte. »Falls du Hilfe brauchen solltest, springt einer meiner Brüder sicher gerne für dich ein«, sagte sie mit einem Lächeln, das ihre Zähne aufblitzen ließ. Hatte sie meine Gedanken gelesen?

Meine Finger flatterten wie der weiche Tüll meines Rocks, während ich mich bemühte, meinen Blick weiter auf den Whisky und die Gläser zu fixieren.

Mal saß weiterhin in der Ecke und wirkte so unnahbar wie immer. Ich war erstaunt, dass er überhaupt aufgetaucht war. Abgesehen von seinen Geschwistern und seiner Mutter, die kurz vorbeigekommen war, um ihre Unterstützung zu zeigen, hatte er mit nur wenigen Leuten gesprochen. Er hatte sich kurz und scheinbar freundlich mit Jasmine unterhalten, der hübschen Besitzerin der Tierhandlung, mit der ich letzte Woche zu Mittag gegessen hatte, und war dann gleich wieder dazu übergegangen, Whisky aus einem Glas zu schlürfen, das nie leer zu werden schien.

Ich hatte den ganzen Abend versucht, ihn zu ignorieren und mich auf die Veranstaltung zu konzentrieren, aber mein Blick wanderte immer wieder zurück in seine Ecke, als wäre zwischen uns ein unsichtbares, unzerstörbares Band gespannt. Trotz des finsteren Blicks, den er aufsetzte, sah er in seinem Kilt und seiner Anzugjacke einfach umwerfend aus. Ich wollte meine Hände unter seine Jacke schieben, mich an seiner Brust festkrallen und meine Nase an seinen Hals drücken. Die Versuchung wurde nur noch größer, als ich bemerkte, wie er *mich* ansah. In seinem Blick lag eine solche Sehnsucht, dass mir mein Mieder zu eng wurde und meine Hände zu zittern anfingen. Wie ein Feigling versuchte ich so zu tun, als würde ich ihn nicht bemerken. Es war kindisch, aber sein plötzlicher Sinneswandel machte mich nervös.

Ich hatte ihn um Zeit gebeten, und er hatte sie mir gegeben. Er hatte mich nicht zu einer Antwort gedrängt und unser Küchengespräch von letzter Woche mit keiner Silbe erwähnt. Es wäre kleinlich von mir gewesen, die Sache aus reinem Trotz noch länger hinauszuzögern. Er hatte sich für seine harschen Worte entschuldigt. Ich musste seine Entschuldigung nun entweder annehmen oder einen Schlussstrich unter all diese Gefühle ziehen. Die zweite Option erschien mir vollkommen unmöglich; die Anziehungskraft zwischen uns beiden war ungebrochen – wir wollten einander. Daran bestand kein Zweifel.

Heather hatte auch über ihren Bruder Callum gewitzelt, aber seitdem er mich gleich bei seiner Ankunft zu einem Tanz überredet hatte, war er nur noch damit beschäftigt, mit seiner jugendlichen Art den Raum zu bedienen, und hatte mich völlig vergessen. Hier und da hatte er mir ein paar Küsse auf die Wange gedrückt, die ich spielerisch weggewischt hatte. Wir wussten beide, dass da nicht mehr zu holen war. Zwischen uns stimmte die Chemie nicht. Es knisterte nicht einmal. Er hatte dreimal mit Jessica Brown getanzt, vielleicht war er ja an ihr interessiert. Ich blickte über die Schulter und sah Callum neben dem Buffettisch stehen, wie er eine Handvoll Trauben von den Stielen zog und sie sich in den Mund steckte. Er sagte etwas zu Juniper und grinste, während sie ihm finster dreinblickend den Mittelfinger zeigte. *Seltsam.* Callum grinste nur noch breiter. Er trat näher, woraufhin sie zurückwich und mit dem Mann hinter ihr zusammenstieß. Offenbar war sie auf alle Macabe-Männer sauer.

Ich riss mich von meinen Gedanken los und versuchte mich daran zu erinnern, was Heather gesagt hatte. *Richtig, ihre Brüder.* »Ich weiß nicht, wovon du sprichst«, antwortete ich ihr schließlich.

»Oh bitte«, schnaubte sie. Ich streckte ihr die Zunge raus und widmete mich wieder der Arbeit.

***

»Hab ich mich schon bei dir bedankt?«, schrie ich Juniper über den Lärm der Musik hinweg zu und unterbrach meine Runde, um das Essen zu probieren, das sie für mich hinter der Bar versteckt hatte. Sie und ihre Mutter hatten sich um das Catering gekümmert und mir nur die Kosten für die Zutaten in Rechnung gestellt.

Juniper machte einen sehr eleganten Eindruck in ihrem engen schwarzen Kleid, das an die Gothic-Outfits erinnerte, die sie gerne als Teenager getragen hatte. Sie winkte ab, ihre schwarzen Nägel glitzerten. »Nur ungefähr hundert Mal.«

»Ich werd dir sicher noch weitere hundert Mal danken. Ohne dich hätte ich das alles nicht geschafft. Du und Heather habt mir in den letzten Wochen den Hintern gerettet. Und deine Mutter sieht aus, als würde sie sich gut amüsieren.« Ich nickte in Fionas Richtung. Ihre Mutter sah exakt so aus, wie ich mir June in dreißig Jahren vorstellte. Sie unterhielt sich mit einer Gruppe von Frauen, die ich aus dem Dorf kannte.

June klang angespannt, aber ihr Blick wurde sanfter, als er auf ihrer Mutter verweilte. »Ich dachte, wenn sie mal ein paar Stunden aus dem B&B rauskommt, merkt sie vielleicht mal wieder, dass es in ihrem Leben mehr gibt als nur diese sieben Zimmer.«

»Vielleicht sollte sie mal eine dieser Singlereisen machen«, scherzte ich. »Da könnte sie einen Mann kennenlernen.«

»Keine schlechte Idee, vielleicht schließe ich mich ihr an.«

Ich schmunzelte. »Bei dir gerade tote Hose?«

Ihr Blick schweifte über die Menge. »So ähnlich.«

»Du solltest es mit Online-Dating versuchen.«

»Auf einer Insel?« June lachte laut auf. Ich sah, wie Callum uns von der anderen Seite des Raumes einen Blick zuwarf. »Nein, danke, beim letzten Mal hab ich mit meinem Cousin Brody gematcht.«

Da fiel mir etwas ein. »Hey« – ich schnappte mir eine Brotstange und knabberte daran –, »was hat eigentlich Callum Macabe vorhin zu dir gesagt?«

Sie winkte ab, aber die Spannung in ihrem gertenschlanken Körper war unübersehbar. »Nichts Wichtiges.«

»Wirklich? Das hatte aber nicht den Anschein. Du sahst wütend aus.«

Sie rollte mit einer Schulter, blieb aber angespannt. »Er lässt nur seinen üblichen Charme spielen. Bin ich etwa die Einzige, die seine Masche durchschaut? Alastair war ganz genauso.«

Natürlich erinnerte er sie an Alastair. Von allen Macabe-Geschwistern war Alastair wahrscheinlich derjenige, über den ich am wenigsten wusste. June war während ihrer gesamten Jugend in ihn verknallt gewesen. Ich erinnerte mich, dass er gut aussah, fleißig war und genau wusste, wie er sein attraktives Lächeln am besten einsetzen konnte. In dieser Hinsicht war er wie Callum. Wenn ich so darüber nachdachte, sahen sie sich sogar äußerlich ziemlich ähnlich. Beide waren drahtig und waren im konventionelleren Sinne attraktiv, nicht so wie Mal. Aber sie waren bei Weitem nicht so stark. Ich konnte mir nicht vorstellen, dass einer von beiden fähig gewesen wäre, ein fünfzig Kilo schweres Whiskyfass allein zu heben.

Die Band war fast am Ende ihres Repertoires angelangt und begann, eine langsamere Nummer zu spielen. Ich senkte meine Stimme und sagte zu June: »Hey, wenn du mal …« Eine Bewegung, die ich in meinem Augenwinkel wahrnahm, unterbrach mich. Es schien, als würde der gesamte Sauerstoff aus dem Raum gesaugt. Zumindest *mein* Sauerstoff, denn scheinbar war ich die Einzige, die bemerkte, wie Mal mit entschlossener Miene über die Tanzfläche schritt. Ich wagte es, ihm in die Augen zu sehen, und er erwiderte meinen Blick, während er direkt auf mich zukam.

June musste es ebenfalls bemerkt haben, denn sie hielt inne und presste eine Weintraube an ihre Lippen. »Ich hab mich schon gefragt, wie lange er wohl brauchen würde.«

Mir blieb keine Zeit, mich zu fragen, was sie damit meinte. Er kam näher und musterte mich von Kopf bis Fuß. Ich wusste, dass ich dasselbe tat. Er hatte sein Jackett ausgezogen, und seine beeindruckenden Brustmuskeln zeichneten sich unter dem weißen Hemd ab. Seine Hemdsärmel waren bis zu den Ellbogen hochgekrempelt, und ich studierte die Muskeln und dicken Adern seiner Arme. Was hatte es mit Unterarmen auf sich, dass sie ständig die Blicke der Frauen auf sich zogen? Jemand anderes, der noch im Besitz einer halben Gehirnzelle war, musste für mich antworten, denn Mal war im Begriff, mich zum Tanzen aufzufordern. Ich konnte es kaum glauben, doch er räusperte sich und streckte tatsächlich die Hand aus.

Es fühlte sich so richtig und natürlich an, dass mein Arm sich ganz von selbst bewegte. Ja oder Nein stand nicht zur Debatte, ich wusste nur, dass meine Hand in seine gehörte. Nicht Schicksal, sondern etwas noch Unerklärlicheres schien uns zu lenken, etwas Unvermeidliches, wie das Gesetz der

Schwerkraft. Aber die Hand, die ich zu spüren bekam, war weicher als erwartet und fühlte sich irgendwie falsch an. Die Augen, in die ich blickte, waren auf einmal nicht mehr sturmgrau, sondern klar und blau. Callum grinste mich an. »Zeit für einen weiteren Tanz, Kleines.« Dann zog er mich auf die Tanzfläche. Mein Körper verkrampfte sich protestierend. Über meine Schulter hinweg suchte ich nach Mal. Ich konnte gerade noch sehen, wie sein Kopf durch die Seitentür verschwand.

23

Mal

Love Me Harder – Ariana Grande

Mit steifem Schwanz stand ich einsam im Dunkeln und trank meinen Whisky – wie erbärmlich. Ich führte das Glas wieder zum Mund, obwohl ich die Flüssigkeit auf meiner Zunge kaum noch schmecken konnte. Eigentlich vermied ich den übermäßigen Konsum von Whisky. Ab einem gewissen Punkt verflüchtigten sich die komplexen Aromen, und er schmeckte nur noch wie billiges Bier auf einer Party.

Aber in diesem Moment wollte ich nur meine Gedanken ertränken.

Ich musste aufhören, an April in ihrem blauen Kleid zu denken, in dem sie wie die Prinzessin aussah, die ich ihr immer vorgeworfen hatte zu sein. So perfekt. Ich wusste, dass sie das Kleid nicht trug, um mich zu quälen, und doch war es wie Folter für mich. Den ganzen Abend lang hatte ich meine Augen kaum von ihr abwenden können – und ich war nicht der Einzige.

Ich leerte mein Glas und ließ mich auf das Fass sinken, das ich für den Rest des Abends für mich beanspruchen wollte. Ich war auf dem Weg zurück zu meiner Hütte gewesen, als ich stattdessen plötzlich im Lagerraum stand. In dieser kühlen, dunklen Kammer konnte man seinen Kummer perfekt in

Alkohol ertränken. Selbst das laute Ächzen der Tür konnte mich nicht aus meinem Selbstmitleid reißen. Wahrscheinlich war es Ewan, der noch mehr Kisten mit Whisky holte, weil April in einem Tempo Flaschen verkaufte, mit dem keiner mithalten konnte.

Ich durfte nie wieder an ihr zweifeln. Seit Wochen hatte ich nichts anderes getan, selbst nachdem wir Freunde geworden waren. Ich war ein Arschloch. Kein Wunder, dass sie nichts mit mir zu tun haben wollte. Wozu brauchte sie mich hier überhaupt?

Mit zitternden Händen goss ich mir einen weiteren Drink ein. Das Gedankenkarussell drehte sich in meinem Kopf. Alte Zweifel meldeten sich. Als ich das Klacken von Absätzen vernahm, wusste ich, dass *sie* es war.

Von meinem Versteck aus beobachtete ich, wie April die Tür hinter sich zuzog und tiefer in den Raum hineinging. Ich konnte sehen, wie ihr feuriges Haar zwischen den Fässern aufschien. Am Ende der Reihe mit Kisten, hinter der ich mich verbarg, hielt sie inne und griff nach einer Flasche des Siebenundvierzigers. Erschrocken richtete sie sich auf und schlug sich eine Hand vor die Brust. »Verdammt … Mal! Du hast mich zu Tode erschreckt.«

Ich traute mich nicht zu sprechen, also nippte ich an meinem Drink und beobachtete, wie sie näher kam. Sie stellte die Flasche auf das nächstgelegene Regal und biss sich mit den Zähnen auf ihre rosa Lippe. »Alles okay, Malcolm?«

Malcolm. War es also schon so weit gekommen? »Ja klar, wieso auch nicht? Ich hab guten Whisky hier … und wie es aussieht, hast du gerade wieder eine sehr teure Flasche verkauft.«

Sie strahlte. »Ich weiß, ist das zu fassen? Das ist schon die zehnte heute Abend.«

Ich konnte es durchaus fassen, aber ich blieb stumm, und wir verfielen in Schweigen. Anders als jedes Schweigen zuvor zwischen uns fühlte sich dieses unangenehm an. Ich war es gewohnt, mich fehl am Platz zu fühlen. Ich war daran gewöhnt, mir die Schuld für das Entstehen von unangenehmen Momenten zu geben. Aber mit ihr hatte es so etwas bisher nicht gegeben; sie hatte immer einen Spruch oder einen Witz auf Lager, der mir das Gefühl gab, kein Idiot zu sein. Als müsste ich nicht ständig vergeblich auf der Suche nach dem richtigen Spruch oder dem richtigen Verhalten sein.

»Warum versteckst du dich hier?«, drang ihre Stimme durch die Schatten zu mir. Ich wusste, dass sie es sofort bereute, die Frage gestellt zu haben. Sie kannte die Antwort. Ich war kurz davor gewesen, sie zum Tanzen aufzufordern. Sämtliche Anwesenden schienen sich dessen bewusst gewesen zu sein, nur mein Bruder nicht. Er hatte mich gedemütigt.

Normalerweise tanzte ich nie. Nicht aus Prinzip, sondern vor allem deshalb, weil ich glaubte, nicht sehr gut darin zu sein. Aber ich hatte mit ihr tanzen wollen. Den ganzen Abend über hatte ich sie beobachtet, hatte mir vorgestellt, sie vor aller Augen in die Arme zu nehmen. Es hatte zwei ganze Drinks und Heathers anspornende Worte gebraucht, damit ich den Mut aufbrachte, sie zu fragen. Hätte sie Ja gesagt, wenn mein Bruder sie sich nicht geschnappt hätte? Die Frage machte mich wahnsinnig.

»Mein Bruder ist ein guter Tänzer.« Der Satz kam mir über die Lippen, bevor ich mich stoppen konnte.

Sie zeigte keine Reaktion. »Ja, er ist definitiv … enthusiastisch.« *Enthusiastisch.* Warum klang das wie eine Beleidigung? »Du hast meine Frage nicht beantwortet. Warum versteckst du dich?«

Ich hielt ihr mein Glas entgegen. »Ich verstecke mich nicht, ich trinke.«

Es war nicht als Angebot gedacht gewesen, aber sie nahm mir das Glas aus der Hand und führte es an ihre Lippen. Sie nahm einen kleinen Schluck und leckte den Rest mit der Zunge aus. »Kier hat auch gern allein getrunken, wenn meine Großmutter ihn in den Wahnsinn getrieben hat.« Sie ging einen weiteren kleinen Schritt auf mich zu; nahe genug, dass ich ihr leichtes blumiges Parfüm riechen konnte. »Treibt dich jemand in den Wahnsinn, Mal?«

Oh Gott. Ich bekam Gänsehaut. Vielleicht war es der Alkohol in meinen Adern, der mich mutig machte, vielleicht war sie es. Ich riss ihr mit einer Hand das Glas aus den Fingern, umfing mit der anderen ihre Taille und zog sie an mich heran. Allzu bereitwillig drückte sie sich zwischen meine angewinkelten Beine. Die Falten ihres Rocks breiteten sich wie Meerschaum in meinem Schoß aus. Ich konnte sie in der Dunkelheit kaum sehen, was mich noch mehr anspornte. »Als wir uns in deinem Zimmer geküsst haben und ich gesagt habe, dass es nicht hätte passieren dürfen … Was ich sagen wollte, was ich hätte sagen sollen, ist, dass du Gefühle in mir auslöst, die mir Angst machen. Deshalb bin ich weggelaufen.«

Da ich auf dem Fass saß, war ich nur ein paar Zentimeter größer und spürte ihren heißen Atem an meinem Hals. Unfähig, ihr Gesicht vollständig zu erkennen, senkte ich langsam den Kopf. Jede Faser meines Körpers sagte mir, dass ich noch schneller sein, sie so schnell wie möglich erobern sollte, bevor sie ihre Meinung ändern konnte, aber ich ließ sie meine Absicht deutlich erkennen. Dieses Mal würde es keine Fehlinterpretationen geben. Und dann küsste sie mich zurück.

Unsere Lippen pressten sich aufeinander, und wir atmeten beide scharf aus. Zwei weitere Male glitt ich mit meinen Lippen über ihre. Sie waren so weich, wie ich sie in Erinnerung hatte. Ich war mir bewusst, dass sie meinen struppigen Bart als kratzig empfinden musste. Eine Tatsache, die wir beide zu genießen schienen, denn sie zog mich noch näher zu sich. Sie vertiefte den Kuss, saugte und leckte an meinen Lippen und ließ ihre Zunge über meine tanzen. Meine Hände verkrampften sich hinter ihrem Rücken, und ich krallte mich mit beiden Händen in den Stoff ihres Kleides. Ich schaffte es aber, mich zurückzuhalten, und überließ ihr die Führung. Ich würde mich nicht noch einmal wie ein unbeholfener Tölpel benehmen. Ich hatte sie das letzte Mal so hart und grob geküsst, dass sie es unmöglich hatte genießen können. Ich verlangsamte den Kuss und versuchte, ein gleichmäßiges Tempo zu finden. Ich versuchte, ruhig zu bleiben. Aber ihre Nägel gruben sich in meinen Arm. Sie neigte sich etwas zurück und sagte: »Fang jetzt bloß nicht an, höflich zu sein.«

Ich streichelte ihr Gesicht. »Ich versuche, sanft zu sein.«

»Und wenn ich dich grob lieber habe?«

Scheiße. Das konnte nicht wahr sein … das konnte einfach nicht wahr sein. Eine neue Welle der Lust überkam mich mit einer solchen Intensität, dass mir schwarz vor Augen wurde. Plötzlich war ich derjenige, der verschlungen wurde. Die Wucht ihres Kusses verblüffte mich. Wäre da nicht das Fass unter mir gewesen, wäre ich sicher auf meinem Hintern gelandet, als sie sich mit ihrem vollen Gewicht auf mich warf. Mit beiden Händen umklammerte sie mein Gesicht, ihre kurzen Nägel fuhren durch meinen Bart und durch das Haar an meinen Schläfen. Ich stöhnte, drückte sie an meine Brust und spürte, wie ihr Mieder gegen mein Hemd rieb. Meine linke

Hand begann verzweifelt, die Schichten ihres Rocks zu durchforsten, bis ich die glatte Haut ihres Schenkels fand und ihn um meine Hüfte schlang.

Dann drehten wir uns – das heißt, ich drehte mich – und stand nun vor dem Fass über ihr. Ihr Oberkörper lehnte sich nach hinten und ich beugte mich über sie, um zu verhindern, dass unsere Lippen sich trennten. Vollkommen außer uns zerrten wir aneinander herum, während ich sie hochhob und aufs Fass setzte. Die Vorstellung, dass ihr wallendes Kleid im Grunde viel zu hübsch für einen Akt wie diesen in einem dunklen, schmutzigen Lagerhaus war, törnte mich nur noch mehr an. Ich wollte, dass es schmutzig wurde, ich wollte Risse im Mieder und Flecken am Saum. Ich wollte meine Prinzessin auf mein Niveau herunterziehen.

Sie stützte sich auf die Ellbogen und spreizte ihre Schenkel für mich. *Für mich.* Ihr Kopf fiel nach hinten, und sie öffnete ihren Mund so weit wie möglich, um meine Zunge in Empfang zu nehmen. Mit festem Griff hielt ich ihren Kopf, schaltete einen Gang zurück und genoss es, ihr Gesicht zwischen meinen Handflächen zu spüren. Sie schmeckte nach allem, was gut war, nach Whisky und Sonnenschein und Weihnachtsmorgen. Wir teilten einen Kuss, der mit Sicherheit Windschutzscheiben zum Beschlagen gebracht hätte. Die feuchte Hitze durchdrang die dicken Steinmauern und trieb uns weiter an.

Ihre Hände hantierten an meinem Kilt und schoben den Stoff über ihren Rock. Als ihr Finger zum ersten Mal meinen Oberschenkel berührte, stöhnte ich auf, kniff die Augen zusammen und ließ meine Stirn auf ihre Schulter sinken. »Warte, warte, warte …«

Ihr Atem ging stoßweise. »Stimmt was nicht?«

»Nein, nein. Ich will dich nur zuerst berühren. Ich kann an nichts anderes denken.« Es tat weh, dass ich sie aufhalten musste. Die Vorstellung, wie sich ihre kleine Hand um meinen Schwanz legte, reichte aus, um mich fast zum Explodieren zu bringen. Ich zog ihre beiden Hände unter meinem Kilt hervor, drückte sie an die Seiten des Fasses und lehnte mich nur so weit zurück, um sie ansehen zu können und ihr zu verstehen zu geben, dass sie sie dort lassen sollte. Sie biss sich auf die Lippe und nickte.

Ich begann an ihrem Kinn. Seit ich vierzehn Jahre alt war, hatte mich dieses stolze, spitze kleine Ding in seinen Bann gezogen. Ich küsste es und leckte darüber. Ihre Lippen näherten sich meinem Mund, aber ich war schneller, fuhr mit meiner Zunge ihren Hals hinunter und schmeckte, was ich bisher nur gerochen hatte. Ich stöhnte erneut auf. Es war der einzige Ton, den ich herausbekam, als meine Lippen ihre Brüste fanden. Ich ließ meine Nase zwischen ihnen versinken, tauchte ein in das Herz ihres Mieders und roch ihr Parfüm. »Hast du dieses Kleid ausgesucht, um mich zu quälen, April?« Ich brauchte nicht aufzusehen, um ihr Nicken zu spüren. Ich leckte ihr über eine ihrer Brüste und zog mit der Zunge ihre Konturen nach. Von der Mitte bis zu der aufreizenden kleinen Schleife, die über ihre Schulter hing, zog sich eine feuchte Spur. Dann biss ich ihr in die andere Brust, sodass sie zusammenzuckte und erschauerte. Ich bemühte mich, sie stillzuhalten. »Zu grob?«

»Nein.«

Gut. Ich machte weiter, leckte, biss, zog mit meinen Zähnen an ihrem Mieder, ohne sie gänzlich zu entblößen. Nicht hier. Nicht, wenn jemand hereinspazieren und sie sehen konnte. Ich küsste ihren Körper, und die Perlen ihres Kleides kratzten und verfingen sich in meinem Bart. Der Schmerz war das Einzige, was mich bei Verstand hielt. Als ich auf die Knie fiel, schossen mir ihre Worte aus dem Auto durch den Kopf. *Hast du gar nicht in Erwägung gezogen, dass es mir gefallen haben könnte, was er gesagt hat?*

Ich umkreiste mit der Zunge ihren Knöchel, ließ ihren Schuh zu Boden fallen und küsste ihren Fuß. »Lässt du dich heute Abend von mir mit dem Mund ficken?« Die Worte sprudelten unwillkürlich aus mir heraus, aber als sie mit einem Stöhnen antwortete, drückte ich ihr mein breites Grinsen so tief in die Haut, dass ich hoffte, einen Abdruck zu hinterlassen. »Komm schon, Prinzessin, lass mich jetzt nicht im Stich. Sag mir, was ich hören will.«

Sie wand sich auf dem Fass. »*Arschloch.*« Ich lachte und versuchte mich zu erinnern, ob ich jemals so viel Vergnügen bei dieser Sache empfunden hatte. Es war immer eine Mischung aus Nervosität und Panik gewesen, überschattet von blindem Verlangen.

»Das ist ein Anfang.« Ich küsste sie etwas weiter oben und ließ meine Zunge über ihre glatte Wade gleiten. »Weiter.« Ich musste diese leise Stimme aus meinen Träumen hören, die mir sagte, was ich tun sollte.

Sie lachte, atemlos. »Ich hasse dich.« Aber schon waren ihre Hände an den Seiten ihres Rockes und versuchten, ihn hochzuziehen. Ich schob sie beiseite.

»*Weiter*, April«, drängte ich und tauchte mit meinem Kopf unter ihren Rock, um die Innenseite ihres Knies zu küssen.

»Wenn Männer den Kopf zwischen meine Beine stecken, hab ich es lieber, wenn sie zur Sache kommen.« Ihre Stimme war so leise, dass ich sie kaum hören konnte. Sie schlang die Beine um meinen Kopf, als wollte sie ihre Aussage unterstreichen. Zu gerne hätte ich gesehen, was sie sah: Mich, auf den Knien rutschend, den Kopf unter ihrem hübschen Rock, wild vor Lust. Ich wollte, dass sich dieses erotische Bild in ihre Erinnerung eingrub.

»Willst du jetzt meinen Mund an deinen Lippen spüren, Prinzessin? Sag es mir.«

»Ja.« Ich spürte, wie sie sich weiter zurückfallen ließ, und konnte von meiner Position aus sehen, wie ihre Haare auf der anderen Seite des Fasses fast den Boden berührten. *Scheiße.* »Ja … das will ich.«

»Braves Mädchen.« Ich hauchte die Worte auf ihre Haut und glitt höher. Ihr Innerstes rief nach mir, als wäre dort ein Peilsender verborgen. Meine Nase streifte die Spitze ihrer Unterhose, und ich leckte über die Vertiefung zwischen ihrem Schenkel und ihrer Unterwäsche. *Verdammt.* Sie wurde feucht, es breitete sich zwischen ihren Beinen aus. Ich leckte es auf wie ein Wilder, während sie zitterte. »Hüften hoch, Prinzessin.« Ich krallte die Finger um ihre Unterwäsche und zog sie ihr in dem Moment, in dem sie sich fügte, herunter und über die Füße, sodass sich ihr zweiter Schuh löste. Ich kam mit dem Kopf unter ihrem Rock hervor und schaute ihr in die Augen, während ich die hübsche weiße Spitze in meine Jackentasche steckte. Ihre Nasenlöcher blähten sich, und sie biss sich auf die Lippen. »Du hast ja bald eine ganz schöne Sammlung«, sagte sie. Ich wusste, dass ihre hübsche Haut da unten gerötet sein würde.

Ich hatte nicht mehr die Kraft, etwas zu erwidern. Ich tauchte wieder unter ihren Rock, diesmal ohne zu zögern, während ich sie langsam leckte … wenn es einen Himmel gab, dann war er genau hier. Genau hier hätte ich glücklich sterben können, auf meinen Knien zwischen Aprils Beinen. Ich begann gerade, sie zu schmecken, da hörte ich etwas – gedämpfte Stimmen, eine tiefe, die fast mit meiner identisch war, und das Knarren der Tür zum Stauraum. Ein unanständiger Teil von mir wollte einfach weitermachen, wollte, dass er es sah. April lag wehrlos in meinen Armen, sie hätte mich auf jeden Fall weitermachen lassen.

Ich rappelte mich auf und zog ihren Rock zurecht. »Mal«, keuchte sie, und Enttäuschung schwang in ihrem Ton mit. *Mir tut es auch leid, Prinzessin.*

Ich drückte meinen Finger auf ihre Lippen und drehte den Kopf zur Tür. Ihre Augen weiteten sich, als sie die Stimmen hörte. Sie sah nicht panisch aus … eher schockiert. Eine Stimme in meinem Kopf warnte mich, dass wir bestimmt nicht hier erwischt werden wollten. Ich begann sie vom Fass hochzuziehen, doch da fiel mir ein, dass sie keine Schuhe trug. Ich hob sie stattdessen hoch, drückte sie an meine Brust und trug sie durch die Fässerreihen bis zur äußersten Wand. Ihr heißer Atem streifte meinen Hals, als sie sich an mich klammerte, alle zehn Finger drückten sich an meine Schulter, ihre Schenkel umschlossen meine Taille.

So weit hinten gab es keine Fenster, kein Licht, es war kalt. Sie fröstelte, und ich umklammerte sie fester, konnte nicht anders, als ihr einen Kuss zu geben. Ich hätte ihr meine Jacke geben sollen. Als sie den Kuss mit erstaunlichem Enthusiasmus erwiderte, keimte in mir Hoffnung auf. Wir waren unterbrochen worden, und sie *wollte* mich immer noch. Sie war nicht zur Vernunft gekommen. Wir erreichten den hinteren Teil des Raumes, und ich drückte sie an die Wand, presste meine Wange an ihre. Wir atmeten so laut, dass ich die Worte meines Bruders fast nicht mehr verstehen konnte. »Bist du sicher, dass sie hier rein ist?«

»Ja, sie wollte noch einen Siebenundvierziger holen.« Heather. *Verdammt*, meine halbe Familie war hier.

»*Mal …*« Aprils beinahe stummes Flehen verdrängte alles andere. Sie wand sich in meinen Armen, ihre Hüften drückten gegen meine. Ich wusste, was sie brauchte.

»Kannst du still sein?«, flüsterte ich. *Verdammte Scheiße. Was hatte ich da gesagt?*

Sie biss sich auf die Lippen und nickte verzweifelt. Ich bedeckte mit einer Hand ihren Mund, und sie antwortete mit einem kräftigen Stöhnen, ließ den Kopf nach hinten gegen die Wand sinken. Ich tat es tatsächlich. Es geschah wirklich. Ich tastete unter ihren Rock, bis ich ihre Mitte fand. Sie war heiß und feucht. Ich strich einmal mit einem einzigen Finger darüber, und sie zuckte wild in meinen Armen. Ihre Nägel gruben sich in meine Schultern. Ich streichelte sie wieder, langsamer, strich kreisend über ihre Klitoris. Ihre Augen weiteten sich, und ihre Lippen öffneten sich um meine Hand, die ihren Mund bedeckte. Ihre Zähne bohrten sich in meine Haut. »Genau … beiß mich. Ich will, dass du einen schönen Abdruck hinterlässt.« Ich keuchte und begann, in sie zu stoßen, erst mit einem Finger, dann mit zweien, in einem gleichmäßigen Rhythmus. »Fuck, Baby, du bist perfekt. Wie schön du meine Finger aufnimmst … Ich will sehen, wie du als Nächstes meinen Schwanz aufnimmst.« Unsere Augen waren geschlossen, unsere Köpfe berührten sich fast.

Es brauchte nur noch ein paar weitere Stöße, bis sie ganz eng wurde. Sie war diejenige, die kurz davor war zu kommen, aber ich war derjenige, der den Verstand verlor. Ich redete wirres Zeug. Sagte Dinge, die ich normalerweise nie sagen würde. Ich wusste nicht einmal, ob ich leise war … es war mir auch egal. Ihre Hüften streckten sich mir entgegen, sie wollte mich noch tiefer spüren. Meine Hüften schmiegten sich an ihre, der steinharte Schwanz unter meinem Kilt drückte gegen ihren Oberschenkel. Ich hörte Callums schwere Schritte in einer der Fässerreihen neben uns. War ich absichtlich so laut? Hatte ich die Hand etwa von ihrem Mund genommen? Ich hatte keine Ahnung.

Ich wollte sie wieder schmecken und streifte mit meinem Mund ihre Halsbeuge, um ihren pochenden Puls zu spüren, bis ihr Kopf zurückschnellte. Ihr Höhepunkt war stumm, lang und glühend heiß, während sie in meinen Armen zuckte. Sekunden später kam ich mit einem leisen Stöhnen in meinen Boxershorts, den Schwanz immer noch gegen sie gedrückt. Dann starrten wir uns gegenseitig an, mit bebendem Brustkorb. Das Ganze konnte nicht länger als eine Minute gedauert haben, aber ich fühlte mich völlig verändert.

»Hier ist der Whisky.« Heathers hohe Stimme durchbrach den Nebel, gefolgt vom Klappern von Kisten. »Vielleicht ist sie zum Haus hinaufgegangen, um nach Dudley zu sehen. Meinst du, ich sollte nach ihr suchen?«

Ich drehte mich weit genug um, dass ich sie sehen konnte. Heather hatte ein paar Flaschen in ihren Armen und blickte zur Tür. Aber Callum starrte auf den Boden – auf Aprils Schuhe. Er sah auf und starrte in meine Richtung, aber er sah mich nicht. Die Ecke, in die ich uns verfrachtet hatte, war zu dunkel. Trotzdem presste ich mich näher an April und legte meinen freien Arm um sie, um so viel wie möglich von ihr zu bedecken.

»Ich bin sicher, sie kommt bald wieder«, sagte Callum schließlich und führte Heather den Gang hinunter und zur Tür hinaus. Die Tür fiel zu, und ich nahm die Hand von Aprils Mund, hielt sie aber weiterhin an die Wand gedrückt. Keiner von uns sagte ein Wort. Es war zu dunkel, als dass ich ihren Gesichtsausdruck hätte erkennen können. Sie drückte sich leicht an meine Brust, und ich setzte sie ab. Ihre nackten Füße trafen auf den schmutzigen Boden. Gerade wollte ich sie wieder hochheben, da stolperte sie rückwärts und sah mich entsetzt an.

»Prinzessin«, murmelte ich und streckte die Hand nach ihr aus. Aber sie eilte bereits zum Fass und sammelte ihre Schuhe ein.

»Es tut mir leid … ich hätte das nicht tun sollen … Es tut mir leid, dass ich dich dazu verleitet habe … mit den anderen im Raum.«

War das ihr Ernst? »Du hast mich zu gar nichts verleitet. Ich habe jede einzelne Sekunde davon gewollt.« Ich wollte ihr gestehen, dass ich mich in diesen fünf Minuten so lebendig gefühlt hatte wie in meinem ganzen Leben nicht. Aber ich bremste mich, schließlich wollte ich sie nicht verschrecken.

Sie nickte hastig, und ich merkte, dass sie mehr sagen wollte, aber ihre Gedanken wanderten zurück zur Party. »Ich sollte zurückgehen, der heutige Abend ist so wichtig.«

Das hier ist wichtig. »Wir sollten darüber reden.« War sie verärgert, weil Callum uns gesehen haben könnte? Oder über die Art, wie ich mit ihr gesprochen hatte?

»Das werden wir, ich möchte das auch. Es tut mir so leid, dass ich dich darum bitten muss … aber könnten wir das später besprechen?« Sie wandte sich zur Tür, glättete ihren Rock, richtete ihre wirren Locken und griff im letzten Moment nach der herumliegenden Flasche Siebenundvierziger.

Ich folgte ihr. »Wann später?«, fragte ich.

»Nach der Verkostung.« Sie stellte sich auf die Zehenspitzen und drückte mir einen flüchtigen Kuss auf den Mundwinkel.

Der Kuss milderte meine Panik ein wenig, aber meine Sorge war zu stark. »Komm zu meinem Cottage … wenn du willst.«

»Es könnte spät werden.«

»Das ist okay.« Ich würde sowieso nicht schlafen können.

Dann schob sie sich durch die Tür. Ihre feurige Haarmähne verschwand als Letztes aus meinem Blickfeld.

24

April

Georgien – Vance Joy

Als ich in den Verkostungsraum zurückkehrte, sah ich Heather, die mir über die Köpfe der Leute hinweg zuwinkte und mir zu verstehen gab, dass ich zu ihr kommen sollte. Ich setzte ein Lächeln auf, bewegte mich in ihre Richtung und hielt die Flasche Siebenundvierziger wie eine Erklärung in die Höhe. Der Verkostungsraum war viel leerer als vorher, die Band hatte aufgehört zu spielen, und die Musiker packten gemächlich ihre Instrumente ein, während sie sich an den Essensresten bedienten. Ich setzte zu einer Entschuldigung an, dann bemerkte ich Callum an ihrer Seite. Er hatte ein Grinsen im Gesicht, das man nur als selbstgefällig bezeichnen konnte. Ich hatte ihn nach unserem Tanz stehen gelassen, um nach Mal zu suchen, und hatte nicht daran gedacht, dass er mir folgen könnte. Er hatte uns unmöglich sehen können. Oder etwa doch?

»Da bist du ja. Ich dachte schon, du hättest ein verlockenderes Angebot bekommen«, sagte er zweideutig, als ich mich ihm näherte. Er streckte mir seine Hand entgegen, und ich starrte sie zurückhaltend an. Ich war mir nicht sicher, was er von mir wollte, aber ich wusste, dass ich sie nicht nehmen konnte.

»Du hast da was hinten an deinem Kleid«, sagte Heather. Zwischen ihren Augenbrauen hatte sich eine Falte gebildet.

»*Oh.*« Ich erschrak und zerrte an meinem Rock. Es waren schwarze fettähnliche Flecken, und sie befleckten die gesamte Rückseite des feinen Stoffes. *Verdammt.* »Ich muss im Lagerraum irgendwo drangekommen sein«, sagte ich mit hoher Stimme, während ich versuchte, die Flecken wegzuwischen.

»Muss ganz schön schmutzig gewesen sein«, stimmte Callum zu. Meine Finger erstarrten. Er wusste es – der Bastard wusste definitiv Bescheid. Auf meinem Weg zur Bar trat ich ihm auf die Zehen. Er lachte nur laut auf und folgte mir, Heather dicht auf den Fersen. »Ich hab Mal auch schon eine Weile nicht mehr gesehen.«

»*Hmm?*« Ich entschied mich, Verwirrung vorzutäuschen. Wenn er es nicht direkt aussprechen würde, würde ich das auch nicht. »Oh, ich glaub, er ist gegangen. Das hier ist nicht so sein Ding.« Ich wünschte, ich hätte bei ihm sein können, aber ich musste den Abend zu Ende bringen. Ich war die Gastgeberin, ich konnte nicht einfach verschwinden und erwarten, dass es niemandem auffiel. Außerdem hatte ich es ernst gemeint, als ich gesagt hatte, der heutige Abend sei zu wichtig.

Ich legte den Siebenundvierziger in eine Schachtel mit dem Siegel der Kinleith Distillery und reichte sie Heather, die diese dem Kunden übergab. Callum und ich sahen ihr schweigend hinterher, aber meine Zehen tippten ungeduldig auf den Boden. Wäre es zu unhöflich, die Leute zur Tür hinauszukomplimentieren? Callum fing an, leere Gläser einzusammeln und auf ein Tablett zu stellen. Ich konnte es nicht mehr ertragen. »Bitte räum das nicht auf.«

Er hob eine Augenbraue, und seine Finger hielten inne. »Warum sollte ich dir denn nicht helfen?«

Weil ich vermute, dass du Gefühle für jemanden hast, den du nicht haben kannst, aber nur für den Fall, dass ich mich irre … »Ich will dir keine falschen Hoffnungen machen.« Den letzten Teil sprach ich laut aus.

Bevor ich etwas dagegen tun konnte, fiel er auf ein Knie und hielt sich die Brust. In einem Moment blinder Panik stürzte ich nach vorne, um ihn aufzufangen, doch er legte den Kopf in den Nacken und schrie mehr, als dass er sang: *»Shot through the heart, and you're to blame, darlin', you give love a bad name!«*

Ich wusste, dass die Nachzügler uns neugierig beobachteten, aber ich lachte trotzdem. »Tut mir leid«, sagte ich und bot ihm die Hand an. Zu meiner großen Erleichterung stellte ich fest, dass die Entschuldigung nicht nötig war. Er hatte also kein Interesse an mir, was bedeutete …

Callum sprang auf die Beine und war wieder größer als ich. Er drückte mir einen Kuss auf die Wange und sagte: »Nur damit du's weißt: Mal kann nicht so gut singen wie ich.« Er zwinkerte mir zu und machte sich wieder ans Aufräumen.

***

Vielleicht hätte ich ihm erst schreiben sollen, dachte ich und rieb mir über die Arme, als ich auf Mals Treppe stand. Obwohl es schon nach ein Uhr nachts war, drang ein sanftes Licht aus dem kleinen Fenster. Das leise Summen des Fernsehers war zu hören. Er war definitiv wach. Dudley wimmerte ungeduldig zu meinen Füßen. »Sieh mich nicht so an«, sagte ich zu ihm. »Ich … brauch nur eine Sekunde.« Er stampfte mit seinem Vorderfuß auf. Ich warf meinem Hund einen bösen Blick zu und klopfte leise. Nichts rührte sich. »Er hat wahrscheinlich zu tun … wir sollten ein anderes Mal wiederkommen.« Ich hätte schwören können, dass Dudley vorwurfsvoll winselte.

Ich schluckte und wandte mich der Tür zu, als wäre sie ein Feind. Vorhin im Lagerraum hatte ich die heißeste Erfahrung meines ganzen Lebens gemacht und war so heftig gekommen wie noch nie zuvor. Aber ein Teil von mir machte sich Sorgen, dass er es bereuen könnte. *Er sah nicht so aus, als würde er es bereuen*, flüsterte mir eine Stimme zu. Ich entschied mich, die Initiative zu ergreifen, drückte die Türklinke runter – natürlich war offen – und trat ein. Was auch immer als Nächstes kommen mochte, wir mussten wie Erwachsene darüber reden.

Kurz vor der Schwelle blieb ich abrupt stehen, als wäre ich mit dem Kopf gegen eine Wand gelaufen. Mein Gehirn brauchte einen Moment, um das, was meine Augen sahen, zu verarbeiten. Auf seinem breiten Bildschirm sah ich mein Gesicht in einer Größe, in der kein Mensch jemals sein eigenes Gesicht sehen sollte. *A Stranger At The Gates*. Ich erkannte den Film sofort daran, wie mein jüngeres Ich gekleidet war, nur mit einem weißen Nachthemd und mit offenen Haaren, die über die Schultern fielen.

Die Rolle, die ich gespielt habe, Lyra, schlich auf dem Bildschirm die Dienstbotentreppe des großen Landsitzes hinunter, auf dem sie als Gouvernante für das junge Mündel des Viscounts arbeitete. Im Gegensatz zu mir schritt Lyra zielstrebig und mit leicht zurückgenommenen Schultern in das Arbeitszimmer des Viscounts. Lord Devon blickte nicht auf, doch seine Hand verharrte über seiner Korrespondenz und umklammerte den Stift etwas fester. »Miss Stewart, es ist bereits spät.«

»Das ist wahr.« Ihre Stimme – *meine Stimme* – klang rauchig.

Er richtete sich in seinem Stuhl zu einer imposanten Haltung auf und sah sie schließlich an. »Sie sollten nicht hier sein.« Devon sprach die Worte aus, aber es war Mals Stimme, die ich in meinem Kopf hörte.

»Weil Sie mich nicht hier haben wollen?« Lyra trat näher heran, woraufhin Devon mit einem Satz hinter seinen Stuhl sprang und sich an der Lehne festhielt, als könnte diese Barriere die herannahende Flutwelle zwischen ihnen aufhalten. Sie hatte sich angebahnt, seit er sie vor einigen Wochen klatschnass, verletzt und ohne Erinnerungen im Wald gefunden hatte. Lyra trat an den Schreibtisch heran. Ihre Hand fuhr über die verschiedenen Tintenfässer und das Papier und streichelte die Feder, die er gerade in der Hand gehalten hatte. Lord Devons Atem ging schwer, genau wie der von Malcolm. Mein Blick fiel auf ihn. Lang ausgestreckt lag er auf dem Sofa und beobachtete mich auf dem Bildschirm.

Durch den Anblick ermutigt, schlich ich näher. Er hatte mich noch nicht bemerkt. Dudley fasste meine leichte Bewegung als Einladung auf, quetschte sich an meinen Beinen vorbei und rannte direkt auf Boys Korb zu, wobei seine kurzen Krallen auf dem Hartholz klapperten. Mal sprang auf. Er hatte denselben Blick wie Lord Devon. Seine Augen waren vor Panik geweitet und blickten zwischen mir und dem Bildschirm hin und her. »April … Ich war nicht … Ich hab nicht …« Er tastete nach der Fernbedienung auf dem Sofa und machte den Ton aus Versehen so laut, dass nur noch mein atemloses Hauchen im Raum zu hören war. »*Mist!*« Seine

Hände zitterten, und seine Wangen glühten scharlachrot. »Als ich sah, dass der Verkostungsraum geschlossen war, hab ich nicht mehr damit gerechnet, dass du kommen würdest. Und dann lief zufällig der Film im Fernsehen … Ich hab nichts gesehen, *ich schwöre es.*«

Ich war enttäuscht. Aber seine offensichtliche Verlegenheit konnte nur eines bedeuten … er *wusste,* was als Nächstes kam. Er hatte diesen Film schon einmal gesehen. Ich wartete darauf, dass meine Verlegenheit sich einstellte, zusammen mit den üblichen Ängsten, die immer dann aufkamen, wenn Fremde meinen Körper betrachteten und bewerteten, aber es kam nichts. Wenn überhaupt, dann hatte es eher den gegenteiligen Effekt. Mir *gefiel* die Vorstellung, dass Mal mich ansah. Mich bewunderte. Ich trat näher und beobachtete, wie seine übergroßen Finger auf die Knöpfe der Fernbedienung tippten. »Du hast nichts gesehen?«

»*Natürlich nicht* … Ich hab nur durch die Kanäle gezappt. Und dann bin ich zufällig bei dem Film gelandet.« Wie in Trance beobachteten wir beide, wie Lyra näher kam und die beiden zu streiten anfingen. Devon befahl ihr, zurück ins Bett zu gehen, und umrundete den Schreibtisch, um Abstand zu halten. Wütend beteuerte er, dass er nichts von ihr wollte.

Die Fernbedienung knallte auf den Boden. Die Rückseite platzte ab, und die Batterien rutschten unter das Sofa. Malcolm stürzte hinterher, sank auf Hände und Knie und versuchte, sie zu erreichen. »Warte«, drängte ich, umrundete das Sofa und blieb auf dem Teppich stehen.

»Tut mir leid.« Er suchte hektisch weiter. »Nicht nur das hier, sondern auch das vorhin. Ich hätte es nie so weit kommen lassen oder so mit dir sprechen dürfen.«

»Wie hast du denn mit mir gesprochen?«

Er spannte sich an und weigerte sich, mich anzuschauen. »Du weißt genau, wie ich mit dir gesprochen habe. Es war unangemessen.« *Ich fand es vollkommen angemessen.*

»Und wenn ich nicht möchte, dass es dir leid tut?« Ich wusste nicht, ob es an meinen Worten oder meiner heiseren Stimme lag, aber er hielt inne und setzte sich auf seine Fersen.

»Nicht?«

»Nein.«

»Du …« Er leckte sich über die trockenen Lippen. »Es hat dir gefallen?«

»Ja.«

Er schluckte sichtlich schwer. Das immer intensiver werdende Rot seiner Wangen breitete sich bis zu seinen Ohren und über den gesamten Hals aus, was ihm in dem schwachen Licht ein besonderes Leuchten verlieh. »Warum bist du dann weggerannt?«

»Ich hab dir gesagt, wieso, der heutige Abend musste ein Erfolg werden. Aber auch …« Ich hielt inne und sammelte all meinen Mut. Ich hatte mich noch nie von einem Mann nervös machen lassen und würde es auch jetzt nicht dazu kommen lassen. »Ich dachte, dass *du* es vielleicht bereuen könntest. Und in Anbetracht der Umstände erschien es mir sicherer, zu gehen.«

Immer noch auf den Knien, bewegte er sich ruckartig in meine Richtung und schüttelte den Kopf. »Das könnte ich nie. Ich bin verrückt nach dir, April, hast du das noch nicht gemerkt?«

Dieser Mann. So schüchtern und gleichzeitig so attraktiv. Wie sehr ich ihn begehrte. »Ich fange langsam an, es zu merken«, sagte ich. »Wie wäre es, wenn wir, anstatt ständig das

Verhalten des anderen infrage zu stellen, uns gegenseitig einen Vertrauensvorschuss geben?«

Er sah mich an. *Er starrte.* Als trüge ich Seide statt Baumwolle. Als wäre ich das Schönste, was er je gesehen hatte. »Ich denke, das wär okay.« Vor lauter Herzklopfen konnte ich kaum hören, was er sagte.

Mein Blick wanderte zum Fernseher, und ich beobachtete, wie ich Lord Devon in seinen stattlichen Schreibtischstuhl drückte. Er ließ es zu. *Bereitwillig.* Ohne darüber nachzudenken, ergriff ich Mals Arm und zerrte daran, bis er sich zu seiner vollen Größe aufrichtete. Für seine Größe ließ er sich leicht hochziehen. Er erlaubte mir, ihn zum Sessel zu führen und ihn genau wie mein Film-Pendant dort hineinzudrücken. Er landete sanft. Seine grauen Augen wanderten über meinen Körper bis hoch zu meinem Gesicht. Wir starrten einander an. Ein einziger Blick sagte mehr als Millionen Worte. Ich streckte meine Hand nach ihm aus. Mein Daumen strich über seinen Wangenknochen und über seinen gestutzten Bart. Er schluckte, rutschte im Sessel nach unten und spreizte seine nackten Beine unter dem Kilt, den er immer noch trug. Seine Hände ballten sich zu Fäusten.

»Lassen Sie Ihre Hände dort, wo ich sie sehen kann«, sagten Lyra und ich gleichzeitig. Mal verstand, doch zugleich strahlten seine Augen noch etwas Tieferes aus. Während Lord Devon auf dem Bildschirm leise vor sich hin fluchte, blieben meine Augen auf Mal fixiert. Gespannt wartete ich seine Entscheidung ab. Als er die Hände bewegte und die Finger auf die Armlehnen des Stuhls legte, wusste ich, dass er mir die Erlaubnis gab, weiterzumachen.

Lyra und ich stellten uns in die Mitte des Raums. Ich hinkte ein wenig hinterher, aber holte schnell auf, als sie begann, in einem langwierigen Prozess die vielen kleinen Knöpfe ihres Nachtkleides zu öffnen. Mit sicherem Griff zog ich mein T-Shirt aus und beobachtete Mal dabei, wie er mich beobachtete. Er sah ausgehungert aus. Das T-Shirt fiel vor meine Füße, und er änderte seine Position. Seine Augen versuchten, meinen Blick zu halten, was ihm aber nicht gelang. Seine Finger hinterließen tiefe Rillen im Sessel, unter seinem moosgrünen Kilt zeigte sich eine beachtliche Wölbung.

»Bin ich so, wie Sie es sich vorgestellt haben?«, fragten Lyra und ich unisono. Ich schob meine Daumen unter den Bund meiner Shorts und streifte sie ebenfalls ab. Darunter trug ich nichts.

»Ja«, antworteten beide Männer im gleichen rauen Bariton. Ich wusste, dass Mal nicht nur so tat. Seine Augen wanderten von meinen Brüsten zwischen meine Beine. Er machte einen leicht benommenen Eindruck, als wäre es das erste Mal, dass er eine Frau nackt vor sich sah. Ich war mir nicht sicher, ob er überhaupt wahrnahm, welche Szene sich auf dem Bildschirm abspielte. Meine Finger glitten seitlich über meine Oberschenkel weiter nach oben über die Wölbung meiner Hüften und meinen Bauch. Langsam drehte ich mich auf der Stelle, damit er mich von allen Seiten betrachten konnte. Erst als er zu stöhnen anfing, pirschte ich mich näher an ihn heran. Er verfolgte jeden einzelnen meiner Hüftschwünge.

»Ich musste auch an Euch denken, Mylord«, flüsterte ich zusammen mit Lyra und blieb so dicht vor ihm stehen, dass ich seine drahtigen Beinhaare an meinen Schienbeinen spüren konnte. »Tief in der Nacht, wenn nur der Teufel zuhört.« Zwischen meinen Schenkeln wurde es so feucht, dass es ihm mit Sicherheit aufgefallen war, denn er befeuchtete mit der Zunge seine Lippen. Ich drehte mich um, ließ mich auf seinen

Schoß sinken, spreizte meine Beine und legte mich mit meinem nackten Körper auf seinen viel größeren, noch gänzlich bekleideten Oberkörper.

»*Gott verdammt* … Prinzessin.« Sein ganzer Körper bebte, und er hob die Hände von den Armlehnen, als wollte er mich berühren, doch kurz vorher zog er sie wieder zurück.

Ich legte den Kopf zurück auf seine Schulter und neigte mich so, dass er meinen ganzen Körper sehen konnte. Er verfolgte meine Bewegung, roch an meinem Haar, zog mit seinen Lippen die Konturen meines Ohrs nach und vergrub den Kopf dann in meinem Nacken. »Ich weiß, dass es falsch ist«, raunte ich einen Sekundenbruchteil später als Lyra. »Ich bete jeden Tag um Linderung für diese Folter, aber in dem Moment, in dem die Sonne untergeht …« Ich brach ab, biss mir auf die Lippe und ließ meine Hände über meine Brüste bis zu den Brustwarzen wandern. Meine Hüften begannen zu kreisen, und mit einem Mal spürte ich ihn – heiß und hart wie Granit an meinem Rücken.

»Was … woran denkst du?«, keuchte er.

»Deine Hände.« Ich ergriff seine Hand und wich dadurch vom Drehbuch ab. Ich hielt sie in meiner und ließ nur die Spitze seines Fingers mein Schlüsselbein berühren. Die bloße Berührung ließ mich erschauern. Dann führte ich seine Finger über meinen Oberkörper und ließ zu, dass er mit der Hand meine Brust umschloss. Ich fühlte, wie er glühte. »Zuerst berührst du mich hier.« Sein Keuchen war heftiger als seine Berührung. Er drückte sanft zu, als wäre ich unendlich kostbar. Sein rauer Daumen streifte über meine Brustwarze, während sich seine Hüften gegen meinen Hintern drückten. Ich war so feucht, dass ich auf seinen Kilt tropfte. Es hatte etwas äußerst Erotisches, splitternackt zu sein und trotzdem die Kontrolle zu haben, während er vollständig bekleidet war.

»Wo soll ich dich als Nächstes berühren, Prinzessin? Ich weiß, dass das nicht alles sein kann.« Seine Stimme berauschte mich, ließ mich dahinschmelzen. Wir setzten die Erkundungsreise meines Körpers fort. Mein Rücken wölbte sich dabei unmerklich nach hinten. Unsere Finger streiften die feuchte Innenseite meines Oberschenkels und glitten durch die Nässe, die meine Haut bedeckte. »Ja«, zischte er. Er benetzte seine Finger mit meinem Lustsekret und verteilte es auf meinem Schenkel, dann ließ er den Finger zurück zu meinen Schamlippen gleiten. »Für wen bist du feucht, für mich oder für Lord Devon?«

Den Kopf an seine Schulter gepresst schrie ich: »Für dich, Mal … nur für dich.«

Unsere Hände noch immer miteinander verschränkt, tauchten sein und mein Zeigefinger bis zur Hälfte in mich ein. Ich brauchte einen Moment, um mich daran zu gewöhnen, wie sehr er mich ausfüllte; seine Finger waren so groß, dass ich mir gar nicht vorstellen konnte, wie groß sein Schwanz sein musste. Er stöhnte bei der ersten Berührung auf und stieß noch härter zu, während sein anderer Arm meine Taille umschloss und mich fest an sich drückte, während ich unsere Finger zu reiten begann. »Sieh her«, stöhnte er und sah nach unten. Ich schaute auch nach unten und sah, wie unsere Finger in mir verschwanden. »Schau, wie perfekt du bist. Schau, wie gut wir zusammenpassen.« Er zog mich noch fester an sich. »Spür, wie hart du mich machst. Nur du, Prinzessin. Nur du.«

Oh Gott.

Meine Bewegungen wurden schneller, bis kein Rhythmus mehr zu erkennen war. Er flüsterte mir schmutzige Worte ins

Ohr, knabberte und leckte an meinem Ohrläppchen, bis ich außer Kontrolle war. Bis ich aufschrie, keuchte und zitterte, als der kurze, aber heftige Orgasmus mich durchfuhr. Sein Hemd klebte an meiner Haut, unser Schweiß machte unsere Körper geschmeidig.

Ich war immer noch dabei zu kommen, als er eines meiner Beine anhob und mich zu sich umdrehte, sodass wir uns ansehen konnten. Meine Schenkel schlangen sich um seine Hüften. Devon und Lyra begannen auf dem Bildschirm, sich gegenseitig ebenso hungrig zu verschlingen wie wir, doch der Fernseher war längst vergessen. Mal packte mein Haar, zog meinen Kopf zurück und leckte meinen Nacken, während ich weiter auf ihm ritt und mich an seiner bedeckten Erektion rieb. Ich zerrte an seinem Hemd und versuchte, es ihm auszuziehen. Er tat es mir gleich, zog wie wild daran, sodass die Knöpfe aufsprangen und wie kleine Kieselsteine auf den Boden fielen. Sobald seine Brust entblößt war, begannen meine Hände, umherzuwandern. Ich küsste ihn auf den Mund, während ich seine Brustwarzen streichelte und durch sein hellbraunes Haar strich, bis er fluchte, meine Hüften anhob und seinen Kilt hochzog.

Als sein Schwanz meinen Eingang berührte, stöhnte ich auf. »Kondom?«, raunte ich heiser in seinen offenen Mund.

Er erstarrte und umklammerte meine Hüften, als würde ich sonst davonschweben. »Ich hab keins. *Verdammt.* Ich hab … ich hab seit Jahren keine mehr.«

Seit Jahren? Dieser Mann war echt unglaublich. Wie zum Teufel war das möglich?

»Ich nehm die Pille«, schoss es aus mir heraus.

Seine Miene entspannte sich. »Ich bin sauber. Die Male, die ich Sex hatte … hab ich immer ein Kondom benutzt.«

Er fragte nicht nach, sondern vertraute mir voll und ganz. Trotzdem sagte ich: »Ich auch.« Wir stürzten uns wieder aufeinander, verschlangen uns mit unseren Mündern, unsere Zungen kämpften miteinander. Er schob seinen Kilt beiseite, und ich erhob mich auf die Knie und setzte mich langsam auf seinen Schwanz.

»Oh, fuck!« Er bäumte sich auf. »Warte, *Baby* … bitte warte.« Mein Riese warf den Kopf zurück und kniff die Augen zusammen, während er über meine Brustwarzen strich und versuchte, die Kontrolle über sich wiederzuerlangen. Das Problem war, dass ich nicht wollte, dass er sich beherrschte. Ich wollte, dass er verzweifelt stöhnte. Ich wollte, dass er in mir den Verstand verlor.

Ich hielt meine Hüften so ruhig wie möglich, leckte an seinem Hals entlang und biss in sein Ohrläppchen. »Seid Ihr schon bereit, mein Lord?«

Er lachte und hörte sich dabei an wie ein sterbendes Tier. »Tausend Leben hätten mich nicht auf dich vorbereiten können.« Ich grinste glücklich und bewegte ganz leicht meine Hüften. Sein Stöhnen war ohrenbetäubend. Als Nächstes bewegte ich mich etwas mehr, ließ ihn fast ganz aus mir herausgleiten und schob ihn dann wieder in mich hinein.

»So gut«, sagte ich und verlieh meinen Worten Nachdruck, indem ich mich ganz auf ihn setzte.

Raue Hände strichen meine Wirbelsäule hinauf und glitten unter meine Arme, umfassten meine Brüste und streichelten meine Nippel, während meine Bewegungen schneller wurden. Er ließ mich das Tempo bestimmen, berührte und beobachtete mich, während ich ihn ritt. *April.* Mein Name kam wie ein Gebet über seine Lippen, so natürlich wie Wasser, das über Felsen rauscht. »Das ist es, Baby … genau so, genau so.«

Seine Hüften hoben sich so sinnlich vom Kissen, dass mir schwindlig wurde. »So wirst du mich also töten?«

»Vielleicht«, sagte ich mit einem verruchten Grinsen.

»Gut. Reite mich, bis mein Herz explodiert.« Und das tat ich. Meine Schenkel brannten, aber ich hörte nicht auf. Ich erinnerte mich an sein lüsternes Flehen im Lagerraum und nahm seine Hände von meinen Brüsten, führte einen Daumen an meine Lippen und nahm ihn in den Mund, während ich den anderen auf meine Klitoris presste. Ich biss zu, als ich die Schwelle überschritt. Wir sahen uns an, während mich mein Höhepunkt in Wellen überkam. Er beobachtete mich mit glasigen Augen und zusammengebissenen Zähnen, während er seinen eigenen Orgasmus hinauszögerte, als wolle er sich zuerst meinen einprägen. Als mein Höhepunkt langsam abebbte, biss ich ihn erneut, diesmal in den fleischigen Teil seiner Handfläche. Er explodierte und drückte mich an seine Brust, während er sich in mir ergoss und schrie. *April, April, April.* Dann fielen ihm die Augen zu, und Glückseligkeit breitete sich auf seinem Gesicht aus.

Mein Name klang wie eine Ode. Wie ein Versprechen.

25

Mal

Lavender Haze – Taylor Swift

Was zum Teufel war da gerade passiert?

Eben hatte ich noch allein in meiner Hütte geschmollt und gedankenlos durch die Fernsehkanäle gezappt, um mein idiotisches Verhalten von vorhin zu verdrängen. Verzweifelt hatte ich nach etwas gesucht, das mich davon abhalten würde, zum Herrenhaus zu laufen und mich wieder wie ein Idiot zu benehmen. Plötzlich war ihr Gesicht auf dem Bildschirm aufgetaucht und schien mich zu verhöhnen. Ich kannte den Film auswendig. Es war jener Film, für den ich vor Jahren den ganzen Weg nach Inverness gefahren war, um ihn am Tag seiner Premiere im Kino zu sehen.

Ich sagte mir, dass es nicht richtig sei, ihn mir anzusehen, nachdem sie mir so nah gewesen war, aber ich sank trotzdem aufs Sofa und machte den Ton so laut, dass es sich anfühlte, als wäre sie mit mir im Zimmer. Und plötzlich stand sie selbst im Raum, als wäre ich Pygmalion, der aus Ton und Wasser die perfekte Frau geschaffen hatte.

Ich hätte vor Scham sterben können, aber irgendwie – *irgendwie* – schaffte sie es, den peinlichsten Moment meines Lebens in denjenigen zu verwandeln, an dem ich alle meine zukünftigen Glücksmomente messen würde. Ich würde ihren

Anblick nie vergessen – wie sie sich auf meinem Schoß wand, als wäre es das Erotischste, das *sie* jemals erlebt hätte, während ich kaum in der Lage war, einen zusammenhängenden Gedanken zu fassen.

Weder der Geruch nach Sex und ihren Haaren noch ihre weichen Kurven, die sich an meine Brust schmiegten, konnten mich gänzlich davon überzeugen, dass *es wirklich gerade passiert war.* Sie bewegte sich und löste ihren verschwitzten Körper von meinem. Ich widerstand dem Drang, sie noch fester an mich zu drücken.

Grüne Augen fixierten meine Brust, dann mein Gesicht. Ihre Wangen waren leicht gerötet. Zum ersten Mal schämte ich mich nicht für mein gerötetes Gesicht. »Willst du, dass ich gehe?«, krächzte sie.

Niemals.

Obwohl ich meinen Wunsch nach Privatsphäre in den letzten Wochen ziemlich deutlich gemacht hatte, war mein Bedürfnis nach ihr stärker. Sie hier zu haben, fühlte sich *richtig an.* »Nein.« Ich schüttelte den Kopf und ließ meine Finger in die Kurve ihrer Taille und über die seidige Haut ihres Unterbauchs gleiten. Ich hatte sie unzählige Male auf dem Bildschirm gesehen – ich wusste, dass sie einen wunderschönen Körper hatte. Sie in natura zu sehen und derjenige sein zu dürfen, der sie streichelte und liebkoste und ihr Lust bereitete, war absolut überwältigend. Es war mir unbegreiflich, wie ein Mensch so perfekt gebaut sein konnte.

Ich strich über ihre Brustwarzen. Ich war vorher zu abgelenkt gewesen, um ihren Brüsten gänzlich gerecht zu werden. Ich knetete sie in meinen Händen, was April dazu veranlasste, sich wieder auf meine Oberschenkel zu setzen und den Kopf zu senken, bis ihr feuriges Haar meine Haut kitzelte. »Gut«, brummte sie freudig. »Es würde Dudley das Herz brechen, wenn wir jetzt schon gehen würden.« Wir drehten uns gleichzeitig zu unseren Hunden um, die zusammengerollt in dem Korb neben dem erloschenen Feuer lagen. *So verdammt niedlich*. »Ich glaube fast, die beiden mögen sich noch mehr als wir.«

»Ich glaube nicht, dass das möglich ist.« Sie sah mir wieder in die Augen, die Röte auf ihren Wangen war jetzt noch kräftiger. Ich wollte sie lecken. Ich wollte ihr zu Füßen fallen und sie anbeten. Und das würde ich auch. Aber erst … »Komm.« Ich stand auf und hob sie sanft hoch. Sie quietschte dabei glücklich und klammerte sich an meine Schultern, während ich sie die paar Schritte zu meinem Bett trug und sie mitten darauf setzte. Sie stützte sich auf die Ellbogen, völlig unbefangen in ihrer Nacktheit, und beobachtete mich mit amüsierter Neugier, während ich ihre verstreuten Kleider einsammelte. *Wenn man so aussieht wie sie, gibt es wohl keinen Grund, schüchtern zu sein*, dachte ich mir.

Die Matratze senkte sich unter meinem Gewicht. Ich hielt ihr T-Shirt hoch und wartete, bis sie den Kopf hindurchsteckte. Sie machte es mir leicht, bot aber keine Hilfe an, als ich ihre Arme durch die Ärmel schob. Es gefiel mir nicht, dass ich ihren nackten Körper bedecken musste, aber es war ein wenig kühl geworden, und ich konnte mich nicht konzentrieren, solange sie nackt war. Dann gab es keinen anderen Gedanken in meinem Kopf.

Nachdem ich sie angezogen hatte, zog ich die Bettdecke zurück und schaffte es, ein »Rein« von mir zu geben. Nicht gerade mein charmantester Moment, aber ich verlor zunehmend die Kontrolle über meine Stimmbänder bei dem Gedanken, sie die ganze Nacht in meinem Bett zu haben. Es würde mich jedes Quäntchen Disziplin kosten, meine Hände bei mir zu behalten, aber ich würde es schaffen. Ich würde sie ungestört schlafen lassen, und wenn ich dafür meine Hände an die Bettpfosten binden müsste.

Sie glitt unter die Decke und zog sie sich lachend bis über ihr Gesicht. »Riecht sauber.«

Ich runzelte die Stirn. »Was hast du denn erwartet?«

»Ein fleckiges Bettlaken mit einem einzelnen Kissen drauf.« Sie machte es sich auf der Bettseite, auf der ich für gewöhnlich schlief, mit meinem Kissen bequem. Es würde später sicher nach ihr riechen. »Ich hätte wissen müssen, dass du nicht wie die meisten Männer bist.«

Das fühlte sich wie ein Kompliment an. Ich vermied es, mir über ihre Worte zu viele Gedanken zu machen. Stattdessen ging ich durchs Zimmer und schaltete das Licht und den Fernseher aus. Dann machte ich schnell ein kleines Feuer, das ein oder zwei Stunden brennen sollte, gerade lange genug, damit ihr warm wurde. Als ich zu meinem Bett zurückkam, hatte sie ihr Hemd wieder ausgezogen und saß an meinem Kopfteil. Sie hatte die Bettdecke um ihre Taille geschlungen. Mit einem unschuldigen Lächeln, das nicht zu dem teuflischen Glitzern in ihren Augen passte, sagte sie: »Dir zuzusehen hat mich heiß gemacht.« Langsam entfernte sie die Klammern, die die obere Hälfte ihres Haares hielten. Ich fühlte mich benommen und lachte heiser. »Ich bin überrascht, dass du es nicht mich hast machen lassen.«

An Schlafen war nicht mehr zu denken. Stattdessen schlüpfte ich zu ihr unter die Decke, nahm ihren Fuß und küsste ihn. »Kein Unterricht heute, ich will mich um dich kümmern.« Ich war wie hypnotisiert vom Anblick ihrer Brustwarzen, die sich in der kühlen Nachtluft wieder verhärteten. Sie ließ den Kopf zurückfallen und strich mit ihren kleinen Fingern über ihren blassen Bauch. Ich war nie ein guter Redner gewesen, aber bei April fielen mir die richtigen Worte ohne besondere Anstrengung ein. Am liebsten hätte ich sie an jedem einzelnen meiner Gedanken teilhaben lassen. Ich kletterte auf das Bett und öffnete mit geübten Fingern meinen Kilt. Meine Gedanken wanderten zurück zu der Szene im Lagerraum und wie wir jäh unterbrochen worden waren. »Möchtest du, dass ich mich um dich kümmere, Prinzessin?«

»Ja.« Ich zog an der Bettdecke, und sie hob ihre Hüfte an.

»Öffne deine Beine dieses Mal so weit du kannst. Ich lass mich nicht noch einmal unterbrechen.« Sie gehorchte und wimmerte dabei leise.

Die Vorfreude brachte mein Blut in Wallung. Ich legte mich flach auf das Bett und genoss das leicht schmerzhafte Gefühl in meinem Schwanz, wie er zwischen meinem Körper und der Matratze zusammengepresst wurde. Unsere Blicke trafen sich über die Rundungen ihres Körpers hinweg. Ich drückte einen sanften, feuchten Kuss auf einen ihrer Oberschenkel und genoss das Zittern ihrer Beine, die sie über meine Schultern gelegt hatte. Ihre Zehen drückten in meinen Rücken, sie wollte mich noch näher an sich ziehen. »Geduld«, murmelte ich in ihre Haut.

»Seit *Wochen* warte ich darauf, Mal. Ich war äußerst geduldig.«

Ich lachte; mein Atem streifte ihre feuchte Mitte. Sie bäumte sich auf und fluchte heftig. Ich hatte das bisher nur einmal in meinem Leben gemacht und war zu ängstlich gewesen, um zu experimentieren. Ich hatte nur hoffen können, dass es meiner Partnerin gefiel. Aber in Aprils Gegenwart fühlte ich mich wohl, und zu hören, dass die Sehnsucht sie in all den Wochen genauso gequält hatte wie mich, bestärkte mich so sehr, dass ich, als ich schließlich meine Zunge auf sie drückte, ihren Blick festhielt und ihr Stöhnen durch mich hindurchdringen ließ.

Ich zog mich so weit zurück, dass ich flüstern konnte: »Ich will dir Blumen kaufen und dich zu einem Date einladen, würde dir das gefallen?«

Dann leckte ich sie wieder, diesmal länger, und strich sanft über ihre Klitoris.

»Ja«, wimmerte sie.

»Und ich mach dir Frühstück. Magst du Pfannkuchen, Prinzessin?« Ich leckte jetzt an ihrer Öffnung, versenkte meine Zunge zwischen ihren Schamlippen, bis ich spürte, wie sich ihr Inneres zusammenzog. *Scheiße.* Meine Hüften pressten sich reflexartig gegen das Bett, genau wie sie.

»Ja, *ja*!«

Sie zog mich mit ihren starken Schenkeln näher an sich heran, und ich legte die Hände um ihre Hüften und hob sie an meinen Mund. »Braves Mädchen, *fuck*, du schmeckst unglaublich.« Ich wischte mir über die Lippen und genoss den intensiven weiblichen Geschmack.

»Mal! Mal, bitte hör nicht auf.« Sie griff in mein Haar und zog daran, bis meine Kopfhaut kribbelte.

»Nach dem Frühstück möchte ich dir ein Bad einlassen. Ich passe zwar nicht hinein, aber ich werd mich trotzdem zu dir quetschen. Willst du das?« Sie antwortete nicht, also löste ich mich von ihrer Mitte und knabberte an ihrem weichen Schenkel. Sie wimmerte meinen Namen, und ihre Hüften zuckten, bewegten sich instinktiv in Richtung meines Mundes. »Beantworte die Frage, April.«

»Ja! Ja, das ist es, was ich will. Das ist alles, was ich will!« Ich war mir nicht sicher, ob sie überhaupt wusste, worauf sie sich einließ, aber ich stöhnte trotzdem.

»Ich möchte deine Hand halten«, gestand ich ihr. Ihre Schreie wurden lauter, und ich war genauso verloren wie sie, während die Worte aus mir heraussprudelten. »Ich möchte, dass du mir das Tanzen beibringst, tust du das?«

»Ja, ich tu alles!«

Wie ein Besessener stürzte ich mich wieder auf sie, biss und leckte und saugte, bis ich wusste, dass sie kurz davor war. Kurz bevor sie ihren Höhepunkt erreichte, drehte ich mich auf den Rücken und zog sie mit mir, sodass ihre Schenkel neben meinen Ohren landeten. Eine Fantasie, die ich seit Jahren hegte, ging endlich in Erfüllung. Sie quiekte und klammerte sich an das Kopfteil, um sich aufzurichten. »Auf mein Gesicht, Prinzessin.« Die Hunderte von Malen, die ich mir dieses Szenario ausgemalt hatte, schossen mir durch den Kopf wie ein erotisches Daumenkino. Ich hatte es geträumt, war in meiner Hand gekommen, bevor ich ganz wach gewesen war.

Ihre atemberaubenden Augen weiteten sich, als sie begriff. »Ich hab … ich hab noch nie …«

»Gut. Ich auch nicht.«

Sie biss sich auf die Lippen, und ich wusste, dass sie es in Erwägung zog. Sie war so feucht, dass ihre Schenkel und die untere Hälfte meines Gesichts mit ihrem Saft bedeckt waren. Ich brauchte mehr. »*Jetzt*, April.«

»Was ist, wenn du keine Luft bekommst?«

Ich grinste. »Ich werd schon noch atmen können.«

»Aber was, wenn nicht?«

Ich umfasste ihren Oberschenkel, die Fingerspitzen drückten sich in die prächtige Rundung ihres Arsches. »Dann drücke ich einfach zweimal.« Ich demonstrierte es ihr, obwohl ich wusste, dass diese Vorsichtsmaßnahme unnötig war. Ich wollte sie jetzt sofort auf meinem Mund sitzen haben.

Doch sie zögerte. »Und wenn ich dich sofort umbringe?«

Diesmal konnte ich mein Lachen nicht unterdrücken. Ich hielt sie immer noch, hob den Kopf und leckte sie einmal kurz und ausgiebig. Dann zog ich mich stöhnend zurück. »Prinzessin, wenn das Letzte, was ich auf dieser Welt schmecke, deine hübsche kleine Pussy ist, werde ich als glücklicher Mann sterben.«

»Oh Gott.« Ihr Kopf fiel nach hinten, und sie senkte sich sofort auf mich herab. Ich fing ihr köstliches Gewicht in meinen Händen auf, hielt ihren Blick, während ich ihre Schamlippen mit meiner Zunge teilte und an ihrer Klitoris saugte. Ihre Hüften zuckten in aufreizenden kleinen Stößen, ihr Verlangen rann in Rinnsalen mein Kinn hinunter und auf meine Kehle. Ich nahm so viel auf, wie ich konnte, und trank sie aus, ganz süchtig nach ihrem Geschmack. »Ich bin so nah dran.« Ich wusste, dass sie das war, ich konnte es daran spüren, wie angespannt ihr Körper war. Ich machte immer wieder dieselbe Bewegung, fuhr mit der flachen Zunge über ihre Klitoris, weil ich Angst hatte, dass es sie aus dem Konzept bringen würde, wenn ich etwas anderes tat. Meine Hüften stießen ins Leere, ein Lusttropfen perlte an der Spitze ab und rann an mir herunter. Ich wollte verzweifelt nach unten greifen und mich selbst anfassen, aber ich hielt mich zurück, weil ich in ihr sein wollte, wenn ich kam.

Als ihr Orgasmus einsetzte, öffnete sich ihr Mund zu einem stummen Schrei, und ihr ganzer Körper krümmte sich. Sie griff nach hinten und umklammerte meine Oberschenkel, ihre Nägel gruben sich in meine Muskeln. Ich knabberte und leckte weiter, bis sie nach vorne sackte und mich anflehte, aufzuhören.

»*Heilige Scheiße*,« fluchte sie wieder und wieder. »Was zum Teufel war das?« Auch wenn ich eine Antwort gehabt hätte, ich wäre nicht in der Lage gewesen, sie auszusprechen. Ihr Verlangen war vielleicht gestillt, aber meins war ein Vulkan, der kurz davor war, auszubrechen.

Ich schob sie an meinem Körper hinunter und küsste sie mit der gleichen Intensität, mit der ich sie geleckt hatte. »Ich muss dich ficken, darf ich das?« Anstatt zu antworten, zog sie mich zurück aufs Bett und versuchte, sich auf den Rücken zu drehen. Ich hielt sie auf und sagte: »Ich brauche dich wieder auf mir.« Sie erhob keinen Einspruch, sondern griff nur zwischen ihre Beine nach meinem pochenden Schwanz und rieb ihn zwischen ihren Schamlippen. Wir fluchten beide. Immer wieder schob sie meine Spitze in sich hinein und ließ sie dann wieder herausgleiten. »Jetzt«, befahl ich und verdrehte die Augen, weil es so schmerzhaft und so gut zugleich war. Sie schüttelte nur den Kopf und setzte ihre Folter fort.

»Hast du jemals nur mit der Spitze gespielt, Mal?« Ich schüttelte den Kopf. »Gut. Du hast mich gequält, jetzt bin ich dran.«

Sie ließ mich aus sich herausgleiten, drückte meine Länge gegen ihre heiße Mitte und lehnte sich zurück, bis nur noch meine Spitze in sie ein- und austrat. Mein Blick fiel auf die Stelle, wo mein Schwanz in sie eindrang, ich war ganz fasziniert von diesem Anblick. »Genug,« flehte ich schließlich. Sie machte weiter, und ich packte sie an den Rippen und zog ihr Gesicht zu mir herunter, um sie wild zu küssen. »Wenn du mich nicht sofort fickst, komme ich auf diesen hübschen Titten.«

Ihr Lachen war schneidend wie die Klinge eines Messers. »Für mich ist das keine Drohung.«

Ich konnte nichts mehr erwidern, denn sie ließ sich auf mich sinken; sie zog sich eng um meinen Schwanz zusammen. »*Baby* … das ist so gut«, keuchte ich wieder und wieder und hob die Hüften an, um mich an ihre zu schmiegen. Schweiß sammelte sich auf meiner Brust, unser gemeinsames Verlangen tropfte in meinen Schoß, sodass es bei jedem Stoß schmatzte. Diese Geräusche machten mich noch geiler. Als sie hinter sich griff, um meine Eier zu streicheln, verlor ich beinahe den Verstand. Und als wir gemeinsam unseren Höhepunkt erreichten, waren ihre Schreie sanft und leise, während ich wie ein Wolf heulte. Ich weigerte mich, auch nur einmal den Blick von ihrem Gesicht abzuwenden, und speicherte jede Sekunde in dem Safe meiner Erinnerungen.

***

Als ich wieder unter die Decke schlüpfte, griff ich automatisch nach April. Sie schmiegte sich genauso enthusiastisch an mich, kuschelte sich unter meinen Arm und drückte ihren weichen Körper an meinen. *Beruhige dich*, warnte ich meinen Körper, als ich diese Kurven spürte. Ich hätte sie ewig ficken können, und das war keine Übertreibung. Allein ihr gehauchtes Stöhnen hätte mir wochenlang zum Überleben gereicht. Gleichzeitig wollte ich nicht, dass sie dachte, das wäre alles, was ich von ihr wollte, also zwang ich mich, den Gedanken an meinen schmerzenden auf Halbmast stehenden Schwanz zu verdrängen – obwohl sie ihn an ihrem Schenkel spüren musste –, und drückte ihr einen Kuss auf die verschwitzte Stirn.

»Sag mal, Mal …« Sie strich über meine Brust, von der einen Brustwarze durch mein Brusthaar zur anderen. »Du scheinst wohl Dirty Talk zu mögen.« Es war, als hätte jemand ein Streichholz in mir angezündet. Meine Haut glühte, und ich wollte mich unter der Bettdecke verkriechen. Im Moment hatte es sich richtig angefühlt, aber jetzt … *was, wenn es zu viel gewesen war*? Ich musste wohl unbewusst ein wenig zurückgewichen sein, denn ihr Bein schlang sich enger um meine Hüfte. »Ich versuche nicht, dich verlegen zu machen. Es hat mir gefallen.« Sie drückte sich näher an mich und kam mit ihrer Hand gefährlich nah an meinen Schwanz, der sich unter der dünnen Decke verbarg. »Es hat mir *sehr gut gefallen*. Es war nur ein bisschen … unerwartet.«

Ich hielt ihren Oberschenkel fest und drehte mich auf die Seite, sodass unsere Augen auf gleicher Höhe waren. Wir teilten uns das gleiche Kissen, ihre zerzausten Locken waren auf dem weißen Leinenstoff ausgebreitet. Ein Bild, wie es direkt aus meiner Fantasie hätte stammen können. *Klick.* Eine weitere Erinnerung für den Safe. »Es war auch für mich unerwartet. Das ist das erste Mal, dass ich so was probiert hab«, gab ich nach einigem Zögern zu.

»Wirklich?« Ihr forschender Gesichtsausdruck verriet, dass sie mir das nicht abnahm.

»Ja. Ich kann meine sexuellen Erfahrungen an einer Hand abzählen. Und das … das fühlte sich anders an als alles zuvor.« Ich fühlte mich auf einmal klein und machtlos.

Ihre Augen weiteten sich. »An einer Hand? Einschließlich des Daumens?«

»Von allem, was ich gerade gesagt hab, konzentrierst du dich ausgerechnet darauf?«

Sie lachte schelmisch, und ich küsste sie, getrieben von

dem Bedürfnis, dieses Lachen auf meinen Lippen zu spüren.

»Ich bin nur überrascht«, sagte sie, nachdem sich unsere Lippen trennten. »Du bist wirklich gut darin … fast schon zu gut.«

Klick.

»Ich lese viel.«

»*Hmmm*, ich Glückspilz. Nerds sind eben immer besser.« Sie warf sich auf meine Brust, fuhr mit einer Hand unter die Decke und umklammerte meinen Schwanz mit ihren seidenen Fingern. Ich stöhnte lang und tief, den Kopf ins Kissen gepresst. »Also, von wie vielen reden wir genau?« Sie hielt ihre andere Hand hoch, Finger und Daumen weit gespreizt.

Ich wusste, was sie meinte, und schüttelte nur den Kopf. Langsam bewegte sie meine Vorhaut rauf und runter, sodass mir der Mund aufklappte. Dann senkte sie ihren Daumen, und ich schüttelte wieder den Kopf. Sie machte eine weitere Bewegung und senkte ihren Zeigefinger. Diesmal nickte ich.

Drei. Drei Frauen, einschließlich ihr.

Sie stimulierte mich langsam weiter. »Wie ist das möglich?«

»Es sollte nicht …« Ihr Daumen umkreiste die Eichel. Ich konnte kaum sprechen. »Es sollte nicht groß überraschen … dass ein einsiedlerischer Whisky-Brenner wie ich nicht viel … nicht viel in Kontakt mit Frauen kommt.«

»Ehrlich gesagt schon. Auf Skye wimmelt es nur so von heißen jungen Touristinnen, die alles dafür geben würden, mit mir zu tauschen.« Ihre aufrichtig klingenden Worte ließen in mir die Frage entstehen, inwiefern sich mein Selbstbild von dem unterschied, das sie sich von mir machte. Wenn sie mich ansah, fühlte ich mich zu allem fähig. Wenn sie mich berührte, fühlte ich mich begehrt. Es stimmte, dass Frauen mich in der Vergangenheit *begehrt* hatten, und ihre Bemerkung über die Touristinnen war nicht ganz unzutreffend. Callum scherzte immer, dass er in einer Sommersaison auf Skye mehr Affären hatte als in all den Jahren, die er in Edinburgh gelebt hatte.

»Es mag ein wenig egoistisch klingen«, fuhr sie fort, während ihre Bewegungen immer schneller wurden. »Aber ich bin froh, dass es nur so wenige sind.« *Die Anzahl spielt keine Rolle. Egal ob null oder hundert, jetzt gibt es für mich nur dich.* Irgendwie verkniff ich mir die Worte und zog sie stattdessen so schnell an mich, dass sie kicherte.

Ihre Hände landeten auf meiner Brust. »Willst du mich wieder auf dir haben?« Sie klang überrascht.

»Ja«, knirschte ich mit den Zähnen und brachte mich in Position. »Ist das okay?«

Sie antwortete, indem sie meinen allzu willigen Mund an ihre Brust führte.

***

Nachdem wir uns gänzlich verausgabt hatten, schliefen wir gemeinsam ein.

April nahm zwei Drittel des Bettes ein und wickelte meine Decke wie einen Kokon um sich, was gut war, denn ich wachte immer wieder auf, um sie näher an mich zu ziehen.

So gut hatte ich in meinem ganzen Leben noch nicht geschlafen.

26

April

Delilah – Aeris Roves

Ich werde nie wieder laufen können. Das war mein erster Gedanke, als ich aufwachte.

Das Gewicht des kleinen Hundes zu meinen Füßen fühlte sich vertraut an, aber alles andere, der männliche Duft, der an den Laken haftete, das etwas zu weiche Kissen, das Brennen zwischen meinen Beinen, ließ jeden einzelnen köstlichen Moment der vergangenen Nacht wieder aufleben. Ich riss die Augen auf. Die Stille in Mals Cottage verriet mir, dass ich allein war. Nur das Ticken der Wanduhr und das gleichmäßige Atmen von Dudley und Boy war zu vernehmen. *Warum hat er mich nicht geweckt?* Dann erinnerte ich mich an unser Versprechen, dass wir einander vertrauen wollten.

Bevor ich mir weitere Gedanken machen konnte, hörte ich leises Knistern neben mir. Ein Zettel lag auf dem Kopfkissen, auf einem seiner gefalteten karierten Hemden. Ich setzte mich auf und streichelte Boys weiches Fell, während ich Mals unleserliches Gekritzel las. Falls du aufwachen solltest, bevor ich zurück bin, geh in die Küche x

Der Kuss am Ende war ein wenig verschmiert, als hätte er ihn ohne nachzudenken geschrieben und hinterher versucht, ihn wieder wegzuwischen. Mit einem leicht irren Lächeln zog ich mir das Hemd über den nackten Körper und rannte zur Küchennische, als wäre es Weihnachten. Drei gebackene Pfannkuchen warteten auf einem Teller neben einem weiteren Zettel, auf dem stand: Wärm mich auf. Eine Tüte mit gemahlenem Kaffee und verschiedene Schüsseln waren auf dem Tresen verteilt und mit Folie abgedeckt. Als ich sie abdeckte, fand ich geschnittenes Obst, Nüsse und einen kleinen Behälter mit Ahornsirup. *Wie früh musste er wohl aufgestanden sein, um das alles vorzubereiten?* Dabei war ich gar nicht besonders hungrig. Trotzdem wärmte ich die Pfannkuchen den Anweisungen entsprechend auf und verkniff mir dabei ein paar Tränen der Rührung. Genüsslich ließ ich mir jeden einzelnen Bissen schmecken und erfreute mich an der Vase mit Gänseblümchen, von der ich sicher war, dass sie am Abend zuvor noch nicht dagestanden hatte.

Als ich meinen Teller zum Waschbecken brachte, erwartete mich dort ein weiterer Zettel, der auf den kupfernen Wasserhähnen balancierte. Badezimmer. Erneut kamen mir die Tränen, als ich die mit Kerzen dekorierte Badewanne und ein Glas mit Badesalz erblickte. Ich nahm den Deckel ab und atmete tief ein. Lavendel gemischt mit etwas Süßem. Mal kam mir nicht wie ein Lavendel-Typ vor.

Steig rein. Mindestens dreißig Minuten, stand auf dem Zettel, der am Boden der leeren Wanne mit den Fußklauen lag. Ich konnte die schroffe Aufforderung deutlich in meinem Kopf hören und musste lachen. Obwohl er letzte Nacht sehr süß und zärtlich gewesen war und jegliche Kontrolle an mich abgegeben hatte, war seine Stimme trotzdem von einem autoritären Ton erfüllt gewesen. Allein der Gedanke daran löste bei mir eine Gänsehaut aus. Diese süße Seite von Mal war unbestreitbar sexy. Aber die *dominante* Seite? Auch die wollte ich näher kennenlernen.

Mit einem Stöhnen ließ ich mich ins heiße Wasser sinken und genoss es, wie die heilenden Salze meine strapazierten Muskeln beruhigten. Obwohl er nicht hier war, fand er trotzdem einen Weg, sich um mich zu kümmern. In keiner meiner langjährigen Beziehungen hatte ich mich jemals so wohl gefühlt. Ich lehnte den Kopf an den Wannenrand und stellte mir zum ersten Mal vor, wie es wäre, ganz und gar Malcolm Macabe zu gehören. Und er mir. Jeder Tag würde so sein wie dieser. Denn wenn Mal das Herz eines Menschen in seinen Händen hielt, dann behandelte er es so, wie er alles behandelte, was ihm wichtig war – mit Bedacht, Zielstrebigkeit und fester Entschlossenheit. Er machte keine halben Sachen.

Einen Moment lang, während ich dort in der Badewanne in seinem Cottage lag, in dem sich die wenigen Besitztümer befanden, die ihm lieb und teuer waren, stellte ich mir vor, dass ich ihm gehörte.

***

Schließlich machte ich mich auf die Suche nach Mal und fand ihn in der Brennerei. Er war über den Gärbottich gebeugt und las Zahlen von einem kleinen Ziffernblatt ab. Wegen der erhitzten Hefe war es sehr schwül im Raum, und sein Haar klebte ihm an den Schläfen. »Wie sieht's aus?«, fragte ich. Er schreckte auf und haute sich den Kopf hart am hölzernen Deckel des Gärbottichs an. »*Oh je*, tut mir leid! Ich dachte, du hättest mich gehört.« Ich eilte zu ihm. Anstatt etwas zu erwidern, ging er in die Hocke und begrüßte zuerst Boy und dann Dudley, der begeistert seine Hände leckte. Als er schließlich seine sturmgrauen Augen auf mich richtete, wurde er rot. »Guten Morgen«, versuchte ich es erneut.

Immer noch zu meinen Füßen kauernd, räusperte er sich und ließ seinen Blick über meinen spärlich bekleideten Körper gleiten. Noch immer trug ich nur sein kariertes Hemd und ein Paar bequeme Socken, die ich aus seiner Nachttischschublade gestohlen hatte. Bei meiner Suche hatte ich auch meinen BH entdeckt, den er entführt hatte, sowie die Spitzenunterwäsche, die er mir letzte Nacht entrissen hatte. Ich hatte sie leicht amüsiert wieder zurück in ihr Versteck gelegt. »Guten Morgen.« Ich spürte seine Stimme auf meiner Haut wie eine raue Liebkosung.

Ich strich mit dem Daumen über die weichen Bartstoppeln auf seiner Oberlippe. »Ich hoffe, du hast dieses Hemd für mich rausgelegt, denn ich werd es nicht zurückgeben.«

Seine Hand umkreiste meine Wade, glitt mein Bein hinauf und umfasste mein Knie. »Das habe ich. Es sieht an mir viel besser aus als an dir.« Ich hob eine Augenbraue. »Ich meine …« Er schüttelte verwirrt den Kopf. »Es steht *dir* viel besser als *mir*.«

Ich konnte mir ein Lachen nicht verkneifen, denn irgendetwas an seiner Nervosität beruhigte mich. Ich umfasste seinen Hinterkopf mit beiden Händen und zog ihn aus der Hocke hoch auf seine Knie. Sein Kiefer war genau auf Höhe meiner Brüste und ich bemerkte den exakten Moment, in dem wir uns beide dessen bewusst wurden. Seine Wangen waren immer noch glühend heiß, aber er leckte sich über die Lippen. »Ich hab mir gedacht« – meine Stimme zitterte leicht, aber definitiv *nicht* vor Nervosität – »ich könnte heute Abend für dich kochen, als Dankeschön für das Frühstück.«

»Du brauchst mir nicht für das Frühstück zu danken.«

Ich umklammerte seinen Kopf fester. In meinem Tonfall schwang leichte Verzweiflung mit. »Ich versuche grade, dich zu einem Date einzuladen, Mal!«

Ihm ging ein Licht auf, und seine Augen wurden groß. »Oh … *Ja*!« Er nickte wie einer dieser Spielzeughunde, die die ganze Zeit mit dem Kopf wackeln. »Ja, gerne.«

»Gut.« Ich lachte wieder – etwas, das ich in letzter Zeit häufig tat – und legte meine Arme um seine Schultern, um ihn zu küssen. Eigentlich sollte es nur ein kurzer Schmatzer sein, aber das geriet schnell außer Kontrolle. Er richtete sich auf, und ich drückte mich an seinen Schoß und fing an, mich an seiner Jeans zu reiben. Mit seiner Hand fuhr er unter mein Hemd und knurrte, als er erkannte, dass ich darunter nackt war. Er packte meine Pobacken und zog mich fest an sich. Das Ganze hatte etwas ziemlich Obszönes und auch Absurdes an sich, wenn man bedachte, dass wir erst vor wenigen Stunden dreimal Sex gehabt hatten und meine Vagina sich noch immer anfühlte, als wäre sie mit einer Käsereibe malträtiert worden. Aber ich war unfassbar feucht und stöhnte. Und wenn er mich genau hier auf dem Zementboden hätte ficken wollen, wäre ich voll und ganz damit einverstanden gewesen.

»Mal?«

Wir erkannten beide die Stimme, und ich zuckte augenblicklich zurück. Aber Mal küsste mich nur noch intensiver und bog meinen Körper nach hinten, bis ich über seinem Schoß lag. Er tat es mit Absicht, denn er wollte, dass Callum uns sah. Das Ganze hätte mich *eigentlich* ärgern sollen, doch stattdessen machte es mich nur noch heißer. Ich stöhnte in seinen Mund, meine Nägel gruben sich in seinen Hals. Er löste sich ein wenig von mir und raunte mir zu: »Du weißt gar nicht, wie verrückt ich nach dir bin.«

»Mal, hast du … *oh* …«

Den Blick auf mich gerichtet, küsste Mal mich mit geöffnetem Mund noch ein letztes Mal, ganz langsam. Dann stand er auf und hob mich mit sich hoch. Ich wollte Callum anschreien, dass er verschwinden sollte, damit Mal den Satz beenden konnte. *Verrückt nach mir? Bedeutete das …*

»Guten Morgen«, sagte Callum. Ich warf ihm einen Blick zu. Er hatte die Arme vor der Brust verschränkt und grinste seinen Bruder an. »Wobei es ganz danach aussieht, als hätten einige von uns einen besseren Morgen als andere.« Ich gluckste. Callum blickte mich mit leuchtenden Augen an. »April, du siehst um einiges zerzauster aus als das letzte Mal, als ich dich gesehen hab.«

Mal knurrte so bösartig, dass Boy ein leises Wimmern ausstieß. Dann bugsierte er mich hinter sich, sodass meine nackten Beine vor Callums Blicken geschützt waren. Sein geliehenes Hemd bedeckte mich vom Handgelenk bis zur Mitte des Oberschenkels und bot viel mehr Blickschutz als die Kleidung, die ich normalerweise trug. Es schien jedoch nicht der richtige Zeitpunkt zu sein, um das zu erwähnen.

Callum hob beschwichtigend beide Hände und trat zurück, bevor Mal ein Wort sagen konnte. »Ich bin nur gekommen, um meine Musikanlage zu holen. Ich komm später wieder. Wie ich sehe, habe ich dich zu einer … *unpassenden* Zeit erwischt.« Er kicherte über seinen eigenen Witz, und ich musste mir auf die Lippe beißen, um nicht auch zu lachen.

»Sehr witzig … mach dich vom Acker«, knurrte Mal zurück.

»Bin schon weg.« Die Tür schloss sich hinter ihm, und eine merkwürdige Stille setzte ein.

Mal drehte sich wieder zu mir um, nahm meine beiden

Hände und strich mit den Daumen über meine Knöchel. »Willst du immer noch, dass ich zum Abendessen komme?«

Die Frage überraschte mich. »*Natürlich*.«

Er sah erleichtert aus. Sein Daumen wanderte zu meinem Hemdkragen und strich über die Knopfreihe. »Kann ich was mitbringen?«

»Nur dich selbst.«

Er machte wieder einen verwirrten Eindruck und zögerte einen Moment, als wolle er noch etwas sagen. Stattdessen zog er mich an sich, um mir einen Kuss auf die Wange zu drücken. Mein Herz krampfte sich zusammen. Die Tiefe meiner Gefühle für ihn erschreckte mich. Wäre er jemand anderes gewesen, hätte ich es auf eine rein sexuelle Anziehung zurückgeführt, aber ich wusste, dass es bei ihm mehr als das war. Dieser Mann hatte vor nicht einmal zehn Stunden seine Zunge in mir gehabt, und ich konnte an nichts anderes denken, als mir die Kleider vom Leib zu reißen und ihm meinen willigen Körper wie eine Opfergabe auf dem Altar anzubieten. Noch nie zuvor hatte mich ein Mann so heiß gemacht.

Ich stellte mich auf die Zehenspitzen, küsste ihn zuerst auf sein stoppeliges Kinn und wanderte dann zu seinem Ohr und flüsterte: »Und zum Nachtisch … dachte ich, ich könnte ein dünnes Seidennachthemd anziehen. Ich hab schon das perfekte im Kopf.«

Er schluckte schwer, seine Finger gruben sich in meine Hüften. »Ich will nicht, dass du Seide trägst. Zieh diesen knappen Pyjama an – du weißt schon, den einen. Ich kann nicht aufhören, daran zu denken.«

Dieser Mann.

»Das sollte machbar sein«, sagte ich. Bevor ich dem Drang nachgeben konnte, ihn erneut zu küssen, entzog ich mich seiner Umarmung, rief Dudley zu mir und zwang mich dazu, den Raum zu verlassen, ohne einen Blick zurückzuwerfen.

***

Ich war gerade dabei, zwei Weingläser auf den Esstisch zu stellen, als Heather mit einem breiten Grinsen im Gesicht in der Küchentür erschien und durch das Glas winkte. »Es ist verdammt heiß da draußen.« Kaum hatte ich die Tür geöffnet, lief sie geradewegs an mir vorbei auf den Kühlschrank zu. Noch bevor sie ihn erreichte, bemerkte sie die Nudelsoße, die auf dem Herd köchelte. »Oh, komme ich ungelegen?«

»Ganz und gar nicht.«

Sie schien den Kühlschrank ganz zu vergessen und wandte sich wieder dem selten benutzten Esstisch zu. Sie fuhr über die Gabeln, Messer und Löffel, die auf der frisch gewaschenen Lieblingstischdecke meiner Großmutter lagen. Vielleicht hatte ich es ein wenig übertrieben. »Wofür ist das alles?«

Ich wich zurück und verschränkte die Hände hinter dem Rücken. »Ich, äh, hab ein Date. Zumindest glaube ich, dass es eins ist.«

»Mit Callum?« Sie runzelte die Stirn und betrachtete erneut das Essen.

»Nein.« Zum ersten Mal kam mir in den Sinn, dass meine Freundin ein Problem damit haben könnte. Anfangs hatte sie mich mit Mal verkuppeln wollen, aber sie hatte bei der Verkostung diesen Witz über Callum gemacht. Dachte sie, dass ich die beiden Brüder gegeneinander ausspielen wollte? »Mit Malcolm.«

»Malcolm? Mein *Bruder* Malcolm?«

»Ja«, sagte ich zögerlich.

»Ja!« Sie klatschte so laut in die Hände, dass ich zusammenzuckte. »Ich wusste es! Ich wusste es, verdammt!«

»Was wusstest du?«

»Du und Mal! Du warst schon immer in ihn verknallt, das war so verdammt offensichtlich. Mein Bruder ist etwas schwieriger zu durchschauen, aber ich hab es trotzdem sofort erraten ... Da ist was Besonderes in der Art, wie er dich ansieht, wenn er denkt, dass es niemand sieht.«

Meine Hände verharrten auf dem rosa Pfingstrosengesteck. »Wie sieht er mich denn an?«

»Als ob ... du eine *Offenbarung* für ihn wärst.« Ich schluckte heftig. »Als wärst du ein Puzzle, von dem er keine Ahnung hat, wie er es lösen soll, aber trotzdem gibt er nicht auf.«

Ich wusste nicht, was ich sagen sollte. »Ich bin gar nicht so kompliziert«, flüsterte ich schließlich und trug die Vase zum Tisch.

»Nein«, stimmte sie mit einem traurigen Lächeln zu. »Aber für Mal bist du es. Mein Bruder ist der beste Mann, den ich kenne. Sag das nicht Callum oder Alastair, aber es ist die Wahrheit. Er ist klug, liebenswürdig und loyal. Er gibt, ohne zu nehmen. Er hat das größte Herz, aber außer seiner Familie und Kier hat er es noch nie jemandem anvertraut, weil ich glaube, dass er Angst hat, zurückgewiesen zu werden. Als würde er es nicht verdienen, glücklich zu sein.« Sie weinte leise und wischte sich die Tränen von den Wangen. Ich ging zu ihr. Mir war auch zum Weinen zumute, denn alles, was sie sagte, war wahr. Wir umarmten uns. »Was ich damit sagen will, ist – bitte tu ihm nicht weh.«

»Ich würde ihm niemals wehtun. *Niemals.*« Ich schüttelte vehement den Kopf. »Ich weiß, dass du gedacht hast, ich sei an Callum interessiert, aber da war nichts. Von keiner Seite.«

Sie entzog sich der Umarmung und winkte ab. »Ach, das weiß ich. Callum fühlt sich überhaupt nicht zu dir hingezogen.«

»Ähm … *autsch*?« Mir war klar, dass ich es als Erste gesagt hatte, aber Heathers unverblümte Bestätigung verletzte mich doch ein wenig in meinem Stolz.

»So hab ich das nicht gemeint! Wir hatten schon seit Wochen geplant, dich und Mal zusammenzubringen.«

»Was?« Ich starrte sie an. Ich hatte schon vermutet, dass Callum an diesem Morgen absichtlich versucht hatte, Mal eifersüchtig zu machen, aber Heather steckte auch mit drin? »Ist das dein Ernst?«

»Mein voller. Also …« Sie klatschte in die Hände wie ein Feldwebel. »Alles muss perfekt sein. Hast du vor, das zu tragen?«

Wir betrachteten beide meine weiten Shorts und das Tanktop. »Was stimmt damit nicht?«

»Mal wird es egal sein, aber es ist ein bisschen schlampig.«

Ich lachte. *Wo war nur meine sonst so liebe Freundin abgeblieben?* »Babe, bitte lass dir das nicht zu Kopf steigen. Du wirst sonst noch zur Heiratsvermittlerin.«

»Nenn mich einfach Cilla Black.« Dann gab sie eine grässliche Version von *»Surprise, Surprise«* zum Besten.

»Du denkst an *Blind Date*«, sagte ich.

Sie warf mir einen bösen Blick zu. »Wir haben keine Zeit zu verlieren. Du ziehst dich an, ich bringe das Chaos hier in Ordnung.«

»Aye, aye, Kapitän.«

***

»Mag er lieber Rot- oder Weißwein?« Ich hielt die beiden Weinflaschen hoch, die ich im Dorf gekauft hatte. Die Auswahl war ziemlich begrenzt gewesen.

Heather wies mit dem Kinn auf den Roten. »Das ist die einzige Art von Alkohol, die er außer Whisky trinkt.«

Ich speicherte diese Information ab. »Meinst du, ich hätte mir einen Whisky aus der Bar holen sollen?« Ich kaute auf meiner Lippe herum und überlegte, ob ich noch Zeit hatte, hinzulaufen und einen zu holen.

Sie blickte von der Nudelsoße auf, derer sie sich angenommen hatte, und lächelte mich irritiert an. »Du bist nervös, oder?«

»Ich bin nicht nervös.« Ich atmete aus und umklammerte die Rückenlehne des Frühstücksstuhls. »*Na gut*, ja, ich bin nervös. Ich hatte noch nie ein richtiges Date. Alle meine Ex-Freunde hab ich durch die Arbeit kennengelernt, und irgendwie sind wir immer in einer Beziehung gelandet. Mal ist …« *Besonders*. Ich konnte es nicht laut aussprechen.

Sie lächelte wieder, nahm mir den Wein aus der Hand, schenkte mir ein großes Glas ein und schob es mir hin. Ich kippte die Hälfte hinunter, ohne dabei viel zu schmecken, und bemühte mich dann, die Falten in meinem Rock zu glätten. Da es ein warmer Abend war, hatte ich mich für einen wadenlangen jadegrünen Seidenrock entschieden, der sich an meine Hüften schmiegte. Dazu trug ich ein weißes Tanktop mit hohem Halsausschnitt und breiten Trägern, dessen Saum einen Teil meines Bauchnabels unbedeckt ließ. Es war sommerlich und verspielt, aber nicht zu sexy.

Die letzte Nacht war eine außergewöhnliche Erfahrung gewesen, die ich unbedingt wiederholen wollte. Aber gleichzeitig wollte ich, dass Mal sich trotz des Versprechens, das wir uns gegeben hatten, wohlfühlte. Heathers Worte geisterten mir wieder durch den Kopf.

Wie sieht er mich denn an?

Als ob … du eine Offenbarung für ihn wärst.

Am liebsten hätte ich mich wie eine Katze auf seiner Brust zusammengerollt und wäre nie wieder aufgestanden. Es war Wahnsinn, nach nur einer gemeinsamen Nacht solche Gedanken zu haben.

Das müssen die fünf Orgasmen sein, den einen im Lagerraum nicht mitgezählt. Mein Verstand verdrängte diesen Gedanken sofort. Es waren nicht die Orgasmen – es war Mal. Es gefiel mir, dass er mir beibrachte, Dinge selbst zu tun, anstatt die Führung zu übernehmen und sie *für* mich zu tun, weil er wusste, dass ich dazu fähig war. Die Art und Weise, wie er mich ansah und alles an mir sah, sogar die Teile, die ich so sehr zu verstecken versuchte. Ich mochte sogar die Art, wie er knurrte, wenn ich etwas Lächerliches sagte. *Mist.*

»Die Pasta braucht nur noch ein paar Minuten.« Heathers Stimme riss mich aus meinen Träumen.

»Danke, du hast mir das Leben gerettet.« Ich ging um die Kücheninsel herum, um zu übernehmen, doch da klingelte es an der Tür. Die Haustür. Wir sahen uns beide an.

»Das kann nicht Mal sein, er hätte den Hintereingang benutzt«, sagte sie.

Stimmt. »Bin gleich wieder da.« Ich lief durch den Flur in die Eingangshalle und strich mir die Haare hinter die Ohren. Wer auch immer es war, ich hoffte, dass ich ihn schnell wieder loswerden würde. Ich brauchte eine Sekunde, bis ich das rostige, selten benutzte Schloss aufbekam. Als es mir endlich gelungen war, die Tür zu öffnen, erstarrte ich. Es war Mal. Er hatte seinen Bart zu einer feinen Stoppelschicht zurückgestutzt und seine Haare nach hinten gebürstet. In seiner Faust hielt er ein paar zerquetschte Blumenstiele.

»Ich bin ein bisschen zu früh.« Er bemerkte meine Überraschung und trat zurück.

Ich musste zuerst die Zunge vom Gaumen lösen. »Du hättest nicht klopfen müssen.«

»Ich wollte nicht einfach so reinschneien …« Er brach ab, sein Blick wanderte an mir hinunter und wieder hinauf. Sein Atem strömte wie eine Rauchwolke aus ihm heraus. »Du siehst sehr hübsch aus.« Die Blumen wurden noch mehr zerquetscht.

»Du auch.« Das tat er wirklich. Er trug ein perfekt gebügeltes weißes Hemd, das am Kragen offen war, und eine schwarze Hose, die seine schlanke Taille betonte. Er reagierte nicht auf mein Kompliment. Ich stieß die Tür auf. Es dauerte einen Moment, bis er sich bewegte und mir wortlos in die Küche folgte, mit Boy wie immer dicht auf seinen Fersen.

Mal blieb starr in der Tür stehen, als er seine Schwester erblickte. »Kümmer dich nicht um mich, Bruderherz, ich wollte gerade gehen.«

»Heather hat auf das Essen aufgepasst, damit ich mich umziehen konnte«, erklärte ich.

Er sagte immer noch nichts, aber ich konnte sehen, wie sich seine Wangen rosa färbten, als sein Blick den von Heather traf. Ich drehte mich zu ihr um, aber sie blieb regungslos stehen. Erst als ich auffällig zu husten anfing, hob sie die Hände und sagte: »Okay, ja, dann geh ich jetzt mal.«

Ich drückte ihre Hand im Vorbeigehen. »Danke für die Hilfe.«

»Jederzeit.« Sie warf sich ihre Tasche über die Schulter und sagte: »Viel Spaß, Kinder. Ich hab ein paar Kondome für euch auf dem Tisch liegen lassen …«

»Auf Wiedersehen, Heather!«, kam mir Malcolm zuvor. Als sie endlich die Tür hinter sich geschlossen hatte, war sein Gesicht knallrot.

»Es tut mir leid …«

»Es tut mir leid, das war …« Wir redeten beide gleichzeitig los und verstummten dann.

Ich sah in sein hübsches Gesicht. »Tut mir leid, ich wollte sie loswerden, bevor du kommst. Ich verspreche, dass ich kein Wort über letzte Nacht gesagt hab.«

»Ich … hätte nichts dagegen, wenn du das getan hättest.«

»*Oh.*« Es machte ihm nichts aus, dass sie von uns wussten. Mir wurde warm in der Brust.

»Tut mir leid, dass meine Geschwister die nervige Angewohnheit haben, im falschen Moment aufzutauchen. Wir stehen uns nicht so nahe, wie es vielleicht den Anschein hat, versprochen.«

Ich lachte. »Ich find es schön, wie nahe ihr euch steht, ich hab mir als Kind immer Geschwister gewünscht.« Der Timer klingelte, und ich rannte um die Kücheninsel, um den Herd abzustellen, bevor der Topf überkochte. »Tschuldigung … nur eine Sekunde. Ich hoffe, die Pasta ist okay. Ich weiß, es ist nichts Besonderes, aber ich hab vergessen zu fragen, was du gern isst.«

»Pasta ist perfekt.« Ich hielt inne, um ihn anzusehen, und wir lächelten uns an. Es war kindisch, aber ich war so glücklich, dass mir das egal war.

Ich deutete auf den Tisch und verteilte die Nudeln auf die Teller. »Setz dich. Ich hab eine Flasche Rotwein geöffnet, aber ich habe auch Wasser oder Saft, wenn du das lieber magst.«

Sein Blick fiel auf den Tisch und die Vase mit den Pfingstrosen, die ich vorhin hingestellt hatte. Dann sah er auf seine

Hand und schien sich an die halb zerdrückten Blumen zu erinnern, die er immer noch fest umklammert hielt. Er ließ die Schultern sinken und drehte sich wieder zu mir um. »Es tut mir leid, dass ich so schlecht in so was bin.«

Ich ließ das Essen stehen, ging zu ihm und nahm ihm die Blumen aus der Hand, bevor er noch mehr Schaden anrichten konnte. Es waren dieselben weißen Gänseblümchen, die am Morgen in seinem Cottage gestanden hatten. Ich konnte am Schnitt der Stiele erkennen, dass sie von Hand gepflückt worden waren. »Sie sind wunderschön«, sagte ich. Ein Ex-Freund hatte mir mal eine Wand aus rosa Rosen geschickt, fast zwei Meter hoch. Um genau zu sein, hatte sein *Assistent* sie geschickt. Matt hatte mich am nächsten Tag angerufen, um mir mitzuteilen, wie teuer sie gewesen waren. Ich würde diese zerdrückten Gänseblümchen jederzeit den Rosen vorziehen.

»Ich hab versprochen, es heute Abend langsam angehen zu lassen«, warnte ich ihn, bevor ich mich auf die Zehenspitzen stellte und meine Lippen auf seine drückte. Seine Hände umklammerten meine Schultern, als wäre es genau das, wofür sie geschaffen waren, und seine Lippen öffneten sich. Der perfekte Kuss für ein erstes Date. Ein einfacher Kuss auf die Lippen ohne Zunge. Doch dann legte sich seine Hand um meinen Hals, mit seinem Daumen drückte er mein Kinn nach oben, und der Kuss wurde intensiver. Und *wie viel* intensiver! Er nippte an meinen Lippen, als wären es Wochen und nicht Stunden gewesen, drückte mich mit dem Rücken gegen die Kücheninsel und hob mich halb in die Luft, als der Timer wieder klingelte. Ich lachte und löste mich von ihm. Er sah benommen aus. »Vielleicht hätten wir in ein Restaurant gehen sollen«, scherzte ich.

»Wahrscheinlich.« Er ließ mich lange genug los, damit ich die Blumen in einen Krug stellen konnte. Ich verteilte die restlichen Nudeln und goss die Tomatensoße darauf, während er den Wein einschenkte, über meinem Glas innehielt und auf mein Nicken wartete, bevor er nachschenkte. »Das riecht fantastisch«, sagte er, als ich den Teller vor ihm abstellte.

»Elsie hat mir das Kochen beigebracht. Dadurch konnte ich mich ihr nahe fühlen, nachdem ich weggezogen war, und erst recht nach ihrem Tod.«

Er nickte und wickelte Nudeln auf seine Gabel. »Ich erinnere mich. Sie hat immer samstags Kirsch-Schokokuchen gebacken und ihn in die Brennerei gebracht. Der beste Tag der Woche.«

»Das hatte ich ganz vergessen! Ich muss mal ihr altes Rezeptbuch ausgraben. Ich bin sicher, es ist hier irgendwo.«

Er stöhnte mit vollem Mund, was ich eher auf den Kuchen meiner Großmutter als auf die Nudeln zurückführte. »Verrate es Jess nicht. Elsie hat diesen Kuchen einmal für einen Osterbasar gebacken. Er kam so gut an, dass Jess eine Woche lang nicht mit den Leuten gesprochen hat, die ihn gekauft haben.«

Ich schüttelte den Kopf und lachte mit vollem Mund. »Wie konnte ich nur die bittere Rivalität zwischen den beiden vergessen?«

Er grinste, legte seine Gabel ab und griff nach seinem Weinglas. »Keine Ahnung, sie war legendär. Auf jedem Weihnachtsmarkt versuchten sie, sich gegenseitig zu überbieten. Die Geburt des Jesuskindes war angesichts des dörflichen Backwettbewerbs vollkommene Nebensache. Der Laden an der Ecke hatte nur ihretwegen genau zu dieser Zeit immer mehr Schokolade auf Vorrat.«

Mein Grinsen wurde breiter. »Das hab ich sehr vermisst. London kann manchmal so überwältigend sein, dass man die kleinen Dinge vergisst.«

Für einen kurzen Augenblick sah er mir in die Augen. Dann wandte er den Blick schnell wieder ab. »Gefällt dir London?«

Ich zuckte mit den Schultern. »Die meiste Zeit schon. Ich find es gut, dass ich mir nachts um drei Uhr einen Becher Schokoladen-Brownie-Eis liefern lassen kann und bei einer einzigen U-Bahn-Fahrt zwanzig verschiedene Sprachen höre.« Ich wickelte Nudeln um meine Gabel und spürte, wie er mich aufmerksam dabei beobachtete. »Aber ich find es nicht gut, dass ich die Sterne nicht von meinem Fenster aus sehen oder das Meer hören kann, wenn ich einschlafe. Ich find es nicht gut, wie wenig ich die Menschen wirklich kenne, die ich meine Freunde nenne.« Bei diesem Eingeständnis schnürte sich mir die Kehle zu. Seit ich hier war, hatte ich nur mit Sydney gesprochen, und das auch nur ein paar Mal. Hatte jemand anderes meine Abwesenheit überhaupt bemerkt? Erst seitdem ich hier war, war mir bewusst geworden, wie einsam ich gewesen war. »Und du? Wolltest du nie woandershin gehen?«

Er musste keinen Moment darüber nachdenken. »Nie.«

»Ich beneide dich darum. Wenn ich mir etwas wünschen könnte, dann wäre es Zufriedenheit.« Ich wusste, dass ich zu viel von mir preisgab, aber ich konnte einfach nicht aufhören. »Ich hab immer diese kleine Stimme in meinem Kopf, die mir zuflüstert, ich müsse mehr tun, mehr erreichen. Nur noch ein bisschen mehr, dann hab ich es geschafft.«

Er kaute langsam und schluckte. »Fühlst du dich nicht erfolgreich?«

»An manchen Tagen schon, an anderen nicht.« Ich hatte nur einen Sekundenbruchteil Zeit zu entscheiden, wie ehrlich ich sein wollte. Ich entschied, dass es besser war, so offen wie möglich zu sein. »Manchmal habe ich das Gefühl, dass ich ständig eine Rolle spiele wie eine Schauspielerin, die vergebens darauf wartet, dass jemand *Schnitt* sagt. Also bemühe ich mich, immer das Richtige zu sagen und zu tun, während die Szene immer weiter läuft.« Er war so still geworden, dass es mich schauderte. »Entschuldige, ich rede Unsinn …«

»Ich verstehe dich sehr gut.« Er war still geworden, sah mich mit leicht geöffnetem Mund an, als sähe er mich zum allerersten Mal. »Ich glaube, jeder hat diese Stimme, die einem sagt, dass man nicht gut genug ist. Manche Leute hören sie nur lauter als andere. Du *bist* erfolgreich, was immer das auch heißen mag.« Seine Hand wanderte über den Tisch und ergriff meine. »Kier hat sich diese Tanzshow jede Woche angesehen, und er hatte dabei immer Tränen in den Augen. Es gab nicht einen einzigen Moment, in dem er nicht stolz auf dich gewesen ist.« Seine Stimme klang etwas belegt. Ich erinnerte mich daran, wie nervös er gewesen war, als er sich mir bei der Whiskyverkostung genähert hatte. An seinen Kopf zwischen meinen Schenkeln und wie er geknurrt hatte, dass ich ihm das Tanzen beibringen sollte.

Ich nahm mein Glas in die Hand und schwenkte es ein wenig. »Du hältst das alles für oberflächlich«, sagte ich.

Er seufzte. »Tu ich nicht. Ich *dachte,* du würdest es als Ausrede benutzen, um nicht nach Hause zu kommen. Nachdem ich nun weiß, dass Kier dir nicht mal gesagt hat, dass er krank ist, sehe ich die Dinge anders.«

Seine Worte schlugen mir auf den Magen. Das Essen schmeckte plötzlich bitter. Ich sollte ihm die Wahrheit sagen, über Kiers Schulden und die Destillerie. Dann dachte ich an das einzige Foto, das er auf dem Regal in seinem Cottage stehen hatte. Er und Kier in der Destillerie, Kiers Arm um seine Schulter gelegt. Das konnte ich ihm nicht antun, ich konnte nicht zerstören, was sie verbunden hatte. Nicht jetzt, wo das Geschäft endlich wieder zu laufen begann. Ich hatte mir die Zahlen von gestern Abend angesehen, sie sahen vielversprechend aus. Wenn ich uns aus diesem Schlamassel herausmanövrieren konnte, würde er es nie erfahren müssen.

***

Nachdem wir unsere Teller leergegessen hatten, stand er auf, um sie abzuräumen.

»Nicht vergessen, ich hab dich eingeladen«, sagte ich und richtete mich auf.

»Setz dich, Prinzessin.« Er schenkte mir nach und strich mir im Vorbeigehen mit einer Hand über den Nacken. »Du hast gekocht, ich mache sauber.«

Ich lehnte mich in meinem Stuhl zurück, nippte an meinem Wein und sah ihm genüsslich dabei zu, wie er in der Küche die Ärmel seines Hemdes bis zu den Ellbogen hochkrempelte. Die Muskeln seiner Unterarme spannten und entspannten sich abwechselnd, während er das Geschirr abspülte und auf das Abtropfbrett stellte. Er war der heißeste Mann, den ich je gesehen hatte, da gab es keinen Zweifel. Mein Magen krampfte sich zusammen. Das Versprechen, das ich ihm am Morgen gegeben hatte, dass ich es langsam angehen würde, schoss mir durch den Kopf. Andererseits hatte er mich erst vorhin mit einem Ständer in der Hose gegen die Kücheninsel gepresst, was das Versprechen in meinen Augen hinfällig machte. Meine

Beine zitterten, als ich aufstand. »Ich glaube, ich ziehe mir vor dem Dessert noch was Bequemeres an.«

Er warf mir einen Blick zu, als wäre er traurig, dass er sich von dem Rock verabschieden musste. »Noch mehr Wein?«

»Ja bitte, aber nur ein bisschen.« Ich hatte schon zwei Gläser getrunken. Ich rannte die Treppe hinauf und holte den Pyjama aus meiner obersten Schublade – den Pyjama, den er sich gewünscht und den ich extra gewaschen hatte. Ich bürstete meine Haare und trug ein wenig Parfüm auf. Dann rannte ich ganz aufgeregt wieder hinunter.

Er stand mit dem Rücken zu mir und hatte den Kopf halb in den Kühlschrank gesteckt, während er die Reste hineinräumte. Er musste meine Schritte gehört haben, denn er sagte: »Was hast du denn als Nachspeise geplant?«

»Mich«, antwortete ich mit einer Stimme, die nicht wie meine eigene klang. Sein ganzer Körper erstarrte, als hätte ich die Pausentaste betätigt. Dann drehte er sich ganz schnell um, als hätte ich auf Vorspulen gedrückt. Die Gläser in der Kühlschranktür klapperten. Seine Augen verschlangen mich. *Heilige Scheiße.* »Ist es das, was du wolltest?«

Er kam wieder zu sich, nickte und befahl: »Komm her.« Pflichtbewusst folgte ich seiner Anweisung. Als ich nah genug war, fuhr er mit seinem zitternden Zeigefinger unter den breiten Träger meines Tops und strich über meine Haut, bis er die kleine Ansammlung von Sommersprossen erreichte. »Bist du wirklich echt? Ich hab mir den ganzen Tag über eingeredet, dass die letzte Nacht eine Art stressbedingte außerkörperliche Erfahrung war.«

»Bist du gestresst?«

»Ja … Nein.« Er kam näher. Seine Schuhspitzen streiften meine nackten Zehen. »Ich hab mich in meinem ganzen Leben noch nie so wohl gefühlt. Trotzdem mach ich mir um meinen Blutdruck Sorgen.«

Ich musste lachen. »Es müsste hier noch eins von Kiers alten Blutdruckgeräten herumliegen, falls du es brauchst. Nicht, dass du mir noch zusammenklappst, alter Mann.«

Er ignorierte meine spöttische Bemerkung, senkte den Kopf und fuhr mit seiner Nase meinen Hals entlang. Ich verdrehte die Augen und presste die Hand gegen seine Brust, um ihn zu stoppen. Sein Griff lockerte sich augenblicklich. »Ich hab darüber nachgedacht, was du letzte Nacht gesagt hast.«

»Letzte Nacht?« Sein Kiefer zuckte. »Falls ich etwas gesagt hab … Falls ich zu weit gegangen bin …«

»Das bist du nicht.« Ich verschränkte meine Arme in seine und presste unsere Körper aneinander. »Ich möchte, dass du alle meine Grenzen auslotest, Mal, nur um zu sehen, wie weit sie reichen.« Seine Hände krallten sich in meine Hüften. »Aber zuerst …« Ich löste mich von ihm, griff nach meinem Handy auf dem Küchentisch, das bereits an den Lautsprecher angeschlossen war, und startete den langsamen Song, den ich extra für diesen Moment ausgesucht hatte. »Du hast gesagt, du willst mit mir tanzen.«

Ich ging langsam zurück zu ihm und überließ ihm die Entscheidung, wie es weitergehen sollte. Er verfolgte jeden meiner Schritte, fasziniert vom Schwung meiner Hüften, die sich mit Leichtigkeit in einem sinnlichen Takt bewegten. Er wich ein Stück zurück. »Ich hab noch nie getanzt … ich weiß nicht, wie man das macht.«

»Doch, das weißt du.« Ich streckte die Hände aus, und er umklammerte sie wie ein Rettungsseil. »Beim Tanzen gibt es keine Regeln, nur das, was sich richtig anfühlt.« Er ließ sich von mir auf den Teppich vor dem Kamin ziehen, sah dabei aber so aus, als müsste er über eine Planke springen. Mir war sowohl nach Lachen als auch nach Weinen zumute. Wie konnte es sein, dass noch niemand diesen wunderbaren Mann um einen Tanz gebeten hatte?

Er blieb wie angewurzelt stehen, während ich anfing, hin und her zu wippen. Langsam und gleichmäßig bewegte ich meine Hüften, die er umklammert hielt. Schließlich fing er an, lockerer zu werden, und beobachtete hingerissen jede einzelne meiner Bewegungen. Das Lied nahm an Fahrt auf. Eine männliche Stimme sang von seiner geliebten Dahlia, und Mal begann sich mit mir zu bewegen. Ruckartig und unbeholfen wippte er von einem Fuß auf den anderen. Erstaunlich, wenn man bedachte, wie sanft seine Hüften sich gestern Nacht an meine geschmiegt hatten. Dieser Mann *wusste*, wie man sich bewegte. Grinsend sah ich zu, wie er mit jedem Atemzug seine Schritte zählte und vor lauter Nervosität über seine Füße stolperte. Seine Gesichtszüge waren stark angespannt. Die Augenbrauen zogen sich wie zwei Schrägstriche über seine Stirn. Es sah fast aus, als sei er wütend. Mir wurde bewusst, dass das der Ausdruck war, den er annahm, wenn er etwas Intensives empfand.

Beim erneuten Refrain drehte ich mich in seinen Armen, immer noch die Hände haltend, bis ich ihm den Rücken zuwandte, und drückte mein Hinterteil gegen seinen Schoß. Eine Hand wanderte zu meinen Hüften und umklammerte sie fest, während die andere sich auf meinen Bauch legte. Seine Lippen wanderten zu meinem Hals, und ich spürte, wie sie sich zu einem leichten Lächeln verzogen. Das Lied endete und begann wieder von vorne. Wir tanzten weiter, unsere Körper so eng aneinander gepresst, dass es kein Stück Haut mehr gab, auf dem ich ihn nicht spürte. Bei der dritten Wiederholung des Songs blickte ich ihn über eine Schulter hinweg an. Wir atmeten beide schwer und ich spürte deutlich, wie seine Latte gegen meinen unteren Rücken drückte. »Bist du immer noch der Meinung, dass du nicht tanzen kannst?«

Meine Frage blieb unbeantwortet. Er drehte mich um und drückte mich gegen den Esstisch. Er hob mich auf die Tischplatte, nahm mein Weinglas, führte es an meine Lippen und ließ mich daran nippen, bevor er selbst einen tiefen Schluck nahm. Mit immer noch roten Lippen führte er seinen Mund an meine Brust und saugte durch den Stoff an meiner Brustwarze. Ich keuchte und ließ mich auf meine Ellbogen zurückfallen. »Ist das okay?«, hauchte er. Ich war mir nicht sicher, ob ich »Ja« geantwortet hatte, aber die Art, wie sich meine Beine um seine Hüften schlangen, war Antwort genug. Seine Lippen wanderten zu meiner anderen Brust und hinterließen einen roten Abdruck. »Willst du wissen, was ich in der Nacht gemacht hab, nachdem ich zum Haus gekommen bin und dich in diesen kleinen Shorts gesehen hab? Der Tag, an dem ich dich fast auf dem Küchentisch gefickt hätte?«

»*Ja*«, rief ich. Ich wusste jedenfalls, was ich in dieser Nacht getan hatte.

Seine Zähne zerrten an meinem Oberteil. »Ich hab mit einer Hand masturbiert, während ich in der anderen das Stück Spitze gehalten hab, das du BH nennst.«

»Bitte, Mal«, stöhnte ich, aber er leckte weiter, verweilte an jeder Brustwarze gerade lange genug, um mich um den Verstand zu bringen, und wechselte dann zur anderen. Ich wusste nicht einmal, worum ich bettelte. Um irgendwas. *Um mehr.* »Ich brauche dich, Mal.«

Mein Flehen musste etwas in ihm ausgelöst haben, denn in Windeseile hatte er mich über seine Schulter geworfen, was mir einen perfekten Blick auf seinen straffen Hintern gewährte. Mein langes Haar hing lose über seinen Rücken. Er packte mich fest am Hintern, trug mich in Richtung Treppe und drückte und streichelte mich dabei im Gehen weiter. »Schneller, Mal.«

»*Himmel*, April!« Er nahm immer zwei Stufen auf einmal und machte dabei so einen Tumult, dass die Hunde hinter uns herliefen. Er ging ins Schlafzimmer, trat die Tür zu und setzte mich so ruckartig ab, dass ich mit dem Rücken gegen die Wand stieß. Ich hatte keine Zeit, benommen zu sein, denn schon waren seine Lippen wieder auf meinen. Die Welt um uns herum verschwamm, solange er mich festhielt. »Ist das okay?«, fragte er und wich ein wenig zurück.

»Ja.« Er sah mich an, als wäre ich wertvoll und zerbrechlich, aber seine Berührungen sagten etwas anderes. Er küsste mich fester. Seine Hände griffen überall nach mir, wo sie hinkamen. Er fuhr mit seinen Fingern in meine Shorts und zog den Saum so weit über meine kurvigen Hüften, dass ich befürchtete, sie könnte reißen. Ich wimmerte, klammerte mich an ihn und spürte heißes Verlangen in meinem Bauch. In der Küche hatte ich ihn gebeten, meine Grenzen auszuloten, und er hatte mich nicht zurückgewiesen. Als ich ihm gesagt hatte, dass es mir gut ging, hatte er mir ohne einen Zweifel geglaubt und darauf vertraut, dass ich wusste, was ich wollte.

Sein dicker Schwanz drückte gegen meinen Bauch. »Spürst du, wie steif ich bin, Prinzessin? Seit du mit diesen winzigen Shorts, die du so liebst, wieder in mein Leben getreten bist, bin ich dauersteif.«

Ich stieß ein heiseres Lachen aus. »Mir scheint eher, dass du meine Shorts liebst.«

»Natürlich tu ich das.« Sein Griff wurde fester. »Über deinen Arsch in diesen Shorts sollten Sonette geschrieben werden.«

»Ich brauche dich, Mal«, gestand ich ihm seufzend.

Er manövrierte uns zum Bett und positionierte mich so, dass meine Ellbogen die Matratze berührten. Ohne zu zögern, ließ ich mich von ihm führen. Er umfasste wieder meinen Hintern, packte fest zu und hob meine Pobacken an. »Lass deine Hände flach auf der Matratze liegen.« Ich gehorchte, so erregt, dass ich kaum noch atmen konnte. Dann zog er mein Höschen nach unten, sodass es mir um die Knöchel fiel. Mondlicht strömte durch das Fenster, und mir war bewusst, dass er nun alles von mir sehen konnte. Normalerweise hätte ich mich in einer solchen Position verletzlich gefühlt, aber nicht in diesem Fall. Stattdessen wölbte ich mich ihm noch mehr entgegen und entlockte ihm dadurch ein anerkennendes Stöhnen. Seine Finger fuhren über meinen Rücken hinunter zu meinem Hintern, durch die Falte der Pobacken hindurch und schließlich zwischen meine Beine. Ganz kurz nur berührte er meine Klitoris und zog seine Hand dann wieder zurück, sodass ich stöhnte und mich aufbäumte. Als Nächstes zog er mein Top so weit nach oben, dass er meine Brüste freilegte. »Okay?«

»Okay.«

Sein Hosenbein berührte mich leicht, und gierig nach der geringsten Stimulation presste ich mich dagegen. »Dreiunddreißig Tage.« Seine Hände packten meine Hüften.

»Was?«

»Dreiunddreißig Tage sind seit deiner Rückkehr vergangen. Dreiunddreißig Tage lang hab ich mir vorgestellt, wie ich dir dein Höschen runterreiße und dich über ein Whiskyfass beuge. Hat's dir Spaß gemacht, mich zu quälen?« Als ich nicht schnell genug antwortete, drückte er sich ruckartig gegen mich. »Sag's mir.«

»Ja«, keuchte ich. »Ja, hat es.«

Er gab ein zufriedenes Brummen von sich, tauchte mit seiner Hand wieder zwischen meine Beine und streichelte meine Klitoris. »Meinst du, ich sollte dich im Gegenzug auch ein wenig quälen?«

Mit einem gedämpften Stöhnen ließ ich den Kopf auf die Matratze sinken. *»Ja«*, sagte ich immer und immer wieder – das war das einzige Wort, das es für mich in diesem Moment noch gab.

»Sag mir, wenn es zu viel ist.« Ohne auf eine Bestätigung zu warten, hielt er mich über das Bett gebeugt und ließ sich auf seine Hüften sinken.

Die erste leichte Berührung an meinem Knöchel überraschte mich. Ich hatte schon zu viele egoistische Liebhaber gehabt und damit gerechnet, dass er gleich zur Sache kommen würde. Aber als er sagte, er wollte mich quälen, hatte er es ernst gemeint. Mit seiner Zunge und seinen rauen Fingerspitzen fuhr er mein Bein nur bis zur Wade hinauf, hielt dort inne und wechselte dann auf die andere Seite. Er ging erst dann höher, nachdem er mich dazu gebracht hatte, laut zu flehen und zu winseln. Es gab keinen Zentimeter meiner Haut, den seine Fingerspitzen nicht berührten. Meine Finger, die Falte an meinem Ellenbogen, die empfindliche Stelle hinter meinem Ohr. Er leckte über meine Wirbelsäule und biss in das weiche Fleisch über meiner Hüfte. Er berührte mich, bis meine Beine und Knie zu zittern anfingen. In dem Moment, in dem meine Knie nachgaben, ergriff er meine Taille, stand auf und hielt mich mit einer Hand aufrecht, während er mit der anderen den Reißverschluss seiner Hose öffnete. »Nimm mich jetzt, Mal.« Ich hätte heulen können. »So hart, wie du kannst.«

Ich spürte, wie sein Schwanz meinen Eingang berührte. Er drang nur mit der Spitze ein und neckte mich, wie ich ihn in der Nacht zuvor geneckt hatte. Er lernte verdammt schnell. »Will meine Prinzessin hart gefickt werden?«

Heilige Scheiße.

Heilige Scheiße.

Hastig nickend drückte ich den Kopf ins Kissen. Und dann war er in mir und stieß so hart zu, dass ich keine Zeit hatte, mich abzustützen. Die Intensität seiner Stöße erwidernd, drängte ich mich ihm mit aller Kraft entgegen und krallte mich tief in die Bettdecke.

»Du redest doch gerne, Baby, also lass hören«, knurrte er, was mich noch lauter keuchen und immer wieder seinen Namen schreien ließ. Ich bettelte darum, noch härter genommen zu werden. Ich wollte ganz und gar *ihm* gehören.

»Ich bin so kurz davor, Mal. So k…urz …«

»*Gut*. Hör auf, die Hüften zu bewegen. Ich will mir deinen Orgasmus verdienen.« Er unterstrich seinen Standpunkt, indem er meine Hüften so fest umklammerte, dass ich mich nicht mehr hätte bewegen können, selbst wenn ich es gewollt hätte. »So ist es gut, Baby … so ist es gut.«

Baby.

Ich mochte es, wenn er mich Prinzessin nannte, aber ich *liebte* es, wenn er mich Baby nannte, denn ich war nur dann sein Baby, wenn er tief in mir war.

Seine Stöße wurden schneller, unsere heißen Körper klatschten aneinander. In seinem Griff gefangen, baute sich der Druck schnell auf und steuerte auf das Crescendo zu, das mein Körper forderte, aber nicht wollte. Ich wollte, dass es ewig währte. »Öffne deine Beine noch weiter«, knurrte er. »Ich will sehen, was ich mir verdiene.«

»*Oh Gott*, Mal!« Kaum hatte ich mich gefügt, spürte ich auch schon seine Finger. Es genügten zwei sanfte Berührungen meiner Klitoris, und ich brach zusammen. Ich kam nicht nur, ich *zerbarst*. Schreiend und zitternd. Mit gekrümmtem Rücken und wackligen Knien. Mals Schrei der Erlösung war heiser und so verdammt männlich. Unter wilden Zuckungen umklammerte er meine Taille, hob mich auf meine Zehenspitzen und drückte mich an seine Brust. Immer und immer wieder stieß er in mich hinein und versuchte, unser Vergnügen so weit wie möglich in die Länge zu ziehen.

»Scheiße, Mal, was machst du nur mit mir?«, fragte ich halb lachend. Scheinbar unfähig, Worte zu finden, drückte er mich fester an sich und vergrub die Nase tief in meinen zerzausten Locken. Nach einer gefühlten Ewigkeit bewegte er sich wieder, drehte uns um, setzte sich aufs Bett und zog mich in seinen Schoß. Seine Hose hing ihm bis zu den Knöcheln, das Hemd war noch zugeknöpft. Ich griff nach seinem Hemdkragen und lächelte erschöpft.

Seine Hand berührte meine Wange. Mit schräg gelegtem Kopf sah er mich an. »Es war nicht zu viel?«

»Es hätte nicht perfekter sein können«, versicherte ich ihm. Ein zufriedenes Lächeln lag auf seinem Gesicht. Dann drückte er mir einen süßen Kuss auf die Lippen und schlang eine Hand um meinen Nacken.

»April, ich will dich daten.« Die Worte kamen so schnell, dass ich einen Moment brauchte, um sie zu verarbeiten. Er schluckte schwer und bewegte sich unter mir. Plötzlich sah er ganz verletzlich aus. »Was ich sagen will, ist … ich würde gerne weiterhin Zeit mit dir verbringen – solange du hier bist. So viel, wie du erlaubst.«

Ich strich mit dem Daumen über einen seiner Hemdknöpfe, direkt unterhalb der goldenen Kuhle an seinem Hals. »Willst du eine Beziehung?« Eine Furche bildete sich zwischen seinen Brauen. Er sah aus, als wäre er darum bemüht, eine ihm bisher unbekannte Sprache zu verstehen. Und dann nickte er. So unmerklich, dass es jemand, der nicht auf jede seiner Bewegungen achtete, leicht übersehen hätte können. Mit einem für mich völlig untypischen Maß an Schüchternheit antwortete ich: »Das hätte ich auch sehr gern.«

27

Mal

Perfect Places – Lorde

Meine Augen schweiften durch das Schlafzimmer in der Erwartung, April gemütlich zusammengerollt unter der Bettdecke vorzufinden. Tatsächlich jedoch war sie auf Händen und Knien, einen Stapel Bücher vor sich. Den Pyjama, der durch unsere nächtlichen Aktivitäten ganz schmutzig geworden war, hatte sie abgelegt. Sie trug nichts außer einem langen bedruckten T-Shirt. Ihre Haltung bot mir einen hervorragenden Blick auf das, was sich unter dem T-Shirt verbarg. »Was machst du da?« Ich stellte das Glas Wasser und das Eis, das ich aus dem Gefrierschrank geholt hatte, auf den Beistelltisch.

»Ich suche nach Antworten.« Sie legte weitere Bücher auf den Boden, bis sie eine lange rechteckige Form bildeten, und trat einen Schritt zurück, um ihr Werk zu betrachten. Noch nie hatten sich mir so viele spärlich bekleidete Frauen und nackte männliche Oberkörper präsentiert.

Sie trat in die Mitte des Rechtecks, legte sich auf den Rücken und streckte die Hand nach mir aus. Da begriff ich endlich und musste herzhaft lachen. »Soll das die Tür aus *Titanic* sein?«

»Ja.« Sie grinste frech und lockte mich mit ihren Fingern. Ich gehorchte – *natürlich* gehorchte ich. Ich legte mich auf den Boden von Aprils Kinderzimmer und ließ mich bereitwillig von ihr in die gewünschten Positionen bringen: meine Füße neben ihrem Kopf; Angesicht zu Angesicht; in Löffelchenstellung. Ich kam mir lächerlich vor und gab bei jedem Stellungswechsel ein Murren von mir, weil ich mich nicht traute, zuzugeben, wie glücklich mich das in Wahrheit machte. Ich fühlte mich wie der Grinch, dessen Herz sich verdoppelte und verdreifachte, bis in meiner Brust für nichts anderes mehr Platz war als für *sie*.

Klick.

Als sie rittlings auf mich kletterte und mit ihren schönen Händen über meine Brust fuhr, konnte ich nicht mehr. »Dein Eis schmilzt«, warnte ich sie.

Sie überlegte vielleicht eine halbe Sekunde, dann sprang sie mit einem »*Zur Hölle mit Jack*« auf und machte sich über das Schokoladeneis her. Ich zog die Bettdecke zurück und ließ sie in die Mitte des Bettes hüpfen, Boy und Dudley zu Füßen.

Klick.

Ich wusste, was ich tat. Ich sammelte all diese kleinen Momente mit ihr wie Muscheln am Strand. Ein April-Album, in dem ich blättern konnte, wenn sie weg war. Ein Beweis dafür, dass ich glücklich gewesen war, wenn auch nur für kurze Zeit. Mein Herz klopfte so heftig, dass ich am liebsten eine Hand darauf gelegt hätte, um es zu beruhigen. Stattdessen ging ich zu ihrem kleinen Fernseher und schaltete den Film ein, der in ihrem DVD-Player lag. *Harry und Sally.*

»Ich liebe diesen Film«, murmelte sie mit ihrem Löffel im Mund.

»Ich hab ihn noch nie gesehen«, sagte ich und drehte mich um.

»Was für ein Verbrechen!« Trotz ihrer Empörung schmiegte sie sich an mich, und ich legte meinen Arm um sie, genau wie beim letzten Mal, als wir in ihrem Bett gelegen hatten. Schweigend aßen wir und schauten den Film. Alle zwei Bissen fütterte sie mich mit dem Löffel. Ich bekam keine einzige Minute des Films mit, weil ich nicht aufhören konnte, sie anzusehen. *Fühlt sich so Zufriedenheit an?*, fragte ich mich. Eine Mischung aus Aufregung und Wohlbehagen? Sich wertgeschätzt und gleichzeitig so verdammt sicher fühlen. Ich konnte mir kein größeres Glück vorstellen.

Nach einer kurzen Weile begannen ihre Augen ebenfalls zu mir herüberzuwandern. Schließlich stellte sie das Eis beiseite und fragte: »Hast du heute schon mit deinem Bruder gesprochen?«

Ich hielt inne. *Warum fragte sie mich nach Callum?* Obwohl ich mir nach allem, was in den letzten Tagen zwischen uns vorgefallen war, sicher sein konnte, dass sie mich wirklich wollte, verspürte ich trotzdem einen leichten Anflug von Angst. »Nicht seit heute Morgen … sollte ich etwa?«

Sie grinste und ließ ihre geraden kleinen Zähne aufblitzen. »Ich hab mich nur gefragt, ob er bereits gestanden hat.«

»Was meinst du?«

Ihre Finger wanderten über meine Brust. »Dass er uns verkuppeln wollte. Anscheinend versuchen er und Heather das schon seit Wochen.«

Was? Ich schüttelte den Kopf. Das konnte nicht stimmen. Meine Gedanken rasten, und plötzlich ergab alles einen Sinn. »Wieso ist mir das nicht schon früher aufgefallen?«

»Ich hatte auch keine Ahnung bis gestern Abend, als er im Grunde zugegeben hat, uns zusammen im Lagerraum gesehen zu haben. Und heute hat es Heather dann bestätigt.«

Ich stützte mich auf meinen Ellbogen und drehte mich mit dem Gesicht zu ihr. »Warum sollten sie sich all diese Mühe machen? Warum würden sie es mir nicht einfach sagen?«

Sie schmunzelte, und ihre hübschen grünen Augen funkelten vor Vergnügen. »Du weißt doch, wie du sein kannst. Wahrscheinlich hättest du mich dann noch mehr gehasst.«

Ich erschrak. Dachte sie das wirklich? Ich streichelte ihre Wange und strich ihr eine Locke aus dem Gesicht. »Es tut mir leid, dass du dich meinetwegen so gefühlt hast. All die furchtbaren Dinge, die ich je zu dir gesagt hab, waren Ausdruck meiner eigenen Angst, meiner eigenen Selbstzweifel.« Um sicherzugehen, dass sie meine Worte nicht missverstand, sah ich ihr dabei direkt in die Augen. »Ich habe dich *nie* gehasst. Ich hab es anfangs versucht und war darum bemüht, dich in einem schlechten Licht zu sehen, aber es hat nicht geklappt. Hätte ich es gern gesehen, wenn jeder seine Meinung zu meinen Gefühlen geäußert hätte? Wahrscheinlich nicht. Aber es hätte mich nicht davon abgehalten, dir nahe sein zu wollen – das wär gar nicht möglich gewesen.« Ich streichelte ihr Ohrläppchen. »Es gab nicht den einen bestimmten Tag oder den einen besonderen Moment, an dem du mein Herz erobert hast, denn du warst bereits lange davor in meinem Herzen. Jedes Mal, wenn ich dich gesehen hab, hast du dich ein bisschen tiefer darin eingenistet. Ich konnte dir nicht entkommen, Prinzessin. Meine Gefühle für dich zurückzuhalten, war wie der Versuch, eine Flut aufzuhalten.«

Sie schien auf einmal von innen heraus zu leuchten, und ehe ich wusste, wie mir geschah, saß sie auf meinem Schoß und ergriff mit ihren winzigen Händen meine. »Mit deinen breiten Schultern hättest du das sicher leicht geschafft.«

Schmunzelnd führte ich ihre Hand an meinen Mund und knabberte an der Spitze ihres Zeigefingers. »Wann immer du frech wirst, kostet dich das einen Finger.« Sie erschrak ein wenig, als ich zubiss.

»Das würdest du nicht wagen. Dafür hast du meine Finger viel zu liebgewonnen.«

Ihre Worte sorgten dafür, dass mir ganz heiß wurde, was sie sichtlich zu erfreuen schien, denn sie brummte sanft und drückte ihre Stirn an meine. »Hör bitte nie damit auf.« Meine Verwirrung bemerkend fuhr sie fort: »Damit, rot zu werden … nach allem, was du mit mir getrieben hast.« *Oh*. Instinktiv wollte ich den Kopf senken, aber sie nahm ihn in die Hände und sah mir direkt in die Augen. »Du bist wunderschön.«

»*Du* bist wunderschön«, erwiderte ich und strich ihr durchs Haar. »So schön, dass es mir manchmal schwerfällt, dich anzusehen.«

Sie drückte mir ihre Hüften entgegen, und ich erwiderte ihre Bewegung. »Ich will, dass du mich ansiehst. Deine Augen sollen immer auf mich gerichtet bleiben.«

Unsere Unterkörper begannen, sich sinnlich und gleichmäßig zu bewegen. Wir konnten nicht anders. Wenn ich in ihrer Nähe war, musste ich sie berühren. Und wenn ich sie berührte, konnte ich nie genug bekommen. Es kostete mich all meine Kraft, mich zurückzuhalten. »Ich möchte nicht, dass du denkst, dass das alles ist, was ich von dir will.«

»Ich weiß.« Sie gab mir einen Kuss, und ihre Gesichtszüge wurden ganz weich. Mit der Zunge fuhr sie über meine Oberlippe und über die Narbe, die sich durch meinen Bart zog. Sie wich zurück und flüsterte: »Möchtest du mir davon erzählen?« Ihre Stimme war so sanft, dass ich mir sicher sein konnte, dass sie es mir nicht übel genommen hätte, wenn ich mich geweigert hätte.

»Okay«, sagte ich und schluckte schwer. »Es war ja nie ein Geheimnis.«

Zögerlich streckte sie den Finger aus und streichelte die erhabene Stelle mit einer Ehrfurcht, dass ich mir auf die Innenseite meiner Wange biss. »Du scheinst dich dafür zu schämen … das solltest du nicht. Ich meinte es ernst, als ich sagte, dass du wunderschön bist. Jeder einzelne Teil von dir.«

Ich nahm ihre Hand, drückte ihr einen Kuss auf die Handfläche und hielt sie zwischen uns, während ich ihr die Wahrheit sagte und dabei jede einzelne Sommersprosse auf ihren Knöcheln zählte. »Es ist nicht die Narbe, die ich hasse. Sie ist genauso ein Teil von mir wie meine Augen oder meine Haarfarbe. Es ist … es ist das, wofür sie steht.«

»Was meinst du damit?«

Ich zuckte mit den Schultern und wusste plötzlich nicht, wie ich es erklären sollte. »Sie zeigt, was ich durchgemacht habe. Von Geburt hatte ich eine schwere Gaumenspalte. Das heißt, das Gewebe bis zum hinteren Teil meines Mundes war im Mutterleib nicht richtig zusammengewachsen. Aus diesem Grund musste ich als Kind über mehrere Jahre hinweg mehrfach operiert werden und eine Sprachtherapie machen. Du weißt ja, dass mein Vater Arzt ist. Er ist ein toller Arzt, aber einer von der alten Schule.«

Ich spürte, wie sie sich leicht anspannte. »Inwiefern?«

»Er gab sich alle Mühe, mich zu *reparieren*, suchte nach den besten Chirurgen und Sprachtherapeuten auf dem Festland, selbst wenn er selber dafür zahlen musste. Aber nachdem ich die OPs überstanden hatte, wusste er nicht, wie er mit den psychischen Aspekten umgehen sollte, die das Ganze mit sich brachte. Ich war lange Zeit nicht in der Schule gewesen, war immer nur zu Hause und kurierte mich aus, anstatt draußen mit meinen Geschwistern zu spielen. Wann immer ich in die Schule ging, bekam ich Panik. Ich hatte Angst, anders auszusehen und zu sprechen. Die wenigen Male, die ich mich an meinen Vater wandte, sagte er mir nur, ich solle mich zusammenreißen. Also hab ich aufgehört, um Hilfe zu bitten, mit dem Ergebnis, dass … ich mir nie sicher bin, wie ich mich unter Menschen verhalten soll. Entweder kriege ich Angst und sage das Falsche …« Ich musste abbrechen, denn in mir begann sich etwas zu verkrampfen.

April schüttelte den Kopf und drückte ihre Brust fest an mich, damit ich nicht entkommen konnte. »Es ist perfekt, so wie du sprichst.«

»Für *dich* vielleicht. Wobei ich mir das überhaupt nicht erklären kann, denn meiner Meinung nach rede ich weiterhin nichts als Unsinn.«

»Ich weiß, dass du ein gutes Herz hast.« Sie legte ihre Hand auf meine Brust, als könnte sie mein geschädigtes Herz allein dadurch heilen. »Jeder in Kinleith weiß das. Was glaubst du, warum die Verkostung so erfolgreich war? Die Leute sind nicht wegen mir oder wegen Kiers Vermächtnis gekommen. *Du* warst der Grund, Mal. Die Leute mögen dich und wollen dir helfen.«

Das konnte unmöglich wahr sein. Die Stimme in meinem Kopf begann sofort, ihre Worte infrage zu stellen, doch ich gebot ihr Einhalt. Ich war diese alte Denkart leid. Sicher, ich zog mich oft zurück, aber ich war dennoch ein aktives Mitglied der Gemeinschaft. Die Brennerei bot Arbeitsplätze für die Inselbewohner. Ich half meinen Nachbarn, wann immer ich konnte. Ich war immer da gewesen, wenn Kier mich gebraucht hatte. Ich hatte meine Geschwister und April. »Ich schätze, ich bin zu sehr daran gewöhnt, an den Motiven anderer Menschen zu zweifeln … sogar an deinen«, sagte ich etwas schuldbewusst. »Als du ankamst, habe ich jede nur erdenkliche Ausrede gesucht, um die Verbindung zwischen uns zu leugnen. Zuerst hab ich mir eingeredet, dass du traurig wegen Kier warst, dann hab ich gedacht, dass du nur Mitleid mit mir hast.« Ein Schauer überkam mich. »Ich hab aufgehört, von irgendjemandem etwas zu erwarten, weil ich nicht verletzt werden wollte.«

»Du kannst von mir Dinge erwarten. Ich möchte sogar, dass du das tust«, sagte sie entschlossen und sah mich an. »Was kann ich gegen deine Angst tun? Wie kann ich dir helfen?«

Sie kann nicht echt sein, dachte ich mir erneut. Doch ich schob diesen Gedanken so weit weg, wie es nur ging, und verriegelte die Panzertür hinter ihm. Denn sie *war* real, realer als alles, was ich je gekannt hatte. »*Das hier*, Prinzessin«, flüsterte ich und ließ meine Hände unter ihr T-Shirt wandern, um ihre Haut und jeden einzelnen ihrer Wirbel zu fühlen. »Ich möchte, dass du genau das machst und genau so bist, wie du bist. Für immer.« Und dann gab es keine Worte mehr zwischen uns.

28

April

Belter – Gerry Cinnamon

»Halt dich am Kopfteil fest.« Mals dunkle Stimme liebkoste meinen Nacken. Der Sonntagmorgen war viel zu schnell angebrochen, und wir hatten beide nur wenig geschlafen, aber das hielt uns nicht davon ab, uns beim ersten Morgenstrahl in die Arme zu fallen. Die Hände um die Gitterstäbe gelegt, das zerknitterte Bettlaken um meine Knie geschlungen, ließ ich mich von ihm verwöhnen.

Ein Klopfen an der Tür ließ uns verstummen. »Nein«, rief ich, und Mal keuchte. »Ignorier sie einfach, dann gehen sie von selbst.« Seine heißen Lippen pressten sich auf meinen Nacken und hinterließen eine feuchte Spur entlang meiner Wirbelsäule. Ich rollte mich zusammen wie eine Katze. Das Klopfen wurde lauter. Irgendwo im Haus klingelte ein Telefon. »Verdammt noch mal!«, grollte Mal erbost. Er schob meine Hüfte beiseite, kletterte aus dem Bett und zog sich seine Boxershorts und die Hose von letzter Nacht an. »Bleib, wie du bist, ich wimmele sie ab.« Er beugte sich nach unten und biss mir spielerisch in die Pobacke.

Wie befohlen blieb ich in derselben Position liegen, bis ich Stimmengemurmel aus der Küche hören konnte. Ein tiefes, männliches Lachen war zu vernehmen. Sie gehörte nicht zu Mal. Neugierig geworden, zog ich mir Unterwäsche und mein ausrangiertes T-Shirt an und ging die Treppe hinunter. Als ich in die Küche trat, sah ich Callums Kopf hinter der Glasscheibe. Mal stemmte sich gegen den Türrahmen, um ihn am Eintreten zu hindern. »Was ist hier los?«, fragte ich. Beide drehten sich um und sahen mich an. Mal musterte mich von Kopf bis Fuß und wurde beim Anblick meiner zerzausten Haare und nackten Beine feuerrot.

»*Ah*, die Dame des Hauses.« Callum grinste schelmisch.

»Callum.« Ich nickte und sah dann Mal an. »Du lässt ihn nicht rein?«

»Nein«, knurrte er.

»Ich habe eh keine Zeit«, unterbrach Callum ihn. »Ich bin nur gekommen, um nach Mel C zu sehen und um zu fragen, ob ich ihn dir für ein paar Stunden stehlen könnte …«

Mal warf mir einen Blick zu. »Fütterst du immer noch die verdammten Füchse?«

»Natürlich tu ich das.« Ich ging zum Schrank, in dem ich die Leckerlis für die Hunde und die Füchse aufbewahrte, die ich bereits draußen kläffen hörte.

Dann wandte Mal sich an seinen Bruder und fauchte: »Und ich habe zu *dir* Nein gesagt.«

»Komm schon! Wir brauchen dich, wir sind schon ein Mann zu wenig, und wir spielen gegen Portree. Die haben uns letzten Monat geschlagen, interessiert dich das nicht?«

Mal verschränkte die Arme vor seiner beeindruckenden Brust. »Nicht wirklich.«

»Wovon redet ihr?« Ich blickte zwischen den beiden hin und her.

»Ach nichts …«

»Shinty«, erklärte Callum. »Wir spielen im Sommer jeden Sonntagmorgen, und mein Bruder weigert sich, dem Team beizutreten, obwohl er der beste Spieler der Insel ist.«

Mal errötete, mahlte mit dem Kiefer und starrte auf die Kacheln. Ich wollte ihn nur ungern drängen, aber vielleicht brauchte er ja nur einen kleinen Schubser. »Ich wusste nicht, dass du spielst.«

»Naja … nicht wirklich.«

»Shinty klingt spaßig«, sagte ich.

Mal erwiderte meinen Blick, und Callum klatschte in die Hände. »*Ja*! Siehst du? Ich wusste, auf dich kann ich mich verlassen.«

Ich stellte mich neben Mal und spielte mit seinen Fingern, bis er mich ansah. »Ich sag nicht, dass du spielen sollst, wenn du nicht magst. Aber es scheint ein schöner Morgen zu werden, und vielleicht könnten wir uns das Spiel ja zusammen ansehen?« Insgeheim flehte ich, dass Callum nichts erwidern würde. Das sollte Mal selber entscheiden. Callum schien es zu ahnen, denn er hielt den Mund und ließ seinen Bruder über meine Worte nachdenken.

Schließlich drückte Mal meine Hand etwas fester. »Könnte vielleicht Spaß machen.«

Ich grinste ihn an. »Du fütterst die Füchse, ich zieh mich an.«

***

»Kannst du mir die Regeln erklären?«, fragte ich Heather und schob meine Sonnenbrille nach unten, während ich auf die weite Grünfläche und das dahinter liegende azurblaue Wasser blickte. Zwei Gruppen von zwölf Männern standen auf einem Spielfeld, das einem Feldhockeyfeld sehr ähnlich sah, und verteilten Trikots.

Heather schnaubte und leerte ihren Kaffeebecher. Obwohl es erst neun Uhr morgens war, hatte sie es irgendwie geschafft, die Zwillinge rechtzeitig aus dem Bett zu bringen, damit sie ihren Onkeln beim Spielen zusehen konnten, auch wenn sie mehr daran interessiert waren, Gänseblümchenketten zu basteln. »Ich kann nicht glauben, dass du Schottin bist.«

»Entschuldige, dass ich als Teenager andere Interessen hatte.« Beim Anblick von Mal, wie er über das Spielfeld schritt und ein marineblaues Trikot von Callum entgegennahm, fragte ich mich jedoch, wie ich jemals Zeit mit etwas anderem hatte verbringen können. Als er sein eigenes T-Shirt auszog, hätte ich fast zu wimmern angefangen. Aber ich war nicht die Einzige, die ihn ansah. Eine ganze Gruppe von Frauen, darunter Jasmine, stand am Rand und starrte ihn an. Auch Mal war sich ihrer Blicke bewusst, denn er trat nervös von einem Fuß auf den anderen und zog sich das Teamtrikot so schnell wie möglich über den Kopf. Am liebsten hätte ich ein Zelt um ihn errichtet, um meinen sanften Riesen vor jeglicher unerwünschter Aufmerksamkeit zu schützen.

Heather versuchte, mir die Regeln zu erklären, und schien nicht zu bemerken, wie ich die Hände immer fester um meinen Kaffeebecher krampfte. »Das Spiel hat zwei Halbzeiten von je fünfundvierzig Minuten, wie beim Fußball. Das Ziel ist es, mehr Tore zu schießen als die andere Mannschaft, indem man den Ball mit dem Caman ins Netz befördert …«

»Caman?«

»Der Schläger, den sie in der Hand halten.« Er sah aus wie ein Hockeyschläger mit einer ausgeprägteren Krümmung.

»Die Spieler können mit dem Schläger oder mit dem Körper angreifen, solange es Schulter an Schulter ist.«

Ich sah zu ihr und dann zurück zum Feld, wo alle Männer einen letzten Schluck nahmen, bevor es losging. »Das klingt ziemlich brutal.«

Sie nickte. »Das kann es sein. Aber ich hab schon lange nicht mehr gehört, dass sich jemand was gebrochen hätte.«

Ich riss die Augen auf. Gebrochen?

Bevor ich noch eine Frage stellen konnte, kam Mal auf uns zu. Ich zog meine metallene Wasserflasche aus meiner Tasche und reichte sie ihm. Er nahm sie, bedankte sich und trank einen ausgiebigen Schluck. »Hast du dich eingecremt?«, fragte er und gab sie mir zurück. »Es ist heiß heute.« Heather seufzte und schien uns beide furchtbar süß zu finden, doch wir ließen uns davon nicht beirren.

»Ja, Brummbär. Und ich hab noch mehr Sonnencreme in meiner Tasche, falls ich es brauche«, versicherte ich ihm. Ich wollte nicht, dass er sich Sorgen um mich machte und auf dem Spielfeld unkonzentriert war. Bevor er wieder verschwinden konnte, hielt ich ihn am Arm fest. »Bitte sei vorsichtig.«

Einen Moment lang dachte ich, er würde mich vor aller Augen küssen, aber dann ertönte der Pfiff, woraufhin er aufs Spielfeld zurücklief und mich mit der Frage zurückließ, warum zum Teufel ich Mal zum Spielen überredet hatte.

***

»Das ist ein Foul!«, kreischte ich und riss die Arme nach oben. »Das ist definitiv ein Foul, oder?«

Heather machte ein ernstes Gesicht. »Aye, das ist definitiv ein Foul – komm schon, Schiri!«, rief sie mit mir zusammen.

Nach achtzig Minuten stand es unentschieden. Ein Portree-Spieler hatte soeben Mals Caman mit seinem eigenen hart getroffen. Wie ich gerade erfahren hatte, nannte man das »Hacking«, und es war nicht erlaubt.

Der ältere glatzköpfige Mann, der als Schiedsrichter fungierte, pfiff ab und zeigte auf den Elfmeterpunkt. Die Spieler von Portree rissen die Arme hoch. »Was bedeutet das?«

»Sie haben Mal einen Strafstoß zugesprochen.«

»Ist das gut?«

Sie nickte. »Das ist gut.«

Ich war von der Geschwindigkeit des Spiels beeindruckt. Das Spielfeld war groß, die Männer mussten viel hin und her rennen, und das Spieltempo änderte sich ständig. Von allen Spielern bewunderte ich Mal am meisten. Ich hatte keinen Vergleich, aber als Callum von seinem Talent gesprochen hatte, hatte er nicht übertrieben. Mal war für seine Größe erschreckend schnell und konnte Spielzüge blocken, die kleinere Männer nicht schafften. Und für einen Sport, bei dem es um Körperkontakt ging, war er erstaunlich rücksichtsvoll. Wo andere Spieler hart tackelten, in der Hoffnung, ihren Gegner zum Stolpern zu bringen oder zu verletzen, tat Mal das Gegenteil, indem er den Kontakt vermied, wo immer er konnte, und immer der Erste war, der einem anderen auf die Beine half. Das schien jedoch die Gegner noch mehr zu verärgern und machte ihn zur Zielscheibe.

Die Kinleith-Spieler wechselten ein paar leise Worte, dann sah ein schweißnasser Callum zu Mal. Mal erwiderte den Blick und umklammerte seinen Caman fester, als er sich dem Elfmeterpunkt näherte. »Mal wird es schaffen«, sagte Heather.

Mit klopfendem Herzen beobachtete ich ihn. Er war schmutzig und schweißgebadet und noch nie so schön gewesen. »Los, Mal!«, schrie ich aus vollem Hals, und alle an der Seitenlinie stimmten ein und riefen seinen Namen. Einige der Spieler blickten in meine Richtung, darunter der Mann, der Mal angegriffen hatte. Ich hatte schon mehrmals während des Spiels seine Blicke auf mir gespürt und sie ignoriert.

Mal zögerte nicht und schlug beim Pfeifen des Schiedsrichters sofort los. Der Torwart tauchte ab und versuchte, den Ball mit den Händen abzuwehren, aber er hatte keine Chance. Der Ball flog, kraftvoll und zielsicher, in den hinteren Teil des Netzes, worauf wir alle in Jubel ausbrachen und die Hände in die Luft streckten. Unsere Blicke trafen sich. In Mals Augen lag Erschöpfung, aber auch eine unverkennbare Hitze. Ich konnte nicht anders, als zurückzublinzeln, damit er genau wusste, was zu Hause auf ihn warten würde.

»Er ist beeindruckend, nicht wahr?«, sagte eine Stimme von links. Ich drehte mich um und lächelte Jasmine an. Wir hatten bei der Verkostung kaum Gelegenheit gehabt, uns zu unterhalten. Ich wollte ihr für ihr Kommen danken, aber sie kam mir zuvor. »Jetzt bereue ich es wirklich, dass aus dem zweiten Date nichts geworden ist.« Die Dankesworte erstarben mir auf den Lippen. *Ein zweites Date? Mit Mal?* Ich blickte zurück aufs Spielfeld, wo sie bereits wieder voll dabei waren. Die Stöcke flogen durch die Luft, während die letzten Minuten des Spiels verstrichen. »Vielleicht überlegt er es sich ja doch anders«, fuhr sie lachend fort und schien mein fassungsloses Schweigen gar nicht zu bemerken. Aus ihren Worten sprach keine Böswilligkeit, aber trotzdem durchfuhr mich ein Brennen. *Mal war mit ihr ausgegangen und hatte es mir nicht gesagt?*

Ein Handgemenge auf dem Spielfeld hielt mich davon ab, eine Antwort zu formulieren. Mal und der Mann, der ihn gefoult hatte, waren Brust an Brust, aber diesmal schien Mal der Anstifter zu sein. Er hielt den Mann am Hemdkragen fest und knurrte ihm ins Gesicht, während die anderen Spieler sich bemühten, den Streit zu schlichten. Mal riss sich von ihnen los, schnappte sich seinen Caman und stakste zum anderen Ende des Spielfelds.

»Was ist hier los?«, fragte ich Heather.

»Keine Ahnung, er hat irgendwas zu Mal gesagt, und Mal ist einfach ausgerastet.« Sie biss sich auf die Unterlippe. »Das sieht ihm gar nicht ähnlich.«

Die verbleibenden Minuten blieben spannend. Kinleith erzielte ein letztes Tor, doch der Jubel war dieses Mal weniger enthusiastisch. Der Schlusspfiff ertönte, und die Spieler strömten vom Spielfeld. Mal kam mit gespanntem Körper direkt auf mich zu. Er hielt nicht einmal inne, um mit seinen Mannschaftskameraden zu feiern oder mit seinen Geschwistern zu sprechen. »Lass uns von hier verschwinden.«

Sprachlos nickte ich. Jasmine sah uns mit großen Augen an. Ich wusste nicht, was ich davon halten sollte, aber ich winkte ihr und Heather zu, bevor Mal meine Hand ergriff und mich zu seinem Land Rover zerrte, ohne sich umzusehen.

***

Auf dem Heimweg war er völlig still. Es war nicht die Stille, die ich in seiner Nähe gewohnt war, sondern eine angespannte Stille. Er vibrierte vor unterdrückter Energie, obwohl er die letzten neunzig Minuten damit verbracht hatte, herumzurennen. Mit zitternden Händen versuchte ich, die Küchentür aufzuschließen, doch als ich seinen Körper an meinem Rücken spürte, entglitten mir die Schlüssel. Er hob sie auf, öffnete die Tür und hielt sie mir auf.

Die Hunde bellten, sprangen vom Sofa und rannten auf uns zu. Wir beugten uns beide nach unten, um sie zu begrüßen, doch keiner sprach ein Wort. Ich wusste, dass gleich etwas passieren würde, aber ich war mir nicht sicher, was. War er womöglich sauer auf mich? Hatte ich mich beim Spiel zu auffällig verhalten? Zwar hatte er gesagt, dass er mich daten wollte. Aber wir hatten nicht darüber gesprochen, wie wir uns in der Öffentlichkeit verhalten wollten, und ich … durch meinen Job war ich es gewohnt, in der Öffentlichkeit zu stehen. Ich wollte ihn nach dem Streit fragen. Ich wollte ihn über Jasmine befragen. Aber ich wusste nicht, wie.

Unsicher, was ich tun sollte, umrundete ich die Kücheninsel und schaltete mit zitternden Händen den Wasserkocher ein, um Tee zu kochen. *Tee war immer die beste Lösung.* Noch bevor ich die Tassen aus dem Schrank holen konnte, packte mich Mal an der Taille, hob mich hoch, als ob ich nicht mehr als ein Sack Federn wiegen würde, und setzte mich auf die Kücheninsel. Ich gab einen erfreuten Laut von mir. Er legte seinen verschwitzten Kopf in meinen Nacken, nur um ihn gleich wieder zurückzuziehen. »*Tut mir leid.* Ich sollte duschen.«

»Nein, ich mag dich so.« Ich hielt ihn fest und schlang meine Beine um seine Taille. »Was hat der Typ zu dir gesagt?« Er sah mich nicht an, sondern strich mit dem Daumen über das Band, das mein Sommerkleid zusammenhielt. »Etwas über mich?« Sein angespannter Kiefer bestätigte meine Vermutung. »Hat er meine Titten oder meinen Hintern erwähnt? Oder Dinge, die er gerne mit meinen Titten und meinem Hintern anstellen würde?«

Seine Augen hatten die Farbe flüssigen Stahls. Seine Stimme rasiermesserscharf. »Er hat Dinge gesagt, von denen er kein Recht hatte sie zu sagen.«

»Mal … bist du etwa eifersüchtig?« Ich scherzte, denn die Vorstellung war mehr als lächerlich. Dieser Mann hatte mich ganz und gar in der Hand.

»Ich bin nicht eifersüchtig … ich bin *sauer*«, knurrte er und zerrte an der Schleife an meiner Taille. Mein Kleid hing über meine nackten Schultern und offenbarte die Eile, mit der ich mich angezogen hatte. »Ich hätte ihm die Zunge herausschneiden sollen.«

Ich war bereits am Keuchen, obwohl er mich noch nicht mal berührt hatte. »Das hättest du natürlich tun können, aber dann wärst du jetzt nicht hier bei mir.« Ich leckte mir über die trockenen Lippen. »Es ist ekelhaft, aber ich bin daran gewöhnt. Das ist ein Dreckskerl, auf den zu Hause nichts außer eine Dusche und seine rechte Hand wartet. Wer von euch beiden ist also der wahre Gewinner?«

»Du solltest nicht daran gewöhnt sein müssen.« Er befreite mich aus meinem Kleid. Ich schlüpfte mit den Armen durch und ließ das Kleid an meinen Hüften herabgleiten. Seine Augen flackerten auf, und er starrte meine nackten Brüste an, ohne mich zu berühren. Stattdessen fuhr er mit den Händen unter meinen Rock, stoppte an meiner Unterwäsche und sah mir in die Augen. Ich hob meine Hüften an, worauf er mir das Höschen von den Beinen streifte und den rosa Spitzenstoff in seine Hosentasche stopfte.

»Wie ungezogen«, grinste ich. Er grinste zurück, schnappte sich einen der Küchenstühle und setzte sich. Er hob meinen rechten Fuß, zog mir die Sandale aus und legte ihn auf seinen Oberschenkel. Nachdem er mit dem linken dasselbe gemacht hatte, spreizte er meine Beine, bis meine Mitte nur noch teilweise durch den Rock meines Kleides verdeckt war.

Mit fragendem Blick sah er mich an: *Ist das in Ordnung?* Ich nickte.

Er beugte sich nach unten und küsste die Innenseite meiner Knie. Die Intensität seiner Küsse konnte ich bis in meine Zehen spüren. Gerade als ich dachte, er würde mir den Morgen noch weiter versüßen, setzte er sich wieder auf den Stuhl. »Hab ich dir schon gesagt, wie schön du bist?«, sagte er.

»Heute noch nicht.«

»Wie nachlässig von mir.« Er legte eine Hand um meine Wade und streichelte mich mit seinem Daumen, was mich zum Stöhnen brachte. »Du bist so schön.« Er beugte sich wieder vor, küsste meinen nackten Bauch und legte dann seinen Kopf darauf. »In der Nacht, in der ich dich das erste Mal im Haus sah, hast du mir den Atem geraubt.«

»Du hast mir auch den Atem geraubt.« Es schien, als würde er mir zum ersten Mal glauben, denn er lehnte sich erwartungsvoll in seinem Stuhl zurück. Ich brauchte volle dreißig Sekunden, um zu begreifen, was er wollte. Seine Ohren röteten sich, und ich wusste, dass er zu schüchtern war, um danach zu fragen.

»Willst du mir zusehen?«, fragte ich, während meine Hände über meine Schenkel fuhren. »So?«

»Ja«, sagte er mit tiefer Stimme.

Mit Schmetterlingen im Bauch ließ ich mich auf die Kücheninsel zurückfallen und zog meinen Rock hoch, damit er sehen konnte, wie meine Finger zwischen meine Schenkel eintauchten. Zusammen stöhnten wir im Takt. »Du bist so hübsch, Prinzessin.« Ich öffnete die Augen und sah, dass sein

Blick nicht zwischen meine Beine oder auf meine wippenden Brüste, sondern auf mein Gesicht gerichtet war.

Bei jedem anderen hätte sich das seltsam und falsch angefühlt. Allein ihm wollte ich einen Teil von mir geben, den kein anderer jemals von mir bekommen würde. Ein Teil, der für immer in diesem Moment leben und atmen würde. »Ich will dich auch sehen«, keuchte ich. Ohne zu zögern, befreite er sich von seinen Shorts und stöhnte meinen Namen, während er sich rieb. Es dauerte nur wenige Minuten, bis ich auseinanderfiel, während unsere Blicke ineinander verwoben waren. Am liebsten hätte ich seinen Blick nie wieder losgelassen.

***

Als ich mein Schlafzimmer betrat, lag Mal nur mit einem Badetuch bedeckt auf meinem Bett. Ich selber war in meinen Morgenmantel gehüllt und rubbelte mit einem Mikrofasertuch die Feuchtigkeit aus meinen Locken. Ich sah ihn an und fragte mich, ob ich mich jemals an ihm sattsehen würde. Wahrscheinlich nicht.

Nach den … *Ereignissen* … in der Küche wollte Mal unbedingt gemeinsam duschen. Ich hatte die Idee aus echter Sorge um unsere Sicherheit abgelehnt. Wenn wir uns zusammen in die winzige Duschkabine gezwängt hätten, wären wir wahrscheinlich ertrunken. Außerdem brauchte ich ein wenig Abstand, um über die Situation mit Jasmine nachzudenken. Nicht, dass es sich wie eine *Situation* anfühlte, aber es hatte das Potenzial, eine zu werden. Es war keine Eifersucht; ich vertraute darauf, dass Mal mich – und nur mich – wollte. Okay, gut … vielleicht war ich ein bisschen eifersüchtig. Nur ein Blinder hätte Jasmines lange Beine und umwerfende Kurven nicht bemerkt. Meine Sorge rührte daher, dass er es mir nicht gesagt hatte und ich böse Überraschungen hasste.

Ich hängte mein Handtuch übers Bettende und griff nach dem Metallrahmen. »Kann ich dich was fragen?«

Seine warmen Augen waren bereits auf mich gerichtet und studierten meinen tropfenden Körper, als wollten sie ihn für die Ewigkeit festhalten. »Natürlich.«

Ich versuchte, meine Gesichtszüge zu glätten. »Jasmine«, begann ich.

»Was ist mit ihr?« Eine Furche bildete sich zwischen seinen dunklen Brauen.

»Warum hast du mir nicht gesagt, dass du ein Date mit ihr hattest?«

Seine Hand, mit der er dabei war, sich das feuchte Haar zurückzustreichen, erstarrte. »Wer hat dir das gesagt?«

Das war nicht gerade die Antwort, die ich mir erhofft hatte. »Jasmine.«

Er richtete sich auf. Sein Mund öffnete und schloss sich wieder. »Aber … das kann man kaum als Date bezeichnen. Warum sollte ich dir das erzählen?«

Mit meinem Gesichtsausdruck gab ich ihm zu verstehen, dass das nicht sein Ernst sein konnte. »Weil ich mich zigmal in der Zoohandlung mit ihr unterhalten hab. Und letzte Woche hat sie mit June und mir zu Mittag gegessen.« Ich hob eine Hand. »Wenn es um mich und einen anderen Mann ginge, würdest du das nicht auch wissen wollen?«

Er verzog das Gesicht. »Nicht wirklich«, sagte er mit tiefer Stimme.

»Habt ihr miteinander geschlafen?«

»Nein!« Er sprang auf die Beine. »Komm her.« In einem einzigen Atemzug packte er mich an der Taille, hob mich sanft hoch und warf uns beide wieder aufs Bett. Mit gespreizten Beinen lag ich auf seinem Schoß, und mein Kleid klaffte bis zum Bauchnabel offen, aber keiner von uns kümmerte sich darum.

»Das ist kein anständiges Gespräch«, sagte ich.

»Doch, das ist es. Ich komm gleich zur Sache.« Seine Finger strichen durch mein nasses Haar. »Ich muss dich berühren, das hilft mir beim Denken.«

Ich stöhnte und löste meinen Kopf von seiner muskulösen Brust. »Das ist unfair! Wie kann ich dir denn böse sein, wenn du so was sagst?«

Anstatt zu lachen, wie ich erwartet hatte, sagte er: »Ich hab nicht viel Erfahrung, Prinzessin. Du musst mir deine Gefühle genauer beschreiben.«

Ich atmete tief ein und aus. »Also gut. Ich mach mir Sorgen, weil du mir das nicht gesagt hast.«

»Ich hab es nicht *deswegen* verschwiegen, weil ich es vor dir geheim halten wollte. Ich hab nichts gesagt, weil es mir gar nicht in den Sinn gekommen ist, darüber zu reden. Es war kein Date, zumindest nicht von meiner Seite aus. Mein Land Rover hatte im Dorf eine Panne, und sie bot mir an, mich nach Hause zu fahren. Als sie mich am Cottage absetzte, lud ich sie auf einen Drink ein, um mich zu bedanken. Um höflich zu sein. Ich hätte nie erwartet, dass sie mit mir flirten würde.«

»Sie hat mit dir geflirtet?! Was hat sie gesagt?«

Er lachte, und in seinen Augenwinkeln bildeten sich Fältchen. »Ich erinnere mich nicht an die Details. Sie hat mir klargemacht, dass sie gerne mit mir schlafen würde, aber ich hab Nein gesagt.«

»Das muss doch verlockend für dich gewesen sein.« Ich schnaubte und verschränkte die Arme vor der Brust.

»Ja.« Als ich den Mund öffnen wollte, reagierte er blitzartig und presste seine Hand auf meine Lippen. »Lass mich ausreden … Es besteht ein riesiger Unterschied zwischen reinem Sex, um ein Bedürfnis zu stillen, und dem, was wir haben. Ich konnte mich buchstäblich nicht von dir fernhalten, April, selbst im Schlaf nicht. Seit Wochen dominierst du jeden meiner Gedanken.«

Das hörte sich nicht gut an. Ich zog seine Hand weg. »Willst du oder kannst du dich nicht fernhalten?«

»Beides. *Oh Gott*, beides. So war es schon immer.« Er drückte mich fester, sein Griff war ehrfurchtsvoll und gierig zugleich. »Du bist der einzige Mensch, der mich jemals dazu gebracht hat, meine Komfortzone zu verlassen. Für dich will ich sie weit hinter mir lassen.«

Meine Arme umschlangen seinen Hals. »Das klingt … nicht schlecht.«

»Nicht schlecht?« Er berührte die empfindlichen Stellen an meinen Rippen, und ich zuckte zusammen. »Ich glaube, ich kann mich jetzt besser ausdrücken. Das sollten wir testen.«

Er drehte mich auf den Rücken und löste mit spitzen Fingern den Knoten, der meinen Morgenmantel zusammenhielt. Rücklings warf er mich auf die Matratze und spreizte meine Schenkel mit seinen Schultern. Tief stöhnend betrachtete er mich eindringlich und leckte sich über die Lippen. »So verdammt hübsch.«

Erwartungsvoll schluckte ich, hielt ihn aber trotzdem zurück. Es war wichtig, dass ich das aussprach: »Wir müssen offen zueinander sein.« Mir war bewusst, dass das bedeutete, dass ich über Kier würde sprechen müssen.

Seine Augen wanderten meinen Körper hinauf und hielten

einen Moment inne, bevor er sagte: »Abgemacht, Prinzessin. Was immer du willst, es gehört dir.«

***

»Ich hab von dem Streit gestern gehört.« June grinste hinter ihrer Kaffeetasse hervor.

»Was für ein Streit?« Wir saßen an einem kleinen Ecktisch im *Brown*'s. Im Dorf war heute viel los. Das Café war voller Touristen mit Rucksäcken und Wanderstiefeln, die sich für den Weg stärkten.

»Zwischen Mal und David McLeary.«

Ach so. Mit einem Lächeln nahm ich die Teekanne von Jess entgegen. »Danke, Jess.« Sie war die Ruhe in Person, trotz der langen Schlange, die bereits bis vor die Tür reichte.

»Kein Problem, Liebes.« Sie rieb sich die Hände an ihrer Schürze. »Ich hab auch von dem Streit gehört. Dieser McLeary war schon als kleiner Junge zu nichts zu gebrauchen. Es war nett von Malcolm, dich zu verteidigen und seine Gefühle für dich zu zeigen.«

»Ich glaub nicht, dass er das getan hat«, protestierte ich, woraufhin mich beide anstarrten.

»Also bitte«, entgegnete June. »Malcolm Macabe ist schon mal Leuten aus dem Weg gegangen, die *ihm* Geld geschuldet haben, anstatt die Konfrontation zu suchen. Das ist bereits das zweite Mal, dass er deine Ehre verteidigt hat. Das kommt praktisch einem Antrag gleich.« Bei ihren Worten musste ich mir unwillkürlich Mal vorstellen, wie er vor mir kniete, mit einem Ring in der Hand. Eine Vorstellung, die ich viel zu sehr genoss.

Nach dem Spiel hatten wir den Rest des Tages im Bett verbracht, nur unterbrochen durch ein schnelles Abendessen und einen kurzen Spaziergang am Strand, um die Hunde zu beruhigen. Er hatte gesagt, dass er mich daten wollte, aber wir hatten noch nicht weiter darüber gesprochen, was das eigentlich bedeutete. Bis dahin würde ich meinen Mund halten.

»Ich glaub, er wollte nur nett sein.« Ich schob mir die Hälfte des gebutterten Teekuchens in den Mund und hoffte auf einen Themenwechsel. Der kam in Form der Glocke über der Tür, die wieder ertönte, als eine Gruppe von Gästen hinaustrat, nur um die nächsten hereinzulassen. Jess eilte mit einem strahlenden *Hallo* zum Tresen zurück, und ich ergriff meine Chance. »Wie steht es bei dir?«, fragte ich June.

»Wie es bei mir steht?« Sie zog eine ihrer perfekten schwarzen Brauen hoch.

»Du hast die Verkostung neulich früh verlassen.« *Sehr früh*, um genau zu sein.

»Ich hab mich nicht gut gefühlt.«

»Dein düsterer Blick hatte also nichts mit dem zu tun, was Callum zu dir gesagt hat?«

Ihr Gesicht verdüsterte sich wieder. »Nein, ich bin nicht vor Callum Macabe weggelaufen! Er macht mich einfach nur wütend. Er ist immer *da*, macht abfällige Bemerkungen und ärgert mich. Er und Alastair stehen sich so nahe, dass es scheint, als würde er mich auslachen und mich daran erinnern wollen, dass ich nicht gut genug für seinen kostbaren Bruder bin.«

»Ich glaub nicht, dass er das tut«, sagte ich mit sanfter Stimme. Callum mochte ein Frauenheld sein und gerne flirten, aber er schien mir kein Fiesling zu sein.

»Es fühlt sich aber so an.« Ihre Finger umklammerten die Tischplatte. »Ich will *nichts* mit ihm zu tun haben.« Ich wollte gerade vorschlagen, dass sie ihm sagen sollte, wie sie sich fühlte, als die Türklingel erneut ertönte und June in meine Richtung pfiff. Ich drehte mich um und stellte überrascht fest, dass Mal in der Tür stand und seinen unsicheren Blick über die Tische schweifen ließ. Ein kleines Lächeln umspielte seine Lippen, als er mich entdeckte. Ich hielt den Atem an.

Statt herüberzukommen, wie ich gehofft hatte, ging er geradewegs auf den Tresen zu. Jess reichte ihm ein eingepacktes Sandwich und eine Flasche Saft. Langsam atmete ich aus und spürte, wie sich Enttäuschung in mir breitmachte. *Es war die richtige Entscheidung, den Mund zu halten. Er ist noch nicht bereit für mehr.*

Ich drehte mich wieder zu June um, setzte einen neutralen Gesichtsausdruck auf und bemühte mich, nicht den Eindruck zu erwecken, als hätte mich so eine lächerliche Sache wie ein Sandwich nicht gerade etwas aus der Bahn geworfen.

Ein Schatten legte sich über den Tisch. »Kann ich hier sitzen, Prinzessin?«, hörte ich über mir Mals Stimme. Junes Augenbrauen hoben sich, und ihre Lippen formten leise den Spitznamen.

Er war nervös. Mit rotem Gesicht trat er von einem Fuß auf den anderen. »Natürlich … natürlich«, stammelte ich. Es fühlte sich an wie zu Schulzeiten. Alle Augen im Raum waren auf uns gerichtet. Er nahm neben mir Platz, legte seinen Arm um meine Stuhllehne und berührte mit seinen Fingern ganz leicht meine Schulter. June musste seine Anspannung bemerkt haben, denn sie begrüßte ihn schnell und beschrieb dann ausführlich die Badrenovierung, die sie im Gästehaus (ohne die Erlaubnis ihrer Mutter) vornahm. Mal zappelte die ganze Zeit herum und tippte mit den Fingern gegen meine Schulter, während er schweigend an seinem Orangensaft nippte. Ich legte eine Hand auf seinen Oberschenkel, was zu helfen schien, denn langsam verließ die Anspannung seinen Körper.

Sobald wir ausgetrunken hatten, gingen wir nach draußen und verabschiedeten uns von June. Sie zwinkerte Mal zu, bevor sie davonging, was darauf schließen ließ, dass zumindest *dieser* Macabe ihre Zustimmung hatte.

»Stehst du auf dem Parkplatz?«, fragte Mal, als wir allein waren. Ich nickte, und er nahm meine Hand. »Ich begleite dich.« Ein paar Einheimische, die uns grüßten, sahen, wie wir Händchen hielten, und gingen tuschelnd weiter.

Ich hielt unsere Hände in die Höhe. »Bei Sonnenuntergang wird es das ganze Dorf wissen.«

Er zog mich noch näher an sich, legte seinen Arm um meine Schultern und knabberte an meinem Ohrläppchen. »Gut.«

Auf mein freudiges Lachen folgte schnell Ernüchterung. »Bald werden es nicht nur die Einheimischen wissen«, warnte ich, denn ich wollte, dass er sich aller Folgen bewusst war. Es würde nur eine Frage der Zeit sein, bis Bilder von uns im Internet auftauchen und unwahre Geschichten in der Zeitung stehen würden. So lief das nun mal.

Er nickte mit unerschütterlicher Miene. »Ja, ich verstehe.«

Ich war mir nicht sicher, ob er das wirklich tat, aber ich konnte mich nicht dazu durchringen, den Moment zu verderben, also sagte ich stattdessen: »Wollen wir heute Abend zusammen essen?«

»Auf jeden Fall. Ich bin mit Kochen dran.«

»Hmm.« Ich drehte mich spielerisch zu ihm um und biss mir auf die Lippe, während ich mich mit dem Rücken an mein Auto lehnte und mit meinen Händen langsam über seine Brust strich. »Wie wäre es, wenn wir nach dem Abendessen zusammen ein Bad nehmen würden?«

»*Oh April!*« Er gab mir einen heißen Kuss auf die Lippen und drückte mich mit dem Rücken gegen die Kühlerhaube. »Du solltest lieber schnell verschwinden, Prinzessin. Ich sehe dich zu Hause.«

Zu Hause. Das Wort umhüllte mich wie eine warme Decke. »Ich sehe dich zu Hause«, wiederholte ich.

29

Mal

Daylight – Taylor Swift

»Alle reden über deinen Auftritt im Café neulich«, waren die ersten Worte meiner Schwester, als sie aus ihrem Auto stieg.

Ich hockte auf dem Boden und konzentrierte mich weiterhin unbeirrt darauf, das Scharnier der Tür zum Lagerhaus auszuwechseln. »Das war kein Auftritt«, sagte ich. Definitiv nicht. Oder … *verflucht*, vielleicht war es doch einer gewesen. Im *Brown's* war ich kurz davor gewesen, mein übliches Verhalten an den Tag zu legen: Mir mein Essen zu schnappen und zu verschwinden, bevor ich mit irgendjemandem Augenkontakt aufnehmen konnte. Dann hatte ich Aprils Lachen gehört und mich auf einmal neben sie setzen wollen. Ich wollte, dass die Leute wussten, dass *ich* derjenige war, der bei ihr sitzen durfte, egal wie provisorisch mein Platz auch sein mochte. Dann hatte ich sie gegen die Tür ihres Autos gedrückt und geküsst, bis wir kurz davor gewesen waren, uns gegenseitig an die Wäsche zu gehen. Das war dämliches Alphamännchen-Verhalten von mir gewesen.

»*Das weiß ich*. Aber die Leute reden, als hättest du Sex auf der Kuchenvitrine im Café gehabt.«

Ich warf meinen Schraubenzieher zu Boden. »*Verdammtes* Dorf. Wenn sie dieselbe Energie in ihr eigenes Leben investieren würden, wären sie vielleicht nicht so unglücklich, dass sie ständig Tratsch verbreiten müssten.«

Heather lehnte sich mit der Hüfte an die Tür. Ihre Finger spielten noch immer mit den Schlüsseln. »Ich bin ganz deiner Meinung. Ich bin nur froh, ein paar Wochen lang von ihren scharfen Zungen verschont zu werden.«

Ich runzelte die Stirn. Ich wusste nicht, dass über Heather getratscht worden war. In dieser Gegend passierte nicht viel, und auch wenn kleine Gemeinschaften eng zusammenhielten, lebten sie dennoch nach traditionellen Werten. *Natürlich* wurde über jeden geredet, der aus dem Rahmen fiel. »Es tut mir leid«, sagte ich.

»Was?«

»Dass ich kein besserer Bruder bin.«

Sie öffnete den Mund, aber zum ersten Mal in ihrem Leben wusste meine kleine Schwester nicht, was sie sagen sollte. Sie legte ihre Arme um meinen Hals, und ich stand auf und zog sie an mich, bis mein Kinn auf ihrem Kopf lag. »Du bist ein wunderbarer Bruder, das weißt du, oder? Ich will nur, dass du dir erlaubst, glücklich zu sein.«

»Ich bin auf dem besten Weg«, versprach ich, und meine Kehle schnürte sich bei dem Gedanken an die rothaarige Schönheit zusammen, die meine Welt in nur wenigen Wochen vollkommen auf den Kopf gestellt hatte. »Ich will nicht, dass April mitbekommt, was für einen Unsinn sie verbreiten.«

Heather löste sich aus der Umarmung und tippte mir auf die Schulter. »Sie ist ein großes Mädchen, ich denke, sie wird es amüsant finden.«

Vielleicht. *Hoffentlich*.

Und wenn sie geht? Was wirst du dann tun?, nörgelte eine Stimme in mir. Dieser Gedanke war nicht neu. Er war mir seit dem ersten Mal, als mein Herz in ihrer Gegenwart zu stolpern angefangen hatte, ein ständiger Dorn im Auge gewesen. Ich hatte keine Pläne, die über diese Zeit mit ihr hinausgingen. Ich wollte mehr von ihr, natürlich. Ich wusste, wenn ich egoistisch genug – *dumm genug* – war, davon zu träumen, würde ich sie für den Rest meines Lebens für mich behalten wollen. Aber ich konnte mich nicht darauf einlassen. Sie hatte zwar zugestimmt, mich zu daten, aber ich machte mir keine Illusionen darüber, sie halten zu können. Was konnte ich schon erwarten? Dass April auf einer Insel bleiben würde, auf der sie keine zehn Pferde halten konnten? Dass sie jeden Abend in meinem Cottage sitzen, Filme schauen und puzzeln würde, weil ich zu viel Angst hatte, um in die Dorfkneipe zu gehen? Ich hatte kaum das Mittagessen bei *Brown's* überstanden, ohne dass mir der Schweiß ausgebrochen war.

»Was machst du eigentlich hier?«, fragte ich, um von April abzulenken.

Sie warf einen Blick über ihre Schulter zum Hauptgebäude. »Ich helfe April bei der Verkostung.« Das hatte ich ganz vergessen. Nach dem Erfolg ihrer Whisky-Nacht hatte April ein paar Buchungstermine auf die Website gestellt, und sie waren innerhalb von Stunden belegt gewesen. Ich hatte ihre hübsche Pussy unter der Dusche geleckt, um ihr zu gratulieren.

»Kommst du heute zum Mittagessen? Anscheinend möchte Mama uns allen etwas sagen.«

Noch nie war ich so froh gewesen, eine Ausrede zu haben. »Ich kann nicht. Wir haben Pläne, vielleicht nächste Woche.«

»Seit wann hast du ein aufregenderes Privatleben als ich?« *Seit den letzten zwei Wochen, seitdem ich mit April zweimal pro Tag Sex habe.*

Auch wenn mir der Vergleich fehlte, wusste ich, dass die Art und Weise, wie wir übereinander herfielen, nicht der Norm entsprach. Ich konnte nicht genug von ihr bekommen. Es war, als wollten wir die verlorene Zeit wieder aufholen. *Oder als würden wir versuchen, ein ganzes Leben voller Sex in ein paar Wochen zu quetschen.* Bei dem Gedanken wurde mir flau im Magen.

»Ich muss wieder weiterarbeiten«, sagte ich in schärferem Ton als beabsichtigt. Heather kannte mich so gut, dass sie mir nur die Haare zerzauste und um die Ecke verschwand.

***

»Heather hat uns zum Mittagessen eingeladen.« Es war später Nachmittag, und April steckte den Kopf durch die Tür zum Malzraum. Ich lächelte und stellte eine Kiste mit leeren Flaschen ab.

»Wie ist die Verkostung gelaufen?«

Sie hüpfte mir entgegen und schlang die Arme um meine Taille. »Ach, naja … *Es war fantastisch!*« Sie küsste mein Kinn. Meine Hände passten in die Vertiefungen ihrer Taille, als wären sie für sie gemacht. »Sie wussten allerdings nichts über Whisky und hatten eine Menge Fragen. Ich bin froh, dass Heather bei mir war, denn ich hätte sie nicht alle selbst beantworten können.«

»Es ist erstaunlich, was du in nur wenigen Wochen gelernt hast.« Und auch, wie viel sie recherchiert hatte. Wenn es um Whisky ging, lernte man nie aus.

»*Hmm.* Es hilft, dass ich einen verdammt heißen Lehrer hab.« Als Antwort biss ich ihr in den Nacken. »Ich hab mir gedacht, falls wir weiterhin regelmäßige Buchungen für Verkostungen haben sollten, könnten wir vielleicht Heather einstellen.«

»Dauerhaft?«

Sie nickte. »Vielleicht nicht sofort, aber irgendwann. Wir könnten ihr eine gute Bezahlung und feste Arbeitszeiten anbieten, damit sie nicht mehr ständig Schichten übernehmen muss.«

Diese Frau war zu schön, um wahr zu sein. Ich verschlang gierig ihren Mund, drang tief in ihn ein. Als wir uns wieder voneinander lösten, fragte ich: »Meinst du, wir können es uns leisten?«

»Ich hoffe es. Wir können uns ein paar Monate Zeit lassen, um zu sehen, wie sich die Dinge entwickeln, aber das Interesse ist groß.«

Ein paar Monate. Ich musste mein Herz gewaltsam bremsen, damit es nicht zu schnell raste, und küsste sie erneut. »Die Idee gefällt mir.«

»Gut. Du hast mir noch keine Antwort bezüglich des Mittagessens mit deiner Familie gegeben.« Sie rümpfte die Nase, und ich wusste, dass es an der Aussicht lag, meinen Vater sehen zu müssen. »Wir müssen nicht gehen.«

»Ich hab Heather bereits abgesagt«, sagte ich. »Wir haben andere Pläne.«

»Beinhalten diese Pläne auch, dass ich mich auf dein Gesicht setze? Denn darauf hätte ich echt Lust.«

Ich musste so heftig lachen, dass mein ganzer Körper bebte. »Prinzessin, diese süßen Schenkel zu küssen, steht immer auf der Tagesordnung.«

»Was hast du geplant?«

»Das ist eine Überraschung.« Sie schaffte es, gleichzeitig aufgeregt und schmollend dreinzublicken. »Kannst du in dreißig Minuten bereit sein?«

»Wie kann ich bereit sein, wenn ich nicht weiß, wofür?«

»Zieh was Warmes an und trag bequeme Schuhe.«

Sie zog ihre perfekten Brauen hoch. »Sie sind ein äußerst geheimnisvoller Mann, Herr Macabe.«

***

»Wie weit ist es noch?«, keuchte April und stützte die Hände auf die Knie. Boy nutzte die Gelegenheit und leckte ihre Finger gründlich ab.

Ich blieb ein paar Schritte vor ihr stehen und zog die Wasserflasche aus einer Schlaufe an meinem Gürtel. »Nicht mehr weit.«

»Das hast du schon vor *Stunden* gesagt.«

Ich hielt ihr die Flasche hin. »Wir sind doch erst seit einer Stunde unterwegs.«

Während der Fahrt hatte ich große Sorgen, dass dies eine furchtbare Idee für ein Date sein könnte. April hatte seit ihrer Rückkehr gesagt, dass sie den Old Man of Storr besteigen wollte, eine große Felsformation, die einen Teil des Trotternish Ridge am Nordende der Insel bildete. Angesichts ihres Zustands war ich froh, dass ich sie davon abgehalten hatte, das allein zu probieren. Ihre sichtliche Begeisterung, als wir auf den Parkplatz fuhren, hatte meine Nerven beruhigt. Dieser Enthusiasmus hatte während des Aufstiegs immer mehr nachgelassen, und ich konnte nicht anders, als die ganze Sache äußerst amüsant zu finden. April war nicht in ihrem Element, das war deutlich zu sehen. Sie war sehr süß, wenn sie mürrisch war. Wir mussten ständig Pausen einlegen, und sie hatte bereits den Großteil unseres Wasservorrats ausgetrunken. Es war mir egal, wie lange es dauern würde,

April würde es bis zum Gipfel schaffen, und wenn ich sie tragen musste.

Vor etwa einer Meile waren wir von der Touristenroute abgekommen und hatten uns für diesen ruhigen Weg entschieden, auf dem keine anderen Menschen zu sehen waren. Es würde sich lohnen, wenn wir oben ankamen, denn dann würden wir einen unversperrten Blick auf die Inseln Raasay und Rona haben. Aber das bedeutete auch, dass wir die Steintreppe links liegen lassen mussten, die uns den Aufstieg erheblich erleichtert hatte. April richtete sich auf, nahm die Wasserflasche und trank mehrere Schlucke. »Keine Zeitangaben«, sagte sie, offensichtlich unzufrieden mit meiner Antwort. »Sag mir lieber, wie viele Schritte ich noch gehen muss.«

Verdammt. Ich hätte sie immer am liebsten abgeknutscht, wenn sie so war, aber das hätte sie in dieser Situation wahrscheinlich nicht zu schätzen gewusst.

Ich warf einen erneuten Blick auf die Karte und rechnete. »Zweitausend vielleicht?«

»*Zweitausend*?«, stöhnte sie, und ihr Haar floss wie flüssiges Feuer ihren Rücken hinab, als sie den Kopf in den Nacken warf. Locken klebten ihr an Hals und Schläfen. »Ich hätte nicht fragen sollen.«

»Soll ich dich tragen?«

»Wie denn? Du trägst doch schon die Campingausrüstung und Dudley.«

Ich schob Dudleys Tragetuch an meine Hüfte und wies auf die Stelle an meiner Taille, die jetzt frei war. »Hier, Prinzessin. Keine Sorge, ich lass dich nicht fallen.«

Sie überlegte kurz und schüttelte dann wild den Kopf. »Nein, das wird nichts. Bringen wir es hinter uns.« Sie schleppte sich schweren Schrittes voran, und ich musste erneut kichern. Noch nie hatte ich so eine Leichtigkeit in mir verspürt. Und den ganzen Weg nach oben konnte ich ihren süßen Hintern bewundern.

***

»Du hattest recht. Danke, dass du mich hierhergebracht hast.« Wir waren meilenweit die einzigen Menschen, aber trotzdem flüsterte sie in unserem kleinen Zelt. Die Sonne war bereits untergegangen, als wir den Gipfel erreicht hatten. Sie hatte die Aussicht bewundert, während ich ein schnelles Abendessen auf dem Campingkocher zubereitet hatte, gefolgt von schlampig gefüllten S'mores. April musste lachen, als geschmolzene Schokolade und Marshmallows an ihrem Handgelenk herunterliefen. Weil ich viel zu beschäftigt damit war, die Schokolade von ihren Fingern zu lecken, kam ich gar nicht dazu, meine eigenen Kekse zu essen. Wir sprachen über alles Mögliche: Lieblingsfilme, Menschen, die wir aus unserer Kindheit kannten, Bücher, die wir beide gelesen hatten, und Liebesromane, die ich noch nicht kannte, aber plötzlich unbedingt lesen wollte. Als wir auf die Schauspielerei zu sprechen kamen und sie mir erzählte, was sie daran am meisten liebte, hatte sie ein wehmütiges Funkeln in ihren Augen, das mir Unbehagen bereitete. Das Einzige, worüber wir nicht sprachen, war die Zukunft.

Die Hunde zu unseren Füßen, kuschelten wir uns in unsere Schlafsäcke und ließen den Zelteingang absichtlich offen. Die Dämmerung färbte den Himmel in Rosa- und Violetttöne, und wir sahen dabei zu, wie die Sonne hinter der Felsformation verschwand und den alten Mann, den der Berg darstellen sollte, ins Profil brachte. Ich hatte immer Probleme mit dieser Beschreibung gehabt, weil ich der Meinung war, dass der Gipfel eher einem Vogelschwanz als einem Menschen ähnelte. Aber als April mit ihrem sommersprossigen Finger die Umrisse in der Luft nachzeichnete, sah ich ihn auch.

»Als säße ein alter Riese auf seinem Thron«, flüsterte sie. »Er sieht zu, wie sich die Welt um ihn herum verändert, ohne dass er die Hand ausstrecken und sie berühren kann. Irgendwie traurig.«

Wie ich, dachte ich. *Wie ich, bevor du kamst, Prinzessin.*

In diesem Moment gestand ich mir ein, dass ich in sie verliebt war. *Natürlich* war ich das. Ein Teil von mir war in sie verliebt, seit ich vierzehn Jahre alt gewesen war. Ich brachte es nicht über mich, ihr das zu gestehen, aber ich würde dieses kostbare kleine Glutstück tief in meiner Brust bewahren, direkt neben dem dunklen Teil von mir, der Jahre damit verschwendet hatte, zu glauben, dass ich nie eine Chance auf wahre Liebe bekommen würde.

Es dauerte kaum eine Stunde, bevor sie in meinen Schlafsack schlüpfte. Leise stöhnend und kichernd liebten wir uns. Ihr Körper fühlte sich weich und unerträglich warm an. Der Schlafsack war so eng, dass ich meine Hose nur bis zu den Hüften hinunterschieben konnte und meine Hand nicht frei genug war, um alle ihre Körperstellen zu erreichen. Wir waren zu sehr damit beschäftigt, uns im Licht der Dämmerung anzustarren, um uns zu küssen. Der Wind rüttelte am Zelt, während unsere Schreie immer lauter und schneller hintereinander kamen. Verzweifelt versuchten wir beide, den Höhepunkt so lange wie möglich hinauszuzögern. Als ich kam, war es intensiver als alles, was ich je in meinem Leben erlebt hatte. Eine Träne lief über meine Wange und fiel auf den Boden. Ein Wunsch an das Land, dass ich sie irgendwie behalten könnte.

Als Menschen verlangte es uns nach einem Anfang und einem Ende, damit wir der Welt um uns herum Sinn verleihen konnten. Aber in *diesem* Fall würde es kein Ende geben, sondern ein Danach. Meine Liebe zu ihr war so grenzenlos wie der Berg, auf dem wir lagen. Sie würde mich verlassen, aber die Liebe zu ihr würde bleiben und mit derselben Intensität weiterbrennen.

Kurz bevor ich einschlief – Aprils Haare kitzelten meine Nase –, fiel mir ein altes Gedicht von Robert Burns ein, das wir in der Schule gelernt hatten:

Bis alle Meere trocken sind
Und in der Sonne Steine sieden:
Und dich hab' ich noch immer lieb,
So lang dem Leben Zeit beschieden.

30

April

Sweet Nothing – Taylor Swift

Ich erwachte mit den ersten Sonnenstrahlen.

In den langen Sommermonaten ging die Sonne so früh auf, dass es nur ein paar Stunden her sein konnte, seit wir uns Geheimnisse zugeflüstert hatten, bis wir nicht mehr flüstern konnten und befriedigt und glücklich eingeschlafen waren. Irgendetwas hatte sich während unseres kurzen Aufenthalts auf Storr verändert; es fühlte sich an, als wären wir seit Wochen auf unserer eigenen kleinen Insel gestrandet.

Mal hielt mich an seine Brust gedrückt, sein sanfter Atem strich über die Haare an meiner Schläfe. Boy und Dudley schnarchten zu unseren Füßen. *Das ist es*, dachte ich mir. Dieses Gefühl, dem ich mein halbes Leben lang nachgejagt war. Dieser Moment hätte tausend Jahre andauern können, ich wäre ihm nicht überdrüssig geworden.

Ich atmete langsam und gleichmäßig, um ihn nicht aufzuwecken, aber schon bald regte er sich. Seine Lippen wanderten direkt zu meinem Scheitel und küssten mich ehrfürchtig. Vielleicht bildete ich mir das nur ein, aber ich hatte das Gefühl, dass er mich auch ein bisschen fester hielt.

Nach einem langen Moment des Schweigens näherte ich

mich seinen Lippen, bereit, in seinem Kuss zu versinken. Stattdessen wich er zurück und fragte: »Tee?«

»Noch fünf Minuten«, flüsterte ich.

Seine Lippen fanden meine kalte Nase, meine Wangen, meine Augenlider. »Du kannst so viele Minuten haben, wie du willst, Prinzessin.«

»Dann vielleicht zehn«, sagte ich leichthin. In Wahrheit kämpfte ich mit Worten, die schon seit Tagen darauf warteten, von mir ausgesprochen zu werden. *Ich liebte ihn.* Das Gefühl war so stark, dass ich Angst hatte, es würde unkontrolliert aus mir herausfließen, wie verschüttete Milch, die sich über einen Tresen ergießt. Ich wollte ihn nicht unter Druck setzen, vor allem, wenn ich keine Antworten auf das hatte, was als Nächstes kam. Letztendlich musste ich zu meinem wahren Leben in London zurückkehren. Verliebt zu sein änderte daran nichts.

Auf dem gesamten Rückweg und der Autofahrt nach Hause war ich ganz still. Mal ging beständig an meiner Seite. Er erzählte von der Zeit, als er mit seinen Brüdern hier gezeltet hatte, hob mich über Felsen und brachte mir Pflanzennamen bei. Die neue Leichtigkeit, die er in meiner Gegenwart angenommen hatte, machte es noch schwieriger, die Worte zurückzuhalten.

Liebte er mich auch? Gut möglich.

Gab es eine Möglichkeit für mich, dauerhaft hierzubleiben?

Wollte ich überhaupt dauerhaft hierbleiben?

Eine Unmenge an Fragen drängte sich mir auf. Ich hasste es, dass ich mich so unsicher fühlte. Ich *hasste* es, Dinge ungesagt zu lassen. Das »Ich liebe dich« fühlte sich wie eine tickende Zeitbombe in meiner Brust an – jeden Moment konnte ich explodieren und ihm die Worte ins Gesicht schreien.

Als hätte das Universum die Geduld mit mir verloren und beschlossen, meine Entscheidungsfindung zu beschleunigen, sahen wir vor dem Herrenhaus den Postboten auf uns warten. Er winkte uns zu, während Mals Land Rover den Feldweg mühelos bewältigte. Clyde, ein stämmiger, aber agiler Mann um die vierzig, grinste mich auf seine übliche freche Weise an. »Ich hab hier einen Brief für Sie, den Sie unterschreiben müssten.« Mal riss dem armen Mann den schweren Umschlag praktisch aus den Händen.

Ein Drehbuch. Als Mal es mir in die Hand drückte, erkannte ich es sofort an seinem Gewicht. Es war das einzige, das ich in gedruckter Form erhalten hatte, seit ich hier war. Das allein musste schon etwas bedeuten. Angela hatte mir eine Handvoll Drehbücher per E-Mail geschickt, aber keines davon hatte mein Interesse geweckt.

Mit Herzklopfen rannte ich in die Küche und riss den Umschlag auf. Ein rosa Post-it mit einer handgeschriebenen Nachricht klebte darauf. *Lust auf einen neuen Job?* Dann sah ich den Namen der Regisseurin und wäre fast in Ohnmacht gefallen. *Ainsley Clarke.*

Eine dreifache Oscar-Preisträgerin. *Sie drehte nur alle fünf oder sechs Jahre einen Film.*

Mit tauben Fingern blätterte ich die Seiten um und fand auf der ersten Seite eine weitere Notiz. *Sie wollen dich für die Hauptrolle. Zwar ist das noch nicht beschlossene Sache und du musst noch Probeaufnahmen für sie machen. Aber du bist ihre erste Wahl.* Erste Wahl war dreimal unterstrichen.

»Was ist los?«, fragte Mal und schnürte seine Stiefel auf.

Ich bekam kaum ein Wort raus. »Es ist ein … es ist ein

Drehbuch. Von einer Agentur, die hofft, mich unter Vertrag nehmen zu können.«

Sein Gesichtsausdruck veränderte sich auf eine Weise, die ich nicht deuten konnte. Langsam kam er näher und blickte über meine Schulter. Seine Aufmerksamkeit fiel direkt auf den Zettel. »Das ist Erpressung«, sagte er. »Woher weißt du, dass du nach der Unterzeichnung des Vertrags wirklich eine Probeaufnahme bekommst?«

Die alte Angst, die Sorge, dass ich niemandem in der Branche außer mir selber trauen konnte, stieg wieder auf und brach wie eine Flutwelle über mich herein. »Meine Freundin Sydney ist bei ihnen unter Vertrag, und sie schätzt sie sehr.«

»Die Freundin, die sich kaum meldet?« Seine Bemerkung war nicht gemein, aber trotzdem sackte ich innerlich zusammen. Er hatte recht, meine und Sydneys Freundschaft war ein wenig oberflächlich, und sie konnte manchmal ziemlich egoistisch sein. Das machte sie nicht zu einem schlechten Menschen, sie war nun mal einfach so.

»Du denkst, ich sollte es nicht tun?« Mit mulmigem Gefühl wartete ich seine Antwort ab, ohne so recht zu wissen, welche mir am liebsten gewesen wäre.

Er atmete schwer aus. Ich rechnete damit, dass er sagen würde: »*Nein, tu es nicht, Prinzessin, bleib hier bei mir*«. Stattdessen antwortete er: »Das sage ich nicht. Ich möchte nur, dass du vorsichtig bist, dich absicherst und auf eine Klausel bestehst, die versichert, dass du jederzeit aus dem Vertrag rauskannst.«

Wie vom Donner gerührt starrte ich ihn an. Es war, als wüsste er Bescheid. Als würde er die Abfolge all meiner Fehler verstehen, die mich hierher bis zu diesem Punkt geführt hatten. Ich wartete darauf, dass er noch mehr sagen würde, aber er starrte mich nur unverwandt an.

Ich ging auf ihn zu, ließ das Drehbuch zu Boden fallen und umarmte ihn. »Du hast recht«, murmelte ich in seinen weichen Pullover. »Ich werde nicht gleich eine Entscheidung treffen.«

Ich liebe dich.

Ich liebe dich.

Ich liebe dich.

Die Worte pulsierten in meiner Brust und sanken dann langsam in meine Magengrube. Sie waren noch genauso wahr wie vor einer Stunde, nur dass ich nun nicht mehr wusste, was ich eigentlich wollte.

31

Mal

Roots – Grace Davies

»Wie läuft es mit den Verkostungen?«, fragte meine Mutter und sah abwechselnd April und mich an. April, die gerade dabei war, sich Salat auf den Teller zu laden, warf mir einen fragenden Blick zu und schien unsicher zu sein, ob sie für mich antworten sollte. Ich nickte bestätigend, schließlich war das ihre Idee gewesen.

April und Heather erzählten lustige Anekdoten über die Verkostungen der letzten Wochen. Heather brachte die Zwillinge zum Lachen, indem sie eine Gruppe von Teenagern imitierte, die vollkommen ausrasteten, als sich herausstellte, dass die Veranstalterin ihre Lieblingsschauspielerin war. »Ähm … ich … äh.« Mit zitternder Hand rieb sie sich auf übertriebene Weise über die Stirn. »Ich hatte mal ein Poster von dir an der Wand … das mit dem weißen Bikini.« Diese Geschichte gefiel mir nicht besonders.

April wurde rot, und Callum brach in schallendes Gelächter aus. »Was für ein Zufall, ich hab genau dasselbe zu Hause.« Ich packte ihn und tauchte seinen Kopf ins Kartoffelpüree, was die Mädchen noch mehr zum Lachen brachte.

Zwei Wochen waren seit unserer Nacht auf Storr vergangen, der besten Nacht meines Lebens. Zwei Wochen Glückseligkeit, durchzogen von kleinen Sorgen. Seitdem hatten wir uns eine Routine angewöhnt: Frühstück am Ufer (ich fütterte mittlerweile sogar die verdammten Füchse) und Abendessen abwechselnd im Anwesen und bei mir im Cottage. Die Tage waren voller harter Arbeit, die Nächte voller Spaß und Lust. Wir waren keinen Moment lang voneinander getrennt. Und die ganze Zeit über war ich wie besessen von dem Drehbuch. Ich hatte es von vorne bis hinten gelesen. Zweimal. Es war *gut*. So gut, dass ich sie, wenn sie die Rolle bekäme, eigenhändig auf die gottverdammte Fähre setzen und mein Herz neben ihr anschnallen würde.

April versicherte mir, dass die Mühlen in der Filmindustrie unglaublich langsam mahlten. Bei ihrem Telefonat mit der Agentin hatte diese ohne zu murren allen ihren Bedingungen zugestimmt. April hatte mich sogar gebeten, bei dem Gespräch dabei zu sein, weil sie meine Meinung schätzte und darauf vertraute, dass ich ihr Bestes im Sinn hatte. Und das hatte ich. Wenn meine Liebe zu dieser Frau mich etwas gelehrt hatte, dann, dass ich alles tun würde, um sie glücklich zu machen. Aber das ließ die Stimme in meinem Kopf nicht verstummen, die mir ununterbrochen ins Ohr flüsterte, nur dieses eine Mal egoistisch zu sein.

Nach dem Telefonat hatte sie der Agentur einige Videoaufnahmen für einen ersten Screen Test geschickt und wartete auf Rückmeldung wegen des Vorsprechens. Ich konnte an kaum etwas anderes denken.

»Es scheint also gut zu laufen?«, fragte meine Mutter lächelnd. Aprils zaghaftes Lächeln riss mich aus meinen Gedanken.

»Wir sind zufrieden, aber noch steht uns ein ruhiger Winter bevor.«

»Oh?«, machte Mum überrascht und platzte dann heraus: »Hast du vor, bis dahin auf der Insel zu bleiben?«

Ich war gerade dabei, eine volle Gabel zum Mund zu führen, und hielt inne. Ich spürte, wie April sich an der Stelle anspannte, an der ihr Ellbogen den meinen berührte. Sie rang nach einer Antwort. »Also …«

»Und was ist mit dir, Malcolm? Was machst du, während die Frauen so fleißig arbeiten?« Die Stimme meines Vaters wirkte so deplatziert wie Alkohol auf einem Kindergeburtstag. Das Besteck klapperte auf den Tellern. Unter dem Tisch legte April ihre Hand auf meinen Oberschenkel.

Die vertraute alte Anspannung kroch meinen Nacken hinauf, stach zwischen den Schulterblättern. Ich hielt meinen Blick auf den Teller vor mir gerichtet. »Dasselbe wie immer, Dad«, antwortete ich und häufte noch mehr Salat auf meine Gabel.

Mein Vater prostete in Richtung April. »Du hast den Laden ordentlich umgekrempelt, Elsie. Aber du hast ja schon immer Ehrgeiz gehabt. Kier hat dich dafür bewundert.«

»April«, korrigierte ich ihn bissig. Die Unterstellung, mir fehle es an Ehrgeiz, tat nicht mehr so weh wie früher. Ich wusste, dass die Arbeit, die ich verrichtete, sowohl für mich als auch für die Gemeinschaft einen Wert hatte. Und für April. Dass mein Vater keinen Wert darin sehen konnte, änderte daran nichts.

Ich schaufelte mir weiter Essen in den Mund und versuchte, ihn einfach zu ignorieren. Aber April hatte andere Vorstellungen. »Das neue Siebenundvierziger-Label – der Blend, von dem wir allein in einer Nacht zwanzig Flaschen verkauft haben – war Mals Kreation.« Mit stahlharter Stimme und festem Blick bot sie meinem Vater Paroli, dem Mann, den ich mein ganzes Leben lang gleichermaßen geliebt wie gehasst hatte.

»Prinzessin«, murmelte ich leise vor mich hin. »Du musst nicht ...«

Sie sah mich verletzt an. *Sie war meinetwegen verletzt.* »Irgendwer muss es doch tun.« Sie richtete den Blick wieder auf meinen Vater, der am Kopfende des Tisches vor sich hin aß, als wäre nichts geschehen. Mit einem lauten Knall stellte sie ihr Glas auf den Tisch. »Wer glaubst du denn hat die Brennerei geleitet, während Kier krank war? Und schon davor: Wer hat das Geschäft geführt, während Kier immer weiter abgerutscht ist? Wer hat sein eigenes Geld in den Laden gesteckt, ohne einen richtigen Lohn zu bekommen? Wer hat die Reparaturen gemacht, sich um das Personal gekümmert und die Buchhaltung geführt? Wer hat verhindert, dass das ganze Anwesen zusammenfällt?«

Ich drehte mich abrupt zu ihr um. Mein Herz zog sich in meiner Brust zusammen. Ich spürte die Blicke aller Anwesenden im Raum, aber ich konnte den Blick nicht von April abwenden. Ich wollte sie gerade zu mir herziehen, als ein lautes Krachen uns alle zusammenzucken ließ.

»Jim«, rief meine Mutter, sprang auf und lief zu meinem Vater. Sein Glas lag zerbrochen zu seinen Füßen, der verschüttete Rotwein lief über die Steinfliesen wie Blut. Er blinzelte heftig und ballte die Fäuste. »Was machen die hier?«, murmelte er. »Es ist erst Mittwoch, ihr solltet nicht hier sein.« Seine Stimme war auf einmal so leise, er klang ganz anders als der Mann, der mich großgezogen hatte.

Wir sahen uns alle an, die Zwillinge kicherten. Ava korrigierte ihn: »Es ist Samstag, Opa.« Meine Geschwister sagten nichts und sahen nur finster und verständnisvoll drein.

Dad schüttelte wütend den Kopf, während meine Mutter ihr Bestes tat, um ihn zu beruhigen. »Ist schon gut, Jim, vielleicht solltest du dich ein wenig hinlegen.«

Er sah meine Schwester an. »Was hast du mit deinen Haaren gemacht, Iris?«

Sie wurde blass. »Ich bin's, Dad – Heather.«

Mein Vater begann, fürchterlich zu würgen, und ich brauchte einen Moment, um zu begreifen, dass er weinte. Wir saßen alle wie erstarrt da, fassungslos. Ich hatte meinen Vater noch nie weinen gehört. Callum war der Erste, der reagierte. Auf seinem Gesicht lag ausnahmsweise ein ernster Ausdruck, als er meinem Vater den Arm über die Schulter legte und ihn den Flur entlang in sein Schlafzimmer führte.

***

»Warum hast du mir das nicht gesagt?«, knurrte ich, als Callum wieder in Sichtweite kam. Ich hatte mich fast sofort in mein altes Versteck zurückgezogen, außerhalb des Hauses hinter dem aus allen Nähten platzenden Gewächshaus meines Vaters. Ich spürte kaum den kalten Wind, der an meinen Kleidern und Haaren zerrte. April hatte versucht, mir zu folgen, sobald sich das Chaos in der Küche gelegt hatte, aber ich war kurz davor zu explodieren, und das konnte ich ihr nicht zumuten.

Mein Bruder erstarrte auf dem Steinweg und steckte die Hände in die Taschen. »Wir hatten es vor, aber wir wussten nicht, wie.«

»Ganz einfach: *Hey Malcolm, unser Dad hat Alzheimer.*« Ich richtete mich auf. »Wie lange wisst ihr es schon?«

»Sechs Monate. Heather hat es vor ein paar Wochen erfahren. Mum hat es so lange wie es ging für sich behalten, aber er braucht immer mehr Hilfe.«

»Sechs Monate!« Anklagend bohrte ich ihm den Finger in die Brust. »Hast du's Alastair gesagt?«

Callum versteifte sich. »Ja … er sagt, er kommt nach Hause, sobald er kann.« Er klang nicht so, als würde er ihm das glauben, aber Alastair war mir im Moment egal.

»Sechs Monate sind mehr als genug Zeit, um einen Weg zu finden, es mir zu sagen.«

»Du bist nie da, wir dachten, es interessiert dich vielleicht nicht …« Er zuckte zusammen, bevor er die Worte überhaupt ausgesprochen hatte. Beschwichtigend hielt er eine Hand hoch. »So hab ich das nicht gemeint, ich wollte nur sagen, dass ihr beide ein kompliziertes Verhältnis habt und es nicht immer leicht ist, damit umzugehen.«

Ich schnaubte. »So fasst du also dreißig Jahre Demütigungen und Verletzungen zusammen? Es ist *kompliziert*? Das ist nicht fair, und das weißt du.«

»Glaubst du, du bist der Einzige, zu dem er als Kind so war?« Er warf die Hände in die Luft. »Denkst du, du bist der Einzige, dem es jedes Wochenende davor graut, ihn zu besuchen? Aber ich bin der älteste Sohn, also habe ich keinen Freifahrtschein.«

Ich wusste nicht, was ich denken sollte, wie ich alles verarbeiten sollte, also klammerte ich mich an das Einzige, was sich sicher anfühlte. Meine blinde Wut. Ich trat näher an ihn heran und knurrte. Zum ersten Mal wurde mir klar, dass ich tatsächlich größer als mein großer Bruder war. »Tut mir leid, dass ich kein perfekter Sohn sein kann so wie du, Callum. Tut mir leid, dass nicht alles in meinem Leben genau so läuft, wie ich es mir wünsche!«

Callums bitteres Lachen erinnerte mich an früher. »Denkst du, mir fällt alles leicht? Dass ich alles bekomme, was ich will? Du hast keine Ahnung, wen …« Er unterbrach sich und kniff die Augen zusammen. »*Was* ich will.« So hatte ich meinen Bruder noch nie erlebt. Ich wusste nicht, was ich sagen sollte. Doch er gab mir gar keine Zeit, etwas zu erwidern. Er kam näher und packte mich an der Schulter. Die Wut war aus ihm gewichen. »Tut mir leid, dass wir's dir nicht früher gesagt haben. Wir hätten es tun sollen. Aber tu nicht so, als würde es jetzt nur um Dad gehen. Ich weiß nicht, was sonst noch mit dir los ist … aber ich kann den Grund erahnen.« Er blickte zurück zum Haus. Durchs Fenster konnte ich Aprils Haarschopf und ihr Lächeln sehen. Sie spielte gerade ein Brettspiel mit den Zwillingen, um sie abzulenken. »Wenn du willst, dass sie bleibt, musst du es ihr sagen. Du musst mal für was kämpfen, Mal.«

***

Alzheimer. Das Wort war mir schon so oft durch den Kopf gegangen, dass es mittlerweile jede Bedeutung verloren hatte.

Alzheimer.

Alzheimer.

Eine fortschreitende neurologische Störung, die das Gehirn schrumpfen und Zellen absterben ließ. Auf der Heimfahrt hatte ich die Definition gegoogelt, obwohl ich bereits wusste, was die Diagnose bedeutete. Erst als ich spürte, wie April an meinem Mantel zog, wurde mir klar, dass wir in meinem Cottage waren. Der Raum war kalt und dunkel, die Luft ein wenig abgestanden. Ich ließ zu, dass sie mich in den Sessel bugsierte, und beobachtete benommen, wie sie mit sicheren und geschickten Händen ein Feuer auf dem Rost entfachte. Minuten später kletterte sie auf meinen Schoß und flüsterte: »Ich weiß, es hilft dir nicht, wenn ich sage, dass es mir leid tut, was mit deinem Dad ist.« Ich spürte ihren Atem auf der Haut.

Ich kniff die Augen zu und drückte sie an mich. »Nicht, wenn du es ernst meinst.«

»Es tut mir so leid, ich bin schuld daran, was vorhin …«

»Du bist nicht schuld. Er war schon immer ein widerlicher Mistkerl, mit oder ohne Alzheimer. Du hast nichts falsch gemacht.« Sie hatte mich verteidigt. Mir war nie zuvor bewusst gewesen, wie sehr ich jemanden gebraucht hatte, der mich verteidigte.

Wir saßen ein paar Augenblicke schweigend da. Das Knistern der Holzscheite war der Soundtrack zu meinem Gedankenkarussell. Seit wie vielen Wochen hatte meine Mutter schon versucht, uns alle zusammenzubringen? Wie oft hatte ich abgesagt? Callums Worte schossen mir immer wieder durch den Kopf. *Glaubst du, du bist der Einzige, zu dem er als Kind so war?* Er hatte recht, das hatte ich tatsächlich geglaubt. Callum war Dads ältester Sohn. Sein ganzer Stolz. Der unmögliche Maßstab, an dem wir anderen gemessen wurden. Aber Callum war sieben Jahre älter als ich, es gab so viel, was ich gar nicht mitgekriegt hatte. So schwer es auch war, im Schatten von Callum zu leben, dachte ich zum ersten Mal in meinem Leben darüber nach, wie es wohl wäre, selbst dieser Maßstab zu sein.

Dad war in letzter Zeit immer boshafter geworden – wegen seiner Krankheit, wie mir jetzt klar wurde –, und so hatte ich ihn immer mehr gemieden. Kein Wunder, dass Mum das Päckchen so lange allein getragen hatte. Kein Wunder, dass Callum und Heather es mir nicht gesagt hatten.

»Wie fühlst du dich?«, fragte April schließlich.

»Ich weiß nicht … verwirrt. Traurig. Schuldig.«

Sie drehte sich um, bis sie mein Gesicht sehen konnte. »Warum fühlst du dich schuldig?«

»Weil ich es nicht früher gemerkt hab.« Ich zuckte mit den Schultern. »Dass ich selber einen Keil zwischen mich und meine Familie getrieben hab.«

Sie nahm mein Gesicht in die Hände, ihre Daumen strichen über die Stoppeln. »Du weißt, dass nicht du schuld an der Distanz zwischen euch bist, nur weil er krank ist, oder? Das macht dich nicht automatisch zum Bösen.«

Ich musste meine Tränen runterschlucken. »Ich komm mir aber wie der Böse vor«.

»Nein, Baby, das bist du nicht. Und diese Krankheit bedeutet nicht das Ende. Wenn du beschließt, ihm zu verzeihen, ist dafür noch Zeit. Aber du solltest diese Last nicht allein tragen. Du brauchst deine Mutter und Heather und Callum. Du brauchst deine Familie.«

Ich brauche dich, ich weiß nicht, wie ich das ohne dich schaffen soll, wollte ich sagen. Hätte ich gesagt, doch der Bildschirm ihres Handys, das auf der Stuhllehne lag, leuchtete auf, und wir sahen beide instinktiv dorthin. Sie drehte das Telefon um, trotzdem hatte ich die SMS auf dem Bildschirm aufblitzen sehen. »Was ist los?«

»Wahrscheinlich nichts. Ist jetzt auch egal.«

»Es ist nicht egal, ich könnte ein wenig Ablenkung vertragen.«

Sie nahm ihr Handy, entsperrte den Bildschirm und erstarrte dann. Sie suchte meinen Blick. »Ich hab die Rolle.«

»Aber du …« Ich brach ab. Ich hatte das Gefühl, als würde ich ertrinken. »Du hast doch noch gar nicht vorgesprochen.«

»Laut Angela war sich Ainsley Clarke schon ziemlich sicher, bevor sie überhaupt mein Video bekommen hat.«

Ich brachte kein Wort heraus und griff stattdessen nach dem Handy, weil ich es schwarz auf weiß sehen wollte. Die Worte verschwammen auf dem Bildschirm, ein Kauderwelsch, das ich nicht einmal ansatzweise entziffern konnte, während der Raum um mich herum schwankte. Nur zwei Dinge stachen hervor. *London. In zwei Tagen.*

»Du fährst nach London.« Es war keine Frage, aber sie antwortete trotzdem.

»Ja.«

Mein Atem ging schneller. Meine Hände begannen zu schwitzen und zu kribbeln. Dann ploppte oben auf dem Bildschirm eine Benachrichtigung auf. Ein einziges Wort, verwirrend genug, um mich abzulenken.

Schlampe.

Ohne nachzudenken, tippte ich darauf und war etwas überrascht, ein Bild von mir auf dem Bildschirm zu sehen. Es war an dem Tag vor ein paar Wochen aufgenommen worden, an dem ich April zu ihrem Auto gebracht hatte. Ich stand im Profil, mein Gesicht war kaum zu erkennen. Ich war schützend über Aprils kleineren Körper gebeugt. Wir hielten einander fest, ich drückte sie gegen das Auto, während wir uns wild küssten. Wir sahen gut zusammen aus. *Ja.*

Dann fiel mein Blick wieder auf den Kommentar, *Schlampe.* Ihr Name stand daneben, getaggt. Unwillkürlich tippte ich auf die Antworten und scrollte durch die lange Liste an Kommentaren und Beleidigungen. Nicht ein einziger Beitrag war gegen mich gerichtet. Mein Körper muss meine Wut verraten haben, denn April sah mich über den Rand des Bildschirms hinweg an. »Was ist los?«

»Diese Kommentare, wer sind all diese Leute?« Meine Stimme war wie ein weiß glühender Schürhaken.

Augenblicklich veränderte sich ihre Miene. Sie krümmte die Schultern, der Glanz in ihren Augen wurde schwächer. Sie nahm mir das Handy weg und sperrte den Bildschirm, ohne noch mal draufzuschauen. »Ach, ignorier die einfach … das sind nur irgendwelche Internet-Trolle.«

Wie konnte sie erwarten, dass ich diese Kommentare einfach ignorieren würde? Die Dinge, die sie schrieben, wie sie sie nannten. Sie sah nicht einmal überrascht aus.

»Wir müssen das melden.«

»Wem sollte ich das melden? Social-Media-Unternehmen interessiert das nicht. Von hundert Kommentaren, die ich melde, wird vielleicht einer entfernt, wenn ich Glück hab. Am besten liest man sie einfach nicht.«

Das ist ihr Leben, wurde mir plötzlich klar. Ich erinnerte mich daran, wie traurig sie in jener Nacht gewesen war, in der sie betrunken am Ufer gestanden hatte. Die Erinnerung war so real wie sie selbst, wie sie vor mir stand. »Ich versteh's nicht.« Ich versuchte, meine Wut zu zügeln, aber die Worte klangen selbst in meinen eigenen Ohren schonungslos. »Warum willst du das? Warum setzt du dich dem immer wieder aus und lässt zu, dass diese Mistkerle dir wehtun?«

Sie sah entrüstet aus. Noch vor wenigen Sekunden waren wir uns so nahe gewesen. Jetzt, obwohl sie physisch noch *hier* war, spürte ich, wie sie mir langsam entglitt. »Weil es mein Job ist.«

»Vor ein paar Wochen hab ich dich im Arm gehalten, und du hast geweint, weil du so viel Scheiße in dieser Branche durchgemacht hast, Prinzessin. Ich hab nicht …«

»Was?« Sie wich zurück. Ihre Sommersprossen hoben sich

von ihrer blassen Haut ab. »Wovon sprichst du? Wann hab ich geweint?«

»Die Nacht … in der Nacht, in der ich dich aus dem Pub nach Hause gebracht hab.« Ihr Mund verzog sich, ihre Augen blitzten, während sie versuchte, sich daran zu erinnern. »Ich hab's noch nicht angesprochen, weil ich nicht sicher war, ob du mir das alles überhaupt sagen wolltest. Ich wollte, dass du mir genug vertraust, um das selbst noch mal anzusprechen, nicht, wenn du betrunken und traurig bist.«

»Ich hab dir von Aaron erzählt?«

Aaron. Sein Name wanderte auf meine schwarze Liste und rutschte sofort ganz an die Spitze.

»Du hast mir nicht gesagt, wie er heißt, sondern nur, dass du einen Vertrag unterschrieben hast, den du nicht hättest unterschreiben sollen.«

Sie musste gespürt haben, wie verzweifelt ich war, denn sie sagte schnell: »Ich hab's dir nicht deswegen nicht gesagt, weil ich dir nicht vertraue, sondern weil ich auf mich selbst und auch auf ihn wütend bin. Ich will vergessen, dass es je passiert ist.«

Ich umfasste ihre Hand. »Ich würde dich nie verurteilen.«

Ihre Unterlippe begann zu zittern, und sie biss darauf. »Vielleicht tust du das, wenn ich es dir erzähle.«

»*Nein, nie*.«

Ihre Finger gruben sich in mein Hemd, und sie senkte das Kinn. Ich wartete. »Als ich neunzehn Jahre alt war, nahm Aaron mich unter Vertrag. Er war mein Manager und größtenteils sogar ein guter. Er verschaffte mir Vorsprechtermine bei Regisseuren, mit denen ich schon lange zusammenarbeiten wollte. Als er im Gegenzug von mir verlangte, dass ich mein Aussehen verändern sollte, war ich einverstanden. Er schlug mir eine strenge Diät vor, und ich zog sie durch, ohne es zu hinterfragen. Ich redete mir ein, dass er wusste, was er tat. Viele Leute hielten ihn für einen Mistkerl, aber ich ignorierte sie. Er konnte ein sturer Hund sein, aber man wollte ihn auf seiner Seite haben.« Es kostete mich alle Mühe, mit meinen Händen weiter ihre nackten Arme zu streicheln und mir nicht vorzustellen, wie sie sich um den Hals des aalglatten Mistkerls legten. »Vor ein paar Jahren hab ich dann mit meinem langjährigen Freund Schluss gemacht. Aaron lud mich zum Essen ein, um mich aufzumuntern, und ich merkte erst nach dem Hauptgang, dass es ein Date war. Ich fühlte mich unwohl, aber ich wusste nicht, wie ich es ihm sagen sollte, ich wollte seine Gefühle nicht verletzen. Als er mich dann am Ende küssen wollte, hab ich ihn gelassen.« Meine Hände hielten inne. »Ich hab mir eingeredet, dass es eine gute Idee ist, ihn zu daten. Wir waren ein gutes Team, und er ist ziemlich attraktiv.« Sie atmete zitternd aus. »Ich wette, du hältst mich jetzt für ziemlich bescheuert, stimmt's?«

»Nein, Prinzessin.« Er hingegen – ja, über ihn hätte ich eine Menge zu sagen gehabt.

»Ein paar Wochen lang lief es gut, er war aufmerksam und nett, kaufte mir immer Geschenke. Und dann wurde mir alles zu viel, er klammerte und wollte jeden freien Moment mit mir verbringen. Nach einem Monat bat er mich, bei ihm einzuziehen, und fing an, mich zum Sex zu nötigen.« Sie schien immer kleiner zu werden, während sie sprach. Ihre Stimme war nur noch ein Flüstern. »Das nennt man Love Bombing, aber ich kannte den Begriff damals noch nicht. Erst als ich ihm schließlich sagte, dass es nicht mehr ginge, wurde mir klar, was für eine Idiotin ich war. Meine gesamte Karriere lag nämlich in seinen Händen. Er blockierte jedes Jobangebot, das von meiner Agentin kam, jedes Vorstellungsgespräch, jedes Vorsprechen.«

Ich hätte ihn umbringen können.

»Hättest du dich nicht an deine Agentur wenden können?«, stieß ich zwischen zusammengebissenen Zähnen hervor.

»Er hatte ... er hatte Zugriff auf alle meine Social-Media-Profile. Er meinte, er würde sich einloggen und Dinge schreiben, die ich nie und nimmer schreiben würde. Er meinte, er hätte Fotos von mir auf seinem Handy. Was sich hinterher als Lüge herausstellte. Er drohte damit, mich zu ruinieren, und ich hab ihm geglaubt.«

Ich sah, wie ihr die Tränen vom Kinn tropften. Eine Wut, wie ich sie noch nie gespürt hatte, schoss durch mich hindurch. Ich würde nichts unversucht lassen, bis ich diesen rückgratlosen Mann in meiner Gewalt hatte. Ihn für jedes Quäntchen Schmerz bestrafen, das er meiner Frau jemals zugefügt hatte – *allen* Frauen, denn solche Typen trieben ihr Spiel auch mit anderen. »Ich hab jeden Job angenommen, mit dem er einverstanden war, hab bei diesen dummen Reality- und Tanz-Shows mitgemacht, war auf Social Media aktiv ... alles, um über die Runden zu kommen.«

»Und jetzt?«

»Ein paar seiner anderen Klienten haben ihn mittlerweile angezeigt. Da hab ich mich dann sicher genug gefühlt, es auch zu tun.« Ihre Unterlippe zitterte noch mehr. »Ich war so feige, dass ich es nicht gleich gemacht hab.«

Ich schüttelte heftig den Kopf. »Das stimmt nicht, du konntest nicht wissen, dass er seine Drohungen nicht wahrmachen würde.«

Sie wischte sich die Tränen von den Wangen. »Er wurde nicht angeklagt, aber er wurde gefeuert und auf die schwarze

Liste gesetzt. Ich schätze, damit hat er wohl seine gerechte Strafe bekommen.«

»Ich wünschte, es gäbe einen Weg, wie ich die Zeit zurückdrehen könnte, um zu verhindern, dass du auch nur einen einzigen Moment davon durchmachen musst.« Ich strich ihr Haar zurück und blickte in das Gesicht, das für mich mittlerweile wichtiger war als der Sauerstoff in meiner Lunge. »Ich verstehe immer noch nicht, warum du freiwillig zu diesem Leben zurückkehren würdest? Ist es wegen des Geldes? Du brauchst es nicht, die Brennerei bringt jetzt Geld ein. Also kannst du einfach … glücklich sein.« *Mit mir.*

Sie wischte sich eine weitere Träne aus dem Auge. »Die Brennerei bringt kein Geld ein.«

»Was?«

»Sie bringt Geld ein, aber nicht genug.«

32

April

Something in the Orange – Zach Bryan

»Sie bringt Geld ein, aber nicht genug.« Die Worte sprudelten aus mir heraus. Es war, als würde eine große Last von meinen Schultern fallen. Er sah mich zuerst flehend, dann verwirrt an. Tiefe Falten zerfurchten seine sonst so glatte Stirn.

»Ich kann dir nicht folgen, Prinzessin.«

Die Wahrheit wird dich frei machen. In diesem Fall fühlte sich die Wahrheit aber eher wie eine Klinge an, die ich in meinem Ärmel versteckt hatte. »Die Destillerie und das Herrenhaus … die wurden mir nie vererbt, Mal. Die haben mir schon vorher gehört.«

Ich beobachtete, wie er die Informationen verarbeitete, als würde ich den Zeigern einer großen Uhr dabei zusehen, wie sie langsam weiterwanderten. »Bei meinen Eltern hast du gesagt, dass Kier immer weiter abgerutscht ist. Was hast du damit gemeint?«

»Kier hatte Schulden, *sehr hohe* Schulden. Als meine Karriere langsam anfing zu laufen, hab ich ihm ab und zu Geld geschickt. Die Brennerei lief nicht mehr so wie früher, und er wollte keine Mitarbeiter entlassen. Dann hat er eines Tages aus heiterem Himmel angerufen und mir vollkommen fertig mit den Nerven seine Spielsucht gestanden. Ich hab meinen damaligen Buchhalter einen Blick auf seine Geschäftsbücher werfen lassen. Er hatte so viele Schulden, dass die Bank kurz davor war, ihm alles wegzunehmen.«

»Du hast ihm aus der Patsche geholfen«, stellte Mal eine Vermutung an.

Ich nickte. »Ich hab die meisten seiner Schulden abbezahlt und die Grundstücke gekauft, aber ich musste ziemlich viel Geld in die Brennerei stecken, nur um sie am Laufen zu halten, und dann ist das mit Aaron passiert ... ich hab jeden Job angenommen, den ich kriegen konnte, um uns über Wasser zu halten.«

»Warum hast du mir das nicht gesagt?«, fragte er. »Ich hätte dir helfen können.«

»Ich wollte es ja, schon am ersten Tag, aber dann hast du mir erzählt, dass du angefangen hast, die Brennerei in Raten zu kaufen. Kier hat Geld von deinem Gehalt abgezweigt, ohne die Absicht zu haben, jemals zu verkaufen – weil er es gar nicht konnte. Er hat dich manipuliert, Mal. Wie hätte ich denn das Bild, das du von dem Mann hattest, für immer zerstören können? Ich dachte, wenn wir ein regelmäßiges Einkommen erzielen könnten, wäre alles in Ordnung, und die Brennerei könnte eines Tages dir gehören, ohne dass du jemals die Wahrheit erfahren müsstest. Und das schaffe ich nur, wenn ich diesen Film mache.« Die Wut in seinen Augen verwandelte sich in Schmerz. Ich sah genau, wie etwas in ihm zerbrach. Ich drückte ihn an mich. »Es tut mir leid ... es tut mir so leid.« Er umarmte mich, und ich spürte, wie er zitterte – bis ich merkte, dass ich das war.

»Kier hatte Fehler, wie jeder andere auch«, sagte er schließlich, seine Wange an meiner. »Ich wusste immer, wer er war. Ich hab gespürt, dass er mich geliebt hat, genauso wie ich gespürt hab, dass er dich geliebt hat. Das wird daran nichts ändern.«

»Wie kannst du ihm so leicht verzeihen?« Ein Teil von mir würde vielleicht nie dazu in der Lage sein.

»Weil ich es für mich tue. Sonst wäre jeder Moment mit ihm eine Lüge gewesen, und so will ich das nicht sehen. Zu viele Menschen in unserem Leben haben uns enttäuscht, lass nicht zu, dass er einer von ihnen wird, April.« Er hatte recht. Ich hatte meinen Frieden mit meiner Mutter gemacht, weil ich aufgehört hatte, etwas von ihr zu erwarten. Mit Kier war das nicht möglich, weil er immer für mich da gewesen war.

Ich lehnte mich auf seinem Schoß zurück und fuhr mit meinen Fingern durch sein dichtes Haar. Er gab sich meiner Berührung hin. »Wirst du diese Logik auch auf deinen Vater anwenden?«

»Ich werd's versuchen.« Wir lagen einander einen Moment lang schweigend in den Armen, bis er schließlich sagte: »Du musst diesen Film machen.« Er klang müde. Resigniert.

»Ich muss diesen Film machen«, stimmte ich zu.

Ich erwartete, dass er noch mehr sagen würde, aber er schob nur einen Arm unter meine Knie und zog mich an seine Brust. »Lass uns ins Bett gehen.« Er stand auf, durchquerte das Zimmer und legte mich auf seine Matratze. Er zog mich langsam aus, sah mir in die Augen, während er mir die Sandalen von den Füßen streifte, dann öffnete er den Reißverschluss meines Kleides, faltete es ordentlich und verstaute es in einer Schublade. Dann kümmerte er sich um meine Unterwäsche. Erst als ich völlig nackt war, griff er mir ins Haar und küsste mich innig. Es war ein Kuss, der sagte, was unsere Worte nicht ausdrücken konnten. *Er liebte mich*. Mit seinen Küssen stempelte er die Liebeserklärung auf meine Lippen, meine Augenlider, die Haut über meinem Herzen. Meine Lippen sagten dasselbe. Auf meinen Knien sah ich zu, wie er in Ekstase geriet, wie seine glühende Haut unter Strom stand, während er aufschrie.

Als er in mich eindrang, wimmerte ich leise, und er hielt inne. »Was ist los?«

»Ich bin ganz wund … so viel Sex.«

Er wollte sich zurückziehen, aber ich hielt ihn mit meinen Schenkeln fest und strich ihm die Haare aus den Augen. »Hör nicht auf, ich brauche dich zu sehr, Mal. *Mein Mal.*«

»Ja, ich bin deiner, Prinzessin. *Für immer.*« Er wechselte die Position und nahm mich langsam von hinten. Eine Hand streichelte mich sanft zwischen den Beinen, die andere umfasste meine Brust, genau dort, wo mein Herz schlug. »Für immer deiner.«

Wir sprachen die Worte nie laut aus und blieben den Rest des Abends über stumm. Denn wir wussten beide: Ich musste diesen Film machen, aber ich konnte nicht weg von ihm.

33

Mal

Feels Like – Gracie Abrams

Ihr Haar loderte wie Feuer auf dem Kopfkissen, ihr Atem ging gleichmäßig und ruhig, obwohl ihr Schlaf alles andere als friedlich war. Sie hatte sich stundenlang hin und her gewälzt, sich in meine Armbeuge gekuschelt, nur um kurz darauf wieder zur Seite zu rollen. Und bei jeder Bewegung musste ich dem Drang widerstehen, sie an mich zu ziehen, sie so festzuhalten, wie ich nur konnte, solange ich noch konnte. Bei jedem leisen Ausatmen spürte ich, wie ein paar Sandkörner durch eine unsichtbare Sanduhr rieselten. Jedes Mal, wenn ihre Augenlider zuckten, gab es mir einen Stich in den Bauch.

Ich war ein Wrack. Ständig schlichen sich Gedanken in meinen Kopf, die sich nicht mehr vertreiben ließen, während die Stunden verstrichen. Mein Vater. Callum. Kier. April. Es war alles zu viel. Ich versuchte, meinen Atem zu beruhigen, jede Emotion einzeln zu betrachten und zu ihrem Ursprung zurückzuverfolgen. Am schlimmsten waren die Schuldgefühle, die in meiner Brust brannten. Ich hatte alle enttäuscht, die mich je gebraucht hatten. April am allermeisten.

Die ganze Zeit über hatte sie nicht nur die Last ihrer eigenen Sorgen auf den Schultern getragen, sondern auch Kiers Last und unvermeidlicherweise auch meine. Die ganze Nacht über waren unsere ersten Begegnungen wie ein Film in meinem Kopf gelaufen. Jede Gemeinheit und Anschuldigung, die ich ihr an den Kopf geworfen hatte. Ich hatte ihr im Grunde genommen vorgeworfen, dass sie nur aufs Geld aus sei. Und sie hatte alles über sich ergehen lassen und die Last getragen, damit ich es nicht tun musste.

Sie bewegte sich wieder, das Laken glitt verführerisch über die Rundung ihrer Schulter, als sie eines ihrer seidigen Beine zwischen meine größeren Beine schob. Wie hatte ich diese Frau jemals nicht lieben können? Der Mann, der ich damals gewesen war, war mir jetzt so fremd, dass ich wusste, dass ich nie wieder er sein würde. *Gut.* Das Einzige, was jetzt zählte, war, sie glücklich zu machen.

Ich wollte sie auf Knien anflehen, zu bleiben. Aber was sie mir über Kier und seine Schulden erzählt hatte, damit konnte ich nicht umgehen. Ich wusste nicht mal ansatzweise, wie ich das Problem lösen sollte. Ich wünschte mir ein Unrecht, das es aus der Welt zu schaffen galt. Einen Drachen, den ich erschlagen musste. Eine körperliche Herausforderung, die ich bewältigen musste, um alle zu retten, wie ein Held in einem Film. Ich hatte nur mich selbst.

Ich konnte den Gedanken an eine Zukunft, die ich niemals haben würde, keine Minute länger ertragen, also küsste ich sie auf die Schläfe, strich über eine einzelne seidige Locke und glitt aus dem Bett. Dudley blieb in Aprils Schoß eingekuschelt, aber Boy hob den Kopf, sobald ich meine Füße in die Stiefel schob, und folgte mir treu in die Morgensonne hinaus.

Wir gingen am Ufer entlang. Meer und Salz und Heidekraut. Dieses unbeschreibliche Gefühl von Heimat, das mich überkam. *Würde es sich jemals wieder so anfühlen, wenn sie weg war?* Ich wusste, dass das nicht der Fall sein würde. Ich war wie eines meiner verdammten Puzzles. April hatte innerhalb weniger Wochen mein ganzes Leben auseinandergenommen und es ganz anders wieder zusammengesetzt. Mein altes Ich passte da nicht mehr rein. Ich hatte mich unwiderruflich verändert. Aber vielleicht, nur vielleicht, hatte auch sie sich dabei ein wenig verändert. »Irgendwann musst du mal für etwas kämpfen, Mal«, flüsterte ich und stand wieder auf. Boy bellte zustimmend.

Und in diesem Moment, beim Anblick des Sonnenaufgangs, der mich an den grässlichen Morgenmantel erinnerte, den sie so sehr liebte, traf ich die Entscheidung. Ich konnte ihr vielleicht keinen Grund zum Bleiben geben, aber ich würde ihr auf jeden Fall ein Zuhause bieten, in das sie zurückkehren konnte.

34

April

I GUESS I'M IN LOVE – Clinton Kane

»Wohin sind sie verschwunden?«, fragte ich Dudley, der irgendwann unter die Bettdecke gekrochen war und Mals Kopfkissen gestohlen hatte. Mein Hund gähnte, sein ganzer Körper zitterte, als er alle drei Pfoten von sich streckte und eine tiefe Rückbeuge machte, die selbst die talentiertesten Yogis der Welt hätte vor Neid erblassen lassen. Dann sah er mich an, als wollte er sagen: *Ich weiß nicht, Frauchen, ich hab geschlafen, genau wie du.*

»Zum Glück hab ich dich nicht als Schutzhund adoptiert«, murmelte ich und hob ihn vom Bett herunter, weil seine Pfoten auf dem Hartholzboden des Hauses keinen festen Halt fanden. Ich zog eins von Mals Hemden und ein Paar seiner dicken Socken an, die quasi schon mir gehörten, und schlüpfte durch die Vordertür, um die beiden zu suchen.

Ich hörte Mal, noch bevor ich ihn sah.

»*Verdammtes nutzloses Teil*!«, brüllte er. »Warum springst du nicht an, verdammt?« Ich sah, wie er sich über etwas am Ufer beugte, etwa einen Fuß vom Rand der Klippe entfernt. Boy hüpfte an seiner Seite herum, der peitschende Wind verstärkte sein Bellen noch.

»Mal?« Ich trat näher heran. Das Gras war feucht, in kurzer Zeit waren meine Socken durchnässt und meine Füße taub. »Was machst du da?« Er trug immer noch seine marineblaue Pyjamahose, die Säume in schwarze Stiefel gestopft. Am tiefen Rot seiner Hände und Wangen konnte ich erkennen, dass er schon eine Weile hier draußen war.

Er sprang auf, wirbelte herum und streckte die Hände aus, als wollte er die halb fertige Holzform hinter sich verstecken. »Das solltest du noch nicht sehen«, sagte er, aber ich war zu sehr auf die Blutspur fixiert, die an seinem Handgelenk herunterlief.

»Du hast dich verletzt.«

Er schluckte und versteckte die Hand hinter seinem Rücken. »Ich wollte was für dich basteln, aber anscheinend fehlt mir selbst für einfache Holzarbeiten das Talent.«

»Das macht doch nichts. Lass mich deine Hand reinigen.« Ich streckte die Hand nach ihm aus, aber er wich einen Schritt zurück. Er zitterte am ganzen Körper.

»Warte ... lass mich erst sagen, was ich zu sagen habe.«

Der kalte Wind sorgte dafür, dass sich das Hemd eng an meinen Körper schmiegte und eine Gänsehaut ihn komplett überzog. Aber es war die Angst, nicht die Kälte, die mich frösteln ließ.

»Okay.« Ich nickte und schlang die Arme um mich. Er schien so aufgewühlt, dass ich am liebsten zu ihm gerannt wäre. Ich zwang mich, stehen zu bleiben.

Er fuhr sich mit zitternder Hand übers Gesicht. »Ich hab die ganze Nacht wach gelegen und versucht, eine Lösung zu finden ... Ich hab nichts, Prinzessin, absolut nichts, was ich dir bieten könnte, außer dem hier ...« Er trat zur Seite und gab den Blick auf etwas frei, das aussah wie eine Bank. Ein Bein war kürzer als die anderen drei, und sie erweckte den

Eindruck, als könnte ein heftiger Windstoß sie zerlegen. Tränen sammelten sich in meinen Augen. »Sie ist furchtbar hässlich! Ich kann also nicht mal ne Bank bauen, wenn's um mein verdammtes Leben geht. Und ich liebe dich!« Er schrie es mir praktisch entgegen.

Ich umschlang mich noch fester. Ihm waren die Worte wohl rausgerutscht, ehe er sie zurückhalten konnte. Sein Kiefer war unter dem Dreitagebart angespannt. »Liebst du mich, oder bist du in mich verliebt?«

»Die Bank …«

Ich schüttelte den Kopf. »Mal, die Bank ist mir egal. Bist du in mich verliebt?«

Er atmete lange aus und kam näher, bis er mein ganzes Blickfeld einnahm. »Hoffnungslos.« Er sah resigniert aus. »Ich bin nicht Tom Hanks, ich hab nicht die Worte parat, die du verdienst. Ich kann dich nicht auf der Spitze des Empire State Building treffen.« Er fuhr sich mit der Hand durchs Haar, merkte, dass sie immer noch blutete, und ließ sie sinken. »Du *musst* gehen, und ich werd nicht versuchen, dich aufzuhalten. Aber wie wär's damit … wie wär's, wenn ich dich einfach weiterliebe. Für den Rest meines Lebens. Wär das okay?« Ich war sprachlos. Seine Erklärung hatte sich einen Weg in meine Brust gebahnt und all die Worte verblassen lassen, die ich ihm in all diesen Wochen unbedingt hatte sagen wollen. »Ich weiß, dass das eine seltsame Liebeserklärung ist«, fuhr er fort, »aber du hast mich buchstäblich zurück ins Leben geholt und mich an mich selbst glauben lassen, wie es niemand sonst je getan hat. Da wollte ich dir im Gegenzug etwas zurückgeben. Ich wollte, dass du weißt, dass du immer einen Platz auf der Welt haben wirst, wo dich jemand anbetet. Dass du jemanden haben wirst, der sich fragt, wo du bist und ob es dir gut geht. Einen Ort, an dem du sicher bist, wenn du jemals zurückkommen willst. Ein *Zuhause*.«

»Mal«, sagte ich mit rauer Stimme. Meine Kehle war so trocken wie Wüstensand. »Ich *muss* diesen Film nicht nur machen, ich *will* ihn machen.«

»Ich weiß.« Er nickte einmal vehement. Ich sah ihm zu, wie er versuchte, sich wieder zusammenzureißen. »Ich hätte dir das jetzt nicht alles aufbürden dürfen … es tut mir leid.«

»Aber wie wär's damit«, wiederholte ich seine Worte und ließ die ganze Wärme, die in meiner Brust war, in meine Stimme einfließen. »Ich gehe ab und zu weg … nur wenn ich muss. Und ich komme immer, *immer* wieder zu dir zurück.«

Seine trüben Augen funkelten. Misstrauen und unerschütterliche Hoffnung spiegelten sich gleichermaßen in seinem Blick, umspielten sich wie die Wellen unter ihm. »Du wolltest gehen«, sagte er schließlich, nicht anklagend.

»Ja … Du hast die E-Mail gelesen. Ich werd für drei Tage in London gebraucht, gerade genug Zeit für ein paar gemeinsame Probeaufnahmen. Dann komm ich direkt zu dir zurück. Die Schauspielerei ist mein Job, aber das hier ist mein Zuhause, Mal, wie du gesagt hast. Dieser Ort, aber noch wichtiger bist du. Ich hab mich noch nie so wohl gefühlt, so sehr *ich selbst*, wie hier mit dir. Ich liebe meinen Job, aber ich werde nie wieder zulassen, dass er mein ganzes Leben vereinnahmt.«

Er schaute mich verblüfft an, streckte die Finger aus. »Du wärst sowieso wieder zurückgekommen?«

»Ja, natürlich. Ich liebe dich auch«, rief ich. »Wir haben so viel Zeit verloren, Mal, ich möchte nie wieder von dir getrennt sein.«

Binnen eines Herzschlags lag ich in seinen Armen, meine Füße schwebten über dem Boden und schlangen sich um seine Taille. Er drückte mich an sich, und wir weinten beide hemmungslos. Er sah mich so zärtlich an, wie ich es ihm noch Wochen zuvor niemals zugetraut hätte. »Alles wird gut, Prinzessin. Wir können die Brennerei verkaufen, ich werd mir zwei Jobs suchen, ich werde alles tun, was nötig ist.«

Ich drückte meine Stirn an seine, sodass ich im Blaugrau seiner Augen versank. »Das brauchst du vielleicht gar nicht. Wenn dieser Film wie geplant läuft, wird das Honorar ausreichen, um den Rest der Schulden und mehr zu tilgen.« Noch während ich das sagte, hatte er sich bereits in Bewegung gesetzt und manövrierte uns allein mit seinem Muskelgedächtnis Richtung Cottage. Drinnen steuerte er direkt aufs Badezimmer zu. Wir entledigten uns in Rekordzeit unserer Kleidung und warteten nicht einmal, bis das Wasser heiß war, bevor wir unter die Dusche stiegen. Aber als wir uns vereinten, taten wir das langsam und behutsam, denn wir hatten alle Zeit der Welt.

Und gerade als er mich gegen das beschlagene Glas drückte und mit seinen schwieligen Fingern meine Schenkel umfasste, um sie noch mehr auseinanderzudrücken, flüsterte ich: »Mal, heißt das, dass ich meine Unterwäsche wiederhaben kann?«

Sein Lachen war sanft. Heiser. *Glücklich.* »Oh, Prinzessin, die behalt ich für immer.«

Epilog

April

Calm – Vistas

Ich klopfte meine Stiefel auf der Veranda des Anwesens ab, um den Schnee loszuwerden, während sich mein Schlüssel lautlos im Schloss drehte. Die warme Luft im Inneren umfing mich wie ein Paar Handschuhe. Der kleine, aber reich geschmückte Weihnachtsbaum, der in der Ecke zwischen dem Sessel und dem Kamin stand, tauchte alles in sanftes Licht.

Mal hatte sich – nicht gerade überraschend – als Grinch entpuppt, der sich weigerte, das Haus für Weihnachten zu schmücken. Ich war fest entschlossen gewesen, ihn in mehreren Videoanrufen von meinem Filmset in der Algarve aus langsam zu zermürben. Ende November hatte ich in meinem Wohnwagen einen kleinen tragbaren Baum und ein paar billige Dekorationen aufgestellt, aber das hatte nicht den gewünschten Effekt.

Am Ende brauchte ich ihn nicht einmal zu bitten. Mal hatte mich an einem, wie er wusste, sehr anstrengenden Drehtag per Videocall angerufen, sein nagelneues iPhone gegen die Buchrücken einiger meiner Liebesromane gelehnt, für die er in seinen bereits überquellenden Regalen Platz geschaffen hatte. Er befahl mir, zuzusehen, wie er einen ziemlich traurig aussehenden kleinen Baum mit bunten Lichtern und hässlichen Kugeln vollpackte, bis die Äste unter dem Gewicht einzuknicken begannen. Er hatte sogar eine Weihnachts-Playlist abgespielt. Ich hatte natürlich geweint. Ich war zu diesem Zeitpunkt schon fünf Wochen weg und vermisste meine drei Jungs schrecklich.

Ich stellte meine Tasche neben der Tür ab, befreite mich von meinem Schal und streifte leise meine Stiefel ab, um ihn nicht zu wecken. Dann schlich ich mich zum Bett. Mal war in die marineblauen Laken eingewickelt, seine leisen Atemzüge vermischten sich mit dem schweren Schnarchen der Hunde. Selbst im Schlaf sah er erschöpft aus. Nachdem sich herumgesprochen hatte, dass ich die Eigentümerin oder, wie es jetzt der Fall war, Miteigentümerin war, hatte die Brennerei ein stetiges Wachstum verzeichnet. Wir hatten sogar ein paar Großhandelsverträge abgeschlossen. Bis zum Sommer würde Kinleith Whisky in Supermärkten im ganzen Land zu finden sein.

Zuerst hatte es sich ein wenig falsch angefühlt, meinen Prominentenstatus zu nutzen, um kostenlose Publicity zu bekommen. Aber wie unsere neue Managerin Heather sehr weise anmerkte, würde ohnehin immer über mich geredet werden, solange ich in der Öffentlichkeit stünde, also könnten wir das genauso gut für unsere Zwecke nutzen.

Boy, der am Fußende des Bettes lag, war der Erste, der mich entdeckte. Er hob den Kopf, sein Schwanz peitschte wild um sich. Ich ging schnell zu ihm und versenkte meine Finger im goldenen Fell an seinem Hals, bevor er bellen konnte. »Hey, Hübscher. Hast du dich gut um unsere Jungs gekümmert?« Er leckte mir zur Bestätigung übers Handgelenk und begann an mir zu schnüffeln, und ich kraulte ihm die Ohren. Dann entdeckte ich Dudleys winzigen Körper, der unter Malcolms Kinn eingerollt war.

Ich stand da und war wie verzaubert von dem Anblick. Mein Herz donnerte in meiner Brust, *Zuhause, Zuhause, Zuhause*, bis ich mich nicht mehr zurückhalten konnte. Ich kletterte aufs Bett und streichelte Dudley sanft, während meine Lippen über Mals Stirn wanderten. Er rührte sich schläfrig, eine Hand schlang sich um meine Taille und fuhr meine Wirbelsäule hinauf, ganz automatisch.

Seine Hand wanderte bis zu meiner Schulter, bevor sie innehielt. »Prinzessin?«, murmelte er verblüfft.

»Frohe Weihnachten«, flüsterte ich. Eigentlich waren es noch drei Tage bis Weihnachten, aber das spielte kaum eine Rolle.

Ich sah, dass er heftig blinzelte, als wolle er sicher sein, dass er nicht träumte. Dann richtete er sich auf und zog mich auf seinen Schoß. Dudley stieß ein unwürdiges Jaulen aus und schlich ans Fußende des Bettes. »Was machst du denn hier? Ich sollte dich doch morgen vom Flughafen in Glasgow abholen.« Mit seinen schwieligen Händen streichelte er meine Wangen, meine Schultern, meine Locken.

»Wir hatten wegen der Feiertage früher Drehschluss. Und ich hab es keinen Tag länger ausgehalten.« Ich schlang die Beine um seine Taille.

»Du hättest es mir sagen sollen, dann hätte ich dich abgeholt.«

»Das hätte die Überraschung ruiniert«, sagte ich. Jeglicher Widerstand verließ ihn, und er zog mich an sich. Er küsste mich eindringlich, aber sanft. Voller Liebe und Sehnsucht.

»Ich hab dich vermisst, Prinzessin«, hauchte er gegen meine Lippen. »Ich hab dich so verdammt sehr vermisst.«

»Ich hab dich auch vermisst.« Ich zerrte an seinem langen Thermohemd, während er den Bund meiner Leggings herunterschob und mich auf sich zog.

»Ich will, dass du oben bist«, sagte er und hob die Hüften an, um seine Unterhose herunterzuziehen. »Immer oben, Baby.« Im Handumdrehen war er in mir. Er hielt meine Hüften fest und ließ sich in die Kissen zurücksinken. Mit gesenktem Blick beobachtete er, wie ich ihn hart und schnell ritt und seinen Namen immer wieder stöhnte, bis ich ihn selbst nicht mehr hörte. »Sieh dich nur an … Ich kann nicht glauben, dass ich dich so sehen darf. Du siehst aus wie eine Göttin.« Als ich kam und er mit mir schrie und jeder Muskel in seinem schönen Körper vor Ekstase zitterte, fühlte ich mich wirklich wie eine Göttin.

Ich ließ mich auf seine Brust fallen und drückte Küsse auf jedes einzelne Stückchen Haut, das ich erreichen konnte, während wir um Atem rangen. »Wie geht's den Füchsen?«

Er drehte sich so, dass er mich ansehen konnte. »Ist das wirklich deine erste Frage?«

»Sie sind ein wichtiger Teil dieser Familie.«

Er knurrte mein Lieblingsknurren. Dieses Knurren, mit dem er eigentlich Unmut ausdrücken wollte, dabei aber kläglich scheiterte. »Die gehen mir so richtig auf den Wecker.«

»Lügner, du liebst sie.«

»Ich liebe sie«, stimmte er zu, und seine Augen leuchteten.

»Heirate mich«, platzte ich heraus. Ich hatte vorgehabt, ihn am Weihnachtsmorgen draußen neben unserer Bank zu fragen, was etwas romantischer gewesen wäre, aber jetzt gab es kein Zurück mehr.

»Was?« Seine Hände hielten mich fest, als könnte ich sonst wegfliegen.

Ich richtete mich auf und starrte in seine Augen. Sein Blick hielt meinen ebenso fest. »Heirate mich.«

»Hast du in meine Sockenschublade geschaut?«

Ich biss mir auf die Lippe. »Ja. Es tut mir leid, es war ein Zufall, und ich hatte das Warten satt.« Ich hatte den Ring schon vor Monaten entdeckt.

Mal stöhnte und kniff die Augen zu. »Ich wollte dich nicht unter Druck setzen.«

»Dann ist es ja gut, dass ich dich jetzt unter Druck setzen kann. Ich finde, wir sollten morgen heiraten.«

Er riss die Augen wieder auf. Voller Staunen und Unglauben. »Morgen?«

»Ich möchte heiraten, bevor ich wieder abreise.« Ich hatte über Weihnachten drei Wochen frei und dann noch acht Wochen Dreharbeiten in Portugal, von denen Mal zwei bei mir verbringen würde. Er war seit dem Sommer zweimal pro Woche zur Therapie gegangen und war sich sicher, dass er für seinen ersten Flug bereit war. »Außerdem kann Alastair dabei sein, und deinem Vater geht es noch gut genug, dass er auch dabei sein kann. Wir wissen nicht, ob das in ein paar Monaten noch so sein wird.« Die letzten sechs Monate waren für Mal und Jim eine harte Umstellung gewesen. Mal hatte versucht, für seine Familie da zu sein, und Jim, der sich seines Zustands bewusst war, wollte seinen Sohn um sich haben. Das war leichter gesagt als getan, denn Jim war nicht wirklich in der Lage, die Sünden der Vergangenheit wiedergutzumachen. Ich bezweifelte, dass er sich jemals wirklich dessen bewusst werden würde, welche dauerhaften Auswirkungen seine überholten Ansichten über psychische Beschwerden auf seinen jüngsten Sohn gehabt hatten. Doch um sich mit seinem Vater zu versöhnen, blieb Mal nichts anderes übrig, als loszulassen.

Auch das war leichter gesagt als getan. Er erzählte mir nicht immer, was er in seinen Therapiesitzungen besprochen hatte; manchmal kam er müde und mit dunkelvioletten Schatten unter den Augen nach Hause. Dann nahm ich ihn in den Arm oder redete per Videocall mit ihm, bis er wieder fröhlicher wurde. Andere Male wirkte er viel fröhlicher, als er von der Therapie nach Hause kam. Er sagte, sie würde ihm helfen, und auf lange Sicht war das alles, was zählte.

»Alastair und mein Vater sind mir egal. Mir geht's um dich, um die Hochzeit, die *du* willst. Wir müssen es nicht überstürzen.«

»Ich möchte dich am Ufer heiraten, neben der hässlichen Bank, die du für mich gebaut hast. Morgen oder in einer Woche oder in zwei Jahren.« Ich beugte mich hinunter, um ihn zu küssen, und leckte sanft über seine Unterlippe. »Aber am liebsten wär's mir morgen.«

Mal fluchte und schichtete uns um, bis ich unter ihm lag. »Du verhandelst ganz schön hart, April Sinclair.«

Ich kicherte. »Was soll ich sagen? Wir Schauspielerinnen sind es gewohnt, zu bekommen, was wir wollen.«

Wie ich erwartet hatte, röteten sich seine Wangen, als er lächelte. »Und hast du? Hast du bekommen, was du wolltest?«

Draußen begann es wieder zu schneien, eine eisige weiße Decke legte sich auf alles, während wir gemütlich in unser warmes Bett gekuschelt waren, wo uns der Schnee nichts anhaben konnte. Ich lächelte wieder. »Stell keine dummen Fragen, Macabe.«